40

非虚构文学

改革开放
40年文学丛书

陈晓明　主编

上卷

作家出版社

出版说明

今年是改革开放40周年。40年来，当代中国发生了翻天覆地的变化，社会经济繁荣发展，人民生活幸福美好，当代文学硕果累累。为了庆祝这一盛大的节日，展示改革开放40年来的文学创作成就，进一步树立文化自信和文学自信，推动中国文学创作的大发展大繁荣，根据中宣部和中国作家协会的部署，我们特别策划了这套规模宏大的"改革开放40年文学丛书"。

文学是时代的一面镜子。40年来，中国当代文学在反映时代变化和人民精神面貌上做出了突出贡献，一大批反映改革开放伟大历程和人民精神风貌变化的作品涌现出来，真实地记录了改革开放40年来我们伟大祖国和人民所走过的不平凡的道路。因此，这套丛书的编辑出版一方面在展示当代文学40年的光辉历史，同时也展现改革开放40年的伟大成就。

在体例上，丛书以文学思潮和重大题材为纲，选取了改革开放40年中出现的比较有典型性和影响力的文学思潮和重大题材，以此为中心，遴选最能代表该文学思潮的作家作品。需要说明的是，这些文学思潮是历时性地交叉出现的，有一个更迭演变的过程，彼此之间在文学理念上各不相同又有诸多联系。受此文学环境的影响，作家们的创作也多是穿插于这些文学思潮之间的，许多作家在不同的文学思潮中有多个优秀的作品出现。但出于丛书体量和编排体例的整体考虑，我们每位作家只选取了一部作品并放置于某一个文学思潮的类目之下，这绝不是说该作家只有这一种类型的文学创作，而是为了显示其对某一个文学思潮的突出贡献，展现其创作的独特性。

入选丛书的作品经过了论证委员会的认真评审，专家评审从文学性、时代性、影响力等多方面进行综合考察，选取了最具代表性的作品。在一定意义上，这些作品构成了一部特殊形态的当代文学史，代表了当代文学40年的伟大成就。

40年来，中国文学始终与人民同心，与时代同行，文学既植根于时代生活的沃土，又以自身的发展融入时代的洪流，推动历史的前进。我们期待，丛书的出版能够实现对于当代文学40年光辉历程的展示，能够实现对于改革开放40年伟大成就的留影。更期待当代文学能够继续为人民美好生活的需要提供更多更优秀的精神食粮，为中华民族伟大复兴中国梦的实现贡献力量。

由于丛书体量有限，遗珠之憾在所难免，恳请读者朋友理解并谅解，同时更盼批评指正。

作家出版社

2018年10月

目 录

梁庄

梁
鸿

穰县位于河南省西南部南襄盆地中部偏西地区。地理坐标为北纬32°22′—32°59′，东经111°37′—111°20′之间。南北长96公里，东西宽67公里，总面积约2294.4平方公里……"山少冈多平原广"为穰县的地貌特点。地势西北高东南低，地面平均坡降在1/800—1/1200之间。境内有大小河流29条，较大河流有湍水、刁河、赵河和严陵河，分别从北部或西部入境，汇集于东南部，注入白河，流入汉水。河流之间，自然分割成扇形冲积平原，在北部、中部和东部形成大面积肥沃土地。土层深厚，土质为保水保肥性能强的潮土、黄老土和黑老土。属亚热带季风型大陆气候，受季风转换影响，寒往暑来，四季更迭分明，温暖湿润。吴镇梁庄村位于穰县西北部，距城区约40公里。

——《穰县县志·概述》

"迷失"在故乡

出城的公路依河而建，其中一长段高出河平面十多米。坐在车里，可以看到河里的情景：挖沙机在轰鸣，一堆堆沙高耸，有大型运输卡车在来回奔忙，一派繁荣的建设图景。只是，十几年前奔流而下的河水和宽阔的河道不见了，那在河上空盘旋的水鸟也不见踪迹。

改革开放的这三十年，整个乡村网络最显著的变化是路的改变。道路在不断拓宽，不断增多，四通八达，缩短了村庄之间、城镇之间的距离。在我的童年和少年时代，坐公共汽车进城至少要两个小时，还不包括等车的时间，一路颠簸，几乎能把人颠到车顶上去，头撞得生疼。人们很少坐车，一趟两块钱的车费在那时几乎相当于一家六口人一个月的生活费。在县里师范上学的时候，我们大多数是借自行车回家，两个同学互相带着，在路上骑六个小时就能够到家。每次屁股都被磨得生疼，但是，刚进入青春期的少年是不会在意这些的。沿河而行，河鸟在天空中盘旋，有时路边还有长长的沟渠，沟渠上下铺满青翠的小草和各色的小野花，随着沟渠的形状高高低低，一直延伸到蓝天深处，有着难以形容的清新与柔美。村庄掩映在路边的树木里，安静朴素，仿佛永恒。

但是，我也知道，这只是我的回忆而已。永恒的村庄一旦被还原到现实中，就变得千疮百孔，就像这宽阔的高速公路，它横贯于原野之中，仿佛在向世人昭示着：现代化已经到达乡村的门口。但是，对于村庄来说，它却依然遥远，或者更加遥远。前两年，从省城回家，也许是高速公路刚刚开通，乡亲们还没有接受足够的教育，公路上骑自行车的、走路的、开小三轮的、逆行的、横穿的都有，原野的上空不时响起刺耳的喇叭声和刹车声。我故乡的人们泰然自若地走在高速公路上，公路下那隔着的铁丝网被剪出一个个大洞。然而，如今，路上已经没有行人了，想必他们是接受了足够的教育和教训。

他们必须回到他们的轨道和指定的位置。那一辆辆飞速驶过的汽车，与村庄的人们没有任何关系，反而更加强化了他们在这现代化社会中"他者"的身份。被占去的土地且不必说，两个曾经近在咫尺、吃饭就可以串门儿的村庄，如今却要绕几里路才能到达。乡村生态被破坏，内在机体的被损伤并不属于建设过程中决策者考虑的范围。没有人考虑村庄的感受，即使有一些可通行的涵洞口，也是按照标准的数据来的。高速公路，犹如一道巨大的伤疤，在原野的阳光下，散发出强烈的柏油味和金属味。

吴镇渐行渐近。

我们的落脚点在镇上做生意的哥哥家。吴镇位于县城西北约四十公里处，曾经为穰县"四大名镇"之一，集市非常繁荣。以主街道为中心，呈十字形，朝四面辐射。少年时代，每到逢集时候，尤其是三月十八的庙会，可称人山人海。我们从镇子北头往南头的学校走，几乎可以脚不沾地被推到那边。过往的汽车更是寸步难行，把喇叭按得震天响，可是，没有人听见，更没有人朝它们看上一眼，所有人都沉浸在熙熙攘攘的热闹与繁华中。没有工厂，没有企业，除了必要的政府公务员和商人之外，镇上居民大多仍以种地为生，间或充当小商小贩，卖自家的粮食、鸡蛋、水果，以物换物。

现在，沿着新的公路，吴镇形成了新的集市中心和贸易中心，一排排崭新的房屋矗立在道路两旁，全是尖顶的、欧式的建筑，很现代，但也显得不伦不类。镇子原来的主街道为周边新兴的街道和新建的房屋所包围，变得破败不堪，荒凉异常。

哥哥、嫂子在镇上开一个小诊所。哥哥还顺应潮流地做一些别的生意，承包过土地，开过游戏厅，最近又和同学做房地产，但似乎都以失败而告终。这次回来，哥哥家的门口又堆满沙子、石子，还有钢筋。混凝土机在轰隆作响。他准备把原来买的一整幢房子分割开，一分为二，卖掉其中一部分，还掉买房时借下的大量债务。但是，这次重新修房的投资也需十万元左右。我一听，有点紧张，对哥哥说盖好了赶紧卖，房子正处于高价，估计马上市场就要不好。哥哥信心满满地说，没事，现在镇上盖房人很多，想买房的人也多，再说，小镇毕竟还是偏僻，即使房地产业有什么大的波动，也不会很快影响到这儿。

在哥哥家稍作停留，买了鞭炮、火纸，我们到村里边，给爷爷、三爷和母亲上坟。这是我们每次回家后做的第一件事。经过二十几年的扩建，我们村和镇子几乎已经连接上，哥哥的房子离村庄只有五百米左右。在少年时代，晚上夜自习从镇上放学回家是我最恐怖的经历。空寂的道路，两旁是黑黝黝的、高大的白杨树，风吹来，树叶簌簌地响，那种害怕，连后脑勺都是冰凉的。从镇上学校到村子里的这段路，是世界上最漫长的路。当然，也有美好的时候，我的青春期，正是琼瑶、金庸流行的时期，我曾经疯狂地阅读所有能找到的他们的书。于是，在夜晚的路上，在害怕与惊慌之中，常常想象有那么一个白衣少年，从远方飘然而来，俊美羞涩，深情地拉着我的手，把我送回家。

而如今，如果不是有家人，有老屋，有亲人的坟，我几乎不敢相信这是自己曾经生活了二十几年的村庄。走在路上，我总是有"迷失"的感觉，没有归属感，没有记忆感。

爷爷和三爷埋在老屋的后院。说是后院，但院墙已经坍塌，里面长满半人高的荒草。清脆的鞭炮在村庄的上空炸响，惊醒了沉默，也似乎接通了那边的灵魂。我们磕头，烧纸。父亲揉了一把眼睛，说，你爷，一九六〇年让集中去养老院养老，去的时候好好的，能说能唱，还提着个小夜壶，去四天，躺在席上回来了。人死了，硬生生饿死了。这是每次上坟父亲都要说的话。虽然没有见过爷爷，但经过父亲这么些年的叙述，在我脑海中，那是一个戴着瓜皮帽，因长年担豆腐挑子卖豆腐腰已经半弯的老头。他一手抱着铺盖，一手提着小夜壶，正蹒跚着朝离村子五里地的养老院走去。

听到鞭炮声，村子一些人走出来，客气地看着我，问父亲，光正，这是几闺女？不是四闺女吧？咋胖成这样？看着这些熟悉而陌生的面孔，从他们的脸上，我清晰地感受到岁月的刻印，才发现自己原来也有了触目惊心的变化。

后院的右边是一座刚起的二层楼房，父亲说那是张家道宽的房子。道宽，兄妹几个全都考上大学走出了村庄，只有他还留在这里。道宽不善言辞，又不会干活，当年娶了一个漂亮的四川姑娘做媳妇，媳妇脾气火暴，几次出走，又被追回，最后还是走了。道宽受尽了苦头，也成了全村人嘲笑的对象。

扒开及膝的杂草和灌木，来到前面的老屋，在这里，我生活了整整二十年。院子里同样长满荒草，那倒塌了半边的厨房被村人当作了临时厕所，也有家畜拱过的痕迹。正屋前面、后面屋顶都是大洞。地基已经有些倾斜。哥哥前几年收拾了一番，但是，因为没有人居住，很快又开始破败。外面的墙面上还有妹妹当年学字时写的诗，错字连篇。每年回来，我们都要再读一遍，姊妹几个笑成一团。父亲忘了拿钥匙，正屋进不去。父亲和姐姐站在屋子前面，照了一张相。道宽家的新房和我家的房子形成了触目惊心的对比。

母亲的墓地，也是村庄的公墓，在村庄后面的河坡上。远远望去，是一片苍茫雾气，开阔，安静，有一种永恒之生命与永恒之自然的感觉。每次来到这里，心头涌上的不是悲伤，而是平静与温馨，是一种回家的心情。回到生命的源头，那里有母亲，而那里也将是自己最后的归宿。烧纸，磕头，放鞭炮。我让儿子跪在地上，让他模仿我的样子也磕了三个头。我告诉儿子，这是外婆。儿子问我外婆是谁？我说，是妈妈的妈妈，就是妈妈最亲的人。我们又如往常一样，坐在坟边，闲聊一会儿家里的事。

每次一到这里，大姐总是唠叨，要是妈还在，那该多好啊。

是啊，"要是妈还在"，这个设想过无数次的场景，成为全家人永远的梦和永远的痛。看着坟头的草，鞭炮的碎屑，回想母亲的一生和我们的艰难岁月，家庭的概念、亲情的意义总是在瞬间闪现出来。如果没有这些，没有故乡，没有故乡维系、展示我们逝去的岁月和曾经的生命痕迹，我们的生命，我们的奋斗、成功、失败又有什么意义呢？

现任村支书：谁干就是让谁累死

本来和村里现任支书见面是很容易的事，但是，回来一月有余，却一直没碰上面。问起老支书，老支书只摇头，说过去的村支书天天在村里转，现在的村支书是天天不知道在哪儿转，反正是上面，不会朝下面看一眼。这天，到乡里了解一些情况，中午吃饭说起这件事，乡党委书记说马上安排见面。不一会儿，去的人回来说村支书正在镇上喝酒，据说是调解村里的宅基地纠纷，花了很大功夫才把双方当事人叫到一块儿，他这个中间人不能走，否则，事情就又得从头开始。乡党委书记并不生气，好像对这样的事情习以为常。等了约一个小时，我们的村支书——韩治景，进来了，略有点醉意，看见乡党委书记在，半开玩笑地打了个招呼，一看便知关系非常好。看见我，很惊讶地大步上前和我握手，连连说，早就从你哥那儿知道你回来了，还说啥时候一块儿吃饭呢。具有很强的表演性。

韩治景，四十岁左右，瘦长身体，穿着白色短衬衫，一派文弱书生的样子。眼睛不大，但闪着精明，透着官场里的老练和圆熟，说话非常干脆。接任村支书已有六年。先是做收购粮食生意，现在也兼营修路、修桥，有搅拌机多台，主要用于出租。

不说大的行政村，光说咱们梁庄自然村，各姓全部加一块儿，共一千三四百人，三四百户，人均不到一亩地。经济方面，主要靠外出务工。啥企业？有俩私人砖厂，从挖土烧砖变成石灰砖。韩家云龙有个养猪场，前几年养背时了。这几年政策好，行情好，老母猪投保险，保险六十块，个人拿三十块，政府拿三十块，最后，保险公司能赔偿千把块。户下散养的有四十多个，都是喂饲料，喂草太慢。没有闲人去割草。为啥养猪少？一家完全投入养猪划不来，老人还要照顾小孩，所以尽管有补助，还是养得少。

咱们现在不是杨树经济吗？村里河滩地种有六七百亩，我也种五六十亩，最粗已经二十四厘米，年年上化肥，一年一棵树投资得二百五十块，我觉得收入与种庄稼一样，只不过是最后弄个总疙瘩。十年以后，按现在的发展，能卖三十万块。把投资去掉，能挣十万块钱。也就是个定期存款，有个养老钱。

现在种地基本上已经机械化，就这，种地的人还是少，农村劳力已经习惯出去挣钱，很难回来。现在种地国家不收税，还补贴钱，是好事，但不会形成你说的返乡潮，那点钱够啥用，想盖房子、孩子交学费，还得靠出门打工。但也有新变化，就是原先让给别人的地又都要回来了，种些简单的农作物，能收多少是多少，反正不用交钱交粮，多少都是自己的。

按我分析，将来还得走集体化道路，集体化要比散化好，一人一点地，太过分散。集中种，成本降低，劳动力也减少，大型农机工具也能够充分利用。

咱们这儿的人还是没那个做生意头脑。挣了钱回来，存在银行里，等着有一天盖房子，只怕钱没了。银行存款很多，盖个闲房子，没人住，又扔那儿不管了。南方产品丰富，市场发达，家家户户都可以加工，有可能去组织做生意。几个年轻人在一块儿打工挣点钱，商量着做个啥事，赔了算了。咱这儿根本不行。人心不齐，还没干出名堂呢就闹意见，凡是几家合伙的，开始可好，称兄道弟，到最后没有不结仇的。也有攒了不少钱的，不愿再出门，想着干个啥，可东看西看，下不了决心，怕赔，最后，还是出去了。

现在最难干的是村干部，村里没钱，社员的钱还不能少，譬如说种杨树，每个村有指标，让支书亲自抓，月底报账，村里垫了三万多。事儿是好事儿，可是一成硬性指标就坏事了。说是只在田头沟渠种，有些村为了完成指标，也为了省事，就把耕地给毁了，强迫人们种。好事变成坏事了。农村当干部就是落了一个政治荣誉。村级干部就是奉献精神，咱们村修"村村通"公路时用了几十个人，都要工资，我只好自己垫。图个啥？

农村干工作，按书本上干，按条例干，肯定干不成。在法律政策范围内，各种方法都有。生产队干部，工资就三四十块，我是一百六十八块钱，全凭人情干。当干部的人在村里必须有一定的办法，像分地，你正经去分，你弄不成，就得连骂带哄去弄。也有派副乡级来，都站在边儿上，离多远，不上场，一个月都分不完。这也是你们说的基层经验、农村经验。就说今天中午，为啥吃？就你们梁家，前一段下大雨，宅基地石块被冲走了，弄不清，两家打起来了，谁都说不通。只好去做工作，由队里去设场请吃饭，找村里会说话的、有威望的去说和，各自让一步。没三两场饭肯定不成，农村这些事都这个样。老百姓凡事爱挑个理儿，你想让他信服，必须看是谁说他，得是那个人，否则，能说成的事也说不成。有时候吃饭也闹事，本来说得好好的，一方夸口说外面有人，另一方一听，你有本事你找人呀，我还不让你了，不信你能把我弄到监狱里。这下好了，前功尽弃。

农村宅基地纠纷是常事，老是有新规划，但是落实很难。按规划盖，如果占住你的老宅基地一点，只有两家协商，协商不成，没有任何办法。说是拆旧建新，都是建新的，也不拆旧的。现在老百姓是爷，反正我就是这个样！眼看他是错哩，你能咋办？领导又有任务，你又得完成。当支书是光荣，谁家有红白喜事，你可以坐到上座。可你要是不送礼，算你完了。来家里坐的人每天都一群一群，烟茶都供应不起。有时，我都想躲起来，也是癞蛤蟆支床腿，强撑硬劲。村支书就是那出力不讨好的角色，不是有人总结了吗？怎么说来着："走南闯北不理你，手里有钱不甩你，遇到事情他找你，事办不成他骂你，心里生气他告你。"

农村这事儿，会整的还轻松点；不会整的，累死了都没人承情。

还有就是抓信访，也难死人了。他告哩对了，咱们管理；有些眼瞅是瞎告、胡告，也得领回来，回来还得当爷敬，下回他还去。光这一摊事儿，村里、乡里、县里得花多少钱，这，咱们书记最清楚。要我说，领他干啥，叫他告去，有理走遍天下，怕他告干啥？怕他告状本身也说明咱有问题。领回来敬起来，问题就解决了？他是人，长着两条腿，你能管住他？

现在公路"村村通"是好事，可也有麻烦。咱村里修那条路，也是国家出一部分，村里出一部分，个人再出一部分。有些人家住得远了，不走这条路，不愿意掏钱，扣他地也不愿意哩很。主路现在已经弄完了，也是不配套。还是明下水道，夏天，一下雨，还是蚊子一大堆，臭哩不行。叫整的事多哩很，关键是没钱。国家拨的钱都是少量的，啥事都需要关系。好在是通过关系能要来一些钱，这才修路，筑坝。不过话说回来，国家能有这方面规划，这已经强多了。

现在水利上也有好些补贴，农综开发，国家的钱专项管理，我又跑县里要来一些项目，打些井，盖个电房，大电盘，把高压线拉到井边，浇水，磁卡计费。农田灌溉率达到百分百。项目是拉来了，专款专用，我自己还得贴烟钱。现在，农村成年劳动力，百分之九十多都在外面，这两年粮食贵了还有人种，但是回来的还是少。政策是好了，但是那点钱给他也不起啥作用，要不要无所谓的事。

我个人想法啊，不知道对不对，农村搞新农村建设，光补助这一块，四五十块加一起，能办些大事。现在既然国家往下发钱，咱们整个村，按现在的补助，两千六百八十四亩，能发十来万元，集中在一块儿，能办很多事，譬如修路，弄水道，这比发给个人强。

说一千道一万，关键中国大了，农民多了，难哩。

在和村支书交流的过程中，乡党委书记偶尔也插几句话，主要目的是阻止村支书说出一些违背政策形势的话。譬如说到信访的问题，村支书认为目前的信访政策很有问题，还没等支书的话说完，乡党委书记就插言，那些信访的多是老油条，为芝麻大点儿的事成年累月告，精神都有些偏执了，你给他咋解决他都不满意，想借机揩油。我并不完全反对乡党委书记的话，他在实际经验中应该会碰到许多案例，但是，他那种轻蔑的、轻视的态度却让人无法接受。而村支书虽然因乡党委书记的阻止而及时改变自己的话语倾向性，但并不绝对的唯唯诺诺，有一种隐约的平等在里面。

这使得我对乡党委书记和村支书的关系很感兴趣。从村支书一进屋两人的寒暄、玩笑话，可以感觉出，他们之间的关系并不只是一般意义的上下级关系，几乎类似于江湖兄弟，具有很强的民间意味。在中国的政治体制中，村支书一级是非常暧昧的政治身份，他不属于国家干部，可以随时变回农民，但是，他又承担着落实国家政策的重大责任。村支书算不上是个"官"，却是个一方大事小事都会有人找的"大人物"。村支书虽然仰赖乡党委书记才能干这一职位，但是，他真不想干了，后者对他一点办法也没有。对于乡党委书记而言，他虽然能决定村支书的去留，但却并没有绝对的权威，因为村支书并不能因他而升职。要想让村支书比较听话，下力气去执行命令，还得依靠另外的东西，即民间场域里的一些文化方式和某些利益方面的许诺。这种民间约束力应该说是非常不稳定的，一旦一方不能达到另一方的要求，即有可能失效，并产生变数。

村支书一直在诉苦，这当然有美化自己的倾向，但是，改革开放以来乡村的村支书不好干也是个实际情况，上面要通过他来完成政治、经济任务，农民有怨气、有问题也要找他来解决，若非有一定的手腕与势力，是很难有效完成这个任务的。"上面纵有千条线，下面也要靠村支书一根针。"当我这样给我们的村支书讲时，他非常激动，好像找到了知音，进一步讲述了自己如何为村里争利益，如何为村民排忧解难的。

当问起国家对村支书的新政，譬如让村支书也进入行政序列，可以有行政级别，拿公务员工资等政策时，还没等乡党委书记回答，我们的村支书就叫起来，哈，那也是个形式，一个乡最多一两个，基本上都是那种富裕村，或者是镇上的村子，根本轮不到一般的村支书。我这才知道，在吴镇，只有镇北的村支书当上了公务员，也是通过重重关系才实现的。当我们的村支书这样夸张地表现自己的不满时，乡党委书记只是微微笑着，那神情，就好像一个江湖老大在看着自己的小弟耍酒疯，既是一种亲密关系的认同，同时，也是地位身份的强调与清晰化。

晚上回到哥哥家，和父亲、哥哥谈起对村支书的印象。哥哥说："这货就是敢干，有霸气，敢拍板，敢花钱，会走关系。"父亲非常愤怒，呸地一声朝地上吐了一口唾沫说："说哩可是，拿着老百姓的钱不心疼，可劲儿花。别听他在那儿表扬自己，有恁难，那他咋还干恁起劲？你叫他自己说说，村里卖路的钱到底用到哪儿了？他敢来对质？老百姓一分没花着，只见他吃吃喝喝。他家里那些机器都哪里来？他指望啥？"说起这些时，父亲的脸都涨红了，青筋往外努着，"村里民愤大哩很着呢，我和你老贵叔那天还在商量，非把他拉下台。有他在，梁庄好不了。"这个倔老头，保持着一贯的民间作风，对村干部总是有挑剔。

但也可以看出，即使村干部真的为村庄出了很大力气，费了很大的心，村民并不领情，因为，在村庄里，他们仍然享有特权，并且在这特权中谋了私利。这一点如果不解决，中国农民与村干部、政府之间的矛盾仍然不会得到根本性的解决。

小学："梁庄猪场教书育人"

从老屋的门口，沿着昔日上学的老路，我又一次朝着梁庄小学走去。小学是围墙围起的一个四方大院子，前面是操场，院子中间是一个旗杆，上小学时，我们每天早晚都站在院子里升降旗。院子后面那一排两层的红色砖楼房是学校的教学楼，上下各五间房。我童年的大部分时光是在这里度过的。早晨六点的时候，学校上早课的铃声就响彻在梁庄村的上空，小伙伴们相互喊着、等着，在黎明的微暗中朝学校走去，开始一天的学校生活。我相信，大部分村民也是依着这铃声估算时间，安排一天的生活。

梁庄小学已经关闭将近十年了。院子里面的空旷处早已被开垦成一片茂盛的菜地，正中央的旗杆只剩下一个水泥的底座，后面的楼房还在那里。可能是听到我们说话，看大门的兴哥从大门靠左的小院子里出来，一看到我们，很高兴。他从里面把锁打开，一边嘟囔着说，门可不敢开，常常有牲口进来拱菜地，扒门。

走近去看教学楼，才发现，它其实已经破旧不堪了。教室的门几乎已经腐朽，推一下，灰尘哗哗地往下掉，透过残缺的玻璃，可以看到教室里面更为让人伤神的"风景"。楼下几间里面多是堆些破旧的家具，床、沙发、木椅、小凳子、锅碗瓢盆扔得到处都是，还有散乱的不知何年何月的作业本。这应该是老师的宿舍，也许想着还要回来，东西并没有收拾干净。还有的房间里面是一些残破的学生课桌椅，歪斜着倒在地面上。其中有一间房屋，却是有一张床，里面还有煤炉，近期住过人的样子。兴哥说，这是一个梁家婶子住的，和儿媳妇生气，没地方去，在这里住有半年。

顺着已经没有扶栏的楼梯，我们上了二楼，一个个房间里面关着家兔、鸡子等小家畜家禽，地上扔着啃烂的南瓜、脏的水盆、干草等。这应该是兴哥养的。站在二楼的栏杆旁，往村庄里面看，才发现，学校是整个村庄最高的地方，站在这里，可以看到村庄里面那错落的房屋，能够看到黄昏里的炊烟。我想，当年选址的时候，也许有统领村庄的意思吧。这所学校，经历过怎样的繁荣与兴盛，又是如何被抛出历史之外？我决定找当年曾经在小学教书的万明哥谈谈，他是学校的元老，了解梁庄小学的全部历史。

梁万明，瘦小，五十多岁，戴着一个老头帽，衣服仍是八十年代的样式，灰蓝色，好像很久没有清洗了。天已经黑下来，万明嫂子打开灯，惨白的灯光使得偌大的客厅阴冷，有点鬼影幢幢的感觉。两岁左右的孙子在门里门外跑着，黑红色的脸，是乡村冬天冻肿了的样子。女儿穿得相对时尚，一看就知道是长期在外打工。她一会儿去看看厨房，一会儿又坐下，文静而又有些害羞地不时望望我。毕竟曾经做过十几年的教师，万明哥说话咬文嚼字，非常慢，有自己的看法，常有惊人之语。

咱们村那学校，当年发展可真不容易。一九六七年，刚开始是借个民房，开复式班，文教局派来的老师，说明梁庄有学校了。到第二年，生产队集体盖了两间土坯房，后来周祖太回来教学，加了一间，还有一个做饭的，就是祖太他妈。然后又在西边接了三间，一排房，梁庄小学的雏形完成了。"文革"的时候就一排房，我记哩可清，大队部批斗你爹的时候就在那排房前面，领导训话，天天接受最高指示，群众集会都在这儿。

我今年五十五周岁，一九七八年我初中毕业，上两年农业大学，就到学校教书。我去的时候已经是三排房，规模最大的时候是九十年代以前，一年级至七年级，六七个公办老师，有两百个学生。一九八一年接你嫂子，那时候国家开始补助，农村教育建房（校舍）补助，现在那个楼就是那年盖的。国家拨一点，村里筹一点儿，村民出资出人工。咱们梁庄小学是整个乡里第一个盖起来的，当时教育组还送个碑，上面写着，"梁庄村全体干群兴学纪念碑"，这些我都记哩清。那时候全村建校可真是一条心，没有谁说偷奸耍滑，在上学学文化这件事上，都不含糊。春上开始盖，家家都出工，天还冷哩很，都干哩可得劲，大家说说笑笑，心里高兴。你们上学的时候是梁庄村最兴旺的时候。当时学龄儿童入学率百分之百，那时候考试评比，吴镇中心小学第一，梁庄就是第二，光道、韩平战、韩立阁，老师有一二十个，哪个都是响当当的，在乡里都出名。

梁庄学风还是很旺的。八十年代中期，哪怕是个傻子，只要还能走路，都把他叫到学校。咱们梁家来娃儿不上学，老师们到家里去叫几次。那时候咱们县是全国的状元县，高考全国第一。真是厉害。看看现在都成啥样了。

一九九二年我不教了，被清退了。那时候分计划内民办和计划外民办，说是给我补个指标，算计划内。谁知道教办室主任就是按送礼圈的，我被圈到外面了。一九九二年国家对民办老师收编，不再扩编了。我也没有机会了，只好不干了。

现在梁庄小学已经有十来年没学生。学校自动关门，一部分家长带走了，一部分不够班，当时说的是留下一、二、三年级，其他的到镇上去。后来乡教办室不再派老师了，学校也就散了。前几年，校长把旗杆都弄倒卖了，是个不锈钢的，估计能卖个一百多块钱。后来，校长干脆不来了，就你兴哥住在那儿看门。

从大道理上说是人口流动和计划生育综合造成的。真正来说，是村长、支书一伙儿把它弄倒了。上级派四个老师，老师来了，应该有补助，老师工资偏低，村里要给补助，再找一个做饭的。梁庄以前再穷，对老师的补助从来没有少过。现在，说是没这笔开支，村支书不给了。

老师来干一年半年，都跑了。要是村里积极，去乡里交涉，到镇上说说，或者去教育局要老师，估计也行。老师嘛，到哪儿不是教书，咱梁庄也不是乡里最偏僻的地方。还有，就是说服家长让孩子回来上学，其实家长谁愿意让孩子跑恁远？村长根本不愿意操这心。当然，不去说有个好处，每年还有个教育统筹费。学校没有了，统筹费还有，钱就到他们自己口袋里了。

现在算算咱们村的学龄儿童，开个一、二、三年级，根本没问题。没人操这心。去年有村民把校舍承包了，养了一茬猪，白天在院里放着，晚上赶到教室里。不知那校门口墙上的标语咋变成了"梁庄猪场教书育人"，这都是那坏娃们胡写的。后来，教育局说，不雅观，不让养了。

现在人们思想消极了，各吃各哩，村里中青年都出去打工了，没有人管这些事了。学校旺的时候，咱们村里大学生是递增的，那时候梁庄多厉害，出了多少大学生。八十年代，梁庄村的家长个个想让小孩上大学，梁庄上高等院校的占人口比例不少。

现在小孩子上学，希望也不大。最近十来年娃们明显对求学信心不足，这是国家大学生制度改革造成的，上大学光收费不分配，上完了也没地方去。原来小孩不去上学，家长都是拿着棍子满村打，现在孩子不去上学也不用棍子打了。上几年大学至少得花四五万块，还不如去打工。就说考上学，也毕业了，谁还有十万块再去跑分配？

但是，说到底，家长还是有一种心思，只要小孩愿意上学，哪怕卖房卖血，总认为有文化有知识好，家长的第一愿望还是求知。你不敢想，算算现在的失学率比八十年代那时候要高得多。现代化是现代化了，教育程度反而下降了。初中以后辍学率非常高，学生是百分百不想上，也上不进去，升学最大的障碍是网络游戏。家长在外打工，都是爷爷奶奶管，哪儿管得住。

唉，你说路过小学啥心情？心里都不美，就是没有小孩的单身汉看见心里都不美。再恢复恢复不了啦，桌椅板凳被拿跑了，学校不像学校，家长也不会再愿意送回来了。现在，村里大人每天去镇上接送学生，人都快够死了①，农民又不是上下班，正在锄地，锄扔了都得去

---

① 够死了：很烦，烦得不得了。

接。梁庄估计有几十家子。六点起来做饭，七点多骑个三轮车或自行车送去上学，中午再接送，下午再送接。活都干不了。有钱人家送到封闭式学校，可那封闭学校是啥？我都打听过了，教学质量差得要不得，成绩都是瞎编的，到考试的时候，老师把题写到黑板上讲一遍，学生还不会做。

留守儿童的毛病在于隔代管教，溺爱多，随着生活的富有，孩儿父母都留有生活费、零花钱，把小学生的习惯弄坏。你义衡哥前几天回来了，专为儿子的事。儿子都上高中了，天天逃学、上网、打游戏，要么就是在家里看碟。爷爷奶奶气哩浑身抖，他反过来骂爷爷奶奶。个个家里放有一二百张碟，大人要是不在家，小孩能看上一天碟。

即使只是一个已经离职许多年的小学民办老师，你也能感觉到，在他的言语之中，他最担心的不是小学本身的消亡，而是这个村庄文化氛围的消失，一种向上的精神的消失，虽然他并没有清楚地表述出来。也许村庄的真正破败并不在那些内部的废墟，这学校的破败、荒凉才让人感觉到了这村庄的真正腐朽与行将消失。

让一所学校消失很容易，也很正常，因为有许多实际的理由，人口减少、费用增多、家长嫌差，等等，但是，如果从一个民族的精神凝聚力和文化传承角度来看，它又不仅是一所小学去留的问题。对于梁庄村而言，随着小学的破败，一种颓废、失落与涣散也慢慢弥漫在生活于其中的人们心中。在许多时候，它是无形的，但最终却以有形的东西向我们展示它强大的破坏力。

如万明哥所讲，当初梁庄小学最兴旺时，全村村民都有一股子精神头儿，在地里干活心里也有劲，上学钟声一响，村民的一种敬仰、尊重之心油然而生。而现在，都各奔自己的小日子去了，挣钱第一，虽然也为孩子的学习而生气、焦虑，但是，却不会产生根本的心痛。乡村的文化氛围越来越淡薄，没有昔日那种文化之乡的感觉。家乡人虽然还希望学生上学，并且，出去打工除了想在家盖栋像样的房子之外，更主要的就是为了孩子能接受更好的教育。但是，在经济观念、金钱意识的冲击下，在家长缺失的情况下，孩子根本不愿意上学，就等着早早退学，以便出去打工。至于怎么打工，能打什么样的工，好像并不是他们所想的。更何况，现在上大学，并不能够保证将来就一定有出路。

光生叔的孩子秀清，考上地区的大学，三本，四年，学行政管理专业。每年约有一万块钱的学费和生活费。光生叔和老婆，还有秀清的妹妹，一家人出去打工供他上学。但是，毕业之后，却找不到工作，考过几次公务员，都没成功。秀清，单薄的、戴着眼镜的、落落寡合的秀清，在城里租房子住了几年，不愿意回村里。终于在今年，跟着村里的其他青年出去打工了。说起这件事，大家都摇头叹息。光生叔家现在还住着村里最破的房子，闺女也已经二十五岁，至今没说婆家。还有几个大专院校毕业的孩子，只有一个凭着自己的专业找到了工作，其他，都只是在公司做低级员工。他们的身份是什么呢？农民？农民工？好像有点不太合适，说是城市工作人员？白领？又完全不对。他们处于这样的模糊地带，不愿意回农村，但城市又没有真正收容他们，因为他们并没有足够多的收入使他们不需要记住自己的身份。他们只能在城市的边缘挣扎。

梁庄的初中适龄学生极少数跟随父母在外上学。父母给钱，在校吃住，还有一些住在老师办的学习班里。在县城，包括镇上，有许多这样学习班，家长交一学期的钱，一千多块钱，除上课在学校外，孩子们吃住在老师家里或租的房子里，老师既负责学生的日常生活，同时，也辅导学生的学习。但是，这样的班效果并不好，我自己的外甥曾经住过这样的学习班，拿起课本提问他，全以"不知道"回答。当问起哪家的孩子学习不错，老人都是一声长叹，女孩子还算好些，男孩子个个上网、打游戏、逃学，成绩单从来都没有拿回来让家长看过。一般上到初二、初三，在暑假到父母那里玩，就不回来了。

有二十几个小学生，在镇上小学读书，没有寄宿，也没有食堂，中午短短两个小时，还得家长接送回村吃饭。如果你在早晨六点多钟、正午十二点或下午四五点路过梁庄村，你会发现一道非常奇怪的风景，一群老太太老头骑着三轮车，急匆匆，但却小心翼翼地往镇上小学赶。他们是去接小孩放学。

更让人担忧的是，"读书无用论"越来越被认同。在我的少年时代，常常是因为贫穷无法上学，没有家长不愿小孩儿上学的，而现在，则是家长看不到上学的希望，在焦虑一阵之后，通常对孩子持一种放任的态度。在这种情况下，教师也失去教学的动力。我一个教初中的表嫂，当年以教学有方而闻名全镇，家长千方百计把孩子送到她的班里。现在，她整天沉浸于打麻将中。她说，那些孩子极少真正想上学的，逃学、旷课，都是家常便饭。老师也没有心思教学。很多家长也只是把学校当作临时托管所，孩子在学校待着，不到社会上惹事就行，等大一点，就出去打工了。这种现象并不仅仅是因为农民的功利，孩子的无知、教师师德的下降，整个社会弥漫着一种失望与厌学的情绪，自然地会影响生活在其中的每一个人。

我还从来不知道梁庄小学有那样一个石碑，更不知道学校当初兴建时的盛况。重又回到学校，我让兴哥找找石碑在哪里。兴哥当即就说他知道，在猪槽的下面，有一块长方形的石头，就是石碑。我们把上面的猪槽搬开，用刷子刷了好长时间，上面的字才显现出来，一排竖体字，"梁庄村全体干群兴学纪念碑"，下面的落款是"教办室、梁庄村全体村民，一九八一年秋"。想象着当年全村人在一块儿盖房的场景，人们都在说什么，怀着一种什么样的心情，怎样的骄傲，对未来怎样的希望，对孩子怎样的期望，垒起那一砖一瓦？今天，这样集体的动力，这样一致的心态，还存在吗？

曾经有一段时间，有邻村的人突发奇想，想租梁庄小学的地方办养猪场，没想到村支书也同意了。村支书的意思闲着也是闲着，不如创点收。于是，那人在学校院子里盖了几排猪圈，把一、二层的空教室也作为猪圈。每天拉猪、放猪，有来往的喧闹人声、猪的哼哼声、杀猪的嚎叫、赶猪的呵斥声。一时间，梁庄小学变得非常热闹。有好事者把学校大门口的标语"梁庄小学教书育人"中的"小学"抹掉，改为"猪场"。于是，梁庄小学大门口的标语变为"梁庄猪场教书育人"。

黄昏中的梁庄，是如此寂静。回首那已在薄暮中的学校，望着那八个朱红的大字，我有些走神，发呆。什么时候，"小学"沦为了"猪场"，"育人"变成了"养猪"？我可爱的家乡，我的那些可爱的孩子，难道只能在奔波中完成自己最初的教育？难道他们必须忍受与父母分离，必须在爱的缺失中成长？难道他们命中注定只能成为漂泊在外的打工者？或者，如果一所小学的消失是一种必然，那么，有什么办法，能够重新把这已经涣散的村庄精神再凝聚起来？能够重新找回那激动过人心的对教育、文化的崇高感与求知的信心？

芝婶：我俩活成了爹妈、老师和校长

做村会计的堂叔前几天就和父亲约好，今天到他家吃饭。

到堂叔家，清道哥已经坐在那里，还有一个人，不认识，堂叔也没有介绍。凉菜已经摆在桌上，另一边的牌桌已经支好。看来话是说不成了。果然，父亲刚刚进门，清道哥就大声叫道，二叔，你咋恁晚，就几步路，还得请几次，快快，速战速决。镇上有人开车把热菜往这里送（当然也是记账），堂叔给我解释说，平时他绝不随便去食堂吃，也是偶尔才这样子。父亲和清道哥都不以为然的样子。清道哥不喝酒，说是昨晚喝多了，喝透墒①了。父亲和堂叔都说，喝多了，才要再喝呢，喝一点透透。左劝右劝，清道哥的脸喝得红扑扑的。问村里"村村通"公路的情况，据父亲说，"村村通"公路的主路（是通往河的唯一大路）已经卖给河里挖沙的，卖了十七万，已经快被新支书败光了。具体情况，会计应该是最清楚的。但是，堂叔说来说去，却没有说出个所以然，说"都是这样子，也没什么好说的，花钱地方太多，要得多了自己也忘了"等等之类的话。总之，还是含糊其词。

吃过饭，牌局开始。我到院子里和堂叔老婆，我们叫芝婶的，闲谈。她的小孙子，和我儿子差不多，俩人早已好上，在门口的沙堆上玩沙子。村会计的家刚盖好不到两年，把坑塘填了，在上面盖的房子。从公路上看，是一个一层平房，只是因为地基垫得高而显得高大，但是，到房子后面，就别有洞天。后面也是正门，前面所看到的高高的地基其实是楼房的一层，但仍在地平线上，因为公路整体比两边高。院子里铺满水泥，非常干净。

堂叔家已经可以看到都市设施的影子。三间房子是请镇上专门做室内装修的人设计的，要知道，"室内装修"这个词语在前几年的农村是根本没有的，近两年刚刚兴起。有吊灯、立墙、电视柜、书柜，都是一

---

① 透墒：浇地完全浇透了，用来形容喝酒喝多了。

色的，颇有点欧洲风格。但是，所用的一看却是劣等材质，做工也较为粗劣。更为重要的是，在这现代化的设计里面，所装载的仍然是小凳子、破竹椅、十九寸的旧电视，和这一群地道的仍然是七八十年代穿着的老农民。一切都显得有些不伦不类，与房间中的某些过于精致的设计一起，制造出了滑稽和错位的风格。

楼梯间的下面是卫生间，蹲式，有自来水可以冲洗，但是，里面却脏污不堪，白色的瓷砖和便池已经变成黑色。角落放着一个废纸篓，纸早已溢满出来，扔在地上。洗手池也布满黑色的污垢，上面镜子的座架上还搭着一块毛巾，放着一块小香皂，毛巾的颜色已经分辨不出。卫生间的外形是城市的，但是其使用的思维却仍然是乡村式的。北方乡村对厕所这一生活的重要设施，确实是忽略的。

芝婶说这座房子估计花有十几万，跟他们老两口没关系，都是儿子在外校油泵挣的钱。问起房子的设计和样式，芝婶有点轻蔑地微微笑了，说：“都是按照儿子儿媳的眼光设计的，我就看不出什么好来，闲花钱，一点也不实用。二层的三间是大通间，将来儿子儿媳回来看能做个什么生意。总不能一辈子在外面吧。”最后这句话是乡村里最常听见的一句话。

芝婶，乡村里面难得的面容光润、皮肤白皙的妇女，看起来很有富贵相，和堂叔一样，说话谨慎。倚在大门口，盯着孙子，一会儿呵斥他一声，一边跟我闲谈。我问孙子啥时候跟着她，儿子在哪儿打工？没想到却引来下面一番话。

孙儿啥时候留在家？不到十个月的时候，儿子在新疆校油泵需要人，就把媳妇叫了去。我和他爷开始带到现在。一年也就春节回来住十几天。有一年夏天，让我们去住，妈呀，那是啥地儿，热哩人没处钻，地方又小，就那一大间房，根本没法住。娃儿也受不了，住不到一个月回来了。今年又生了一个孙女，媳妇打哩算盘可美，想把大的带走，小的再留给我，让我养，我说啥也不干。大哩好不容易四岁了，都有感情了，现在你再把他带走，那不行。再说，我也老了，这二年腰疼，疼起来了，连腰都直不起来，还得到镇上去按摩，那十个月的小孩子可不是好带的。春节走时，媳妇是生着气走的。我也不管。后来，这孙娃儿想他妈了，我说把他送到新疆，又贵贱不去。说急了，说，奶你再说，我就跳坑①。他爹在电话一听，伤心了，说赶紧把娃儿送去。可是我不愿去，去了咋办，没地住，热哩要死，还得侍候一家子人。我可是受不了。他爷老说我惯他，说就你有个孙儿，到哪儿都领上。我知道娇惯的害处，但抑制不了。孙娃儿再也不提他爹妈，他爹来电话，喊死，都不到跟前来。我知道，娃是伤心了。可这又有啥门儿，农村不都是这样。

咱们这村里几乎家家都是这样，全是留守儿童和留守老人，五六十、六七十的人都在养孙儿。老头老太太领着孙娃，吃喝拉撒不说，有哩儿子媳妇还不给寄钱，还得自己下地干活。有的领五六个孙娃孙女，里孙儿外孙儿，日子都过不成。三个娃儿留六个孙儿，比着留。谁不留谁吃亏。有的家里，儿子也说，你别种这七八亩地，我给钱，这五六个娃儿都够你受了，俺们在外头挣钱容易，谁叫你弄这二亩地。可给钱时，谁都想少给。爹妈都不在家，不光是爷奶的负担，对娃们的学习影响那真是大哩很。

那早晨，我刚起床，一个老太太过来，收拾得还怪干净，说是车胎没气了，想借气筒。问她为啥恁早，说是上姑娘那儿，叫闺女帮她收庄稼，娃儿们都出去打工了，屋里撇下五个孙儿。我说，都恁些小孩，你又老了，还种地干啥？她说，那不行啊，娃儿们从来没寄过钱。我说，像这种情况你还管他干啥，把娃儿给他们，自己过算了。说是这样说，谁也不会这样，你不养人家小孩子，将来老了谁管你？

还有，老两口照顾四个里孙外孙，热天到河里洗澡，四个娃儿淹死哩没一个，老两口最后服毒死了。你说这社会，啥风气，到啥地步了。

现在的娃儿们也学坏了，精得不得了。科子家小孩儿老打游戏，上网，星期六、星期天在镇上租来动画片连续剧，在家能看一整天，连饭都不吃。奶奶说他，不听，告诉他爹妈，爹妈在电话里批评了儿子。你知道那娃儿有多坏，过几天，爹妈又打电话，他给爹妈告状，说奶奶不管他，出去"斗地主"，不给他做饭，还不给他钱。你看，孩子反过来告奶奶一状。奶奶气得在村里骂，说以后再也不管这小鳖娃儿。不是不

---

① 坑：北方村庄里面的水塘。

管了，根本管不住。你说，六七十岁的老两口又当爹妈，又当老师、校长，能当好吗？村里上小学、初中的孩子，没几个学习好的，在校不好好学，回家没人管，一放假就跑到爹妈打工的地方去，住到那儿，也是啥也不学，光看电视，爹妈光知道稀罕。

现在虽然出门打工致富，但是小孩教育成问题。农村的教育素质更低，年轻娃儿们都出门跑，不管自己娃们，爷奶只能管吃饱穿暖，不会教育。再好的社会都有一定的弊病，这就是一个弊病。

当芝婶说到自己五岁的孙子要"跳坑"的时候，我非常震惊。一个五岁的孩子，竟然以自杀的方式来拒绝心灵的疤痕被揭开，这里面该蕴藏多少痛苦呢？在这样一种矛盾、撕裂及缺失下成长起来的孩子，怎么能健康、快乐、幸福？

芝婶提到"留守儿童"一词，我才知道，原来"留守"一词在乡村已经很流行、很普遍，这也意味着他们已经默认了这一历史存在和处境。芝婶始终一脸平静，甚至还带着一点嘲讽的意味。我问有没有觉得心里难过。她说，难过，咋不难过，那有啥门儿，大家都这样。我反复启发父子分离、家庭割裂、情感伤害所带给孩子的那种痛苦和悲剧感（这一启发甚至有点卑鄙），芝婶总是重复一句话，那有啥门儿，大家都是这样子。很显然，芝婶没有这种体会，因为这种处境太普遍、太正常，是一种极其自然、日常的状态，何来悲剧之感？所谓的悲剧与痛苦或许只是我们这些"参观者"和"访问者"的感受。面对这种已经是日常状态的分离，他们又该怎么办？天天痛哭、难过？那生活，又该如何度过？

但是，当看到芝婶注视孙子的眼神时，那疼惜、怜爱的眼神，你又会有一种明显的感觉，芝婶绝不是没有意识，她只是把这种疼痛、这种伤害感深深埋藏起来。她没有抱住孙子整天哭，也没有对哭泣的儿子过分表示安慰，因为在乡村生活中，她们必须用坚硬来对抗软弱。

五奶奶：把我的命给孩子吧

五奶奶，有着爽朗笑声、肥胖、慈祥、地母一般的五奶奶，我好多年没见她。前些年，她一直住在河边的一个茅草屋。我曾经去找过她，但河边许多孤独的茅草屋，许多孤独的老人身影，就是没有五奶奶。父亲说，五奶奶已经搬回来了，住在小儿子光亮家里，就是光亮的儿子在河里淹死的。当时，光亮两口子在外打工，五奶奶在家照顾孙子。

光亮叔的新房子盖在路边。还没有进得院门，就听到五奶奶的笑声。看见我，五奶奶很吃惊，直感叹，爷呀，这是清（我的小名）吗？咋变成这样了？我看见五奶奶，也吃了一惊，原想着，她肯定是白发苍苍、衰老悲伤的样子，没想到，五奶奶很精神，神情开朗，只是好像个头矮了很多。

整个院子是四方形，前院就是三间新平房，中间那间算作大门，通向院子和后面正屋，院子里面是石灰地和混砖地，左侧是厨房，右侧垒了一个猪圈和小鸡窝。后面正屋还是旧房子。五奶奶说后面本来也是要建新房的，但是光亮叔没有那么多钱，光是盖前面的平房就花了七八万，还借了三四万。五奶奶从厨房拿来两个大碗倒茶，问我要不要茶叶，我说不要，父亲说要，五奶奶就找出一个小盒子，倒出来一些碎末。这还是二十年前的习惯，那时候，村庄的人们去小店称茶叶，都是只称碎末，因为便宜。

五奶奶，六十七岁，头发全白，梳得很仔细，服帖在头上，脸上皮肤紫黑色，但很光滑，和白发衬在一起，反而更年轻。声音很大，爱笑，也爱说笑话，幽默，特别擅长于自我解嘲。是农村那种特别能干，又明事理的老人。我们说话的时候，她七八岁的孙女儿坐在旁边，一刻也不闲，嘴里还说着什么，好像要极力让人注意到她。看着让人心烦意乱，五奶奶制止了几次，没什么效果，就任由她去了。

你大叔一家都在北京打工，你大叔和黑娃在一个工地上，你大婶在那儿闲着，黑娃就是你大叔家的老大，你大叔的女子在广州打工。啥叫行啥叫不行，混个吃喝。你大婶说是血压高，干不了活，才四十几岁，就不干活，还是人家会享福。你说，成天坐着血压能不高，干干活不就不高了。

家里房子盖哩可好，出门左边，那个两层楼，就是你大叔盖的，一年也不回来一次。说是奥运不让干活，想回来，回来干啥，三个人来回路费快千把块钱，得多长时间挣。

你光亭二叔没出门，在咱河东那边烧砖窑，给人家干活，算是有点收入，你光亭二婶也闲着，就在村里打个小牌，人家闲着，都享福。他们娃儿二十岁了，前两天刚从青岛回来。

你光亮叔在青岛韩国人开的一个首饰厂打工，主要是镀金镀银，都是假的，在这里镀完，再拿回韩国卖，有哩也在中国卖，价钱翻倍。全是糊弄人哩。管哩严，回家、请假都要扣钱，你光亮叔去年回来盖房子请俩月假，一年的奖金都没了。有没有危险？啥危险，也没听说，都在那儿干，也没见出啥事儿。你说有粉尘，金属毒，谁证明？小柱到死也没说明是啥原因。你光亮叔也是小柱介绍去的，干了八年，一直在那个厂里，才去的时候，钱少，天数多了，工龄长了，一个月一两千。

你光亮叔大娃儿，就是淹死那个，死了两年，你丽婶也不怀孕，就在别人家抱了这个女子（五奶奶指了指旁边的小女孩），费事哩很。这等了这些年，大前年，才又生了个双胞胎，高兴是高兴，可咋养？他们俩上班顾不住小孩子，双胞胎中那个男娃儿自己养着，你丽婶儿现在在那儿闲着，专门照顾那个小鳖娃。那个小围女她姨先养着，估计马上就不给养了，人家自己也要有孙子了。我身边这个女子户口上在她二伯那儿，又给双胞胎上户口，办那个准生证也花了两千块。

这闺女是在青岛要哩（小女孩在旁边骂了一句话：要你个头不要），全是罪孽哩，一点点长都是我养的。唉啊，可麻烦死了。把屎把尿的苦就不说，上学更麻烦，咱们村里的小学早就没有了，还在镇上上学，来回接送。原来你桂平姑家住在街上，晌午女娃儿在那儿吃饭。你姑现在出门打工了，只剩下老公公老两口，人家老两口一天两顿饭，咱咋好意思去吃。这九月份开学，晌午也得我接送。街上车来来往往，也不安全，不像原先一样，自己跑回来。早晨、晌午、晚上都得接送，来回六趟，一趟都有二里地。人都够死了，受不了，接送完回来还得做饭，做完饭吃完送走回来，还没歇一会儿，就又得去。

现在看着是上学不交学费了，实际事也多死了。说是不交学费，学校生着法儿也没少要钱。

你说赡养费，啥赡养费，也没人去说，仨儿子，谁有了谁给一点。

去年你光亮叔盖这房子，欠人家三四万。到今年一分钱都没给我，还替他养闺女，你找谁去？都是你其他几个叔给一点。年下①你姑给俩钱。你二叔给哩多些，他就一个娃儿，也没啥负担。

一年说是不花钱，人情世故不说，春上，俺俩不美②花了二百多块钱，身体一般也没事，说不美就不美了。我这个腿，老是麻、凉，六十七了，也不行了（小女孩在旁边跑来跳去，五奶奶有点受不了烦，嚷了她几句）。

你五爷到这十月都死八年了，六十岁死的。喝酒胃喝坏了，做胃镜，胃都烂了。再说都不行，非喝。那时候，开菜园，去卖菜时喝，卖完了也喝，菜一下子开给人家也喝。为啥恁快死了，菜卖完了，不响午，到茶馆喝茶，泡多浓的茶，茶叶都有半碗。出那个茶馆，走一路喝一路酒，在沿路代销点喝，那鳖娃儿散酒，都不知道从哪儿弄来的，愣是给胃喝坏了。不知咋死恁快。发现两三个月，就不行了。

就是在那个时间，你光亮叔那个娃儿死。死哩时候，十一岁，要是活着，现在二十岁了。哎呀，那真算费手哩，猴头子日脑③，管不住。死之后你丽婶回来也没找事，在那儿人们也说过她，她知道她那娃儿费手，在家气哩用三角带打，打的时候哭两腔，不打了又笑。那天放学了，人家都回来了，他不回来。在哪儿呢？在张家顺着坑边走过来，找泥鳅、青蛙，就在坑边玩。

晚饭前，他跟清立家的娃儿一块儿下河，我在屋里做饭。不一会儿，前面宝宝来说，我哥掉河里没见了。你二婶慌里慌张跑过来说，离娃儿不远处还有人在挖沙，人家看见了。你二叔、梁家人都已经去了。我顺着砖瓦厂走下去，边走边哭，这咋给你丽婶交代呀，走哩近路，全是斜坡、土坑，腿在野草棵里蹚过去，刺扎在身上一点儿都不知道疼，感觉浑身没一点儿劲，发软，摔了不知道几个跟头。跑到河边，看见一群人在水里摸。后来，光秀用脚探住了，用劲挑起来，娃儿肚子里没一点水，脸上就沾一点黄泥，是在漩涡里激死了。我现在还记得他刚从河里捞出来的脸，煞白煞白，发青，眼闭着，可安静，好像在水里也没有

---

① 年下：春节。
② 不美：生病。
③ 猴头子日脑：非常调皮。

挣过，肯定是一下子就死了。我一屁股坐在沙里，咋着也起不来。小鳖娃儿，说没就没了。抱着娃的身子，我哭啊，你说可咋办？老天爷，把我的命给孩子吧，我这老不死的活着干啥？

从那以后，我就住到河边那个茅草庵里去了，累哩很，心里难受，像空了一块，上不来气儿。我一天到晚地想，要是我早点做饭，他放学回来就能吃上，他就不会去河里了。怨我，非要在地里多干会儿活，结果耽误娃儿吃饭了。他是有些气我呢。小鳖娃儿，活着的时候费手，一天到晚不知道得打他几回，说他几回，不听话哩很，真没了，又想哩不行。那时候还不是怕你丽婶回来吵我，主要是没法给人家交代，孙儿给你了，你养哩啥，人养没了。你光亮叔别看平时打他那娃儿舍得下狠手，可稀罕哩很。

说是挖沙引起的，也是，人们都挖细沙，沙底挖哩很深，到处都是漩涡。这几年死了好多人。说是这样说，你找谁说理去？说了也没人管，谁能证明是人家挖出来的漩涡淹死你哩娃儿？

你光亮叔还想着把小闺女抱回来让我养，我是不行，管不了了。才两周岁。光管这个大女子，我都累得浑身疼。根本不行。

家里一个个都是不省事。前几天黑娃突然回来了，说是看病。在外面打工，有病了都回来看，在北京，谁能看得起？就是晚上老出汗，小便勤，县里中医院说厉害哩很，是淋病，还得手术。他一听，怕了。我也不知道他在那儿干啥了。后来，到你哥诊所，一看没事，输几瓶水好了。还是找自己人不表①你。

五奶奶屋里人来人往，谈话不断被打断，说到孙儿死的时候，五奶奶的神情变得有点飘忽，语气也开始低沉下去，她停顿了下来，似乎又想起当时的场景。我想象着，五奶奶疯了一样地往河里跑，她的腿发软，她浑身冒汗，她的手上、腿上都是刺，可谁能知道，她有多恐惧，多害怕？她养了那么多年的孙子，比养自己的儿子精心多了，她伶牙俐齿的儿媳妇，该会怎样数落她？她最宠爱的小儿子又该怎样伤心？这么多年过去了，这个伤疤仍然没有结住，唯有在这一点，五奶奶还不能用

---

① 不表：不骗人。

自嘲来使自己超脱。正在这时，隔壁的一个婶过来，说是丽婶儿的姨打来电话，要把光亮的小女儿送过来，人家马上要生孙子了，怕自己儿媳妇不高兴。五奶奶听了，直叹气说，还是躲不过去，说是不给他养，可眼看他过不去，你能看着不管，好坏自己还能动弹。

顺着砖厂的路，我往河的方向慢慢走，这也是五奶奶当年往河边奔跑的路。这条路，她永远也走不完，那顿饭，她永远也没能做完，因为，她的孙子，那个十一岁的捣蛋大王再也不能捣蛋了。我忽然想起了童年时代的一首歌谣，我们放学回家，边走边唱：

> 小板凳歪歪，
> 我在地里割大麦。
> 刮个风，
> 好凉快，
> 下个雨，
> 跑回来，
> 奶奶，奶奶门开开，
> 外头回来个小乖乖。

菊秀：世界上最坏的东西就是"理想"

听说我从北京回来，在襄樊生活的菊秀，兴奋得直叫，当天下午带着儿子就回来了。菊秀，我少年时代的三个好朋友之一。另外一个好朋友是霞子，我俩一同考上师范，她现在镇上小学教书。我们三个大人，三个小孩，都窝在霞子家，在地上打了个通铺。

菊秀家八十年代后期就离开了梁庄。她哥上完初中之后，到湖北襄樊的河南棚区讨生活，慢慢扎下根，把菊秀的父母、弟妹都接过去，只有菊秀死活不走。那时，我们正在读初中，菊秀不想做生意，不想打工，想考学，想过自己理想中的生活。就一个人在家里住。于是，菊秀的家成了我们的聚会地。我们在她家写作业、聊天、写日记、闹别扭、说各种傻话。夏天的晚上，我们坐在院子里，看月亮，各自写文，然后，拿出来互相阅读；我们在河里洗澡、在河边散步，怀着少女柔软的心去欣赏那沙滩、河水、草地。到了初三，冬天的时候，我们几个又去找校长，希望校长把学校的一个废旧仓库腾出来让我们住校，还真的成功了。菊秀那个时候发挥了她的执着性格，校长不答应就不走。我们三个挤在一张床上，为争我这个小火炉，她和霞子还闹起了别扭。那时候，我可是她们最宠最爱的人。

在我和霞子都考上师范之后，菊秀又上了两年初三，还是没有考上。在这期间，菊秀的父母一直催着她到襄樊那边，因为做生意缺人手，而菊秀的学习，似乎并没有希望考上什么学校。

我就是想过你这种生活，可就是过不成。我也常常反省自己，我的不成功多少与我性格有关。我要是没恁傻，没恁单纯，就不会走到今天这一步。

你俩考上师范，我又上了两年初三，还是没考上。那几年艰难，我妈他们摆小摊供我，我不服气，我就想考上学，结果，还是不行。你知道家里有多怨我。下学之后，就到父母生活的地方。开始跟父母一起摆摊，非常不适应，总觉得还得有点理想。别的没啥学头，就开始学裁缝，想着将来当设计师，开大的服装店，也算是高雅的职业。

我给我妈说好，学上一年裁缝，不行就老老实实回来摆摊当小贩。我做学徒的那家裁缝店很远，每天来回要跑十来里地。师傅不断地给我们派活，做好多活，光做裤子，每天都要做二十条，我们两个徒弟比着做。最早回来夜里十二点，一般都是一点钟。我一个人骑着自行车，每天上那个大坡，是最难的。车子推不上去，推着推着睡着了，好多次都是如此，然后一惊，醒过来了，咋还没到家，你想那有多困啊。日复一日，不管刮风下雨都是如此。有一天，就是走上坡的时候，不能骑，必须走，有个流氓过来捂我的嘴，我拼命拿脚蹬他，可能是蹬住他那部位，才松手逃跑。从那以后，我就想假若有个男孩，天天接送我，我一定嫁给他。那是我当时最真实的想法。

学了一年以后，师傅总是有所保留，我就偷偷学。另外一个姑娘学了一年半还没学会，我自己偷偷看，回家剪了两条裤子，还不错。也算出师了。就想着出来开门面店，开店的钱都是东拼西凑，又跟我妈、我哥求情，让他们支援。我妈也没办法，其实那时我哥他们在开汤锅，屠宰场也已经能赚钱了，他们想让我也干。我说啥也不干，那种生活太庸俗，跟我心中的理想不一致。

我哥后来给了我六百块钱。拿着六百块钱我心里沉甸甸的。拿着钱买了缝纫机和绞边机，就去进布匹，边加工边进货。我先给亲戚们做，中间也有做错衣服的，有客户去吵，但那时候都特别耐心，给人家解释。一九九〇年学，一九九二年开始自己做，一九九二年和一九九三年是最艰难的时候。家里看不赚钱，也不支持。没有本钱，我去贷款，认识一个女子，说是帮助贷款，后来又不借了。我特别苦恼，一个人喝了半斤酒，心里非常难受，想着啥时间能出来。我这一辈子就喝了一次醉酒，觉得很无奈、很无助。别人给我介绍男朋友，我都没有愿意。那时候只要有五千块钱，就可以另有一番天地，但就是没钱。

后来就碰到了阿三，我家那口子。这是错中加错。咱们这号人，喜欢浪漫，阿三那时候年轻，白白净净，也喜欢吹个笛子，看个书什么的，看着特别文气，我就很喜欢，开始和他谈恋爱。那时候还在做衣服，每天忙到半夜，但真是很开心。还每天早晨坚持锻炼，到坝上高歌。为这，我妈老是骂我。裁缝店一直没有扩展起来，再辛苦也挣不了多少钱。

襄樊橘子多，后来就跟着一些老乡进橘子，从当地联系，然后往全国各地拉，主要往开封、河北等地。那也是相当辛苦的，买的时候，当地老百姓容易把坏东西弄进去，去卖的时候一定要好东西，价格一直提不高，在这过程中，也很辛苦，再加上路上的辛苦，有时候一天吃一顿饭，把胃都饿坏了。但也没赚多少钱，有时候一车还赔两三万元。拉了两三年橘子，也没赚多少钱。

从那时候开始对阿三不满意，没有一点创业精神，不愿受苦，有事喊都喊不到前面来，死不出头，我哥他们给他安排个活也干不好。我俩总吵架，我哥就说我，这可是当初你选的，会拉会唱，会耍花腔，就是不会干活。其实，我心里也明白，阿三就是不会和人抢，拉不下个脸，我也是一样，所以挣不来钱。可总得生活呀。

二〇〇〇年左右，跟我哥一块到河北做砖厂，帮着找工人，在车站上用自己的方式打动人让他跟着我走，要懂点心理，在几分钟内把对方说动，也是很不容易。在石家庄租一间小房子，每天必须出去，有时候刮好大风，还出去，在候车室、火车站出站口等。

我是想着帮助这些人，我们介绍的地方都是听说是好厂，能发下来工资才送的，但也挡不住厂家的坏。这中间非常艰难。每天早晨五点多起床，看那些打工的人，然后说动他们，云贵川的人比较多些。一切的开支都要从这些中介费中来，所以不可能不收费。中间公安局也抓我们，到处躲，还和其他中介争客源，打得头破血流，真不知道那日子是咋过来的。有时候，一个人坐在火车站，坐着坐着就想哭，我竭力追求好生活，最后咋成这样了？看一些报道，说民工在砖厂干活不给钱，还有被逼死的，我就很难受，好像那些人都是我送去的，是我把他们送到了火坑，走路连头都抬不起来。

这样做了三四年，我总想着这种生活不是长久之计。认识一个女的，就又开始做服装生意。我们二〇〇五年开始，也该倒霉，刚好服装生意开始走下坡路，我把郑州赚的钱又投了进去，没有足够的客户，生意做得不是很成功，就又不干了。

回到襄樊。我哥的生意做起来了，需要人，就让阿三跟着他跑运输。你看，到最后，还得依靠我哥。

目前我家的情况是，还剩一个橘园，值四五万块钱，别人欠的有三四万块，就剩这么多。我开个茶馆，其实就是麻将馆，我每天烧茶不说，人凑不够手的时候，还要陪着打，还要垫钱。我现在也是老手了，一天不打都有点手痒。赚钱也难，打麻将的人都是熟人、亲戚，当时先不给，挣钱时再给你，也有最后不给你的。

现在想想，世界上最坏的东西就是理想，不是想保持这点理想，我能过得这么差？我能嫁给阿三这样的窝囊废？要是嫁给我哥那样的人就好了。现在我最崇拜的人就是我哥，当初觉得我哥太粗暴，没文化，现在看，还是人家干起来了，不嫌脏不嫌累，啥事都敢担当。阿三可不粗暴，没一点本事。但是，说到底，阿三人也不错，比较平凡，应该是上班那种类型，不敢冒险。我们俩之间的矛盾就是思想不对路，原来谈恋爱的时候还经常谈心，谈理想，现在，还谈啥，说不上三句话，就开始吵架。他也不沟通，我也觉得与他说话就好像对牛弹琴。

开裁缝店的时候还有理想，再苦再难，都觉得能坚持下去，活得也充实，总觉得快乐。现在生活再富足，也不快乐。也有点自卑，毕竟你们还是实现了自己。我自己呢？啥也没有，日子过得也不好。

我晚上做梦，还经常梦到咱们上学那时候，考试，题不会做，紧张得要死，但是，心里还是高兴哩不得了，因为又回到学校，又上学了。醒了之后，特别难过。还有那个乡间小路，咱们三个人，坐在夕阳下，小河边，散步，发呆。这梦都做了无数次，也不知道是恋旧，还是怎么回事。这两天和你们在一起玩，感觉又回到少年时代，心里特别特别高兴，很单纯，有很多感触，特别是又回到咱们学校，我对学校有浓重的感情。如果我考上学，最起码精神上比较充实。

我现在的真正想法是把孩子教育成材，也算部分地实现了自己的梦想，但感觉孩子也是朽木一个。他的性格又是受他爸爸的影响，比较压抑，他爸就是打他。再一个我们的环境也不好，家就是茶馆、牌场，也受影响。

我打算买个房子。房子一定得弄，孩子需要个地方，原来没有想过这个问题。房子弄起来，明年到我们家去玩去。

唉，有时候真觉得前途茫然，觉得没有目标，但是我一定要找到目标。我的理想生活就是物质生活与精神生活结合在一起，就像你现在的生活，就是比较让人满意的生活。

说到帮砖厂拉人那一段生活，菊秀的脸通红，泪都要出来了，反复告诉我，这是她的秘密，不能写出来，不能让别人知道。我想，我明白菊秀的意思，她为这段生活而羞愧，这也是她干不下去的原因。

生活没有给她实现理想的机会，于是，她的理想、她的浪漫都变成了缺点，成了阻碍她更好生活的绊脚石。从言谈举止之中，可以明显地感觉到菊秀的自卑，她的易怒，她的辩解。在扫过我的刹那眼神中，都看到了饱受屈辱的苦痛。我无能为力。相比较菊秀而言，我的生活多么顺利，甚至有些苍白无力。我求学，求学，最后，获得一份工作，过着安稳的生活，我可以实现我的理想，写作，思考，过一种有深度的生活。而这些，正是菊秀向往的，她在少年时代就确定下来的理想。可是，当生活把她抛到另外一个轨道上时，她一点儿机会都没有。

我知道菊秀还隐瞒了她的其他更为复杂的、黑暗的经历，但是，就我们三个而言，还是菊秀保持着某种单纯的品性，她对人事，对许多关系似乎还不是很明白，有某种明显的幼稚在里面。在听她讲述的过程中，我和霞子那不时交换的眼光，那洞透的、怜悯的神情，是有一个共同的感觉，菊秀，她的心灵还停留在十八岁，那个充满理想，然而又幼稚，总是把事情搞砸的少女。

我们在霞子家住了三天。那几天一直是晚上下雨，白天放晴。清晨起来，空气凉爽、湿润，清新怡人，我们带着一群孩子，到河坡里散步，仿佛重又回到了童年时代。沿着河里纵横的小路，一直走到村庄的后面，从墓园那里上去，看到母亲的坟，我挥了挥手，说："妈，我走了。再见啊。"心中有种奇怪的温暖与感动，涌在胸口，要溢出来，就好像母亲还活着，我只是平常出门，给她道别一样。

要是每天都这样多好。要是曾经有过这样的时刻该多好。

我们重新走上当年默望夕阳的田间小路，重又回到村庄，去寻找昔日的踪迹。菊秀还是那个天真烂漫的菊秀，非常雀跃。但是，一和她十二岁的儿子说话，她就变得啰唆、急躁、伤感，可以看出，菊秀是把未完成的理想寄托到她儿子身上了，但是，儿子却又恰恰对学习不感兴趣。又沿着上学的老路走了一遍，却似乎没有多少感觉。最后，所有人都催着找一个饭店，赶紧打开空调。在饭店坐下后，一班人说说笑笑，而那条路，依然被遗忘了。这是它必然的命运。就像菊秀。

春梅：我不想死，我想活

1991年9月，穰县成立劳务输出开发公司。1993年，市开发公司成立劳务市场，29个乡、镇、办均成立劳务站。1996年12月，市劳务输出开发公司更名为第二职业介绍所。至2000年，共进行岗前和转岗培训1.8万人次，输出城乡行业青年和富余劳动力219.6万人次，创经济效益11.44亿元。

——《穰县县志·大事记》

二〇〇八年的夏天，似乎特别地热。正是中午时分，和哥哥闲聊会儿天，我到楼上房间去整理这些天的录音。

嫂子忽然跑上来说："快下来看看，春梅服毒了。"然后，又旋风一样跑了下去。

我摘下耳机，听到哥哥的前院已经一片嘈杂声，有哭声，也有人在大声叫着，春梅，春梅，你醒醒，醒醒！我赶紧下去，看到哥哥正拿着工具，往躺在架子车上的女人嘴巴里灌东西。

春梅已经处于昏迷状态，表情非常痛苦，在拍打声中，眼皮不时地翻动几下，好像在回应着大家。一番抢救过后，春梅似乎清醒了一点，她睁开眼睛，四处搜寻，蓦地紧紧抓着婆婆的手，嘶哑着嗓子说，我不想死，我想活，我不想死呀，你救活我，我一定好好哩。她断断续续地说着，又昏迷了过去，这中间她一直抓着婆婆的手，仿佛在抓着一根救命稻草，在短暂的清醒时刻，她还用含混的声音挣扎着吐出字眼：要是这次好了，我给你做双鞋。

一个小时后，春梅腿脚抽搐几下，一动不动了。哥哥查了查脉搏，摇摇头说，不行了。

我默默地退了出来。在随后的几天，寂静的梁庄村忽然变得热闹、嘈杂。村子东头，春梅家，第一次成为村庄的中心，人们围在门边，或站在坑塘旁，议论着这件事。梁家几个长辈聚在堂叔家里，商量好久，最后派出一个有些威望的中年人去通报春梅的娘家。还要商量下葬的事情，因为春梅的丈夫在外地打工，回来得两三天时间，而夏天高温，尸体难以存放。春梅娘家爹妈、哥及本家来了二十几口，哭着，骂着，拿着棍子、锄头、锨把，把春梅屋里和她婆婆屋里的锅碗瓢盆都砸碎了，又上去撕扯堂叔与堂婶。他们不让下葬，一定要等着春梅丈夫回来，给个说法。于是，又派人去叫堂哥。我的这位堂哥，小名叫根儿，初中毕业，是村里少有的在煤矿挖煤的打工者，他没有手机，也没有留矿区电话，每到农忙、春节，自己就回来了。当事情出来后，大家才突然发现根本无法联系他，就赶紧派一个同门的年轻人坐火车去找堂哥。在春梅娘家哥的"押送"下，堂叔去买来最好的棺材，又买来大量冰块，放在棺材四周，以压除日渐浓重的臭味。

春梅，个子高高的，属于村里比较漂亮的小媳妇，圆脸上的大眼睛总是流露着好奇和警惕的目光。她在村里并不受欢迎，太要强，又不会来事儿，和村里大部分妇女都有过矛盾，平时路上见了，还要彼此剜上几眼。春梅死了，对她们的震动最大，一群群地围在一起，议论着什么。奇怪的是，当我想过去插一两句话的时候，她们马上停住了议论，警惕地看着我，并迅速转移了话题，那暧昧的神情似乎昭示着这里面还有其他我所不知道的东西。这些年轻的媳妇，和我并不熟，在我离开村庄的时候，她们还没有来这个村庄。后来，听哥说，春梅与一个堂嫂走得比较近，也是春梅在村里唯一的朋友。在哥哥的引见下，我和那个堂嫂，一个颇有些见解与现代意味的高中毕业生，进行了一番交谈，也大致了解了春梅自杀的原由。

我只给你说这些，你可千万不能告诉别人。这几天，我心里不美哩很，可难受，说起来，春梅的死也怨我，与我有关。

春梅和根儿结婚不到一个月，根儿就出门打工了。按说春梅也可以去，可是她晕车，坐到县城都吐哩死去活来，她说啥也不出门，不敢坐火车，后来，生下她那小闺女，也就不想着出门了。别看春梅脾气暴，跟她婆子妈，跟村里人经常吵架，她和根儿的感情可好着呢，没见过他们吵架。根儿回来了，经常骑着自行车，前面带着闺女，后面坐着春梅，去镇上赶集，回春梅娘家走亲戚，有时候把闺女留给婆子妈，两人到城里去玩，也是骑自行车，你带我，我带你，亲哩很。

春梅虽说知识少，有点笨，可是人真叫个勤快、干净，一天到晚，手脚不停，就两间小房子，收拾得可干净，床上、桌上，连个灰粒儿都没有。下地干活，舍得出力气，家里养有鸡、鸭、猪，有段时间还养兔子，忙哩不行。她最大愿望就是盖像焕嫂子家那样的大房子，不和婆子妈憋在一个院里。

事儿出在今年春上，春节的时候，根儿没回来，在那边给村里老支书打了个电话，说矿上需要有人看矿，一天双工资，他就不回来了。春梅也没跟上接电话，心里就一直生着暗气。你不知道，根儿上次回来是去年春节的时候，中间割麦也没回来，这再不回来，到夏天割麦子就是一年半没回来了。春梅心里不痛快，在家里打闺女，骂牲口，不给人好脸子。有时，关着门，大半天不出来。在农村，哪有大白天关着门的习惯？婆子妈看不惯，说她离了男人就不能活。春梅也不省心，说她婆子妈，你可不想男人，天天晚上出去跑。把她婆子妈气得直噎气。实际上，她婆子妈是信主，也是跑哩不落家。你说，大过年的，别人都团聚，小两口一块儿走亲戚，她就剩自己，也怪可怜的。

过完年，春梅来我这儿玩，说起这件事，一开始也是扭扭捏捏，啥也不说，后来说开了，一连声地骂根儿，我听出来了，她是想根儿想哩很。我就给春梅出主意，给根儿写封信，说自己生病了，要他赶紧回来。春梅刚开始还不好意思，说写啥信哩，他们从来没有写过信。根儿上到初三，还能写字看报，春梅是几乎不识字的，咋写呀。我说，你不会写，我替你写。咱好坏是个高中生，也是好浪漫，你哥在南方当海员，我们俩经常写信，还相互寄照片，感觉挺好的。每次来信，心里美哩不得了，再累也高兴。春梅知道我们经常通信，早就羡慕。最后她答应了。我就以春梅的名义给根儿写了封信，还加了些抒情话。写完给春梅念念，她听了，还只骂我，说谁想他了？但也不说让我再改，我就把信写好，封好，把地址写好，春梅拿到镇上邮局寄走了。

这下可坏事儿了，从寄出去第二天，春梅就开始天天等信，在村口等，有时还到邮局等，一看见邮递员来，就前后跟着，怕别人看出来，还非得拉上我。我告诉她，信来回走得二十多天，她不听，等了一个多月，还是没有信。我就想着，是不是信寄错地址了？按说不会啊，是按根儿寄钱回来的地址寄的。春梅有事没事就往我这儿跑，来了就问，咋回事，咋回事？我说，干脆，再写封信，上次有可能投错了。就又写了一封信，我还让春梅拿张相片夹进信里，让根儿见信回来。现在想想，我有点太急了，那时候应该先劝劝春梅，我这等于是火上浇油，把春梅领到死胡同里了。

这一等又是二十多天，根儿还是没回信，更别说人了。春梅也不来问我了，我去看她，她也懒得理我，成天坐在家里，关着门，辣椒也不摘了，地也不拾掇了，婆子说她几句，她也不像以前一样一句不饶。我心里着急啊，就偷偷又给根儿写封信，还找老支书，让他查根儿打过来的电话记录，老支书的电话就没有来电显示。我上网去找，根本找不到根儿打工的那家矿。你说这咋办？

我和春梅去镇上赶集，原来上街，每一次春梅不是在卖衣服的地方跟人家吵，就是在卖鞋、卖苹果的地方吵，热闹哩很，现在倒好，人一声不吭，眼睛直直的，见啥买啥，温顺哩很。我看她的脸，红得不像样子，摸她的手，潮热得很。有一段时间，忽然又狂躁哩不行，见人都吵，把她老公公、婆子、闺女吵哩门都摸不着，都不知道是为啥哩。

她婆子妈说她是得了"花痴"，想男人想疯了。俩人吵架，她婆子妈当着村里人的面，这样骂春梅，春梅脸挂不住，干脆钻到屋里不出来。还真有点像，最后这俩月，春梅连活都干不成，神志不清，有好几次去地里干活，把闺女落在地里，自己回来了，也不烧火做饭，见了村里的男人就跑，好像谁要抓住她一样，看着都不正常。村里也开始有人拿眼看春梅，背过去还议论，我也气哩不行，谁问我了，我都给戗回去。可有啥办法，根儿联系不上。也没往坏处想，联系不上也正常，平常没是没非，谁跟家里联系？到时候，自己回来就是了。

想着熬到割麦时，根儿可该回来了，没想到，这死劲头儿，还是没回来。不过，往年根儿割麦时也没回来，现在，都机械化了，机械直接把袋子装好，运到家里，也不需要多少人手。但是，现在情况不一样，春梅眼瞅着都不行了，人都快熬死了，她是一股劲儿憋着，成心病了。

要说，这还没事，说句难听的，春天猫都叫春，人也正常，熬一下，都过去了。可是，前几个月咱邻村王营出一个事儿，春梅又上住心了。王营一个小媳妇上吊自杀了。为啥哩？她丈夫回来，俩人好哩不行，一块同进同出十几天。走有月把天气，这媳妇一直下身发痒，她忍着，不好意思去看，最后开始发烧，才不得不去医院，一看，说是得性病了。还问她丈夫接触过什么人？要抽血查艾滋。村里人都知道了，这媳妇又羞又气，上吊死了。要说这和春梅啥关系？春梅一听说，疯了一样来找我，逼我，问我是不是根儿也在外面坏了，不敢回来了？我说这哪儿知道，再说，矿上挖煤的，都是男的，根本没有女的。春梅说，不是，她看过电视，矿上周围都有女的，专门干那事儿，肯定都有病。我咋解释也解释不清，我说，干脆，你带着闺女去找根儿，现在，大矿不都有家属区吗？租个房子也能住下。我一说，春梅又泄气了，她从来没出过门，晕头转向的，吓都吓死了。再说，她不年不月地去找根儿，村里人肯定会笑话她。家里的地，她舍不得给别人，她好不容易种的辣椒、绿豆，她还要撒肥料种萝卜、白菜。根儿挣的钱到现在还不够盖房子，她咋能把地丢了呀。

后来，春梅也不提去找根儿的事儿，有事没事到王营去转悠，打听那个男的在哪儿打工，女的啥样子，咋染上这病的。回来还问我，是不是一跟别的女人在一块儿，男的就会得病？一惊一乍地，问得我心里也难受哩很。你想，你哥也在外面呢，当海员的，到哪一个地方不靠岸，哪一个岸边没有那样的地方？我先前从来没想过这事儿，挣个钱多不容易，谁有那闲钱去干那事？可是也架不住那么多人去呀。

大前天，不知道为啥事儿，跟婆子妈大吵一架，吵完架之后，春梅上地里去撒肥料，回来才想起来撒错地了，把整整两袋化肥撒到别人地里了。她又跑回到地里，在地头转了好多圈，我看她神情不正常，一直跟着她。回来，眨眼不见，就喝敌敌畏了。你说，傻不傻，村里有几个男人不是在外面，都像她这样，大家还活不活？

我都不敢跟你哥提我写信给根儿的事儿，你哥非骂死我不可，闲哩没事招啥风哩？

三天之后，派去的人和根儿哥一起回来，春梅的娘家又来闹一番，娘家哥在冲动之下，上去打了根儿哥几巴掌，根儿哥直挺挺地站着，也不还手，也不抹泪，甚至连泪都没流，好像麻木了一样。或者，他始终处于诧异之中，他似乎不明白，他的老婆，春梅，他们的日子越过越好，怎么会去自杀呢？我没有走过去，尽管我很想问他，是否收到春梅的信？如果收到了，为什么没有回来？现在通信这么发达，为什么不配手机？难道他不想念春梅吗？不想念她那年轻的、仍然圆润的身体？

这一切又有什么意义呢？对于乡村人来说，没什么事儿，不年不节，又不是春忙秋种，回家一趟，是不可思议的事情，那绝对是浪费钱。而情感的交流与表达，更是难以说出的事情，他们已经训练出一套"压抑"自我的本领，性的问题，身体的问题，那是可以忽略不计的事情。中国有几亿这样的流动大军，如果要考虑这些"小"问题，那不是太麻烦了吗？

改革开放，"劳务输出"一词成为决定地方经济的重要指标，因为出门打工农民才能挣到钱，才能拉动地方经济。但是，这背后有多少悲欢离合、有多少生命被消磨殆尽并没有纳入考虑的范围之内。男子离开家乡，一年回去一次，至多两次，加起来不会超过一个月。他们都正值青春或壮年，也是身体需求最旺盛的时期，但是，却长期处于一种极度压抑状态。即使夫妻同在一个城市打工，也很少有条件住在一起，因为建筑工地、厂家并没有义务给他们提供住宿，他们的收入很难租得起房，往往都是各自住在厂家，至于周末怎么相聚，怎么进行性生活，则是难以想象的黑暗问题。即使这样，能在一个城市，经常会会面已经是很幸运的了。由于性的压抑，乡村也出现了很多问题。农民工通过自慰或嫖娼解决身体的需求，有的干脆在打工地另组临时小家庭，产生了性病、重婚、私生子等多重社会问题；留在乡村的女性大多自我压抑，花痴、外遇、乱伦、同性恋等现象时有发生。这也为乡村黑暗势力提供了土壤，有些地痞流氓借此机会大肆骚扰女性，并且往往能够成功，有的村干部拥有"三妻四妾"，妇女们为其争风吃醋，衍生出很多刑事案件。

"性"问题的被忽略，显示出社会对农民的深层歧视。我们的政府、媒体，包括知识者，在探讨农民工问题时，更多地谈及他们的待遇问题，很少涉足他们的"性"问题。仿佛让他们多挣到钱就解决了一切问题，仿佛如果待遇好些，他们的性问题就可以忽略不计。难道他们，成千上万的中国农民，就没有权利过一种既能挣到钱，也能夫妻团聚的生活吗？

春梅终于下葬了，就埋在没有撒到肥料的那块地上，她最终以自己的身体给这块地施了肥。头七那天，根儿哥到坟上给春梅放了鞭炮烧了纸，又出去打工了。

义哥：现在咱是名副其实的企业家

义哥姓袁，四十岁左右，在梁庄是独姓。十七岁辍学后，全家离开村庄，到南方码头上讨生活。和当地人争地盘，凭着一股子拼命和不怕死的精神，终于在码头站住了脚，开海鲜批发，办公司，要风得风，要雨得雨，一时间，成为那一块儿的风云人物。

也许是从哥哥那儿听说我在家做这样一件事情，他一定要回来给我讲他的故事。那天，一辆大众车呼啸着停在了哥哥家门前，后面卷着一长串灰尘。然后，义哥带着母亲、儿子下了车。义哥脸庞油光泛亮，戴着闪亮的、粗粗的金项链，穿着一个白背心，块块肌肉从背心里鼓出来，使得个子不高、微胖的义哥显得非常有霸气。他说话声音非常豪爽，但是，一说到陈年往事，马上变得充满感情，有几次眼泪都掉了出来。义哥母亲，比起二十年前在村庄的时候仿佛还年轻了些，皮肤细白红润，一看就是过上了好日子的老人。儿子只有八九岁的样子，义哥说带他接受接受教育，这些孩子，不知道啥叫艰难，不知道他爹受过啥罪、吃过啥苦才混到今天。义哥是从另外一个县赶来，正在那儿谈一个铝矿开发的大项目。说了三个小时，又带着儿子、母亲匆匆赶回去。有朋友在等着他谈事情。他对自己赚钱的能力充满自信，对未来的经商生涯更是信心百倍。

我这一生，真是艰辛。要说得说上几天，能写一本书。

在咱村里的时候，真是饭都吃不上。我爸我妈房子盖起来，欠了一屁股外债。听说赶羊、卖鞋底能赚钱，想出去卖鞋底，那时候队里还不让卖，我妈就给队长下跪，也不行。后来养个羊，小偷从墙上剜个洞把羊偷走。你说背时不背时？

有一个事儿能说明那时候穷成啥样：爹妈出去卖鞋底，给家里留了二十七封挂面，不是现在超市卖的一斤装，是农村自己切的那种短的，最多半斤。玉米面啥都没有。我们姊妹几个就这样过了一个月零二十天，姊妹四个放学分工，拾柴的拾柴，烧火的烧火，每天，都是稀汤面条，放些野菜、红薯叶子啥的，就这，到最后咋节省也没有了。我就出去借粮食，村里借遍，那时候都穷啊，谁敢借给你这群没爹娘的娃儿。等爹妈回来的时候，姊妹几个都快饿断气了。

由于在村里属于单姓，地位比较低，又在你们梁家这片儿住，老是受梁家欺负。为宅基地产生矛盾，万明家找事，打闹到门口。我一手拿菜刀，一手拿铁镐，不要命似的，打倒他们一大片。那时候，我才十几岁。梁万明是我老师，他说，义娃儿，你为啥打我？我说，你们欺人太甚，欺门霸户。

后来，爹妈从湖南回来，过了不多久，不小心把房子烧了，苞米都烧煳了，家里的铺盖啥的都被烧了。我爹围着房子转，我们全家坐在地上哭啊，可真是哭天无泪。最后借住在队里的一间炕烟房里。

十七岁全家到阳县。我妈从外婆家借一百多块钱，在阳县买了个磨机，打豆腐。爹妈在家做，我在阳县家属区到处卖。一年冬天，下大雪，南方下雪少哩很，我还得出去卖豆腐，上坡太滑，自行车倒了，豆腐全部散了，我坐在那儿哭，都不想活了。后来，想把事业扩展，阳县是苹果之乡，贩苹果比较赚钱。我联系了一个客户，一船苹果赚几千块，给我分了几百块，我高兴得不得了，正经是赚了第一桶金。但是，别人把我灌醉，把钱掏走，我放声大哭。这是他们设好的局，骗我的。后来，在船上贩鱼，受人欺负，被人打，要我下跪，我不下跪，打死也不跪。从那以后，我也硬起来，出来混，不能软，一软，当地人就把你收拾掉。后来开始结识阳县的各路大哥，人家也认为咱有豪气，没有看不起咱。人们都说河南娃儿咋了咋了，其实也是被迫无奈，才站起来，打造一片天。我在那儿，慢慢认识了咱们这儿的人，通过了解、沟通，找共同类型的人，讲义气的，结成一个联盟。

后来，在码头卖鲜鱼、海鲜产品，搞大批发，这是赚钱的买卖，没有霸气绝对不行。在这期间，打架拼人命的事情很多。有一个姓郑的，我们结下了梁子。一个人给郑家送鱼，被我拉走了。这个人听说我收得贵一些，就卖给我了。郑家不愿意，拿着刀，去砍那个人。我拿着刀就砍，当时弟兄俩都见血了。他们架着我，我从背后砍，妹夫直接用木棒打，把人家打成脑震荡。最后，他们放出话来，说见到我、见到我弟就劈，当时弟弟才十八九岁，我到阳县六七年的样子。最后，就拿着刀子拼命，结果是都付出同等的代价。还是用钱把官方摆平了，这事儿才算完。但当时没有法律意识，派出所人劝我，我说他们欺人太甚，最后才知道是防卫过当。

有一个阳县人和我同行，本乡本土，是城关镇一个地痞，很厉害，在当地，是一声令下就可以怎么样的人。他伙同郑家，想叫我们一家滚出阳县。后来，找我的朋友李老二，我称小哑巴，也是有名气的人，去谈判。要求双方互相低个头，他们不听。我朋友也没面子。当时真的是背水一战，要么卷着被窝回河南，要么在阳县站稳脚跟。我们在李老二家里设一个指挥中心，我们三个是指挥，我弟是第一干将，共几十人，那年二十六号，我弟把老郑和那一伙人从三楼砍到一楼，共砍倒八个。弟弟也因此坐了牢。

几次火拼后，结果是，我用钱打点轻描淡写处理了，没有法律意识，我妹夫付出沉重代价，坐了八个月，我花了几万块钱，免予起诉，坐了两个半月。我弟弟坐了八年。当时这件事轰动了阳县。也奠定了我在那一片的地位。我现在在阳县，无论什么事，只要我到位，都会买我三分账。

我一直做鲜鱼批发。生意开始红火的时候，一年能挣二十多万，我自己赚七八万就中了，其他都给了好朋好友。有肉大家一块吃，必须得讲义气，人家才给你拼命。这几年，国家形势变了，定点收购、批发，我们的海鲜批发每年收入才六七万，远远不够我的支出。没办法，才出去办厂。走三年麦城，没赚住啥钱。然后回阳县炼油，又被朋友骗，把钱卷走了。这中间有七八年时间总是在走麦城。九几年手里就有一百多万，后来都赔得差不多了。

后来又回阳县开茶馆，做偏门，设赌局，相当于地下赌场。三人合作开茶馆，赚有几百万。开茶馆的过程中，开始操作现在这个铝矿厂。七个人合作，每个人打进去几十万，找一个专业厂长，但是，厂长不会运作，赔了一些。后来，七个人不团结，为了争这个矿，差点就要动枪。我拿着现金把钱分给他们，把矿争了过来。现在矿山，我是法人代表。已经投资一千二百万，最后可能需要二千多万。不过我的产品质量已经得到国家许可，出来的货厂家已经接受。马上就可以赢利了。

我现在的专业知识也懂得很多，那名词你肯定都不懂。

人得有想象力。我总算明白了，官商一家。我现在可以与县长、公安局局长光明正大坐一块儿，我原来是被抓的人，现在咱是名副其实的企业家。

昆生：住在墓地里的人

对农村无依无靠的老、弱、病、残及因劳力弱和遭受灾害而生活困难的特困户，市政府采取临时救济和春节前集中救济的办法，帮助他们解决生活困难。至2000年，共救济特困户1.39万户次，4.64万人次，共发放救济款178万元。1998年，市政府制定《穰县城镇居民最低生活保障暂行办法》，把户均月收入80元以下的城镇居民列为保障对象。至2000年，共发放城镇居民最低生活保障金579万元。

——《穰县县志·民政》

第一次看到墓地里的这户人家大约在十年前，也是夏天。一场暴雨之后，我和哥哥去给母亲上坟。哥哥说墓地另一头住着一户人家，是另一个自然村的，但不知为什么离群索居，住在这里。我很好奇，就去看看。河坡尽头的那片地已经被精心修整过，有碾平的打麦场，上面堆着尚未碾下麦粒的麦秆，可以看到最下面那厚厚一层发了芽的麦粒。还有一口水井，自制的磨盘等。中间的开阔处，有两个男人正在盖房子，墙刚刚垒好，是自己打制的粗糙的土坯，好像要搭屋梁的样子。旁边有一个小茅草屋。两个男人非常警惕地看着我们，不说话。哥哥给他们发一根烟，神情才略微有所缓和。我弯腰进到茅草屋里面，等眼睛适应了里面昏暗的光线之后，我被里面的情形惊呆了。

茅草屋并不完整，前面还有一个所谓的门洞，后面却只是玉米秆之类的东西糊起来的墙，暴雨穿透这些脆弱的遮挡物，浸泡了这狭小的空间。这应该是一个厨房，锅灶上面已经被雨和泥弄脏，没有看见可以吃的东西。整个空间唯一干燥的地方是灶台前面的那片地，有三张椅子那么大的地方。在这个小小的空间里，蜷伏着三个人，一位可能是母亲，两眼痴呆地望着前面。还有两个小孩，一个小孩趴在地上，下面有麦秸垫着，头发散披着，看不见她的脸，一动不动；另外一个大一点的小女孩正在哭，有十来岁的样子。哥哥过去摸了一下趴着的那个小孩，发现小孩发高烧了。哥哥和那个年龄大的女人说话，没有任何反应，又问外面的两个男人，说是昨晚小女孩儿淋雨了，一直在烧。

哥哥返回到镇上，拿了药，买了些面条、饼干、盐、菜，还去五金店割了几丈宽的厚塑料布，又回到那里。这个小空间还是我们离开时的样子。我把饼干送给姐姐，姐姐没有吃，扭过头去喊她的妹妹。妹妹，妹妹，饼干，姐姐轻声地叫着妹妹。妹妹还是一动不动。哥哥让两个男人把那位妇女搀出去，让小姐姐扶着妹妹，翻过身来，抱在怀里。小女孩儿满脸通红，眼睛紧闭着，好像没有呼吸的样子。哥哥给她打了一支退烧针。

我一直在琢磨，灶台前那三张椅子大小的地方是唯一一片干燥的地，晚上有五个人，有生病的小孩子，两个男人，一个半傻的妇人。他们如何度过昨天那个夜晚，漫长的、冰冷的、大雨如注的夜晚？到现在想起这个问题，心口还是莫名地疼痛。

刚能望到墓地头的那个小屋，就看见两个人在前面那块荒地里干活，一老一少，老的挥舞着锄头，少的正蹲在地上捡什么东西。看到我们这一群人，他们停了下来，直起腰，盯着我们看。毫无疑问，那个老的就是这家的户主，十来年不见，他已经成了一个白发苍苍的老头。头发看起来好长时间没有洗过，纠结在头上，垂过肩，胡须几乎遮住嘴唇，也是脏乱不堪。眼睛似乎有点白内障，眼白很多，看不清人的样子。旁边的小姑娘神色活泼一些，笑眯眯地看着我们。

我们让他从地里到田埂上来，他似乎没有听清，询问般地看着我们。小姑娘先上来了，略带羞涩，拘谨地看着我们。大姐拿出五十块钱，给小姑娘，小姑娘不要，又求救似的看着地里的老头。老头终于动身，嘴里嘟囔着什么，似乎是喃喃自语，但又看我们，好像是在与我们交流。姐姐把钱塞到他手里，他推辞了几下接住了，说着什么仍然听不清楚，又问了几次，才大致听清楚。他说的是，这白花花的银子不好拿（花）啊。不明白他表达的是个什么意思。这是一个长期孤独的人，已经失去了基本的表达与交流的能力。

我对身边的小妹妹特别感兴趣。她红扑扑的脸，瘦小，但很健康的样子，眼睛弯弯的，笑笑的，非常可爱、质朴。我很好奇，她是当年的姐姐还是妹妹呢？我问她，家里还有什么人。她说，姐姐已经出嫁了，母亲今年春天死了。那么，她就是那个生病的小妹妹了。竟然长这么大了，真的太好了。在言谈之中，才知道，姐姐嫁到贵州去了。问为什么嫁那么远，她也不知道。她没有上过学，不识字，也出去打过工，到广州，但很短时间就回来了。因为她不识字，很多东西不懂得，也害怕。忙过这段时间，准备到镇上食堂帮忙。说好了，一个月五百，管吃管住，食堂已经催了她好几次，等着她去呢。我听了，非常高兴，小姑娘自己也挣钱了，最起码，她的生活没问题了。问他们父女现在住哪儿，说是村里的炕烟房里，是村干部给找的，这边盖的房子老是塌。我看看周围，大致明白她所说的，这一片地势太低，夏天雨季的时候，很容易积水。

我提出给他们照张相，老头儿非常高兴，反复地用手将自己的头发，怎么也将不顺，他往手里吐了几大口唾沫，终于成了个大背头的形状。小女孩站在父亲旁边，双脚并拢，手扯着衣角，嘴角带着羞涩的微笑，看着我。

我的心一阵颤抖，不知道是激动还是欣喜，这样一个生命，终于熬过艰难岁月，又这么健康开朗，质朴纯洁。她未来的生活应该会更好些吧。我没有告诉她十年前的事情，当年才五六岁的小姑娘，应该是不记得那一幕吧？但愿她永远忘掉。

返回时已近中午，路经清道哥家，清道哥家高朋满座，是镇政府里的一些朋友来他家打牌。清道哥又是打牌，又是不停招呼。看到我们经过，非常高兴，把我们喊过去，介绍了一番，言语之中也略有点炫耀。

说起墓地的那户人家，我才知道，他叫昆生。说实话，我也是第一次想到，他还应该有一个名字。

昆生，人称大胡子，年轻时候入伍做汽车兵，退伍后没有回来，在云南贵州一带做散活，据说，他手很巧，特别会编篾席，能够在席中间编出不同颜色的字和花。他在墓地那一片地的井、贮藏窖、房屋，都是自己弄的。

清道哥说，那货，可能是脑子有点问题。要说村里有他的宅基地，也有弟兄几个，不知道为啥，非要住到那个地方。那年他在墓地盖那个小房子，还来向我要砖，也不算傻嘛。我说，我上哪儿去弄，总不能把我的房子扒了，给你盖吧？清道哥在说的时候，是一种非常淡然，漫不经心，略带点蔑视的口吻。

我问清道哥，政府对他们这样的人家有没有具体的政策，譬如补助什么的。清道哥说咋没有，村里为他可没少操心。当年为他住在坟园，说多少回，让他回村里，就是不愿意。后来，夏天下大雨，冬天下大雪，坟园的房子塌了，嚷嚷着要回去。就把他安排在一队，把队里的老炕烟房又重新修修，算是住下了。他老婆春天死，也是村里帮他埋的，他享受五保，一年七八百块钱，还有三四百块钱照顾款，平时面粉、被子、衣裳都给他，实际过哩不错，比村里其他死出力的老实货还强呢。清道哥说着，带着他一贯的揶揄口气，周围的人也都附和着。

这时，一个正在打牌的年轻人插言了。清道哥说，这是咱们镇上民政所的干部，管咱们这片，最了解情况。年轻人说：

> 这个昆生，你看他一脸可怜相，其实坏哩很。有一次，他喝醉了，跑乡里告状，说没人管他。当时所长可不愿意了，出来骂他一通，说政府伺候哩像个活神仙，你还想干啥？政府要是不管你，你都饿死了。我说让他赶紧回去，别在这儿闹，他不听。后来我说，你要是不听我的，以后我都不管你了，民政所也不管你了。闹哩过头了还把你抓到派出所去。他也知道好坏，就不闹了。

> 他现在可不穷，精哩很。村里给他二亩地，他种着，坟园里那片地现在也不错，能蓄水，他种些藕，有存款，估计有万把块。前年把大闺女给卖了，给他五千块。这俩闺女都是抱的，也不稀罕。你别看他穿哩脏，衣裳多哩很，就是不洗。

听着这些议论，仿佛昆生还是一个品德极坏的人，喝酒闹事，勒索政府，卖闺女，故意装穷，等等。我默想着，如这真的是昆生的另一面，我是否应该因此而减淡自己的同情？因为他道德败坏，因为他懒惰，因为不懂得好坏，所以不值得同情。但是，很明显，他们所说的昆生与我所看到的昆生不是一个人，或者，不是一个观察体系中的人，他们是用另外的眼光来看昆生的。他真的是卖掉闺女了吗？我想，也许是闺女的婆家给了一点钱，而这一笔钱对于昆生这样的人来说，是不应该拥有的，他应该赤贫，应该一无所有，才配让人们给予同情的目光。而喝醉酒，对于这样一个享受着政府补贴的人来说，更是一种败类的形象。

我猛然惊醒，在乡村，像昆生这样的人，已经被排除在正常的道德体系和生存体系之外。他们的存在并非是一个村庄不人道的象征，相反，因为他们的与世隔绝，因为他们的愚笨、怪异，他们已经成为村庄的道德污点，成为被嘲笑和被拒斥的"异类"，根本不配享受关爱和帮助。当你自逐于群体，越来越孤绝，你也就被驱除出文化系统之外，成为不值得尊敬和不值得帮助的"废弃物"。

那些被遗忘的人

沿着窄窄的田埂慢走，从远处过来一个人，手里拿着一个黑色的塑料袋，边走边东张西望的。应该是捡垃圾的。略微近点看，这个人穿得非常破烂，白褂子已经变成灰黑色，黑裤子，脚上穿着八十年代乡村流行的黄胶鞋。这不是军哥吗？怎么变成一个流浪汉了？兴哥，军哥，还有那个弟弟，我已经忘了他的名字，弟兄三个，父母早逝，都没有结婚，从我记事起，他们弟兄三个就住在路边的一个土屋里。兴哥是退伍军人。小弟弟长得非常俊俏，也非常活跃，后来却做了小偷，长年在监狱住着，也死在监狱里了。关于他，他怎么做小偷，怎么从偷东西到偷女人，村里有很多传说。在村庄生活的两兄弟都沉默寡言，即使冬天的夜晚到哪一家去聊天，也只是黑暗角落的旁听者，从来没有听见过他们说话。再后来，随着老屋的倒塌，这三兄弟也就不知所终了。前些日子遇到兴哥，现在又碰到军哥，才知道，他们仍然在村庄。

看见我，军哥的眼睛似乎亮了一下，但又马上移开，回归一种陌生的神情。我站住，说，军哥，起恁早。他的嘴巴嗫嚅了几下，想说话，但最终没有说出来，眼睛也没有朝向我，而是朝着四周转了几转，掩饰自己的尴尬。他的脚步没有停，从我身边走了过去。我很奇怪他何以有如此强的陌生感，好像要把自己屏蔽掉，与我们无关，与村庄无关。

在一个村庄里，在一个生活的群体中，有多少这样被遗忘的人？我想起了春节在万虎家看到的场景。大年初二的中午，万虎端着一碗面条，没有一根青菜，白生生的，上面放着两个肝片，这是新年的饭。厨房乱糟糟的，他的妻子，一个曾经聪慧、秀丽的姑娘，因为夏天用井里的凉水洗澡把脑子洗坏了，坐在灶台后，直直地看着我，碗掉了都不知道。万虎的两个孩子，被寒风吹得脸红肿着，身上的衣服也不知道有多长时间没洗了，他们在院子里的小凳子上吸溜着面条，吃得很香。我问万虎，媳妇的病怎样，他说看了好多地方，后来没钱了，就不治了，现在连话都说不出来了。万虎还是有些结巴，憋得脸通红，听了好长时间，才明白，他现在在村里砖厂干活，一个月能挣几百块钱，但是，还不够媳妇吃药。我说不是有合作医疗吗？现在农村看病不是可以报销吗？他摇摇头，似乎有些茫然与不解。我这才明白，像万虎媳妇这样的病并不在医疗之内，这是慢性病，不住院，很难报销。连话都说不清楚的万虎是很难去争取一些权利的。

有多少这样被遗忘的人？小柱、清立、姜疙瘩、昆生……对了，还有万善，一个堂伯家的大儿子，小时候被淹傻了，现在应该已经五十多岁了吧。他常年在外流浪，偶尔回村庄，总是悄悄地沿着墙进到哪一家里，蹲在墙角。给人打招呼，很客气，也很正常，再说几句话，就开始表演，用手把耳朵拧了一下，用标准的普通话说：叮，中央人民广播电台，现在开始广播。然后，大家就会给他几个钱。这几十年来，每天晚上，他到底睡在哪儿，是一个谜。问哥哥，哥说，哪儿？麦秸堆，窑，野地，到处都是他的地儿。

还有那耍把戏的小女孩儿。戏班子带着这样几个女孩子，走乡串户，选一个背风的地方，敲一阵锣，就开场了。咔嚓一声，小女孩儿的胳膊被卸了下来，那样垂着，像面条一样，软绵绵的，在风里晃着，一直垂着。她的头也一直低着，仿佛抬不起来。有时候为了表现效果，小女孩儿还被要求抖动胳膊，以表明胳膊与身体的确是两截。那奇异的抖动与无力的胳膊，给人以永远难忘的观感。表演完了，大人会带着小女孩到各家去收点粮食，给多少算多少。

他们都到哪儿去了？

小柱埋在哪里？他四岁的女儿又到了哪里？有谁还记得他的存在？他曾经存在过？那样一个鲜活的、健康的生命。小柱，和我一年生的。小时候，我们俩最好，因为同一年生，似乎格外亲近。七八岁的时候，村里一个人问，你俩谁大，我抢着说，当然我大，我十月份，他四月份，不是我大还能是他大？这成了我的一个笑话，小柱妈、村里人每看见我俩在一块儿，就要笑，都要说起这件事。

我最后一次见小柱在十三四年前，过春节。大年初一，早上，我们村庄各家，尤其是梁姓家族都要互相端饭，小柱把饭端到我家的时候，已经九点钟。我一见是小柱，特别高兴，让他别再跑了，就在我家吃算了。他就留下了。那时候，我们刚二十岁，小柱个子很高大，有一米八左右，长得很洋气，不像农村人，性格本来就开朗，出去几年，又多了一点城市味，显得格外气派。他十六岁就出去打工。在北京干过保安、电焊工，翻砂厂里当过翻砂工，建筑队小工也干过。那一年刚到青岛的一个首饰厂，春节前回来结婚，过完初五就准备走。

没有人知道小柱是什么时候发的病，他在那个首饰厂干有十年时间，前年开始吐血。在县医院住有快俩月时间，血一直止不住，始终找不到病因。最后几个月，多器官功能衰竭。不停咯血，最后，从鼻子、嘴里呛血，轻轻一咳，血就喷出来，家里腥臭难闻。兄弟姊妹们刚开始还积极凑钱，花得差不多，眼看没什么指望了，于是为出钱也生了很多矛盾。没挨到小柱死，大家又都各自回到自己打工的城市。小柱死之后，他老婆带着女儿，又嫁了一家。第二年，小柱妈查出来是胃癌，没钱动手术，很快也死了。

梁庄村出去打工的人，除了少数在校油泵，少数大专毕业生在公司干些技术活，大部分是建筑工人、首饰厂工人、三轮车夫、塑料高温车间工人、翻砂厂翻砂工。赵嫂的两个儿子就在塑胶高温车间，还带了同村的几个男孩子去。据他姐姐讲，那环境差得很，他们经常头晕、呕吐。但是，并没有人以为这其中有什么必然的联系，即使知道，只要没出在自己头上，都认为很遥远。因为他们干的活，他们的环境，并不是中国最差的。

我少年的伙伴，那一个个少女，清丽、冬香、多子，都到哪儿去了，她们的生活如何？她们是不是也和春梅一样，在家里苦苦撑着，等着那一年中的几天？仅有的幸福的几天，然后又夫妻分离。王家的一个女孩儿，自十几岁出去之后，将近二十年了，就没与家里联系过，她是活着，还是早已葬身于城市的哪一个黑暗角落？

但是，也并不都是绝望或痛心，乡村的痛，乡村的悲，总是同时包含着温暖与坚韧，因此，也还隐约闪现着那永恒存在的希望。就像五奶奶、芝婶、赵嫂和她们的儿女，无论怎样的痛苦、抱怨与争吵，背后还有亲情，还有谅解。

在路上碰到韩家种菜的老两口。我一直搞不清楚怎么叫，韩家和梁家的辈分到底是怎么排的，父亲说那得从山西洪洞县迁过来那一辈儿说起，太久远了。反正，我和这老两口是同辈，叫韩哥，虽然他们已经七十多了。七十出头的韩哥用扁担挑着两筐菜颤悠悠地往这边走，腰几乎快弯成九十度了。韩嫂拿着一把菜，跟在后面，也是颤巍巍的。但很显然，他们还健康，还在田里劳作，依靠自己的劳动赚取生活的费用。

是的，也还是有生机。那天一个堂嫂子来看我，她和丈夫两口子在北京卖了十年的菜，盖了房，还有存款。在和我的交谈中，她用的是普通话，表现欲望很强，凡是谈到大的问题，她都竭力表达自己的观点。言语中对城市人的市民气严重不屑，因为市民总是为几分钱斤斤计较。说起现在房地产的行情，也很有自己的看法。虽然我并不喜欢她那股强势及自鸣得意的劲儿，但是，你不得不承认，常年的城市生活及对自己生活的满意使她有一种自信。那天去嫁到镇上的村里姑娘家吃饭，为她家里摆设的现代及生活方式的都市化而震惊，完全的城市生活模式，让人看到了金钱给乡村生活带来的巨大影响。

但是，身在城市的打工者，却永远是异乡人。回到家乡，堂嫂自信而活泼，然而，在都市里，她只是无数乡村打工者之一，是菜市场里的一个粗笨的卖菜人而已。我的表哥，在北京的一个建筑工地做小工。每次到我家，都手足无措，那种沉默、无奈的表情，常常让我震惊。实际上，他高中毕业，灵动，健谈，有头脑，在他们村子里是以聪明著称的。但来到城市，他只是一个讨生活的，他的情感、智力、生命，与城市没有产生任何交集。

在所谓现代社会中，农民在乡土社会里所形成的思维习惯、语言方式和生活模式完全失效，由陌生人所组成的现代社会是无法用乡土社会的习俗来应付的。那在城市各个角落成千上万的民工，他们衣衫破旧、神情怪异、动作拘谨，显得非常愚笨，就好像鱼离开了水，半死不活。谁能想到，在乡村，在他们的家，会是怎样的如鱼得水、生动自然呢？

老道义死了：把骨灰在棺材里撒成人形

20世纪90年代中后期，推行火化。流行车队护送灵车，车队少则2辆至3辆组成，多则由10辆至20辆组成。2000年，实行殡葬改革，规定在全市范围内，除规定的回族等10个少数民族外，其他民族的国家干部、职工、城乡居民亡故后，都必须实行火化，严禁偷埋土葬。城市居民火化后，多葬于公墓，农村居民死亡火化后大多又土葬。

——《穰县县志·民俗文化》

"老道义"是我的一个大伯，没有出五服。他为什么叫"老道义"，说起来也颇有意思。大伯可以算是我们村最早的大学生，先是在县城里高中教书，后来为支援家乡建设，被请回来到镇上高中做教务主任。虽然颇受学生喜爱，但并不是受领导欢迎的人。他特别喜欢"论理"，偏强耿直，口头禅就是"做人要讲道义"。学校食堂饭菜不好，学生哪一项收费不合理，甚至，学校中间的路被一些老师的菜地侵占了，他都会去管。如果领导不管，他就直接去教办室，或到乡里去找，不厌其烦，直到解决为止。弄得学校、乡里都很烦。时间长了，人们背后叫他"老道义"。大伯和他的儿子关系并不好，三个儿子，小儿子考上了大学，其余两个儿子高中毕业后都做了民办教师，九十年代初，教师民办转正非常多，他们的条件也都够，但是，每年名额有限，要排名评比，这里面，讲究很多。因为要讲"道义"，大伯不去找人说，更不送礼，儿子一说要怎样，大伯就大骂，说凭良心干活，该是啥是啥。到最后，俩儿子都没评上。后来，民办教师转正取消了，我的俩本家哥又都成了农民。有几年时间，儿子和父亲一直不说话。后来，大伯退休回到村里住，父子关系才又好一些。

我去大伯家的时候，我的本家哥万会正在看电视。他家还在村里面，三间青砖瓦房，大前檐，院子里铺的是砖路，当年也是村里数一数二的房子。现在，看起来有些低矮破败。大伯的相片供在堂屋的正中间，黑框，上面搭着一个黑绸的花结。

你伯是二○○四年死的，肺气肿，要是不死现在多好，还能给我看个门，我好出去干点活。病有六七年，以前身体就不好。死后在屋里放有两天，等你万安哥回来，为咋出葬，火葬还是土葬，我和你大娘发生了矛盾。

我咋都可以，人死了，生前孝顺就行。可是你伯生前有遗愿，他不想火化，他一直唠叨着怕疼，村支书来看他，他还给人家讲，不要火化他，哪怕出点钱也行。农村人怕成灰，只要能有完整的尸首就行，见不得烧那样子。

现在偷着埋哩多了。出两千多块钱就可以让完整地埋。一种是把钱直接交给支书，但也不能太明目张胆；另外一种半夜偷偷埋掉，也不敢哭。闺女来了都不敢哭，本来可以热闹一点，请响器，吹吹打打送葬的。这是给了支书一些钱，支书点头了，半夜抬着棺材，孝子跟在后面，伤心得很了，捂着嘴硬憋气，就是不敢哭出声。实际上村里人也知道，大家心里都明镜似的。你说，谁没有往土里埋的那一天？

我一说火化，你大娘就哭。可是那段时间管哩严，咱们村成了典型，都在盯着哩。支书也不敢答应，只说，火化也没啥。最后，你万安哥回来，他在外面工作，也算是个面上人物，县里一些人知道了，也跟过来。这下不火化不行了。

咋办？又不能违背你大伯遗愿，后来，就想了个办法。没火化以前，就让阴阳先生把手上指甲、脚上趾甲剪掉，保存起来。火化回来后，把骨灰按人形撒在棺材里，指甲放在四肢旁，还做一个完整的躯体形状，这也算是一个囫囵人。实际上棺材一抬，肯定形状散了，但又能咋办？只能是去去心意。

拉你大伯去火化的时候，女婿们请哩响器，离开村的时候，也放鞭炮，孝子还下来磕头，也算送行了。现在农村兴这样，火化也摆排场，有钱人家还开一长溜小汽车，把亲戚们都拉去。回来再埋，再请吃饭。等于是花两回钱，费两回事。

我现在想想心里都不美气。心里明知道人死了啥都没有，但还抱着一线希望，一想着要去火化心里就难受哩很。后来，到了火葬场，你大伯在火葬场的那个床上躺着，头上蒙着咱们农村用的那种黄纸，不知道为啥，它直往下掉。我把它拾起来盖上，一会儿又掉。后来，才发现，你大伯胳膊压住了，是不是他嫌疼啊，一直在提示我。我就哭了，你伯是不情愿啊。我把他胳膊重又放好，说，爹，我也是没办法，现在政策这样，你多谅解。

烧完我去拿骨灰，都是白色的，就像屋里烧那种豆秆灰一样。虽说人埋在地下，也是慢慢朽了，但总想着还是好好的人。现在可好，成了一把灰了，你大娘都哭晕过去了。

这又回来，还得偷偷埋。坟头是已经挖好了，亲戚们也都来了，孝子们跪在那里，也还有支客①，招呼着亲戚，来磕头上礼，但是声音都很小，孝子们也不敢哭，都憋着，只是抹眼泪。想想你大伯也是可怜，辛苦一辈子，走的时候子女亲戚连送个行都不敢。

啥时候火化能实行开？真是不好说。就现在看，坟地其实跟原来一样多，只算是里面人烧了。原来大队部说，找一片地，盖个房，按村组来分，骨灰盒拿回来，按死的顺序埋，一人一个小格子。但是，这么些年了，在哪儿哩？在农村，这根本推行不开，猴年马月也不行，没这个风俗习惯。

你说那几年烧坟，事可多哩。咱们村里你华嫂子，得了失心疯，这你估计都不知道，华在外边跟其他女人胡混，把你华嫂子气伤住了。后来掉到坑里淹死了，偷偷埋了，不知道咋被知道了，就被扒了。当时被埋有半个月多，尸体快化了，执法队的人用铁钩子拉出来，屁股都划烂了，拉出来人都走样了。扒哩时候，华不在屋，兄弟也不管，执法队只好拉到城里烧了。后来娃儿回来，才把他妈哩骨灰收了。惊动大哩很，开车的人都停下来看。

万会哥坐在椅子上，声音越讲越低，完全没有了当年教我们时的风采。那时候，他，还有在前面提到的万安哥，是乡里都有些名气的民办教师。老高中毕业生，风华正茂，意气风发的，会教学，又负责任，正是他们的努力，才使得梁庄小学的毕业班成绩一直在乡里名列前茅。他对现在的葬丧制度及农村现状非常不满，但同时，也只是一种说法而已，他非常消沉，甚至不愿意更深地想问题。可以看得出，当年被踢回农村，重又成为农民，对他的打击非常大。

回到县城，在和大姐单位的一个人聊天时，他给我讲了一个故事。

这可是真事儿。那是一九九四年、一九九五年的时候，一天我突然

---

① 支客：北方农村丧礼或喜宴上，安排来往亲戚座次的人，在这一过程中，要特别讲礼数。一般做"支客"的人都是那些在村庄有威信的、能够服众、对村里各家的远近亲戚也比较熟悉的人。

接到个通知，叫我戴个口罩，叫下乡。那次可能有万把人围观，人头攒动，俺们到一个村里去挖坟，那时候是刚开始实行火葬政策，有点杀鸡给猴看的意思。在农村，挖人家祖坟是晦气事，多少也有点儿不道德，一般人都不干这个事，所以，都找那种痞子、无赖或劳改释放犯，他们动手，一个政府人员看着。俺们那一组的五个人就是这样的一个组合，我是组长。

扒的那个坟埋哩是个女的，刚死没多长时间，挖出来的时候，尸体刚肿胀起来，脸肿着，虚白胖大，还有蛆在爬。真是吓人。尸体就趴在墓坑沿上，没有人愿意再动。然后，浇上汽油，谁去点，是事先说好的，就是那几个二流子。结果，浇哩油太少，人烧了一半，不着了。你不知道那形状有多难看。就又点一次。那个坟园里有七八个刚埋的人，都是在那个下午烧的。狼烟四起，那味道，现在想起来，还恶心，想吐。点完之后，又烧了一会儿，我们这些烧的人就走了，也不管烧成什么样子。

那真是场面大，人山人海。烧着之后，有些人嫌味道难闻，就跑了。过一会儿，又回来，都想看看是什么样子。那些家属，刚开始哭着，骂着，拦着，被警察挡住了。其他一些地方因为烧坟，还发生了警民冲突。我们那次派去的警察多，没有闹起事儿。后来，味道实在难闻，连家属都坚持不下去了，哭着哭着，都跑了。过一会儿，回来，接着哭，又跑。

现在想想，真是对人不尊重。那几年为扒坟烧坟，打架被抓的多哩很。这几年也不严了，就罚钱，特别有钱的，直接埋，也是偷偷地。一般都是先火化，再埋，只要你火化了，罚完钱，埋个坟头也没人管，都是睁一只眼闭一只眼。

焕嫂子：我是七仙女的命

雨季来了，虽然不是南方，但每年的这个季节总有十几天连续下雨。其实，我是喜欢这样的雨天的，雨哗哗下着，但并不阴暗，灰色的、发亮的天空，是一种寥廓与肃穆，让人有庄严与阔大之感。

河坡的树林是近几年才栽种的，林间还没有形成足够厚的草地，赤脚踩在沙土路上，细细的、湿湿的沙石，轻硌人的脚，微疼微痒，感觉非常舒服。河水哗哗奔腾过去，充满力量和向往，那巨大的芦苇丛接受着雨水的冲刷，稳重而又充满生命力。雨中的河，升腾着雾气，苍茫无边，却又具有永恒的清新。

河坡地里散落着许多小屋，基本上都是为看守庄稼而建的，在一片片空阔的沙地上，种西瓜和花生的非常多，它们最适宜在沙地上种植。偶尔可以看到一两个身影，在西瓜地里忙碌，估计是在检查西瓜的情况。这样的连阴雨对种瓜的人来说，是非常不好的事情。我们在一个开着门的小屋前张望，里面有一位妇女正在做家务，旁边一个三四岁的女孩子在玩。听到我们的声音，那位妇女扭过身来。哥哥笑了起来，这不是焕嫂子吗？

焕嫂子，今年四十二三岁的样子，当年和我们村张家小伙子谈恋爱，到村里玩，大家都被她的漂亮镇住了，轰动一时。一个农村姑娘，常年下地干活，但却皮肤白皙，眼睛黑亮亮的，清澈透明，长发飘飘，像电影明星似的，走路腿一弹一弹的，韵味十足，唯一的缺点是鼻子过于直削，破坏了脸上的和谐感，但却让人感觉出，这是一个有主意和性格坚强的人。事实证明，焕嫂子也的确有主见。在嫁过来之后，她和丈夫就出去打工，一边偷生孩子。先是在小饭馆端盘子当小工，丈夫后来当拉面师傅，经过几年的观察和经济积累之后，他们在天津郊区也开了一家拉面馆，生意非常好，挣了不少钱。在村里公路边也盖了房子，是村里不多的三层小楼。

唯一的遗憾就是，焕嫂子一直没生男孩儿。张家是我们村的独姓，三兄弟，分为三户，这三兄弟结婚之后所生的都是女孩，在农村，这种情况被称为"绝户头"，是一种耻辱。焕嫂子的丈夫是长子，在他们结婚十多年间，前后估计生有五六个女儿，至今仍然没有儿子。

在焕嫂子身边玩的那个女孩子是她的小女儿。再打量焕嫂子，轮廓还在，仍然漂亮，只是黑了，瘦了，人显得很憔悴。问起焕嫂子为什么在这里，不是在天津开饭店吗？焕嫂子笑起来，她已经回来有十来天时间，主要是看病，腰椎疼，连带头晕，医生说是椎间盘突出，开了药，也不是一时半会儿就能好的。过几天就回天津，那边生意忙，离不开人。这是她婆婆的瓜地，连续下雨，她来看看怎么样。聊了一会儿天，我小心翼翼地说起我的想法，想听她讲讲自己的生活。焕嫂子非常认真地听我讲着，不时点头，最后她说，她愿意讲，这是好事，她自己有时也想着自己这一生，这些事儿，不知道做得对不对。坐在门边的小凳子上，搂着她乖巧、伶俐的小女儿，焕嫂子给我讲她生孩子的故事。

我就想生个儿子。张家这一大家，兄弟三个，没有一个男娃儿，人太单了，我得生一个，无论如何也得有一个。

女娃儿我也喜欢哩很，是我哩贴心小棉袄，你看我这小闺女，多可爱，我稀罕哩不得了。当初差点都不要她了。怀她到五个月时，去做B超，一看又是个女孩儿，就想着再引产引掉算了，前面生的那个闺女，刚出生，就被送走了，不知道有多伤心，现在连面都没见过，还不如没生下来的好。她姨，俺一个远房亲戚，俺们每次去，都是找她验的B超，她说你别引了，到时找个好人家，就在咱们县城里，想的时候，也可以偷偷去看一下。我一想，闺女也是一条命。引第一个闺女的时候，我多伤心啊，都五个月了，听说眉眼五脏都有了，可是，前面已经有俩了，我还想要个男孩，不能再要了，就引产引掉了。心里可难过了，可也没办法。后来那两个，连想也不想，就引掉了。我就是打算生下来，她爸也反对，一是还得好几个月时间，二是怕到时舍不得，再说，送人了，就不是自己的了，费这心也没啥用。

她姨这样一说，我又有些心动，我要求见见那家家长。那一对夫妻，还真是很有修养，比我岁数大不了多少，还年轻着呢，在政府部门上班，儿子已经上大学。我一看，挺喜欢的，就决定生了。但是，人家就是不同意以后认亲。那也没关系，我都想通了，能给闺女送个好人家，也可以。

她是提前生的（焕嫂子说着，怜惜地看一眼身边的女儿，用手抚摸着她的脸），比预产期早十来天，是个晚上，肚子突然疼了，到医院不到半个小时就生了。她姨还没来得及通知那家人。本来，我是不想见闺女的，想着直接送走算了，怕一见受不了。可她在那儿哭啊哭的，嗓子都哭哑了，那家人还没到。我怕她哭出事儿来，就让护士抱过来，我哄一下。谁知道，刚挨住我，她就不哭了。我扒开包裹，小家伙粉红透白，睁着大眼睛看我。我一下子心软了，就决定不送了。后来，那对夫妻来了，一看长得漂亮，就特别想要，给我送礼，还答应以后让认亲，我说啥也舍不得，她姨也气得不得了，为这，她还得罪了那家人。你看，幸亏没送人，这小家伙跟我亲得很，懂事得不得了。

说实话，以后我老了，就指望这几个闺女。闺女好，心细，嫁人了还会顾娘家。儿子有啥好哩，我清楚得很，你看看，农村有哪个儿子结婚后顾自己老娘？不是不孝顺，自己一家人还过不成呢，最多、最好的也不过就是给父母点钱花花，真正能心疼到父母的，能陪在身边说上两句话的，还是闺女。这我心里很清楚。但是，我还是想要个男娃儿，还得有个根。你张哥也想要，他是个闷葫芦，嘴上不说，他也看到我这些年受的罪了，知道求儿求不来了。但他有时那叹气声，真让人泄气。过年回家，那神情好像没儿子短别人一截似的，看着难受。人家都以为俺们想要男孩，就是想着自己的钱、房子怕没人继承，其实不是这样，就是觉得得有个男孩，一个大家庭，兄弟三个，连个男孩都没有，别人笑话，自己也心不甘。

你说身体受损伤没有？也没啥，咱们的爹妈哪一个不是生四五个，也不见得就咋样了，女人生小孩，是天生的，不会有啥影响。不过，这几年岁数大了，身体也开始有毛病了，不敢累着。三个闺女，老大老二上初中了，她们奶奶帮着看，现在住校，星期天回家住一下。这个小哩跟着我们在天津，她一点儿不费事。平时，饭店我也请有人，我主要管收钱、采买，不是很累，就是离不开。

早十来年，家里穷，生第二个闺女时，计划生育管哩严，俺们跑哩远，新疆、甘肃都去过，你张哥出去干活，我在租的小房子里就不敢出门。家里罚款拿不出来，差点把老房子都卖了，最后还是在我娘家借到钱，真是难哪！后来到天津才算安定下来。现在农村管哩松了，也让生二胎了。说老实话，真超生的也不多。现在养孩子成本高了，再生，也养不起，也没时间养。

还有个事，我还是给你说说吧。我这次回来，算了一命，算命先生说，我是七仙女的命，要凑够七仙女之后，才有男孩。我一想，连引掉的，我不刚好够七个了吗？要是再怀孕，不就应该是个男孩了吗？我想着，我再最后试一次，岁数大了，再拖，就生不了了。要是再不是，我就死了这条心了。你说，我生不生？我还没有给你张哥说呢。

望着漂亮、坦然、爽朗的焕嫂子，我有些迷惑，焕嫂子绝对是有见识的女人，做事情的方式，对事物的看法，对现代世界的认识，包括她讲到在天津做生意的理念，都很具有前瞻性。但是，在生男孩的问题上，似乎没有道理可言。她反复提到，她就是想生个男孩，不是因为落后观念，而是想要。

对于一位乡村女性来说，生育是伴随着对生命的破坏与轻视而发生的。当怀孕、引产，再怀孕、再引产，变为一种常态的时候，那种母亲的神圣感和喜悦感变得非常淡，到最后，从被迫变为自愿，从痛苦变为麻木，进而成为一种内在的自我要求。仿佛不达到这一目的，人生就不完整，任务就没完成。

但是，情形也在慢慢发生变化，农村生多胎的也越来越少，在农村，头胎是男娃儿，一般都不急着生二胎，或是抱养个小女孩子。二胎又是男娃，都哇一声，气哩不得了，咋了，养不起。一胎是女孩，百分之九十九的还是想生男孩。别绝了就行。生三胎的现在几乎没有。真要想生，你再罚，还是有办法生出来。计划生育政策本身并没有形成约束力，反而是经济约束着人的意识。

生命有时真的充满不可思议的韧性，眼前的焕嫂子，健康，开朗，所有的伤害与痛苦都被自我吸收并消化，或者被主动屏蔽掉。她向哥哥打听，城里哪所寄宿学校好，哪一个老师的学习班好，她的大女儿已经上初三，想考县里第一高中，焕嫂子对她抱的希望很大。我问她，知不知道天津的"移民政策"，只要在那里买房，就可以落户口，孩子可以在那里上学，并考大学，天津整体的分数要比河南低得多。她很惊异，还有这样的政策？她从来都不知道，她在天津，清晨五点起床，晚上十一点之前从来没有睡过觉，每天忙碌，很少看电视报纸。我想，即使偶尔看到这样的新闻，他们也会觉得与自己无关，就像即使生活在天津，"天津"这一名词也与自己无关一样。他们所有的注意力和努力的点位还在自己的家乡上。在了解到天津买一座房子要花四五十万时，焕嫂子又释然了，她根本买不起，前些年挣的钱全盖房了，现在手里最多也就十来万的样子，根本买不起。看着焕嫂子的表情，我有点难过，她的释然是因为她买不起，她可以不做"非分之想"了。

已经快中午了，又下起蒙蒙雨，焕嫂子锁上门，带着她的小闺女，和我们一块回村里。小姑娘真的很乖，一双黑色的大眼睛，骨碌碌地转，警惕地看着我们，一边紧紧拉着妈妈的手。想着她刚出生时，看到焕嫂子时戛然而止的哭声，真的精灵极了。也许，她早已预感到自己要被母亲抛弃，想以这哭声来反抗并感动母亲。她成功了。

回到哥哥家，发现雨水浩浩荡荡地在马路上奔腾，下水道不畅通，水没有地方流，只有在街道上漫溢。即使是镇上，也没有完整的下水管道。只是一些非常浅，并且窄小的通道，上面用石板随便盖着，生活垃圾、脏水、泥沙、石子都会漏到里面，时常被堵塞。一到下雨，问题就出来了，各种脏东西都泛了出来，散发着强烈的臭味。

巧玉：回来送前夫一程

韩家巧玉和梁家万青一块儿跑了。在深圳，一个在厂里做计件工，一个骑三轮车。同村的人也有在那里打工的，他们也不避讳，就住在一起。留下韩家巧玉的丈夫明在梁庄村里咆哮如雷，从村东骂到村西，村南骂到村北。几个月后，他带着几个同族兄弟去深圳抓巧玉，十几天之后，却一个个灰头土脸地回来，听说还是巧玉帮他们买的火车票。

韩家巧玉本不姓韩，在她三岁时，她的寡妇妈带着她嫁到了韩家，就跟着姓韩了。巧玉家里可怜，巧玉的继父是村里有名的老实疙瘩，沉默寡言，挣不来钱，粮食也不够吃，全靠巧玉的寡妇妈暗地里跟村里村外一些单身汉做些勾当，换些粮食、粮票或钱，虽说是暗地里，村里人也都知道。因此，巧玉家在梁庄村名声很不好，他们也自动不与村里人打交道，尤其是巧玉的妈，面部表情很木讷，路上相遇，远远瞥上一眼，表情很严峻，或者很警惕，然后就低下头继续走路，一语不发。在我小时候的印象中，他们的存在很怪异，村里人也几乎不谈起他们，好像他们完全不存在似的。

巧玉长大了，一直低眉顺眼的她个子长得特别高，也很丰满，细长的眼睛，配在她善良的长脸庞上，有一种说不出的温柔与光彩。再加上她那永远手足无措的慌乱与紧张劲儿，有一种异样的可爱。韩家小伙子明开始追求巧玉，明家是村里有名的富裕户，父亲是村干部，家里有磨面机、榨油机，还有一个代销点。巧玉辍学之后，就在明家的磨坊里帮忙，每个月给点钱，有时还可以把一些小麦麸子拿回家。据村里人们说，这也是因为巧玉妈和明的父亲之间有些说不清的关系，明的父亲通过这种方式间接地接济巧玉一家的生活。

明的父亲坚决反对自己的儿子和巧玉谈恋爱，有几年时间里，明的父亲通过打骂、软禁等多种方式表示自己反对的决心，而明也总是通过忍、吵或逃跑的方式来显示自己非巧玉不娶的决心。最后，明和巧玉在村东头的一间破房子里结婚了。没有得到父亲的祝福，只有巧玉的母亲悄无声息地替女儿准备了几套被褥和厨房必备用品。这在梁庄村是一则新闻，同村人，又都姓韩，结婚的非常少见。但毕竟，巧玉不是真正的韩姓人，大家议论一段时间，在习惯了他们在村里同出同进后，也逐渐接受了他们。

他们生了一儿一女，还盖了新房，除了明的火暴脾气以及时不时对巧玉的暴打外，日子还算过得去。

记不清是哪一年的事情了，在一段时间内，我和小妹忽然经常出入巧玉家，她的善良的长脸庞，细长的眼睛，温柔的笑意，温柔的声音，对没有得到过母爱的我们俩来说，充满魅力。一到她家，她总是给我们拿出各种零食，还倒上茶。坐在堂屋的一张破圈椅上，和我们说话。由于身材高大，她的背略微有点驼，坐下来以后，显得更驼了，她的手特别大，特别阔，在不经意的抬手之间，似乎能够把我们拢过去，拢到她身边，有一种奇怪的安全感。我完全不记得我们都说了什么话，也非常奇怪，一个三十岁左右，有两个孩子，整天下地干活的妇女，和两个十几岁的小姑娘会有什么样的共同话题。我只记得，我们俩每次都是坐好久，吃好些东西，或者，有时，也在她家吃中午饭，然后，幸福地、做梦一般回家了。现在回想起来，还有一种充溢心间的幸福感和安全感。

谁也不知道巧玉和万青是什么时候联系上的。我的堂哥，万青，和村里其他男人一样，常年在外打工，只有农忙和春节回来。后来老婆病死，他出外打工的时间减少，在家里照顾俩孩子。万青聪明、爱说俏皮话，在村里是活跃分子，巧玉低眉顺眼，很少出入公共场合。他们连碰面的时间都没有。用村里人的话说，还真不知道他们咋对上眼的。同村男子一块儿到巧玉家找明玩耍，打牌、看电视、喝酒、聊天，巧玉往往在做完饭端上之后，就在厨房里待着，很少主动和男人们打招呼，也不像村里其他妇女一样，和男人乱开玩笑。

在以后的几年里，巧玉和万青从偷偷摸摸到半公开，这期间，巧玉挨有多少打，似乎已经数不清了，梁庄村的人们对巧玉家里每隔十天半月发出的惨叫声见怪不怪，只不过，原来人们是骂明，有的还前去拉架，现在只是摇摇头，苦笑一下。巧玉年老色衰的寡妇妈被再次提起，还是那句古老的话，"有其母必有其女"。

巧玉和万青在深圳扎下根，几年没有回来，后来，巧玉的大女儿和万青的两个孩子也到深圳打工，他们像一家人一样，住在一起，过起了日子。明知道巧玉在哪儿，也知道闺女去跟了她妈，但是，非常奇怪的是，他却并没有再去找。时间一久，明的落魄模样就出来了，一个刚硬、火暴性格的人逐渐变成整天沉默寡言、埋头干活的庄稼汉。在一年春节，他终于和巧玉办了离婚手续。

也就是他们离婚的第二年，明被诊断得了脑血栓，中风在床。在儿子打电话到深圳的当天晚上，巧玉和万青就买了回家的火车票。他们重又回到梁庄村，并不只是简单探望一下明，而是长住下来。巧玉和万青开始认认真真地服侍明，巧玉住在明家里，负责照顾病人，收拾家务，万青住在自己家里，种两家的地，农闲时在镇上打点短工。在明需要打针复诊的日子，万青推着三轮车，巧玉跟在旁边，三人一块儿去镇上，或坐车去县医院看病。一时间，他们三人成了方圆几十里内的风景，背后议论无数。一年之后，明去世了，万青把明的房子修缮了一遍，请梁家、韩家的长辈在一起吃了个饭，大意是向大家保证自己不会占据明的宅基地和房子，这也是人们一直在背后质疑的问题。

在古老的乡村大地上，只要你真正做出有美德的事情，人们会自然忽略你的其他问题。早就有人背后议论万青是为了霸占明的宅基地才回来的，也有人认为他们俩是内疚，因为明的病就是给他们气下的，但不管怎样，能够坚持一年，照顾一个臭气熏天的、已经不相干的人，并不是件容易的事。巧玉的诚恳与低调使她逐渐恢复了名声，而万青，也因为能够灵活、公正地处理各种事情，很快得到了韩家族人的谅解。巧玉和万青，终于成为名正言顺的、被人祝福的夫妻。

傍晚的时候，夏日的燥气下去，有风吹过，经过大妈家门口，听到了热闹的哄笑声，循着笑声进去，意外地发现巧玉和万青也在家里，问起，才知道，万青的儿子结婚，他们特地从深圳回来办喜事。巧玉的头发还是老样子，把前面全部向后梳，用一个长发卡拢住，很老式，像五六十年代妇女的打扮，她年轻时就是如此。我是很久以后才知道，在巧玉的头后中间部位，有一片是没有头发的，这是刚结婚时，她那火暴脾气的丈夫给她留下的印记。

巧玉脸红红的，惊喜地看着我，远远地坐着，背仍然驼在小凳子里面。她看着我，好像我们之间很陌生，但那惊喜的表情却又一直带在脸上，还有一点羞涩，两只大手来回对搓着，流露出内心的紧张。看得出她真的很高兴看见我，但又因为某种原因，她不敢，或者不好意思向我表示进一步的热情，就那么一直远远地看着我。我问她什么时候回来，过得怎么样，她也不说话，只是转向我的堂哥，示意他说，仿佛一切都以他说的为准。我问堂哥，听别人讲，他在深圳还有一个职业，即帮助别人打麻将，替别人支摊，输赢与自己无关，只按时间计费。据说因为堂哥打得好，开始只是偶尔为之，后来就变为专业了。堂哥听了，哈哈笑起来，这是谁胡编派我？纯是出我洋相，要是真打哩好，我还骑那三轮车干啥？但是，他眼睛一闪而过的狡黠却又让人有些疑惑。出去讨生活的人，谁没有秘密？

望着仔细倾听堂哥说话的巧玉，那个善良、温柔的女人还在，那双大手也还在，结结实实的，洋溢着生命力。但这一切，被一种温顺的、服从的天性遮蔽着，只有那些愿意接近她、爱她的人才能够发现。我真的有说不出的激动，甚至想冲过去拥抱她，但我也忍住了。

赵嫂：谁来给我养老

在村头和其他几位老人说着闲话，赵嫂两口子来了，推着婴儿手推车，车里躺着才刚十个月的小孙女。后面跟着俩孙子，分别有四岁、七岁的样子。婴儿车的把上搭着几块尿布，随风飘着，像旗帜一样，估计是孙女刚尿湿的。一看见我，赵嫂就嚷起来，你在干啥？咋到处都看见你。我笑起来，赵嫂，不见你干活，就见你走四方。话还未落，赵嫂就叫道，不干活？我干哩活还少？五六十了，养仨小鳖娃儿，你说还少？叫你养一下试试。赵家大哥不大说话，在一旁笑眯眯地看着。在我的印象中，好像赵家大哥就没说过话，常年在村里砖瓦厂干活，人干瘦，脸黑得就像烟熏过一样。问赵嫂怎么喂婴儿车里的孩子，累不累？爽利的赵嫂打开了话匣子：

我正经是不按你们城里的样子喂。娃儿不到半岁，玉米面、面条、南瓜都吃，吃哩可欢。孩子他妈打电话说，不让这样，不让那样，跟着城里人学。说哩可美，自己又不弄。我该咋着还是咋着，不按他们那样儿来。你要跟他们那养法，那就叫弄不成。原先，你们那时候，有病了给娃儿沾点土腥气，放到地下滚滚，不也就好了？哪像你们现在养孩子那样子？

他们挣那俩钱算啥！没有俺们给他看小孩，他们出去个屁！要不是俺们给他们当不要钱的保姆，算算就是没挣钱。我给你算算，老大家俩人在一个厂里，有三千多块钱，他俩自己租房子住，连吃带住得花一千多。俩娃儿在镇上她姑那儿上学，哪个月不得几百块钱，要是有个头疼脑热的，也得百十块钱，一个月最多剩下千把块，可不就是俺们老两口的保姆钱。老二家两人在两处打工，都吃住在厂里，一个月还能存上个一千多块钱，老二媳妇拿哩紧哩狠，一心想着盖房，也没说多给俺们俩点钱。

你以为他们感谢你，感谢个屁！这里面有啥原因，老人帮他们带孩子，他们的地老人种着，这等于是交换。他们不管你累不累，想着你种他地也算给你报酬了，也不管种地到底能不能赚到钱。有许多娃出去打工，孩子撇在家里，连一分钱都不给。有的老两口，好几个孩子，你留我也留，要不，吃亏了。还为谁留的多谁留的少打架，非得把老人撕吃了才行。

你看我这辈子容易不容易，可怜不可怜？才刚把他们拉扯出来，又得照顾他们的娃儿，到死都不得安生。你说不管他？眼看他日子过不去，你能不管？在家里没指望，又不让出去打工，儿媳妇非怪死你。你看农村有哪个敢说不管孙娃儿的？现在不给人家帮忙，想找死，老了还想不想活？咱们隔壁李村，老两口七十多岁了，四个儿子，两个闺女，没有一个养活爹妈。到哪家哪家都不欢迎，最后把儿子们告到法院。不告还可能有碗吃哩，一告倒好了，老两口连饭都没人送一口。二儿子把钱摔到他妈面前，说，你不是稀罕钱吗？拿去，从此以后，咱们井水不犯河水。说完，扭头就走。那家大儿子好赖还是个国家干部哩。也不见得咋样，给爹妈办个存折，把法院判的钱汇到存折上，让别人捎回去，见都不见。生气爹妈不顾他面子。现在，那老两口天天哭，后悔都来不及了。

还有，王营也有这事儿，寡妇把三个儿子拉扯大，把房子、宅基地都分给他们了，到最后，仨儿子个个不愿意让老母亲住自己家里。还都有一番理由，说是妈偏心这个，偏心那个。谁多上两年学，多花家里钱，就应该多养活，谁娶媳妇时，妈不愿意，少置办了彩礼，谁自己盖房，妈也没出钱。那说头可多了，听着都嫌丢人。老婆子嫌丢人，一头扎井里，想自己死了算了，结果，被救上来，仨儿好上几天，过后还是那样。最后，大队支书说，干脆让法院判。法院也判了，说是老母亲轮流住儿子家，一家一个月，有病集体掏钱。住到老二媳妇家里，刚照顾完媳妇月子，老婆子出去一趟，媳妇就隔着墙头把老婆子的包袱扔了出去，连门都不让进了，说我就不让住，有本事，还去告去。老婆子也不敢告，现在到城里给人当保姆了。过几年，老哩干不动了，还不知道会咋样呢。

世道变了，原先是媳妇怕恶婆子，现在是婆子没有不怕媳妇的。有哪个是省油灯？不把你榨干就不算完。你辛辛苦苦替她照顾孩子，回来该吵你还吵你，该不养活你还不养活你。给他们摆一下自己的功，说那是你孙子，你想让他饿死我管不着。刻薄哩很。

你说小孩跟他妈有隔阂，不可能，还是人家妈亲。这小鳖娃们都能死了，他爹妈回来最多五分钟，就跟他妈亲哩不得了，前后追着他妈。你稀罕死，一年到头累死，不抵人家妈回来几天。你还不知道吧，我还有俩孙儿，跟着他们姑在镇上上学，把他姑也累得够呛。我呢，每周还得给他们蒸馍、轧面条。

出去打工的日子过哩可美啦！小两口上完班，回来吃吃饭，就能睡觉了，清闲哩不得了，俺们这些老骨头在家帮他们带小孩。你说，城里幼儿园又上不起，上学也没户口，谁接送？再说在工厂干活，一天下来，那可不是玩哩，累哩就不想动，也不愿小孩泼烦①。你侄儿在那啥胶厂里干活，高温，一天下来，烤得受不了，环境还差，咳嗽哩不得了。

你看，这是我那二孙子，一直在生气，怪汪汪的，想上他姑那儿。但他姑好不容易清静一下，也不想带他。这个小女娃子，生下来五个月的时候她妈就走了。这么长时间了，就没回来，就看这个年下能不能回来了。

赵嫂一边"骂"着她的孙子孙女们，一边晃着婴儿车，时不时用手摸摸里面，看孩子尿了没有。农村留守老人的状况和城市的老人问题完全不一样。城市是孤独问题，而乡村的老人却是金钱问题。

农民打工的成本有多高，赵嫂给我们算了一笔账。如果不是老人当免费保姆，帮忙带孙子外孙，降低打工者的生活成本，打工挣的那点钱根本不足以支撑生活。另一方面，老人也不敢太多抱怨，因为将来还有个养老问题。所有乡村老人都是想万一有一天你躺倒在床上，不会动了，不能为人家服务了，指望谁？没有退休金，又没有社会保障体系，你现在不给"人家"养孩子，不努力干活，将来"万一那一天"到来的时候是会有你好看的。

如果有多个儿子，那这家的老人要遭罪了，还有个"攀比"问题，如芝婶和赵嫂都提到的，都是"比着留"，因为你不留，你就吃亏了。即使如此，如赵嫂所言，没有哪一个农村老人会自己优哉游哉，喝着小酒，打着太极拳，眼看着儿女有难处不去管的。赵嫂还属于比较年轻的老人，有许多已经七十多岁的老两口也在强撑着为子女服务，他们也会抱怨，儿女也会心疼，却也没有想过如何改变这种状况，撑到哪一天是哪一天。在这里，探讨作为个人的生活、个人的自由，是可笑而不切实际的。

赵嫂热情地邀我到她家去坐。从外面看，赵嫂的房子非常一般，但

---

① 泼烦：麻烦，缠人。

是进到里面，看一些细节，就能发现当年主人的精心营造，是冲着住到老死的目的盖的。房子一砖到顶，粗直的圆木屋梁，椽子上面铺着一层在乡村极其少见的细竹篾编成的席子。这既起加固的目的，同时也隔绝了瓦层上面的灰尘，使得房间显得雅致、明亮。地上铺着一层青砖，砖缝用水泥抹得非常平整，扫地时不留死角，整幢屋子里整洁、干净，是一个殷实、富足、会过日子的家庭。当我称赞起房子的时候，赵嫂有些伤感地说，人家要拆呢！"人家"就是他的小儿子和小儿媳。大儿子已经在路边买地起了一座两层小楼，小儿子折了一些钱给哥哥，这座房子和宅基地算是分给了小儿子。

又问老两口将来跟着谁住，赵嫂又是一声冷笑，跟着谁？谁也不跟。你别想着给"人家"侍候儿子闺女了，将来就可以让"人家"养你，门儿都没有。咱也不操那心。我和你赵哥还回到最早的房子里去，在那儿养老。儿子、闺女高兴了看看，给俩钱花，不高兴了，只要不骂我俩老不死的就行了。

我这才了解到，在春节里，赵嫂两口子和小儿子、儿媳妇闹了别扭，还吵了一架。原因就是这房子。这栋房子是赵哥赵嫂俩人一生的心血，也是他们作为家长所拥有的权威的象征。赵哥前半辈子在村砖瓦厂里干活，也一砖一瓦一木地积攒自己盖房所需要的东西，光是砖、瓦就攒了有八年之久。当属于自己的那窑砖烧出来的时候，赵哥一个人躲在人后面哭了起来。房子是一九九三年盖起来的，房屋上梁那天，吝啬的赵嫂赵哥又是杀鸡宰羊，又是放鞭炮敬神，总算盖房起屋，像个人家了。那时候，赵嫂的女儿师范毕业，回到镇上教书，两个儿子虽说没有上成学，但也初中毕业，准备出门打工了。赵家的好光景就要开始了。

在赵嫂心里，他们为小儿子留这个房子，也是想着将来跟小儿子一起过的。小儿子虽然折了一些钱给哥哥，但是，这些钱远远不够再买宅基地的钱。而大儿子之所以同意，也是认为既然老人将来要跟他们过，那现在少拿点钱也是应该的。

但是，今年春节回来，小儿媳妇提出要重新盖房。在协商的过程中，也暗示将来他们不应该单独承担赡养老人的责任，更何况，赵嫂也帮助大儿子看小孩，不应该只有他一家承担赡养的责任，这就打破了之前的平衡。赵嫂和两个儿子、两个儿子彼此之间开始有些龃龉。按照赵嫂的分析，小儿媳妇虽然表面上是要再盖房，实际上就是不想养活他们。把他们盖的房拆了，连证据都没有了，真正到争论的时候，连一点底气都没有，因为你住的也是人家的房。赵哥在旁边反驳赵嫂，认为小儿媳妇还没有那么恶毒，可能也是嫉妒大哥过得好，房子盖得好，现在流行盖平房、小楼房，你这瓦房再好，那不还是瓦房。

我知道，在乡村，经常有这样的情况，如果有两个儿子，往往是家产一分两半，又因为农村宅基地比较紧张，一般是其中一个儿子占用父母的宅基地，另外一个儿子补偿一点钱给这个儿子，这等于说父母到最后是瓦无半片，房无半间，只能依靠孩子。这种分配方法在现代观念里，似乎有点不可思议，因为在此过程中，父母的权利被完全剥夺了。但在乡村，这是再正常不过的情况。在一般状态下，儿子儿媳出去打工，需要老人照顾孩子和房子，不会产生什么问题，但一旦儿子儿媳回来，要落叶归根，问题就出来了。这时候，父母的命运往往是极其凄凉的。

对于老人来说，他们甚至不敢理直气壮地要求儿子尽传统的孝道，如和儿子一家在一块儿居住，要求尊重，等等，因为他们没有给儿子提供更多的经济支持。儿子年少出去打工，彩礼、结婚、盖房，全是自己打工挣来的钱，父母根本没有权力支配。而家族制度的衰落、公共道德监督力的衰退、国家在法律与赡养习俗之间的矛盾都使得儿子，尤其是儿媳不把父母放在眼里。社会学家阎云翔把这一现象称为"父母身份与孝道的世俗化"，传统的文化机制遭到破坏，孝道观念失去了文化与社会基础。

在中国文化的深层，有一种本质性的匮乏，即个人性的丧失。由于秩序、经济和道德的压力，每个人都处于一种高度压抑之中，不能理直气壮地表达自己的情感、需求和个人愿望。每个人都在一种扭曲中试图牺牲自己，成全家人，并且依靠这种牺牲生成一种深刻的情感。一旦这种牺牲不彻底，或中途改变，冲突与裂痕就会产生。在日常状态中，家庭成员彼此之间沉默、孤独，但是，这并不意味着他们对这种痛苦没有体会，只是，每个人都被看不见的绳索捆绑着，无法诉说。一旦矛盾爆发，往往极具伤害性。

非常奇怪的是，从赵嫂，从五奶奶、芝婶一些抱怨性的话中，却仍然可以感受到掩藏在背后的爱与宽容，对儿女，对他们在外面的艰难生活，对身边这一个个让他们老年还不得安生的孙子，仍然有一种非常细腻的感情。虽然他们也担心将来的生活，也担心儿媳的行为，但更多的时候，他们仍然兢兢业业地伺候孙子，替他们承担一切。他们不表达，不但对外人，对儿女更不表达。这一切，是属于地层之下的，被深深埋藏起来，连他们自己也意识不到。乡村的生命，其韧性之大，是与自然界的生物相等齐的。

赵嫂的厨房里冒着香味儿，大概是刚焖好的咸米饭。炒点肉和芹菜，多倒些水，把米放在里面，小火烧煮，二十几分钟后停火，再焖上一段时间，就好了，非常香。在我童年时代，这是只有在改善生活时才做的，一年一个家庭最多有那么两三次，也因此，对这香味有独特的记忆。而现在，早已是乡村的家常便饭了。这香的炊烟飘出院子，在乡村的上空散开，氤氲了整个村子。

清道哥的家庭生活

早上刚起床，父亲就接到清道哥的电话，说已经赶完集了，马上就开始备菜，叫我们一定要早点去。我回来了，清道哥说一定要表示表示。

清道哥的家，将近四分地，依公路而建。左边不远处是八十年代村子里最大的企业，梁庄煤矿建设有限公司（简称煤建），最兴盛的时候，方圆几十里的人都从这里拉煤，每天运煤的大型卡车来来往往，还有一串串架子车拉煤的普通农户。我们这些小孩放学去的最好地方就是那个大院子，高耸的黑色的煤山，有着别样的吸引力，我们看巨大的机器在那里吊煤、铲煤，看人们的白毛巾一把下去变成黑毛巾。我们在那里捉迷藏，在煤堆的周边乱蹿。围绕着煤建，形成了一系列小型的商业品种，饭店、小吃店、百货商店、澡堂，等等，而生意最好的无疑是饭店。清道哥的手艺也是在那时候练成的。

早年，这里并没有房子，也不是田地，而是一片大坑塘，每到夏秋交季之时，坑塘里长满黑色、清甜、肥美的大菱角。经过锲而不舍地填埋，坑塘上面终于盖出了一排排房子。当然，这样临公路的地段不是谁想填就填的。现在这里的房子依次是清道哥家、会计家、队长家，和其他一些做生意的村户。作为支书，毫无疑问，他所占据的是当年村里最好的位置。那里面有清道哥一车土一车沙慢慢填坑的辛苦。现在，煤建早就破产了，连那个院子都不见了踪迹，清道哥的房子也有点前不着村后不着店的，有点荒凉，只有门口的平整与宽阔能够显示出昔日的繁华。

我们去的时候，面庞清秀，但眼睛浑浊的嫂子正在后院灶台烧茶。她前年得了乳腺癌，双乳切除，在大姐医院做的手术。大姐一去，就撩开衣服让看病情，也不管是否有外人。嫂子还留着那两条标志性的大辫子，但发质已经枯黄、瘦细，没有任何光泽，毛蓬蓬的，配着她不停眨巴、溢着眼屎的眼睛，更见苍老，有一种滑稽的哀伤。前院的房子是他们的百货店，现在上面的货架落满灰尘，几乎没有什么货品。中间的院子种一些丝瓜，瓜秧杂乱地到处爬着，自来水井旁边是自然溢出来的一片湿地，上面有鸡鸭在啄食。在闷热的夏天中午，淡淡的臭味弥漫了整个院子。一条狗呼啸来去，把鸡鸭吓得到处乱飞，鸡毛扑棱了一地。而厨房是开放式的，就在院子的角落，锅台很低，水缸、菜、面粉和其他一些杂物都随意摆着，鸡和鸭随时可以跳上去。

清道哥让我们看他准备的午餐，他已经下油锅炸了鱼块、鸡腿、青椒塞肉馅、小酥肉等八个荤菜，全是炸菜，吃的时候再烩一下就可以了。这是我们那里待客的最高规格。还有十来个做好的素菜、凉菜，只等上桌。我不相信这是他在短短一小时内弄出来的，他大笑，别瞧不起你道娃儿哥，做几桌子，待三五十个客还是没问题的，前天这里还办了三桌酒席，是村里订婚相亲。父亲在一旁说，这可是你清道哥现在的大收入，要不是，他赌博的钱从哪儿来？

"从哪儿来？"清道哥很不服气，"我有三个养鸡场，随便卖点鸡蛋、卖些鸡子哪儿不是钱？"父亲回道："三个养鸡场，哪一个是你的？能得不轻，别看都是你弄的，现在你敢去把鸡蛋拿出去一个试试？"清道哥立马不说话了，过了一会儿，他赌气般的低声说："我今年也要多养点儿鸡。"

我这才明白一些，清道哥共有三个儿子，现在是有三个儿媳、五个孙子孙女。儿子们刚结婚的时候，他把三个养鸡场分给了儿子，一家一个，不偏不倚。但是，为养鸡场的大小，位置的好坏，三个儿媳对他都有意见，相互之间也闹到几乎不说话的地步。清道哥，因为失去了对鸡场的掌控权，没有了经济来源，也就失去了说话权。经常被儿媳们白眼来去，也说不出话来。

后院是一个两层小楼，楼上楼下，共十二间房。清道哥很得意地告诉我，这都是他亲自设计，三个儿子，一个儿子两间房，谁也不偏不向。但是，这六间房都是空着的，儿子们没有一个过来住。一方面是有矛盾，儿媳不愿意住；另一方面，养鸡场也需要人看，所以，儿子们的家基本上就都在养鸡场。道娃儿哥盖的"城堡"显得空空荡荡。

虽然如此，清道哥仍然很自豪，他为儿子们办下了这家业。他让我和姐姐到后面大儿子的养鸡场去看看，顺便拔一些时令蔬菜。

养鸡场在通往河道旁的庄稼地里，刚走近那里，一股恶臭就随着风吹了过来，路边，是一个巨大的蓄粪池，这是养鸡场的副产品。蓄粪池上面有盖子，但是无法阻挡这臭味，道娃儿哥说这鸡粪很值钱，附近有养鱼的抢着来拉，但不知为什么，最近来的人少了，粪积在这里，出不去。

说实话，这是一个不错的乡村养鸡场，有三四个大棚，是养鸡棚，鸡在长条形的笼里，喂的饲料和水都掺有防止生病的药物，下面的水泥地也被冲得干干净净。但是，外面的生存环境却让人无法接受，主人的房子就在这养鸡场中间，门口拴两只大狗，说是为了防盗。主人家的两个小孩在这片恶臭中玩耍，女主人在门口的水井洗菜，洗衣，又把脏水随手泼在鸡粪上，更加剧了臭的味道。清道哥所说的时令蔬菜也是种在这鸡粪之上，踩上去，臭水立即渗了出来，我快快地逃了出来。中午，我还是吃了这里的"时令蔬菜"，好在还没有鸡粪味儿。

"城堡"的厕所建在院子外面的角落里，一个很低很小的土坯搭起来的小房子，要弯腰进去才行。门口用一个很短的塑料布遮挡，蹲下去，能看见里面的人，但这是家庭自用，所以一般不会在意这个问题。里面的坑池是用砖砌的，上面脚踏的地方也是两块砖垫上去的，当然，在这些砖的周围，少不了一些蛆虫的爬行。每去一次，姐姐总要感叹，厕所太脏。但在农村，这已经是好的了。回想起来，北方的村庄，最不堪的往往是厕所。每家房子的侧墙旁边都是一个天然的厕所，比较富裕和讲究的人家如清道哥这样才挖一个坑池。一般人家很少有意识，就是在侧墙的地上随便大小便，然后等着自然风干。童年少年最惨痛的记忆莫过于下雨天，侧墙的地到处软乎乎的，都是粪便，找不到下脚的地方，脚尖踮着往里面走，总会踩上各式"炸弹"。这种情况，一般都是到家里有人结婚，或发生重大事件才会改变。而那些临着村中路边的家庭，低矮的、胡乱搭起的围墙与房子侧墙之间的那个空间就是一个厕所。行人往往可以看到蹲厕人的头部，隔墙说话是常有的事。而最尴尬的莫过于辈分有别的人路过，因为站起来提裤子是要被路边的人看到赤白身体的。对于一个刚成年的少女来说，那种尴尬更是让人终生难忘。

上午的饭菜果然十分丰富，有童年的味道，虽然觉得油太多，过咸，过香。清道哥讲了许多顺口溜，每一个都逗得大家哈哈大笑，创作力惊人地旺盛。因为来了客人，大儿媳和二儿媳就也来帮忙，很自然地分工，一个洗菜，刷碗，照顾灶台，另一个负责上菜，端盘子，负责酒桌与厨房的传递工作。她们基本上不和我们说话，目光对接的时候，也只是很快就闪过去，很少有表情。乡村女性的情绪在外人面前是不大显露的，包裹得很严，偶然来到的客人很难窥探到她们之间的内在关系，更找不出矛盾所在。实际上，一旦有矛盾，即使是最善良的女性，也会马上翻脸，毫不留情地吵架。而需要共同露面的时候，她们也会暂时共同出场，保持和谐的表象。

吃过午饭，茶水泡好。清道哥喝得半醉，本来的紫脸膛更显黑红，眼神乱飞，不停地大笑，可见其开朗、豁达的性格。我让清道哥讲讲他的顺口溜故事，我想了解这样一个曾经的乡村政治人物的生活、情感与其生命状态。

你说想听我说顺口溜，妹子可是笑话我了。这梁庄出个梁清道，喝酒场里瞎胡闹。载入史册可丢人，人家说你胡尿顺。

那二年交公粮，粮管所所长老二哥俺俩对劲儿，我上粮管所，可热闹。晌午一下班，就在那儿吃饭。吃罢喝罢，编个曲儿胡尿出他洋相。我说，二哥，你这两天在村里影响不好，你都不听听群众啥议论。老百姓都在说，咱镇有个所长，交公粮开后门你算别想，交粮去了报杜南（村庄名），那是好坏都能过，要是报的是杜北（村庄名），好坏一样不吃亏。一报是梁庄，签子没拔就不行。咋，粮管所地盘在杜南，你把那儿的老百姓都维持完，把梁庄人都坑完。所长听了脸只红，去，去，来了好烟好酒吸吸喝喝，走了还编个曲儿气我。

交粮时上面来检查，他一听算急了，上上下下胡指挥。我说："这一听市长进了院，二哥出来赶紧喊金殿，麻利去给'拐子'说，赶紧停磅别出错。说，正收粮为啥停磅？懂个尿，注意别叫他出问题，先把秤锤下面那坨泥抠下来。"所长一听，气哩乱蹦说，去去，你看你糟蹋多狠，还秤锤糊哩泥，下回来了凉水都不叫你喝。实际上，没那回事，在一块儿对劲儿，胡尿出他洋相，出他鲜点儿。

后来金殿当所长了，那几个坏货说，可给新所长也编个曲儿。那有尿编哩，"老崔退休换金殿，梁庄交粮超往年，过去交粮报梁庄，签子没拔就靠瘫①，今年交粮报梁庄，就没有剩下来一家儿"。一听可都笑开了，新所长表扬哩可怪好，不编不编曲儿可出来了。是不是金殿就比前所长强？强啥强，胡乱出洋相，说笑话哩。

还有那年那电管站的事儿。人们都说："党是爹，政府是娘，工商税务是两只狼，还有一只老虎是电霸王。"村里抗旱大忙，变压器烧坏了，自己去买个新哩用，这可得罪了电管站的人。这必须得通过他们换，他们能从中使私钱。站长说没有通过站上买，不给送电了。我去找站长说理，那个站长杨书敏说东说西，就是不给送。我说，你别说，你们是独家经营，不合理，别想着农村人对这件事不明白。"这管电哩下乡，村里招待都不一样，晌午只说招待差，下午生门儿②就停电，你这良心背不背。抗旱大忙巴结你，回头还是要停电，去问你们这为啥，看你下回招待还错不错。"那站长一听，气哩乱转圈，说，是这，你先回去，回头就送电过去。我就去找局长，局长也叫我先回去，说是回头给站长打电话。我说，俺们回不去，老百姓拾着半截砖，在村头拦着，抗不了旱，老百姓只打我。一会儿想上县委去一下，看看这事咋个办？局长一听急了，拿起电话就骂杨书敏，不管啥原因，先把电通上。局长说，你走的时候，也给站长说个感谢话。感谢谁，那是他应尽的职责，感谢他干啥！还没走到家里，就听说，杨书敏在院子里气哩乱蹦！

---

① 靠瘫：完蛋了。
② 生门儿：想坏点子。

家里的事就不说了，这清官难断家务事，我这支书干一辈子，家都没管好，你说窝囊不窝囊。

有人说我支书干一辈子，把梁庄也弄哩要啥没啥。你说哩是尿，群众楼上楼下，我要啥没啥。喝一肚子酒精，两手空空。这些年我胡尿拾俩粪也能挣俩钱。

如果你出生在农村，又生长在农村，你会发现，在那些看似朴素、愚钝、木讷的脑袋中，常常蕴藏着惊人的幽默感。在午饭大槐树下的饭场中，在茶馆闲聚的喝茶者中，甚至在上地干活打招呼的过程中，幽默、智慧无所不在。那不时爆发的、爽朗的、略带狡猾的、会意的笑声在乡村的上空回响，为沉默的村庄增添着一份份生机和活力。清道哥正是这样的人。

清道哥一口气说了三个多小时，谈起自己编的顺口溜，尤其是政治方面的顺口溜最兴奋。他把自己对乡村生活、乡村政治的理解几乎是以艺术的方式呈现出来，嬉笑怒骂、随意成篇。但是，在涉及具体人时，如现任支书、村长情况时，做村会计的堂叔总是及时打断。在清道哥谈话期间，房间另一处的牌场已经支好，另外一个好像长期跟着会计的什么人早已候在那里。我们谈话的时候，他在外面忙来忙去，干一些杂活。这是非常熟悉的乡村场景，在支书、会计、村长家里，总是有这样的人在帮忙。

清道哥站起来，伸了伸腰，看看牌桌，摩拳擦掌，喝几口酽茶，又上趟厕所，做好一切准备。父亲已在一声声地催，在我们说话的时候，他小睡了一会儿，此时也是精神百倍。我知道，这一战至少要到晚上。

那一夜，父亲打到十二点，是哥哥叫了几次才叫回来的。父亲的身体已经不允许熬夜，他的牌瘾很大，一坐到牌桌前就不起来。但是，与清道哥相比，就不值得一提。父亲说他是"常输将军"，都知道他喜欢打牌，还常输，就有人设局骗他。他照去不误，照输不误。很有气度。

父亲给我讲了一个笑话。说是前段时间清道哥在家里和老婆吵架，又和三儿媳的亲家拌了几句嘴，上街卖鸡蛋，消失了好几天，电话也不通，他老婆把所有他可能去的地方都找了，就是找不到。就来找父亲，怕他想不开，万一自杀了怎么办。父亲一听哈哈大笑，说不会，道娃儿要是想不开，这日子就没人能想开。前两天还见他骑着小三轮车，说是到什么地方去，肯定是去打牌了。第四天，清道哥施施然地出现在父亲那里，原来到另外一家打牌去了，前两天赢，后两天输了精光，还欠下一些债。清道哥在一旁听到了，指着他那长辫子老婆嚷道，我就是去卖个鸡蛋，你到处糟蹋我名声。

再见，故乡！再见，妈妈！

独自来到墓地，与母亲告别。

从母亲的坟往远处看，左边是绿色的田野，一望无际的平坦，低矮、新鲜的庄稼充满着生命力，灰蓝、微暗的天空，天边是暖红的彩霞；右边往下看是宽广的河坡，树林郁郁葱葱，粉红色的合欢花在树顶连绵起伏，随风起舞；围绕着树林，笼罩着一团团淡白的轻雾。不知为什么，那一刻，觉得母亲仍与我同在，她躺在这片土地中，而她的女儿在感受着这片土地，用她的灵魂与精神。有一种温暖慢慢进入心间，是的，妈妈，我来看您了，虽然次数越来越少，但每当想到这一方土地，想到在这一方土地上，有您躺着的坟地，就觉得我们心意相通，您还在注视着我们。

少年时代失去母亲，是我永远说不出的痛。想起母亲躺在床上，望着上学的我们，只能发出"啊、啊"的哭声，就无法抑制自己的眼泪。那是一位失去行动、失去语言的母亲的绝望，她无法表达她的爱，也为给这个家庭带来深重的灾难而歉疚。这一哭声犹如长久的阴影跟随着我，我的软弱、自卑、敏感、内向，通通来自于此。

我无法想象母亲在骨灰盒里，尤其是当站在她的坟前的时候。如果没有这象征性的坟头，如果她没有躺在土地之中，我无法想象，她是否还能关注我，我是否还能如此深刻地感到和她心意相通。每次家里有大事，都要来到这里，烧纸、磕头，然后，坐在坟边絮絮絮叨叨地给母亲说一说。少年时代，哥哥与父亲吵架，深夜里，拿着刀，往墓地跑，我跌跌撞撞跟在后面，心里害怕极了，不只是害怕哥哥会死掉，而是害怕母亲知道家里出了这么可怕的事，那一刻，我真的希望时光永远停下来。至今还能回忆起哥哥的哭声，声嘶力竭，那委屈，那依赖，是只有在母亲面前才能有的。哥哥躺在母亲的坟前，在那里翻滚着，倾诉着，似乎渴望妈妈能抱住他，安慰他孤独可怜的心灵。这次回家我才知道，当年父亲手术成功，几个姐姐专门回家，到母亲坟边哭了一场，把这件事告诉了妈妈。这样大的事情必须告诉妈妈，才算达到真正的隆重。

这种古老的凭吊方式难道真的要成为过去？我记得一个南方朋友给我讲他们家乡凭吊亲人的方式，清明的时候，早晨起来，一家人带着吃的、喝的，来到亲人坟边，烧纸、放鞭炮、磕头，然后在那儿吃饭、说话、聊天、打牌，整整待上一天时间，天黑以后才离开。当这样听时，我的心有一种说不出的感动、温暖与辛酸，多么温馨而又自然的纪念方式，陪上亲人一整天，和他一起生活，就仿佛他还在。我无法判断农村土葬能浪费多少土地，但是，如果真的以一种强制性的手段让民众失去这样的文化习俗，对于民族心理、民族性格也是一种伤害。像现在这样结合的丧葬方式，并不见得就是好的，它产生的是一个啼笑皆非、不伦不类的结果。

乡村，并不纯然是被改造的，或者，有许多东西可以保持，因为从中我们看到一个民族的深层情感，爱、善、淳厚、朴素、亲情，等等，失去它们，将会失去很多很多。

不知道为什么，有一种感觉，我以后会回来得越来越少。当故乡以整体的、回忆的方式在心灵中存在，回来的欲望非常强烈，对它的爱也是完整的，经过这几个月深入肌理的分析与挖掘，故乡在我心中已经变得面目全非。当爱和痛不再神秘，所有的一切都成为功利的东西，再回来的愿望与动力没有了。或许，是我的功利破坏、亵渎了对它的神圣情感，我对我故乡的人们的感情不再纯洁。

再见，故乡！

再见，妈妈！有您在，我会回来。

盖楼记

乔叶

一 新 区

去年，姐姐的大女儿苗苗考上了郑州轻工职业学院，这么一来，每次回老家，苗苗搭我的顺风车就成了必然。我和姐姐的日常联系也自然而然地多了起来。各自出嫁之后，在兄弟姊妹五个中间，我和姐姐相见最少。原因很简单，我们五个里，唯有她现在还生活在乡村。我的乡村生活史在十五年前就已经结束，曾经和其他三个兄弟在县城生活过几年。十年前调到郑州之后，我每次回去的目的地基本也都是县城，不到清明上坟或者农历十月初一给祖宗们"送寒衣"，再或是春节走亲戚，一般不会和姐姐碰面，对姐姐的情况也就所知甚少。兄弟姊妹多，哪能整天想着他们。各有各的活路，平常里，没有消息就是好消息，没时间去特别关切谁。但是，苗苗在这里，经常见面，终归要叙些家常闲话，对姐姐的细节也就听得越来越多。听着听着，我觉得姐姐似乎越来越陌生了：姐姐学会了卤鸡腿和卤猪蹄，姐姐从不刷牙，姐姐在绣十字绣，姐姐的小姑子因为信了邪教而入了监狱，姐姐正在给她的孩子做棉衣……

姐姐对我的感觉，应该也是一样。一年多来，每次我碰到姐姐，我们之间亲热是亲热，客套是客套，但也横亘着体积庞大的生疏。我会问她:"黏玉米那么贵为啥不种点儿?""去磨坊磨面也太啰唆了吧?"她会问我:"听说你有仨电脑,要恁多干啥?""整天坐飞机不害怕? 多费钱。"我的提问,她的回答认真。她的提问,我的回答敷衍。但我并不觉得亏欠。我很清楚:无论认真还是敷衍,这些问答对我们之间的那道沟壑而言都只是杯水车薪。无论是什么样的语言材料和语言品质,那道沟壑都很难填补。主要原因当然在我。自从当了乡村的叛逃者之后——叛逃者这个词是我最亲爱的记者闺蜜对我们这些乡村底子城市身份的人的统称,我对乡村想要了解的欲望就越来越淡。记者闺蜜对此也有深入潜意识的尖刻评价:只要有路,只要有车,只要有盘缠,只要有体力,所有的叛逃者都只想越逃越远。

对她的评价,我只能用沉默应答。

"明儿能回吗?"那天是个周四,姐姐打电话问我。

"什么事?"我问。姐姐没事不打电话,只要打电话肯定是有事,而且八成还是钱的事,一般来说还不会太少。其他三个人虽然在县城,日子却都只是过得去,不如我宽裕,且又都是兄弟,有媳妇管着,不好贴补她。逢到用钱的事,姐姐也只有向我伸手。前两年她翻盖新房,我就贴给了她三万。

"没啥事。"

"说吧。你先电话里说说,让我有个底儿。"

"啥底儿不底儿的,"姐姐笑了,她这么一笑,我心里就有了底儿,"咱姨高血压犯了。这回有点儿重,半边身子都不利落了。你要是得空,就回来看看。"

"咋回事?"

"电话里说不清,见面再说。到底能回不能?"

"回。"我说。正好刚刚换了新车,我得尽快磨合。从郑州到姐姐家是一个小时车程,不远不近,恰恰是好尺寸。我让姐姐给我烙点儿油饼,蒸点儿馒头,再给我收一些土鸡蛋。吃过几回姐姐给的这些乡下吃食之后,我看郑州户口的这些东西就再也不顺眼了。

第二天午饭后,我带着苗苗一起回去。从郑州出发,沿着花园路向北走了二十分钟,然后上了中州大道——也就是一〇五国道,在郑州市区这一段叫中州大道。沿着一〇七国道继续向北,过了黄河大桥,左转进入郑焦晋高速，再走上半个小时，从焦作口下来，就是现代路。现代路再向北大约五公里，就到了焦作市高新区。

焦作古称"山阳"，汉献帝刘协当年被曹丕分封至此，便被称为"山阳公"。这些年，随着经济的发展，几乎中国所有的城市都像一张软烙饼，越摊越大。焦作也不例外。如果是郑州这样的城市，四周都是平原，那就东西南北随便摊好了。但焦作不行。在整个六县四区的版图里，老市区就像"凸"字的那个山峰，稳稳镶嵌在太行山的怀抱中。向北发展山区旅游还行，但摊大城市绝不可能。市区西面紧邻山西，东面紧邻新乡，也都杜绝了摊大的可能性。别无选择，唯有向南，向南，再向南。从市区向南八十余公里，直到黄河岸边，都是焦作的广阔领地。于是决策者们大手一挥，在老市区之南十来里的地方划出了一片高新区，几个位于新区内的村子顿时运交华盖，应声而出，荣耀登场。我的娘家乔庄村和姐姐的婆家张庄村也有幸忝列其中。据说市里很多重要的行政部门都已经在高新区里圈定了一席之地。

高新区最大的横向路是未来路，在现代路和未来路交叉口左转，顺着未来路向西三公里，就是我的娘家乔庄，再往西两公里，就是姐姐的村庄张庄。乔庄和张庄都紧挨着未来路，在路北。未来路原名叫灵泉路。灵泉路的路名来源于灵泉河，灵泉河又得名于灵泉村，这个村在张庄西边大约十里。为什么叫这么个名儿？说来俗套。相传这个村有一个人养了一条好狗，此狗特别灵异。某年此地大旱，庄稼即将枯死，众人却求雨不得，此狗看众人郁闷，就跑到村东某处用爪子狠挖起来，挖出了一个偌大泉眼，泉水汩汩向东流去，形成了一条河，此狗便成了灵犬，此泉便叫作灵泉。为了纪念此事，村民们便将村名改了。灵泉、灵犬虽是皆有，相比之下，灵泉到底更雅致一些，灵泉村因此得名，灵泉河和灵泉路便也随之而生。

乔庄依河，我小时候常和小伙伴们去河边玩耍，现在依然清楚地记得，清流汩汩，明澈见底，水草丰茂，鱼蟹繁多，我摘金银花，掐薄荷叶，挖甜甜根，盘小泥鳅……那是我小小的童年天堂啊。十七岁那年，我师范毕业被分配回乡，从教生涯的处子秀是在张庄小学。张庄小学也紧挨着灵泉河。我经常带着孩子们从河里打水清洁教室地面，被河水清洁过的地面自有一种水草的清鲜。也曾经在放学路上被调皮的男生故意挤撞到灵泉河里，湿透了浑身的衣裳——只因他上课时揪前面女生的辫子，被我恶狠狠地体罚过，这十几年前的事情，现在回想起来，怎么就如同一幅中世纪的风景画呢？

车上了未来路，我摇下车窗，放慢车速，仔细慎重起来——否则就会迷路。最近几年，每次去姐姐家，我都会迷路。能不迷吗？馍要一口一口地吃。这是一句豫北乡下的俗话。乡村变新区按说也该如此。但其实不然。这吃馍的口张得巨大，吃的速度也快得让人震惊。头一口就是修路。如果说田野如一张地毯，那么，现在这块地毯已经被路裁剪得横七竖八了——不，七八太少，应该说是横九竖十或是横 N 竖 N。单单一条未来路上岔出来的路口就有多少个啊：神州路、民主路、太行路、世纪路……以后的日子里，还会有多少这样的路名呢？熟悉的陌生人，忽然想起这么一个词组。不，也许把"陌生"和"熟悉"这两个词倒置过来更恰当吧，毕竟曾经是熟悉的，熟悉在先——尽管已经是面目全非，但仔细观看，也还是可以看出过去的影子：灵泉河虽早已销声匿迹，但尚有隐约的凹陷印证着原来的河道。也在未来路边的高新区管委会，显然是昔日的乡政府鸟枪换炮的硕果。原来错车都很困难的灵泉路，即便已经摇身一变成了未来路，即便有了豪华的六车道，即便它绿化带、慢车道、红绿灯、减速带、警示标语等一应俱全，即便不时有联通、移动和房地产公司的巨大广告牌为它化妆出让人眼花缭乱的时尚风范，但它总还是东西向的，总还是要通向乔庄和张庄的，我只需要认准了这一点，心里就基本踏实了。何况在那些巨型广告牌的间隙，还不时闪现出一些村庄民居后墙上的乡野广告来为我垫底——"耿村金成响器""李万李三蒸馍""范庄高铁锤种猪"，等等，地点、人物、业务、内容皆有，四角俱全，且一个字都不浪费，朴素简白到了极点。相比之下，官方的一条安全行驶的警示语几乎就婉转到了《红楼梦》里"覆"和"射"的程度：亲爱的朋友，如果您开车接打手机，那您以后很可能就不用再交话费了。

路太宽，车太少。即使有意克制速度，也很容易让车跑得像飞起来一样。前面就是乔庄。我把车速放慢，再放慢。越来越近，越来越近，路似乎是一样的路，仔细看却还是有些不一样：路面越来越窄，越来越窄——我想了想，明白了：这边还没有修建慢车道和绿化带。

我默默地看着自己生活过二十多年的乔庄，没错，就是这里。村里的街上几乎没人走动，空空落落，再没有了牛，也没有了马。远远望去，乔庄小学的红旗依然在飘着，飘着——它在村里的二道街上。紧挨着未来路的那排房子倒是有些热闹：有几家在盖房子。我搜寻着记忆深处，想着都是哪些人家的房子：五婶家、七叔家、生产队长家、大队会计家、小学同学秋香家……而在未来路的南侧，与这些人家隔路相望的地方，原本该是春绿秋黄的庄稼地，现在已经成了正在火热施工的楼盘。两家，一家是"忆江南"，还有一家是"曼哈顿国际花园"。我不由得微笑：江南好，风景旧曾谙。曼哈顿，当然也好，省了多少昂贵的国际航班机票钱啊。

没有伤感。见得太多了，哪儿还伤感得过来呢？

路面很干净。苗苗告诉我，她一个初中同学辍学后就在这条路上当清洁工，也就是扫扫地、捡捡碎纸和塑料袋什么的，一个月五百块。

很快，姐姐家到了。

二 高血压

姐姐的房子位于张庄村的最南排，也紧挨着灵泉河，和张庄小学都在一条直线上。也就是说，如果现在还有灵泉河的话，她晚上睡觉的时候就可以听到潺潺的流水声。当然，这种情形想象起来虽然诗意，但住起来恐怕就只是湿意，令人沮丧。在灵泉路尚未拓展成未来路之前，这房子是坐南朝北的阴宅，还把着村边儿，房后还是河，又阴又潮又不安全。要依我们豫北乡下平常的标准，这宅子算是很次的了。好宅子自然是阳宅，坐北朝南，光照充足，且在村心儿里，人住着既踏实舒展，走东串西听音传话也方便。但是事情就是这样，福藏祸，祸藏福，谁也想不到灵泉河会被填，更没人能想到原来可怜巴巴的灵泉路有一天会变成一条金光大道。两年前，市政的规划图一下来，未来路主道一通，张庄就要被整体搬迁的传闻一出，有先见之明的姐姐立马便用上了所有的积蓄，又朝我借了三万块钱，把自己的主房掉了个一百八十度的方向，将它翻成了坐北朝南的两层新楼房，一楼自住，二楼出租。后来，她又一点点地在房前空地上加盖起了储藏室、厕所和厨房，最终形成了一个十六米宽、六米长的院子。自此，原来那座简陋旧小的阴宅瓦房就连蹦带跳地升级为一栋完美的阳宅楼房。每当走进姐姐家，看到院子里种的各色茵茵青菜，我就不由得想篡改海子的诗句：面朝大路，春暖花开。

姐姐正在大门口等着，看见我的车，脸上的表情顿时生动起来："怪快呢。"

"咱姨到底是怎么回事？"停好车，我从后备箱里取出点心水果，和姐姐朝姨妈家走去。

"为盖房子。"

"不是盖好了吗？还盖什么盖？"我纳闷儿。

这个姨是我们的三姨妈，我母亲的三妹妹。她也是张庄媳妇，当年就是她做媒把姐姐介绍到了张庄。不过她回来住却是在两年前退休之后，她退休之前的身份是市轧钢厂的后勤科长。她的老宅和姐姐一排，在姐姐家的西边，隔着两户。虽然贵为市民，但她的老宅这些年一直没有丢下。两年前她光荣退休，姨父也患脑溢血去世，她和小儿子两口子住在一起，因为性格暴烈没少和小儿媳妇闹矛盾。后来她便回到了张庄。回村后她做的首要大事就是把老宅"阴阳"转变，盖楼加院，和姐姐的做派一模一样。

"看到乔庄那几家盖房子的没有？"姐姐问。

"看见了，"我说，"咱姨不会是还想盖吧？"

"让你说着了。"姐姐笑了。

"往哪儿盖？"

"就住这院子再往前盖啊。"

"那不是盖到路上了么？"

"到不了。离路还有八九米呢，是绿化带上。"姐姐笑道。

"这怎么行？无法无天。"我没好气地说。本来么，加盖了院子也就罢了，还要再往前加盖房子，这就太过分了。盖院子是平面行为，盖房子是立体行为，这二者有着本质区别。人可以过分，但不可以太过分。

"要说，也行，"姐姐看着我的脸色，小心翼翼地说，"反正慢车道和绿化带都还没修。乔庄那边就都盖在了绿化带上。"

"迟早会修。"

"不是迟早，听说眼下立马就会修！"姐姐两眼放光，看着我的脸色，又把光收了收，"所以咱姨才想要盖。这一盖，上头一拆，钱一到手，多好。"

"又是听说？"我道，"听谁说？你当初盖楼的时候不就是听说要拆迁么？都两年了也还没个动静。"

"一码是一码。整体拆迁是大动静，到底慢。这个，肯定快。确实得了准信儿，说这边的绿化带很快就会开始建，只要在绿化带上盖房子，肯定最先得钱，"姐姐笑道，"用现在流行的词说，更给力！"

"那姨妈这病到底是个什么缘由？"

姐姐细细道来，竟是一个齐头故事：乔庄那几家开始盖以后，村里就有人来递信儿，鼓励姨妈和姐姐也盖，姐姐怕事不敢，就是敢也没钱，就没有什么举措。姨妈在城里待的年头长了，对村里的事情想得简单，就自顾自地挑头盖了。她刚一有动静，村支书就带着人过来把匠人们的工具给收了。姨妈跳脚跟支书吵了一架，便犯了高血压，躺到床上开始打点滴。

"谁递的信儿？"我对这人很好奇。很明显，他递信儿是次要，撺掇才是主要。要不是他，我姨妈也当不了这个炮灰。

"叫王强。"姐姐说。

"他也在这一排吧？"

"你咋知道？"

我笑："这不明摆着让你们给人家打前锋么？"

"那你可想岔了，"姐姐说，"人家可不盖。人家只是个好心。"

"为啥？"

"人家说，一来人家哥当着干部，人家不好拆哥的台。二来人家也没钱盖。人家只是顾念着乡里乡亲的情分，来给咱通个信儿。"

"他哥是什么干部？"

"就是支书，叫王永。"

什么什么？我哑然失笑。这事，有意思了。弟弟撺掇人盖房，哥哥带人来拆房，这哥儿俩唱的是哪一出呢？

"这事摸不透呢，所以就和你商量啊，你不是咱的主心骨么，"姐姐甜言蜜语起来，"这房呢，咱姨肯定是想盖。不瞒你说，我也真想盖。

这村里的形势呢，是肯定又盖不了。你拿个主意吧，到底咋办？"

"要是盖的话，能盖出多大面积？得多少本钱？按现在的政策能得多少赔款？你有谱吗？"终于，我问。

"太有谱了！院子是十六米宽，六米长，全盖满，还能再往外接盖四米，也就是说，总共十米长，那盖满了就是一百六十平方米，两层就是三百二十平方米。三百二十平方米啊，按国家新颁布的政策，赔偿要参考周边的商品房价格，现在咱村周边的商品房都到了三千多了。就算咱违法，在国家的地皮上盖了房子，可说到底房子是咱盖的呀，国家的赔偿款就是给咱打个对折，或者再低点儿，一平方米也能给个千把来块钱，就能赔三十来万。盖呢，只需要花六七万，完了拆的材料还是咱自己的……再说本儿，"站在姨妈家门口，姐姐跟我算起了细账，"下地基，石头地基，五千多块，外墙砌成三十七砖，啥是三十七砖？就是三十七厘米宽的砖。一个砖二十四厘米宽，十二厘米厚，三十七宽就是一块平砖加一块立砖，对，这是三十六厘米，可还有灰呢。再加一层灰口，也就三十七厘米了，所以叫三十七砖。内墙一般都是一层平砖，是二十四厘米宽，二十四墙就是这个意思。咱不用二十四砖，用十二砖就中了，就是立着起一层砖。内墙是界墙，不承重。用二十四砖一来太占面积，会少赔钱，二来也费砖，得多花钱。用十二砖的话一反一正能多得一笔。这么算下来，得六万块砖。旧砖两毛一，新砖两毛六分五，咱用旧砖。哪儿来的旧砖？都是南水北调拆迁的家户剩下的旧砖，有专门倒卖旧砖的，他们一毛六买到，刮一刮，美美容，拉到这里，是两毛一。买砖这一块需要花一万五。第一层得是圈梁再现浇，得一万，第二层用水泥板就中了，得六千。还有水泥，三百六十块钱一吨，得十五吨，也得五六千。钢筋是麻花筋，也就是螺纹钢，十三块一米，得两千多。另外还得四架大梁——把这院子搭盖成房，不用大梁哪儿中？三根七米四长的，一根四米二长的，得四五千块。还有工价，工价是房价的大份儿呢。找熟人去说，再好的关系，也得六十五块一平方米，将近两万。还有门窗……"

姐姐给出的数字是六万五到七万。

倒真是划算的买卖。六七万的成本，二十四五万的纯利润，确实让人心动。

"让我先打个电话吧。"我沉默片刻，道。

我拨通了一个公务员朋友的手机。此公务员任职于市住建局——全称为住房和城乡建设局，综合了原来的房管局、建委和城乡规划局等几个单位的行政职能，是个炙手可热的地方。用他自己的话讲是身处易燃易爆单位，需要驾驶消防车上班。这些年来房事是社会第一热点，他又分管城乡建设这一块，就更是热得过火，整天像是在油锅里跳舞。和他认识也是不打不相识：记者闺蜜接到举报从郑州过来找他的茬儿，因对焦作不熟就命令我陪着。在找茬儿的两天里，此公务员殷勤有礼，小心相陪，巧舌如簧，倍儿有诚意，说到为难处几乎声泪俱下，终于让记者闺蜜芳心恻隐，收了个红包将他饶过，此后还替他挡了几桩省城媒体的纠缠，成了关系亲近的朋友。这样的事情自然得问他。

我问他了两个问题：一、未来路的绿化带是否真的很快就要开始往乔庄和张庄这边动工？二、在绿化带上盖房子最恶劣会有什么后果？他很爽快地回答我：未来路的绿化带确实马上就会向这边动工。至于最恶劣的后果么，他在电话里嘿嘿一笑："要看站在哪个立场去说。对盖房子的人来说最恶劣的后果就是一分钱都得不到，赔了夫人又折兵。因为是违章建筑嘛，它本身就不合法嘛，就不能享受合法权益嘛。对政府这边来说最恶劣的后果就是高额赔款——上头逼得紧嘛，老百姓难缠嘛，又怕上访嘛，只好花钱消灾嘛。再说法律上也有漏洞：建筑虽然违章，但是建材却是盖房人的合法财产，所以给予适当补偿也说得过去。"

"那一般来说呢，会有什么后果？"

"因为奉行中庸之道一向是中华民族的传统美德，所以一般来说，一毛不拔和一步登天这两种极端都不容易实现。"

"一步登天？"我困惑。

"拆迁拆迁，一步登天。你知道有多少人指望着这个脱贫致富么？说出来吓死你，"他呵呵一笑，"最通常的结果是，政府会赔点儿，盖房子的人会赚点儿。互相别太为难，彼此理解万岁。"最后，该公务员语重心长地告诫我：现在这事马上就会提到议事日程，最晚一两个月就会实地拍照量定。要盖房，现在就是最佳时机，不然等量定了就晚了。

"呵——"姐姐抚着胸舒了一口气，"看来人家王强给的信儿是真的。"

我无语。进门看姨妈。姨妈正在床上躺着，看见我，挣扎着要起来。我按住她，寒暄几句便说到房子，姨妈态度很坚定："盖，一定要盖！为啥不盖？不盖多亏！等过两天好了，我还要盖！"

回到姐姐家，站在院子里，我沉默了很久。姐姐很知趣，只管给我端茶递水，再也不说话。我默默地看着姐姐活络的身影。姐姐比我大八岁，比我长得秀气，也比我心灵手巧，在长辈中非常得宠。可以说，我是听着家里人对她夸奖长大的，当然，对我的批评是对她夸奖最好的陪衬。

"看看你姐，多讲究！"

"看看你姐，多干净！"

"看看你姐，多聪明！"

姐姐的学习成绩一向不好，太过聪明伶俐的人，总是不肯老老实实地去下笨功夫。尤其到了高中之后，据说是因为谈了恋爱，她的成绩更是差得厉害，考了两年没有考上，就回家了。因为父母对她的娇宠，回家后的姐姐几乎成了我们乔庄村的一个话题。她很少下地，去地里一般都只是送饭。她也有着农村姑娘很少有的独立闺房，干净芬芳的闺房里有着各种城里姑娘才用的化妆品。她从不缺少零花钱，想买什么就买什么。爸爸妈妈和她说话的时候，都温言款语，生怕吓着了她。在婚姻大事上她也比别的农村姑娘拥有更多的自主权，不，简直可以说是绝对的自主权。她心高气傲、挑三拣四、骄横任性、反反复复，甚至惊世骇俗地在半年之内退了两次婚，可都被父母无条件地担待了。在我们豫北乡下，对主动退婚对女方来说是很大的损失，是必须把男方的所有彩礼包括年节时的物品往来都结算清楚的，姐姐退婚两次的结果，是她的衣服格外地多，每次订婚，男方都会给女方买许多衣服。

时年二十五岁的姐姐最终成了乔庄的头号剩女——在乡村，二十五这个高龄早超越"剩斗士"和"必剩客"的段位，足可荣升"齐天大剩"。幸好在这一年，她由三姨妈做媒，嫁给了姐夫。姐夫家条件很差，可以说就物质上而言，什么都没有。后来姐姐告诉我，她之所以喜欢上了姐夫，一来是因为姐夫每天练毛笔字；二来是因为姐夫会弹吉他。对了，她还喜欢姐夫的自来卷儿，洋气。然而事实证明姐夫的毛笔字、吉他和自来卷儿对于改善他们的生活质量毫无用处，随着孩子们的出生，姐姐不可避免地陷入拮据。现在，姐姐三个孩子，苗苗上大学，二女儿上高中，儿子上初中，都是正花钱的时候。姐夫在村里摆个肉摊，一月只能挣千把块钱，日子非常紧巴。如果这一回能赚个二十四五万，他们就等于打了个漂亮的翻身仗，最起码四五年内不用考虑钱的问题了。我也去了个接济的负担。老话说得好：长贫难顾啊。

"那就盖吧。"我说。

"中！"姐姐闻声应和，笑容绽放。仿佛我的话是一滴水，她要不赶快接住，水就会掉到地上，覆水难收。但她的笑容马上又收敛了几分，"可是……"

"钱不是问题。"我说。

"有你在，钱当然不是问题，"姐姐笑道，"问题是谁去领头盖。"

"你放心，肯定会有人领这个头，"我说，"你先把王永和王强的情况给我简单说说吧。"

三 情 况

姐姐说，王永是上一届的村委会主任——俗称村长，这一届才又兼上了支书，成了"一肩挑"。上届支书姓张。在张庄村，张是第一大姓，占全村人口的百分之四十，王是第二大姓，占全村人口的百分之三十，其他杂姓占百分之三十。姐夫姓李，便是杂姓之一。上面为了让村里的政权力量不至于"一头沉"，就平衡掌握着让两个大姓搭着班子轮流坐庄。要么是张书记搭配王村长，要么是王书记搭配张村长。不过因为张姓的势力大，总的来说还是张书记多王书记少。两个大姓的纠葛从没有断过。为了减少村长和支书之间的内耗，这一届选举，高新区对张庄的精神便是"一肩挑"。这个词让两家大姓的竞争更是水深火热。到了什么程度？参选的双方在选举前的几个晚上都派人在村里的每个街口轮流彻夜值班，怕对方去跑票。

为什么这个"一肩挑"这么诱人？"主要还是因为新区建设一直在咱这里买地，咱村有地，有地就有利，有利就有人争，"姐姐说，"无利不起五更！"

选举结果出来，王永当选了村主任，之后又被任命为支书，成了大权在握的"一肩挑"。姐姐说，要说张姓的选民比王姓多，应该占优势。但是，张姓支书在位的时候失了不少人心。

"太贪了，"姐姐说，"大钱小钱都贪，只要能过他的手，都贪。"

"新农村建设，上头让村里修自来水管道，让群众去挖，上头给村里的价是二十块钱一米，村里给村民的价是十五块，那五块哪里去了？村里总共挖了一万米，那就是二十万，四分之一的利润，二十万就抠下了五万。谁不会算这账？"

我笑。抠，这个字，姐姐用得真好。

"咱村一进高新区，上头就把咱村的宅基地给卡死了。私人宅基地的买卖就成了风。谁来买？市里人呗。村里好多人的房破旧了，没有钱翻盖，市里人就来买他们的地皮，或者他们分给市里人一半地皮，盖房的钱让市里人全出，等于是割让出一半地皮换了新房。这些事村里多了去了，啥手续都没有，就让那个书记吐口就算成了。"

"到时候要是有啥事，谁去应对呢？比如碰到拆迁赔款，能扯清吗？"

"谁卖地皮谁应对呗。总不能白拿人家钱。拆迁赔款两家都有利，均分呗。"

"哦。"我点头，略略有些讶异。忽然闪出一个念想：我当初怎么就没动这个心思呢？这种干法固然是高风险，但高风险有高回报啊。

"宅基地划不成了，集体的地他可不少打主意。咱村集体还有一点儿地，就在咱姨家西边，村边儿上，是好地，口粮地——什么是口粮地？就是耕地，是国家明文规定要保护的地，十来亩呢。按规矩是预备着哪家娶媳妇添孩子再分给人家的，他不分。那一年，有一家不知道是他的啥亲戚，来咱们村承包地，说要建养殖小区，养猪。给书记说好了，就把地圈起来。开始还装模作样养养猪，后来就看不见猪了，就盖成了房，一半是厂房，一半是住宅。厂房是两层的，都出租了。住宅是四个两层小院，听说都卖给市里人了，卖两百多万呢。管？谁管？书记给人家许了一百年！

"还有鱼塘。村北边有几个鱼塘，一二十亩。也是书记当家给租出去了，听说两百块钱一亩，也许了一百年！对了，还有王强家东边那块地，他下台前许给了同仁医院，才两万一亩！上头？上头再压他也得他同意才中！他那人，没有好处咋会同意！

"谁想干个啥都得给他上货。只有上货才能干成。咱的小学门口原来是个操场你记不记得？不知道人家怎么给书记上的货，操场也没有了，全盖成了私人的房子！学校原来不是有六栋平房么，现在盖成了一座三层楼，不对，是四层，腾出来的地方也全都盖成了房。学校旁边原来不是还有个土地庙么，也盖成楼了。庙？拆迁了！迁哪儿？上楼了！迁到学校的四层楼上了！不信你去看看。对了，那年咱姨想把市民户口转成农村户口，需要村里证明，书记硬是不给出证明，咱姨没办法，只有给他上货，货一上，第二天他就给办了。他就这么现实！为啥转成农村户口？咱姨听说以后村里的福利会好，也想吃一份儿呗。

"上梁不正下梁歪。他自己乱，村里人也跟着乱。他自己不清白，去管人家谁？你去村里逛逛，到村北头倒数第二道街街口，看见有个房子占了一半大路的，那都是乱盖的。那家人原来有两块宅基地，自己住了一处，几年前卖了临街的这一处。当时卖了两万，卖过之后，宅基地升到了八万，他嫌亏，后悔了，又挨着当初的宅基地盖了八米宽，把歇善占了——歇善就是村路边种树的地方，相当于绿化带，还占住了一半路。都是那个书记带的好头——不过，话说回来，咱姨跟咱这一排有几家敢倒方向盖房，还敢占公家地方圈出个院子，也是趁那时候的乱劲儿。呵呵。

"肥啊。能不肥吗？弟兄三个都肥！每家都有私家车，老大是雪佛兰，老二是比亚迪，老三是一辆德利卡，还有一辆桑塔纳两千。书记把家里的房子全部翻盖成了三层，第三层的顶子上还架了彩钢呢。每家还都买了挖掘机，上头不是开始在这里做工程了么？不论是修路还是建厂，只要占了村里的地，人家弟兄们就得揽下点儿工程，只要出工就都是钱，就连给村里拉一趟垃圾都要六百块。人家媳妇们都放话了，说反正一届是三年，谁知道下一届能不能干成？不捞白不捞，能捞多少是多少！

"就他这样，他就是干不到下一届。跟他一比，王永就快成神仙了。啥光都没沾——可能也是沾不上，反正是没沾。别的不说，单说村南边的市防疫站，建成以后，那个书记把他们弟兄的媳妇都安插进去当了保洁工，一个月八百块，只上两个小时的班，跟拾钱一样，王永兄弟的媳妇，一个都没进去！最可恨的是这书记在任的最后那些天，攒了一堆票据叫王永签字。上头有规矩，王永不签就不算，王永看那票不合理就死活不签，结果书记就叫人在夜里打了王永一顿，王永住了半个月医院，瘸了俩月腿——不用报案也不用破案，这事，村里人人都是警察，心里都照着呢。谁不知道？谁不清楚？就这，咱们杂姓的票几乎就都给了王永。王永就上去了。"

厚道人有厚道人的好处，但是，厚道人也有厚道人的坏处。就拿土地来说，王永上台之后就开始以身作则，严格控制村里的土地，只要涉及土地的事，他都说要按规矩来，要让土地最大限度地为村民们造福。所以自他上台以来，村民们除了在自家的宅基地翻盖房子，还没有什么其他太越格的动静。

"除了王强，这一排就没有别的人能领头了么？"

"没有！"刚刚进门的姐夫闻声说话了，"我跟你姐早就寻思了千百遍，你看，这一排总共十六家，除去王强，还有十五家，有三家老穷，门势弱，不提。有七家中不溜，过得去，可也不顶啥事。剩下五家，一家跟王强家当年为浇地打过架，有仇，他就是再有心思也不敢领这个头。剩下四家，就是咱跟咱姨，还有赵老师弟兄俩——对，赵老师你认得吧，你在这里教学的时候他还没有退，跟你共过事，他去割肉还常问起你呢。就咱这四家，谁去领头？赵老师弟兄就是有心盖，咱姨被打击了这一下，他的心思也就死了一大半。教书的，本来也胆小。所以，说来说去，要是王强能领头，是最最好了。可人家早就说了，不会去盖。"姐夫脸上满是失望，"说这种事不符合上头的章程，他哥不能落人把柄，肯定不会放话。还说没有钱。"

"王强家情况怎么样？"

"这小子脑瓜倒是挺活的，也肯干。可就是时运不好。结婚后生了俩孩子，一儿一女，负担重，他就去山里的水泥厂倒卖水泥，挣了些钱。好不容易缓过了手，不知道怎么的他又赌上了，欠了些赌债。为了还赌债，他还去日本打了两年工。回来有两三年了。他在日本挣的工钱除了还债还余了一些，都用在了翻盖房子上，这一排最东边那一家，跟咱们翻盖的房一样。不过他手头肯定是紧，前年翻盖的房，只装了一楼的玻璃，二楼还用塑料布糊着呢。"

"他们弟兄关系怎么样？"

"就弟兄俩，爹早死了，老娘跟王永过。在王永跟前，王强轻易不敢犯犟。一来王永是老大，二来也有大样，再说还是个干部。主要还是他里外都直正，站得稳。"姐夫说。直正也是豫北方言，就是正直的意思，但我们这里就叫直正。

"说到底，邪不压正啊。"沉默了一会儿，姐夫深深地叹了口气。

邪不压正。我念叨着这个古老的词。细细品味起来，这个在理论上成立的词其实意味的是一种多么勉强、多么脆弱的平衡啊。甚至可以解释为：邪虽然不压正，但正其实也压不了邪。正和邪从来就是势均力敌，厮杀至今。认真算起来，似乎还是邪更厉害些。毕竟正打起仗来须得西装革履有规有矩，而邪呢，狂野自由，无拘无束。终究，光脚的不怕穿鞋的……啊，我想多了，也想邪了。

等到姐夫洗过油手换过油衣在院子里坐定，我们三个便开始具体分析对策。对付谁？当然是王强。我的目标很明确：攻下王强，必须的。谁当主攻手？赵老师年逾花甲，教了一辈子书，德高望重，村里人好几茬都是他的学生，只要他愿意，由他说服王强，最恰当不过。

我当即起身去赵老师家。

四　村　景

赵老师的家紧挨着学校。当年我在张庄教书的时候也才不过十七岁，赵老师那时有五十岁左右，他最长，我最少，他就整天逗我。每到中午，赵老师就会喊我去他家吃饭。当然我很少去——有姐姐在，我去他家干吗？于是，每次见到我去姐姐家，赵老师就会奚落我："还是你姐姐家的饭香啊！咱咋能做出恁香的饭嘛。"不过，也去过一次。那天突降大雨，我没带伞，走不了。赵老师就从家里拿了把伞，硬把我叫到了他家吃了一顿捞面条。

我在张庄教了一年小学，后来调到乡里教了三年中学，这期间还不断地见到赵老师，后来我工作调动到县里又到省里，转眼和赵老师已经十七年没见了。记忆中的赵老师白皙瘦弱，见人就笑，言语讲究，态度谨慎，是典型的乡村知识分子形象。

赵老师家大门紧闭，我敲了半天没有听到一丝动静，估计是没人。我在村子里慢慢闲逛起来。首先还是故地重游，就近走到了张庄小学。

记得校门是朝内街开的，我便绕到内街，来到校门口。果然如姐姐所言，原来宽阔的大门口已经高度瘦身，变成了一条窄窄的胡同。胡同两边全都是两层楼的宅院——原先这可都是学校的操场啊，设置着高高的篮球架，矗立着高高的白杨，有风吹来，哗啦啦作响……

我顺着胡同往里走，正好是寒假，学校里没有人，大门紧闭。教学楼的墙体上镶嵌着八个大字："求真求善，求美求谐。"在大门和教学楼之间有一小块空地，应该是学校残存的唯一一片空地了。而在教学楼的第四层，孤零零地盖着一座飞檐斗拱的仿古建筑，应该就是姐姐说的"土地庙"了。当年那座土地庙因为紧邻着学校，我特意去看过，虽然规模很小，但也红柱白墙，琉璃碧瓦，古色古香，颇有风韵。庙门两边有一副小小的对联："土发黄金宝，地生白玉珍。"对了，庙的前面还有一座年代久远的石碑，上面模糊不清地镌刻着修建土地庙的由来，我曾经试着顺下来，到底没有那个耐心，半途而废。只隐约还记得一句："土地阔不可尽祭，故封土为社……"那碑还在吗？也被迁到了四楼吗？土地爷何曾想到过，贵为土地之主的他老人家有一天会因为占了地方而被供奉到四楼呢？

沿着姐姐聊过的地方，我一一走来。在每一道街上，都可以看到灰色的水泥搅拌机在笨拙地转动着圆鼓鼓的身躯，标志着正在盖房子的人家。到处可见刚刚落成的一栋栋的两层或是三层的新房。在每一堵墙上，都可以看到乡村特有的小广告，治疗性病、疑难杂症的，更多的是和建筑有关的："扎地基""现浇""上渣""专拆房""打梁""迎新春，铁大门，防盗门，卷闸门，喷漆"。把"迎新春"冠在前头，可能是优惠大酬宾的意思。还有龙飞凤舞类似医生开方体的广告："专做水磨石地面，安不锈钢扶手，安木质古式扶手，专治房顶隔热，治漏，水泥，大瓦，彩钢……"这混乱的字体和超市般的内容里有一种绝对的自信：自己所传达的信息十分被人需要，也很容易被人看懂。

在一条南北主街上，我远远地就看到了姐姐说的那所盖在路上的房子。那所房子占住了几乎一半路面，路上的电线杆都掩在了它突兀的身躯内。而在三道街，我看到有一所巨大的房子也将电线杆遮挡了起来，这所房子的台阶简直可以说是理直气壮地占据在街面上。我还看见了一些老房子，很少，没有几座。整个村子转下来，也不过四五座。有两座被拆得衣衫褴褛，破烂不堪。有两座保留得相对好些，但看起来也岌岌可危。最完整的是一座五间的老房子，没有院墙，房子前方的空地里生长着几棵寥落的树。黑黝黝的树们默默地陪伴着这座老房子，老房子静静地沐浴在冬日的阳光下，颇为安详地迎接着自己的终结之日。在周围新房的映衬下，这所我不知身世历史的老房子，居然焕发着几分让我敬畏的尊严。可能是因为它的安详吧，我已经很久没有见过如此安详的事物。这种安详让我想起不久前读杂书，读到一个老人去世的情节，书中寥寥数语："召亲友诀别，易衣待尽。享年八十二，终于家。"读到此处，我闲置已久的泪腺突然喷涌不止。其中况味，现在仍不能解。

我在老房子面前站了很久。

在村北，我看到了那片被承包了一百年的鱼塘。一百年有多长？把鱼塘填平了，都盖成房子卖出去，住上七十年之后再拆掉，也还有三十年的租期。这块地方真大啊。承包人显然也不会满足于仅仅养鱼，已经盖起了很多房子，我走过的地方，塘面也已经填上了新鲜的虚土，水泥梁也横七竖八地躺了一地。几乎可以确定，这里的房子会越来越多，越来越多……

重新回到姐姐所在的街道，在街口，我忽然看见了未来路上的一幢大楼。它和姐姐家隔路相对，是张庄附近最先盖起的大楼，也是这附近最早从老市区移民过来的政府职能部门：市防疫站。按老百姓的话说，那是公家的楼。这座公家楼像一支速度飞快的箭，以钢筋水泥为箭骨，以丰富新区功能镀箭身，以政府大印铸箭头，以射箭人的意志为原动力，就这样一头射到了乡村，扎下了自己的地盘。

当然，我早就看见过它，但从未像现在所看见的这样鲜明，从乡村的视角向它遥遥瞻仰，它是那么显赫，那么豪华，简直就像是一座宫殿。我不由得想起姐姐用艳美的口气所讲述的那件事：上任支书家的媳妇们都在里面当保洁工。

五 筹 谋

再次回到赵老师家，大门敞开，显然已经有人了。我走进去，迎出来的是他爱人赵师母。她已经不认得我了。我强迫她回忆了半天,她才拍着脑壳"哦,哦,哦"地想了起来。赵老师仍不在家,她说他可能在卫生所跟村里的赤脚医生聊天,然后当即给他拨打了手机。大约过了五分钟,赵老师回来了。看见我,怔了怔,才叫出了我的名字。

"还是那样。"他笑道。

"老了。"我说。

"我在这儿呢,你能说老?"

老师就是老师,生活品质在乡村还是数得着的。柜式空调,液晶电视,堂屋正中的墙上挂着一幅巨大的毛主席像,自制的土暖气炉让屋子里温暖如春。坐下来,他给我泡上了一壶铁观音,又从冰箱里拿出花生米,还倒上了自己酿的葡萄酒,跟我上起了酿酒课,说最好买红葡萄,把葡萄洗净晾干,搓烂,然后按十比二或者十比三的比例放冰糖或白糖,之后搅拌,不能用金属器械搅拌,必须用木棍或者手搅拌,搅拌好之后装到或陶罐或瓷罐或瓦罐里,绝不能是塑料器具里。装的时候不要装满,要留四分之一的空儿。密封也不要太严,要留一点缝隙,比如用塑料袋封口的话,就一定要把口系松些,因为葡萄发酵会有气体产生。它发酵时你会听见"咕嘟嘟"的响声。尤其是夏天,装进不到一天,就开始发酵了。等到没有了响声,酒就差不多了。一般来说,温度高的季节一个月左右,温度低的季节两三个月,酒基本就酿好了。

说着闲话喝着酒,我慢慢开始向核心问题靠拢,问他有几处宅基地?他笑说就这一处。"别提了,早几年村里还给了我一个宅基地,两千五百元,我要了。后来村里有个人,和我关系不错,他两个儿子,少一个宅基地,就过来找我,说小儿子到了结婚的时候,得盖新房,让我先转让给他,等村里再划的时候他再给我——村里划宅基地都是一批一批划的。我心一软,就给他了。还是两千五百,一分不多,一分不少。后来上头有政策,再也不让划宅基地了,宅基地也越来越值钱了,从两万、四万、六万一直升到现在十来万。你说我少挣了多少?傻啊。"

"不是有很多市里人都在村里买宅基地么?你也可以买啊。"

"那都是高价,也都没有手续。不保险,"赵老师笑了,"再说了,我去买谁的?谁卖给我?乡里乡亲的,价低了人家不舍,价高了我不得劲。还是算了,省口气儿准备上楼吧。反正将来村子肯定会整体搬迁,都得'被上楼'。"

我笑了。

"可不是被上楼么？谁想上楼啊，"他道，"不敢想啊，将来整体搬迁，都上了楼，日子该怎么过？镰刀、锄头、玉米、小麦，这桩桩件件都搁在哪儿？想吃个放心面也找不到磨坊了。哪个小区会给你安磨坊？去店里买，又贵又不好。还得交水费、物业管理费、卫生费……这些农民，他这么生活了一辈子，出门就是地，是平展展的田野，阡陌交通，鸡犬相闻……"

我看着他一张一合的嘴巴。阡陌交通，鸡犬相闻，这是《桃花源记》里的句子啊。他若不说，我早已经忘了。

"我说得不对？"他停住了。可能是觉得我的神情有些怪异。

"对着呢。说得好！"我说，"继续。"

"要是错了你纠正，"他笑道，"可是，你就让他这么上了楼，那不憋屈得慌？背着锄头上五楼六楼，那是啥感觉？墙这边说话墙那边就能听见，一开门，街坊邻居尺把近，那不烦人？前些时，中央电视台播了一个节目，说是北京大兴的事，那家上楼之后，得了六百万的赔偿款，买了一个房子，这个男的自己一家四口，跟爹娘还有妹妹一家人住在了一起。那天，根本不为啥大事，他非常冷静地就把其他六口人都杀了，说就是有些压抑，干脆把全家都销户得了。当然，这个人是混账，但你敢说这跟上楼没有一点儿关系？自己家人都住得压抑，何况别人呢？"说着说着他激动起来，"你知道不知道，人家美国农村都不住楼，人家都是庄园。人家人口少，土地多，这才是一个国家富裕的表现！三十年前刚分地的时候，我们村每人两亩半地，现在你知道剩多少了？七分不到！一个国家人越来越多，地越来越少，楼越来越高，就越证明这个国家穷！表面再富都没有用，骨子里穷！"

"你去过美国？"我笑。

"没去过，我不会看报纸、上网？"他道，"虽然不出门，可我啥都知道！我跟你说，将来整体搬迁的时候，问题大着呢。你们乔庄去年就说要拆迁，没拆成，老百姓量都不让量！还有田庄，前几年，田庄闹了一场事，你知道不知道？"

"什么事？"

"高新区把田庄卖给了一个开发商，让田庄人拆迁，田庄人不愿意，安置小区的楼都盖好了，硬是没人住。后来上头强制拆迁，把军车都开进去了。硬是被田庄人把他们统统都赶跑了，还抓了可多人，判了几个刑呢。最后那个开发商像歌里唱的一样，夹着尾巴逃跑了。那些安置小区今儿还都空着呢。房都快荒毁了，"他开心地笑了起来，"你要是想听，可以去田庄打听打听。到现在，上头的人去田庄还发憷呢。田庄人，不叫量房，不叫拍照，牛得很！"

我又问他两个孩子的情况，他说儿子在市里工作，买了个房。女儿在北京打工，也在市里买了个房。儿子的房子他用尽多年的积蓄交了全款，女儿的房子是她自己交的首付。他每月的退休工资有一半多都在给女儿还房贷。

"女儿将来还不留在北京啊？"

"她在那里工作快二十年了，按照有关政策应该能留的。但是，北京那地方……"他很自尊地说，"我是受不了那地方。她还年轻，愿意待就待吧。将来要是回来了，也有个窝。要是不想回来了，在这里买房子也算个投资。反正首付是交过了，我手里的钱闲着也是闲着，就替她还吧。又不是别人。"

这么说，他的经济状况确实还不错，也有很强的投资意识。我知道自己来对了，让他当主攻手，动力足够。

于是我很快言归正传。他沉吟了片刻，说这两天他也正琢磨这事。前些时王强也给他带了信儿。但他一向行事谨慎，没敢有什么动静。等到姨妈的事一出，他就更不敢轻举妄动了。这些天他一直在想来想去，可到底也想不出什么好法子。

"你说咋办呢？"他问我。神情很是庄重肃穆。

我心里顿时五味杂陈。当年他是五十岁的温厚长者，我是十七岁的黄毛丫头，在我眼里，他的人生石头一样重，心事湖水一样深。而在他眼里，我肯定如春天的树叶一样清爽单薄，可爱飘飞。但是，现在，他垂垂老矣，懦弱胆怯，我经过了这么多年的泼皮摔打，已经变得老谋深算，心机沉沉。

"你能代表你弟弟的意思吗？"

"能，"他说，"我们就兄弟俩，我是老大。逢到大事，他听我的。"

于是，我便跟赵老师分丝析缕，仔细推敲问题的症结：王强肯定是想盖房子的。放着这么大一块肥肉不想吃，除非有病。他说的难处应该也是实情。那就对症下药好了，其实也就是软硬兼施、双管齐下的两样：第一，在思想上，他即使真的顾忌他的哥哥，这种事情也完全可以做到船归船，桥归桥，锅归锅，灶归灶。兄弟之情再好，二三十万利润的威力也不容小觑。这个绝对重磅的炸弹对其兄弟之情的破坏性绝不可能没有，甚至可以说很大。他很可能只是面子上拉不开，需要我们帮着挑拨离间一下。第二，钱上，他缺本金，这更好办，我们四家可以凑出来借给他。不就是六七万么，四家平摊下来，每家也不过一万五到两万。用一两万换二三十万，这笔账还算不过来？

这是一场拔河，王强站中间，兄、钱各两边——王永的砝码旁边还有所谓的"正"，拆迁赔偿款的旁边还有我们准备好的本金在对他勾引诱惑，就看他赚钱的欲望是否能大过兄弟的情义。鉴于这么多年来对人性的认识经验，我对胜利很有把握。

"可是，借给王强钱……"赵老师有些磕巴，"总是有些气不顺。"

"小气不顺大气顺，等拿到赔偿款的时候，你心里的气就比谁都顺了。"我笑道。

"那，就按你说的办，"赵老师亲昵地拍了拍我的肩膀，"丫头能了啊。"

于是，我们便议定，今天晚上就由赵老师出面摆鸿门宴，主请王强。姐姐姐夫一起作陪，我代表三姨妈也出席。回到家，我把情况告知姐姐姐夫，也给姨妈打了个电话。对于借钱的事，姨妈没说什么，只是提出要王强打个借条。姐姐倒是很有些情绪，道："一排这么多家，又不是光咱们这四家的事，凭什么只咱们筹钱他们那些家沾光？应该家家头上都抹匀，平摊出来！"

"你觉得能行得通么？"我冷冷道。

"行不通那就都不盖！"

我苦笑。不患寡而患不均，宁可我得不到也不能让你得，这就是人性的黑洞啊。一瞬间，我脑子里蹦出一个忘了哪里看来的故事：某人赤贫，上帝看不过眼，就每天赐他一千美金。他幸福得死去活来。后来他得知上帝竟然赐另一个赤贫者每天两千，他便又痛苦得死去活来。上帝问他：要是让你们同时失去这些外财，你愿意吗?那人欢呼雀跃道：愿意！上帝问：为什么呢？那人道：我虽然失去一千，但他失去了两千啊。上帝长叹。

"姐，你到底想不想盖这个房?"我不和姐姐讲那么多，直接问到最核心。

"想。"

"那就不要算这种小账！"我口气很恶。真是有些不耐烦了。"这账还小?""跟你想挣的那笔钱相比，就是小，"我说，"再说，末了也是拿我的钱去借，用不着你心疼。"

"你的钱也不是大风刮来的！"

听到这话，我鼻子有些酸。顿了顿，我道："比你容易。"

"到时候，那些家都要跟着我们四家沾光了，"妥协之后的姐姐仍旧愤愤，"想想总是觉得亏。"

"吃亏是福。你能让别人沾你的光，最起码证明你的日子比他们强。"我说。

姐姐沉默。

六 鸿门宴

王强进门的时候，我们全都站了起来，有些迎接贵宾的意思。赵老师最后才立身，矜持得恰到好处。王强赶上前，和赵老师握了握手，握手的姿势有些僵硬，也有些夸张。看得出，此时此刻，他知道自己有些特别的分量。

王强看起来也就是三十出头，穿着一件大红羽绒服，浓眉大眼平头阔嘴，很精神。但羽绒服不是个正经牌子，还是旧款。他从口袋里拿出的烟是五块钱的"红旗渠"，姐夫连忙截住，递给他一包十块钱的"帝豪"，他没有推让，接住了。

凉菜已经摆上，是赵老师在村里的小餐馆买的。两荤两素：一个拌松花蛋，一个拌黄瓜，一个酱牛肉，一个卤猪头肉，都是最家常的豫北土菜。姐姐在厨房帮赵师母做饭，我坐在席上。姐夫向王强介绍了一句我，王强笑了笑，说："我说呢，跟嫂子长得像，原来是亲姊妹。"

酒是我在乡里最大的烟酒店买的，双沟珍宝坊，将近一百块钱一瓶。本来我还要买点别的菜，姐姐不允许，说："带这两瓶酒就够了。两百块钱呢。一桌子菜也花不了两百。咱出的算大头。"——姐姐的账总是算得很分明。

热菜开炒，酒也斟上。说了几句来回话，气氛慢慢地柔软起来。赵老师说了一些王强上学时的淘气事，姐夫也和王强聊起了他在日本打工时的情形。王强说日本"远看是天堂，近看是银行，住进是牢房"。收入高的行当每月两三万，低的只有七八千。平素里他们除了干活也就是吃吃睡睡，玩玩电脑，难熬得很，枯燥得很。主要还是语言不通，语言不通就什么都难通——我这才知道，原来出国打工是村里近些年的一股风气，去日本的最多，还有几个去新加坡和意大利的，还有一个去美国的，听说还娶了个美国媳妇，都挣上绿卡了，不回来了。村里说这是"打洋工"，都是签的正当协议，外贸途径的劳务输出。不过近两年出去打工的越来越少，这和张庄被划进高新区有直接关系：挣钱的门路多了，能喝口近水谁想去吃远饭？

王强在日本从事过水产行业，也就是捕鱼；从事过建筑行业，也就是砌墙；还从事过餐饮业，也就是执盘子——豫北方言，就是端盘子。王强说他做的这几样都属于七八千的行当，太低端，不行，一年总共才收入十万，还要交六万给中介进行培训和办手续，最后剩的净利润就少得可怜。于是他只待了两年就回来了。拿着赚来的钱还了赌债，又翻盖了新房，现在也是手头窄怯。

赵老师看了我一眼。我明白他的意思：要进入正题了。

"房子的事，你打算咋办？"赵老师劈头就问。

"啥咋办？"王强说。他闪烁的眼神证明他在装糊涂。

"就是往外再加盖起来么。"赵老师说。

王强没有说话。他点点头，吃了两筷子菜，敬了赵老师一杯酒，反问赵老师："那你们打算咋办？"

赵老师把每个人面前的酒又斟了一巡，又不动声色地把球踢给他："这不是在跟你商量么？"

大家心照不宣地笑起来。王强抿了一口酒，终于开口了。还是那套车轱辘话，说他哥不可能同意，他不敢，再说也没有钱。

"强啊，这不是你一个人的事，你可千万别有这么大的压力。这是一个集体行动，是大家伙儿的事，是人民群众的事，"赵老师深深地闷了一口酒，循循善诱地开始了，"不错，你是你哥的兄弟，但你也是人民群众啊。这件事，就看你把自己往哪儿搁了。你要是觉得自己是这一排的群众，就跟大家伙儿有福同享有难同当；你要是认准你是你哥的兄弟，那咱啥都不说了，也别喊老师不老师的，就只看在大家都是乡里乡亲的份儿上，你别在背后戳告就行。"

"你说的啥话啊赵老师，你把我看成啥人了啊赵老师！"王强嗔怒，给赵老师斟上酒，又缓和道，"赵老师，这是个大事，得好好想想啊。"

"大事是得好好想想，不过也得当机立断。那句话是咋说来着？静如处子，动如脱兔。做大事就是这个理啊。"

王强看了赵老师一眼。我知道"静如处子，动如脱兔"这八个字他没听懂。当然，这个懂不懂并不重要，重要的是该懂的他懂。

"机不可失，失不再来。"我说。这个他一定懂。

"过了这村，没有那店！"赵师母说。这个他更懂。

王强频频点头："对，对对。"

"这可是有时辰没日子的事，上头说下来量就下来量了，照片咔咔咔一拍，你那几十万可都咔没了，"姐夫说，"我都请先儿看过黄历了。再过两天就是黄道吉日，就可以破土动工了。我跟赵老师正紧着说细节问题哩。"先儿，在豫北方言是风水先生的简称。

"你们打算一起动工？"

我们一起笑了。

"说得跟真的似的，"姐夫道，"一把筷子掰不断，一群百姓不好惹，团结起来力量大，谁不知道这个！所以啊，大家伙儿一起担责任，要盖一起盖，墙倒众人推！"

"没听老话说？砖连砖成墙，瓦连瓦成房，一根木头架不成个大梁，"赵师母说，"就是这个理儿。到时候要真出了啥事，稻多打出米，人多讲出理，咱这么多家呢，就不怕了！"

"那其他家呢，你们都说过了？"

"也说了好几家，他们都在加紧筹钱呢。实话跟你说吧，有一半多了。今儿特意招呼你，不是因为你是头儿的兄弟，主要是因为你是这一排的群众，不想叫你落单！"

"你想，咱们农民有啥啊？不就是种一些地，占一些地，在地上下把死力气？将来，咱的地越来越少，都挤摞到了一栋楼上，跟鸟似的。那时候咱还有啥啊？"

"对咱们来说，地就是个摇钱树，种地只管饱，摇不下几个钱，只有拆盖这种大买卖才能摇下大钱……"

"这块地咱现在能当家，那就得赶紧盖。只有咱盖了，到时候上头才能包赔。你啥也不盖，白眉赤眼的，让人家上头包赔你啥？地皮是国家的，国家还会包赔你地皮？"

"违建？要按正经的章程，哪家盖房不违建？不违建的有几个？咱一村子的新房都违建！"

"撑死胆大的，饿死胆小的。宁可撑死，不能饿死，更不能叫吓死！"

菜慢慢上着，酒慢慢斟着。大家亲密地团结在以攻破王强为核心的盖楼计划周围，声东击东，声西击西，外松内紧，形散而神不散。我默默地听着，间或说一两句合适的话。我不得不承认：这个世界，谁也不比谁傻。农民有农民的狡猾，农民有农民的智慧，农民有农民的情理，农民有农民的逻辑——农民有农民的一切。而他们的一切，无论是柴米油盐还是爱恨情仇，无论是精神根本还是物质源头，都与土地血肉同体，息息相关。民以居为安，房在地上建；民以食为天，食从地中来。一直是土地，始终是土地，土地就是他们的命。我一直觉得，在我们广袤的豫北平原上，一块块旱涝保收的肥沃土地就如同一只只饱满的乳房，农民们就如同辛勤的挤奶人，随着四季的更迭，他们源源不断地挤出了丰沛甘甜的乳汁，给城市喝，也给他们自己喝。现在，即将成为未来路绿化带的这一长绺土地，这一只小小的乳房，如同已经消逝的灵泉河一样，很快就会干瘪、枯竭，不复往日之能。这一群人，坐在这里，尽其所能地绞尽脑汁，就是为了能从这只乳房里绞尽乳汁，绞尽他们能喝到的每一滴乳汁。

气氛越来越稠，微醺的王强也越来越让我们有底儿。他开始诉苦，不时流露出对王永的怨艾：南水北调工程过焦作郊区的某个村，王永跟村长相熟，他让王永去帮他揽个工程，多小的都行，王永不肯。他有个伙计是市民，想把户口落在村里，出三万块钱，王永也不肯……

"三万，比谁出的都高，又能给村里创收又能了结我的人情，他死脑筋，就是不愿意，气死我了……"

"要说你哥是直正，但是做人，咋说呢，也不能太直正，太直正了就是迂了……"赵老师劝解着。

"是啊，人有时候得灵活些，对别人对自己都有好处……"姐姐也说。

这些劝解的话，大家说得都很谨慎。人家毕竟是亲兄弟，亲便亲，打断骨头连着筋。兄弟怎么说他哥都行，外人就得有所顾忌。

"唉，谁叫咱摊上了这么一个哥呢？花好看，果难吃，"王强举起了酒杯，"不说他了，喝酒！"

那就先放下。大家继续闲话。一道道菜，一杯杯酒。酒酣菜热，闲话也千头万绪，百花盛开：外出打工的难处，谁谁谁谁都得性病了；新农合，听着是好经，就是念的时候走样，小病还行，大病就只能干瞪眼，能用的药不能报，能报的药不能用；留守的老人、女人和孩子在家里的孤单，村里信基督教的人越来越多；什么东西的价钱都涨得比动车还快，就是粮价涨得比乌龟还慢；娶媳妇的成本越来越高，相亲见个面男方都得掏两百块钱的相看钱……有那么一瞬间，我有些恍惚，恍惚自己为什么会坐在这里，听着这些话，这些和我的日常生活天悬地隔毫无干系的话。然而也只是一瞬，我便将恍惚收尽——作为一个从乡村走出来的孩子，我确实跟他们久违了。但是，我乡村的根儿还没死，离他们也就不算太远，于是不坐也就罢了，坐了很快就能坐在一起。"这件事，就看你把自己往哪儿搁了。"赵老师方才说王强的这句话，放在我身上也同样适用：我是一个农民的女儿，我是一个农妇的妹妹，这件事，我就把自己搁在了这个根儿上。有了这个根儿，此时此事我和他们之间才能应上毛主席的那首《水调歌头·游泳》：一桥飞架南北，天堑变通途。

"你这做兄弟的，也真是可以了，替他想得够多了，也得给自己想想了……"赵师母说。万根箭，一个靶。说着说着，就又绕回来了。

"就是，对得起他了。要是错过了这个大便宜，那就是对不起你自己了。"

"这么现成的大便宜，谁不捡谁是傻蛋！守规矩不能当银钱花。村里那些没有临路的人家，都眼红着咱们这一排呢。"

又一轮围剿上演，酒也将近喝完。

"唉，我这个哥啊，"王强一扬脖子，又灌了一杯，叹道，"我要是领头盖了，真是没脸见他……"

我们面面相觑。领头，一词中的。我们心心念念的七寸，可不就是在这里？

"你看你说这话，谁叫你领头了？"赵老师斥责，分贝再高一点点就可以称之为怒喝了，"我说过多少遍了，是一起盖，不是让谁一家盖！更别说领头盖！轻霜冻死草，狂风不毁林！你不过就是林里的一棵树，有林子在，我就不信你哥还能把你咋样？"

王强放下了酒杯，他的眼睛已经微红。终于，他说出了我们最想听到的那句话："那就盖？"不是叹号而是问号，口气随即更是颓下来："没钱啊。"

终于说到钱了，我心中一块石头落地。我看了赵老师一眼，他不看我。

"钱不是事，船到桥头自然直。"赵老师道。

我又看赵师母，她也不看我。

"就是……"赵师母也说。

"想办法，活人还能叫尿憋死？"姐夫的话。

姐姐不说话，看了我一眼。眼神里没有任何内容。酒席陷入微妙的沉默，只听见大家牙齿嚼菜的声音。

不能这样。面对躲不过去的结局，绕圈子只能是浪费时间。"借嘛。"我说。"没处借，"王强道，"想破了脑袋也没处借。"

我使劲儿瞪了姐姐一眼。还等什么等？

"要是真不中，"姐姐终于开口，"我们几个给你想办法！"

"我也给你凑一些！"赵老师也说，终于看了我一眼，"再代表我兄弟表个态！"

"我也代表我姨表个态！"我道。

"那，多不好意思啊，"王强道，"盖房是大事，谁不用钱？"

"谁叫咱们在一个村里一条街上住着呢？谁叫咱们是一根绳上的蚂

蚱呢？谁叫俺们这几家现在都比你有办法呢？能伸把手就伸把手呗，谁没有用着谁的时候？再说了，钱这东西，生带不来死带不去，就是叫人用的。再说了，你又不是流氓无赖，得了赔偿款，你还不是转手就还了？说到底也就是转一道手的事儿，对不对？"

我不由得微笑，暗自赞佩。要是批卷的话，赵老师这番话能得满分。亲切，温暖，且周全，真是什么都有。连还钱的调子都定好了，由不得他王强不跟着唱。

"那是，那是，"王强迭声道，又是一饮而尽，"赵老师、哥、嫂，你们真亲！话到这儿了，我不能给脸不要脸，那就盖！"

瞬间，屋子里温度上升，热流涌动。

"盖！"

"盖！"

"盖！"

几个杯子碰到了一起。

"干！"

"干！"

"干！"

出门的时候，王强有些晃。赵老师也面若桃花，他看着我的脸道："你还有些量呢。"我笑道："我还得开车呢，喝的是白开水。

送完王强，我们几个又坐了下来，像刚打了一场大仗，大家都松了口气。我说还不能太放心，姐姐问不放心什么，我说是钱。要按我的想法，刚才应该趁热打铁，干脆定下说明天把钱凑齐了给他，把事情砸实。赵老师沉吟了一会儿，道："咱们不是表态了么？这还不中？"

"可是没说多少啊，也没说啥时候给。还是留了活口，你们啊，太舍不得说。"

"不到舍得的时候，就是不能舍得，"赵老师说，"这种事，宁可缓些，不能过急。咱已经说到这一步了，不能再往嘴里喂他，得让他自己伸伸手了。要不然咱们上赶着把钱塞给人家是什么意思？不是太明显了吗？净叫人家起疑心。"

我默然。似乎也有道理。

"等他的信儿吧，心急吃不了热豆腐，"赵老师又说，"这两天正好定定匠人。"

当夜，我赶回了郑州。姐姐拉着我，好说歹说，想让我住一个晚上。我说我得回去筹钱，我说我不放心孩子，我说单位还有一些琐事……我说了一堆理由，到底还是回去了。其实最真实的理由我没办法对姐姐说：她家没有暖气，很冷。这么多年在城市，我已经不习惯没有暖气的冬天。乡村的寒夜对我来说已经太过陌生。我怕自己会感冒。

七　田庄"四二九"

星期天下午，我再次来到姐姐家，一是接苗苗，二是送钱。进得门来，我一眼就看见姐姐和一男一女在当院里站着，男人女人都是矮墩墩的，正和姐姐比画着说着。看见我，姐姐笑着向那两人道："这是我妹妹，在郑州上班。"又指着男人向我道："这是陈师傅，咱这房子，全靠他的手艺了。"

我明白过来：这男人就是姐姐要请的盖房子的匠人头目，俗称包工头。今天应该是来姐姐家看看实地情况，商量着怎么盖这个房。那女人穿着大红棉袄，戴着亮闪闪的金耳环和金戒指，颇有些包工头太太的"富丽堂皇"，应该就是他老婆。于是我连忙和陈师傅夫妇寒暄起来，问他们是哪里人，陈师傅说是田庄人。我依稀记得田庄还有一个叫陈小玲的女同学，当年我在乡中学读书的时候，和我坐前后桌，便问他陈小玲的情况。陈师傅的话有些迟滞，倒是陈太太语锋爽利，三下两下接过话头，说陈小玲和他们是本家，按辈分得叫他们叔和婶，高中毕业后上了省医学院，现在市妇幼保健站当医生。

"她当医生啦，"我忍不住笑起来，"当年她粗粗拉拉，跟个假小子似的，真想不出来她还能当医生。"

"医生好啊，一家子里有个医生，谁得个病该省多少心哪，"陈太太感慨，"她妈病了这么几年，全亏了她。"

"什么病？"我问。

"偏瘫。"陈师傅说。

"受惊吓了，"陈太太补充，"前几年我们村跟上头闹了一场事，你听说过没有？就是那回吓的。"

我隐隐想起和赵老师闲聊的时候他跟我说的田庄那场事，好像是上头强制拆迁，把军车都开进去了，后来硬是被田庄人把他们统统都赶跑了，还抓了人，判了刑什么的，顿时兴致陡增，对两口子道："听说过一些，不全。你们讲讲呗。"

"我这妹妹，就是一颗小孩子心，打小就爱听故事，你们给她讲讲吧。"姐姐道。说着她从屋里端出来两样油炸的吃食：萝卜素丸子，还有小麻花。姐姐的小麻花是一绝，只用鸡蛋和白糖和面，一点儿水不放，炸出来焦酥香甜，十分可口。她边让陈师傅夫妇吃，边对我道："做了可多，给你留好了。"

就着姐姐的素丸子和小麻花，他们两口子开始讲了起来。陈师傅的话短而平，陈太太的话长而烈，两口子搭配起来，有些像在说三句半。

那一天是四月二十九号，上头叫田庄事件，俺们村的人叫四二九事件。早上五点多，上头就行动了。哪一年？二〇〇六年，就是二〇〇六，那一年咱孩儿考上了大学，我记得准。

五年了。多快。

以前上头没说过就直接行动了？我问。——说，这个字在我们方言里有做思想工作的意思。

说过。说得可迟，是出了年说的，出了正月，阳历就到了三月份了，满打满算也就说了有一个多月，不到俩月。咋说的？就是来个人，往院子里一站，说一句：赶紧拆吧，胳膊拧不过大腿，不要敬酒不吃吃罚酒。说完就走了。就是这。也就是走个过场。赔多少？好房，新房，就是一平方四百块。旧房，赖房，就是一平方三百六十块。

就这俩标准。

问他们把房拆了俺们住哪儿？他们都说不知道，说管你们住哪儿呢。俺们说要是俺们不愿意呢，他们就说：不愿意由不得你们！你听听这话，气人不气人！大家就都不拆，没有一家拆。两委会也顶着，那真是干部群众一条心！拖着拖着，事情就到了那天。那天早上五点多，他们人都到了，天还不明呢。后来我们数了数，八辆大军用车，一车有百把人，共有八百来人。警察少，绝大多数都是保安，后来俺们才听说，是从市里好几个保安公司调来的。那些保安公司都不知道上头让他们来干的是这事，事过了都说："要是知道来干的是这事，说啥也不会来，给多少钱也不干。"对了，还有特警队的呢，特警队还有一百多人。俺们村？俺们村不到一千口人。

听说特警队还准备了两车催泪弹。

没有用上。后来那阵势，他们哪敢用！是从村东开始的。为啥从村东？首先，村东不临大路，僻静。他们也怕路上过来过去的人多啊，万一让啥大人物看见，影响不好。其次，村东这一片，也就是娘娘庙往东这一块，算是我们村里的新区，都是新划的宅基地。这些都是生二胎的人家，没啥本事，也没啥钱，好整治。吃柿子拣软的捏呗。他们从娘娘庙那里用一道警察常用的那种绳子一拦，就开始行动了。

那叫警戒线。

对，就叫警戒线。他们拿着长梯、链子锁、撬杠，还有大锤，就来了。链子锁是用来锁大门的，先把大门朝外给你锁上。长梯是用来翻墙的，翻进了各家各户的墙，进了家之后，没有起床的人，就被他们按到了床上，不准起床。在厨房做饭的，就不准出厨房，在哪儿坐的，就得坐在哪儿，反正就是原地不准动。我那个本家嫂子，对，就是小玲的妈，那两天正拉肚子，紧着跑茅房，他们就是不让动。我嫂子就当着他们的面解了手，她对那些保安说："反正你们就是从女人肚子里爬出来的，我就不避着你们了！"解完了手，她血压就上来了，躺到床上就不会动了。从那以后就偏瘫了。

真造孽。

把人都看住，他们就开始用撬杠和大锤拆你家的房了。当然他们也拆不了那么多，也就是毁毁你的房，败败你的兴，叫你住不踏实住不成，叫你知道，他们有本事这么整治你，你最好识相点，赶快听他们的话！心疼啊。看他们那么去糟蹋自己辛辛苦苦盖起来的房子，真是心疼啊。有男人们上前阻拦的，就被他们的警棍打了，也就不敢动了。女人们不敢上前动手，只有哭，有性子暴的就骂。家家户户都有哭声，都有骂声。农村女人，不会说什么大道理，也只能骂几句解解气！也有人想打电话，跟外头联系联系，可是没有信号，固定电话和手机都打不出去，后来才听说人家不知道使了啥办法，把俺们村这一块的信号都覆盖了。想打电话，根本不可能！

人家啥都想到了。

就这么闹着的时候，孩子们都该上学了。这一片的孩子们都不让去上学，这一片还有几个老师，也去不了学校。学校里老师不齐，学生不齐，到了学校的人就都奇怪了，就想出去打听，可是，人家把学校大门也锁上了，不让大家伙儿出来。没有不透风的墙，这时候，全村人你传我，我传你，都知道发生了啥事，可也都不敢确认。

谁能想到上头会来这么一手啊。

正这么僵持着，孩子们不知道怎么想办法出来了。他们不知道害怕，朝那些警察和保安扔土坷垃，把他们车胎的气都放了。人家还手！用警棍驱赶孩子们，有的孩子就受了伤，这把大家伙儿逼急了。除了村东被关住的家户，村西村、南村、北的这些家户们就都上前去保护孩子们，都上了手。上头就连忙集中人来对付学校这一块，就有人得空把那些被锁的家户都放了出来，大家伙儿全都集到了街上，他们人在西边，我们人在东边，两边对阵，我们就往外撵他们，一步一步撵，他们开始还猛动手，用警棍把俺们的人捅得满脸流血，可这时候俺们全村人都在一股绳上，俺们不怕！这是俺们村，俺们家门口，哪能怕那些龟孙们！俺们舍命上了！俺们没有警棍，老人和小孩就朝他们扔砖头，扔土坷垃，大人们就拿锄头、镰刀，就拿铁锹、扫帚！那时候，喊声震天响！

后来就轮到他们害怕了。

他们往后退着，一步步退到了西边的大路上，这时候已经快中午了，特警队也来人了，乌压压一大片啊，就在那路边守着。那回俺们算是见识了啥叫盾牌。以前有个电视剧叫《便衣警察》，里面有首歌，有句歌词叫："金色盾牌，热血铸就。"俺们可看见了，这盾牌可不是金的，是透明的。只有中间一条横杠上写着警察俩字，横杠上下都是透明的。真真的。特警队一来，保安们就又往前冲，又打伤了俺们可多人，这时候，大路上的交通也断了，好多车都停了下来，好多人从车里出来看热闹，邻村的人也都听说了，也过来了好多人，你知道吗？这些外人本来是看热闹的，后来有好多都加入到了俺们村的队伍里，跟他们干仗！

后来，他们就退得越来越远，再也不敢往前冲了。在这个过程中，来了辆警车，里面坐着俩穿着警服的警察，看样子像俩大领导，可能觉得自己官大，不知死活地把车开进了村，开到了俺们这边。可他们没有下车就被俺们村的人把车胎里的气给放了，车玻璃也砸了。他们就不敢下车了，就坐在车里不敢出来了。后来俺们就推着他们的车往外走，俺们村西边原来有个大水塘，早就干了，俺们就把他们的车推进了干水塘里！他们硬是不敢出来，一直到特警队的人慢慢上前围住了车，他们才慢慢出来，让特警队的人护着回去了。

从始到终，他们没说一句话？

说话？他们俩连个屁都没敢放！后来那边就彻底消停下来了，后来看俺们村那些受伤的人流血流得厉害，俺们就想去市里给他们包扎，可是他们就是拉着警戒线，不给放行——北边，他们的警戒线只卡住了北边，北边不是市里么？他们怕俺们去市里闹。没办法，俺们就只好往南去乡里的卫生院。总不能叫俺们的人流血流死吧。

有人死吗？

没有。要是死人，这事就大了。

——这还不算大吗？我想。不过，再一想，某种意义上他们的逻辑也对。很多时候就是这样，只要不死人，就不算大事。

后来呢？我问。

后来……陈师傅笑了笑：后来，村里还是拆迁了六十来户。

这六十来户的情况是这样的。陈太太道：一是村两委的干部和他们的亲戚，这占了二十来户。"四二九"之后，村两委的人都被上头软禁了。当然不叫说是软禁，说是学习。怎么学习的呢？不让吃饱，不让睡觉，就让他们没明没夜反思，写材料，写汇报，反正最后不在拆迁协议上签字同意就没完。二十天，谁受得了这个？铁打的人也不中。他们就都签了字。签了字还不中，还不能回去，还得叫他们的家人来拿协议回去拆房，拆了房才放他们。就这么着拆了二十来户。二是吃公家饭的那些。包括老师有十来个，还有十来个是家里有人吃公家饭的，或者自己家的实底儿亲戚有吃公家饭的，像俺家隔壁的老贾，他女婿在乡里工作，乡里就停了他的职，叫他来做丈人的工作。类似这种情况的，又拆了十来家。俺们管这叫株连九族。还有一种拆房的，就是因为"四二九事件"被抓的那些人，也有二十来个。

他们是当时被抓的吗？

只有一个女的是当时被抓的，其他都是后来被抓的。她也是太没眼色——说着说着，陈太太大笑起来：她呀，骂着骂着，骂过了龙源路。人家拉的警戒线就是以龙源路为准的呀。龙源路南边，是俺们的人，龙源路北边，就是人家的势力了。她的脚一过龙源路，就被人家抓起来了。不抓她抓谁？鸟不能离群哪。

当时那么乱，后来抓的那些人，上头是按什么标准抓的？

录像！人家上头有录像！人家上头当时就带有机器，回去后，人家是按着录像抓的人。是一个一个抓的，悄无声息抓的。这回人家可学精了，不出动静。这些人被抓起来之后，上头就传下了话，说只要把房子拆了，就放人。没办法，这些家户就都把房子拆了，就这么着，又拆了二十来户。现在，五年过去了，就是这么多家。剩下的都是钉子户。你回头去俺村看看，家家户户的房顶都插着国旗，那就是钉子户的证明！

真的，家家户户都有。姐姐说。

你们，为什么要插国旗呢？

叫上头知道，俺们爱国！俺们都是良民！也给上头那些人提个醒，叫他们代表国家做事的时候，也爱爱俺们！有人还说我们插国旗是犯法的，哼，俺们都上网查了，说挂烂国旗的、破国旗的、拿国旗去做广告的才算犯法，俺们这，不犯法！

听说还有判刑的？

两个判刑的，一年。都是缓刑。没有真住。房一拆人就放，可灵。

这六十来户现在都住在哪儿？

上头在村东边建了个安置小区，盖了六栋楼，就住在那儿。

听说今年上头还要在那儿再给你们加盖三栋楼，真不真？姐姐问。

真。陈师傅说。

俺们也在一起商议了，想给上头提提建议，让盖成浇筑结构的。咱焦作不是地震带么？去年还闹了两回小震。先前盖好的那六栋是砖混的，没几根钢筋，跟老鼠拍子似的，地一震肯定就把人拍住了。要是浇筑结构的房子，抗震就好。可是那些先住进的人听说了就不让，说凭啥让他们先搬的人住赖楼，让后搬的人住好楼？你听听，是高新区出钱，又不花俺们村一分，就这他们就气不过，这人心怎么齐啊？

那人家先搬走的人，心里肯定不得劲儿。姐姐说。

你们心里其实已经做了搬的准备吧？不然干吗管安置楼的质量？我

疑惑。

是啊，迟早是要搬的。胳膊拧不过大腿，这话说到天边也没错，是不是？咱知道这个。拧不过，能多得些好处，也就对了心思了。可是后拆的这些要是多得了好处，先拆的那些家心里就会不舒服，这咱也知道。话说回来，我要是先搬走了，心里肯定也不得劲儿。拆过的这些家，和没拆的这些家，就是没办法一心。隔壁老贾不是拆了么？前些时路过我家，还进来看了看，说：还不拆啊？我没好气儿，答他：就是不拆！

熬到什么时候，有底儿么？

没有。反正俺们就这么扛着，也不是死扛，俺们村年年都派代表去北京上访。去陶然亭那里，离西站不远，国家信访局。他们态度倒是挺好，每回接待时都说："你们就放心回去吧，我们会把公函寄到你们当地政府，让当地政府给你们解决。房子是你们的，只要你们不同意，他们不敢拆你们的房子！这一点我们可以给你们保证！"准打准儿，现在的新条例不是已经出台了吗？不准强制拆迁！新条例还说了，赔偿标准让参考当地的商品房价格，如今周边的商品房价格越来越高，跟安置小区隔路的那家楼盘都卖到一平方四千了！俺们的要求当然也会水涨船高。要说是好处应该更大了，可是还有拆过的那些人呢。情况肯定也是更复杂了。政府这边的事，肯定也就更难做了。前些天他们又派人来做工作，态度倒是很好，说这说那，可俺们就是不松口。不称俺们的心思，俺们就是不松口！

你有千条计，俺有老主意。呵呵。

我笑。这情形，还真是难缠。

其实，俺们都知道，这么下去，对谁都不好。俺们拿不到钱，政府花了钱盖了安置小区，白白空着，放都放坏了。开发商呢，白白耗了恁长时候，也开发不了。政府跟开发商也没法子交代，听说最后还赔了开发商不少钱……

是哪儿的开发商？

山西的。煤老板。

听说是市长的什么拐弯儿亲戚，来这里玩，路过俺们村，看见俺们村在新区规划里头，又离老市区近，还临着大路，就说："不错啊。开发个楼盘吧。"市长就答应了，说这也算招商引资，就给高新区下了死任务，要求两个月必须把俺村拿下。谁料想没把俺村拿下，四二九之后，他倒被拿下了。上头把他调走了。高新区的书记也让拿下了。

调哪里了？

省里。

那也不错啊。

哼，只是名儿好听，他没实权了。明着是平移实际上是暗降！他走的时候还特地来俺们村转了一圈呢。说来看看大家。说没把俺村的事情办好，对不起大家。还掉了泪呢。猫哭老鼠——假慈悲！

刚才说的政策，你们都是在网上看到的？最后，我问。

是啊。有网真方便，一搜就中，啥都能搜到。陈太太眉飞色舞。

你们还真火色！姐姐说。火色也是豫北方言，意为时髦时尚。相当于"九〇后"们说的"潮"。

耍嘛。放钱干啥？有钱不花，死了白瞎。陈太太笑道。

你们常上哪个网站搜？

还有哪个？百度嘛。可简单了。像俺村这种事，打一个字就全出来了。

哪个字？

拆！

八　合　作

之后几天，我的手机上天天都有姐姐的短信。每天的短信都在汇报王强。

第一天：王强没消息。赵老师让再等等。

第二天：还没消息。再等等。

第三天：没消息。等等。

第四天：没。等。

第五天晚上，姐姐没有短信了。我打电话给她："你们要等到什么时候？"

"我刚去问了赵老师，他说让问问你。"

"那就别再等了。马上把钱凑好，给他送去！再等下去，黄花菜都凉了！"挂断了电话，我气得手冰凉。什么等，不就是抱着侥幸心理心疼那点儿钱么？还想成事呢，嘴边的肉都能嗑丢了！

第二天又是一个周六。到底不放心，下午，我又给姐姐打了个电话。姐姐说："今儿上午送的钱，人家不收。"

"送了多少？"

"六万。一家一万五。"

我心一沉。

"谁去送的？"

"我跟你姐夫，"姐姐说，"赵老师说他没空，叫我去送。我跟你姐夫去了，王强接过钱看了看，就又递给了我。我当他是客气，又给了他，你姐夫半开玩笑叫他打条，他的脸立时就拉下来了，就不高兴了，说：是信不过我啊。算了算了！就把钱又塞给了我，我再给他就给不出去了，他死活不要。"

"当时他家里还有别人没有？"

"没有。"

"钱数是赵老师定的？"

"我也跟咱姨商量了。是俺几家的意思。总共六万呢，不少了……"

我沉默。

"我不是跟你算过账么？咱盖两层，满打满算也就是六万五，最多七万，"姐姐在电话里自顾自地说着，"六万咱都给他凑齐了，他自己会没有个五千一万？他也不能太欺负人了……"

"我明天去。"我说。一直担心的事情终于变成了现实，我不得不承认，人与人之间，就是有一种不可沟通性，哪怕是亲亲的姊妹。我怎么才能让她明白：六万在她眼里肯定是太多太多了，但在王强眼里，很可能还是不够？我怎么才能让她明白：有时候，人家愿意欺负你是在给你机会？我怎么才能让她明白：这盘盖楼的棋局，从一开始我们就都是彼此的棋子，看似是我们想攻下王强，实质上也是王强想操控我们？我怎么才能让她明白：这笔盖楼的大账，乍一听是我们在热热闹闹地打着算盘，实际上王强才是最关键的算账先生？我怎么才能让她明白这些啊，弯弯绕的这些，恶心人的这些，我讨厌至极又心如明镜的这些。

还是不说吧。

有那么一刹那，我真想告诉姐姐：别再抠抠搜搜，计计较较，每家两万，要干就干，不干就算！还有那么一刹那，我的脑子里甚至蹦出了一个更极端的想法：实在不行，我把这八万全掏出来！不由得想起一个男人。我二十八岁那年碰到他后，曾经对他迷得要死，可他看不上我，我只好单相思。于是在绝望之余，我常常暗暗诅咒让一向春风得意的他赶快倒霉，倒大霉，倒血霉，除了健康之外什么都不顺，最好到饥寒交迫、众叛亲离、食不果腹、喝水塞牙、雪上加霜的超惨地步，然后呢，我将奋不顾身地出现在他面前，拿出荷包里珍藏的存折，为他买这买那，花钱如流水，挥金如土，用我春天般的柔情横溢地把他融化，用我海啸般的爱摧枯拉朽地将他打倒……那时候我方才明白，对我这样不大方的人来说，爱极了的显著标志，就是想花钱。而现在我又方才明白，原来恨极了的显著标志，也是想花钱。二者的不同只是，一个想用花钱得到，一个想用花钱了断。

当然，我终是没有。一是我还没有恨极，二是我知道，目前还只是钱的问题。如果我要是这么做了，就不仅是钱的问题了，就成了我的问题：疯的问题，不靠谱的问题，精神病的问题，二百九的问题——二百五加三八再加二。

不能那样。决不能。

星期天，我再次来到张庄，来到赵老师家，强硬地表达我的意见：要想办成事，每家两万，借王强八万。今晚必须成事。心理较量不是什么时候都可以进行，要看你有没有和人家较量的资格。没有资格较量而硬要较量，那就不是较量，而是搬起石头砸自己的脚，是愚不可及的蠢。目前而言，王强有我们最想要的资源，这就是人家的撒手锏。他固然想套我们的钱，但我们也想通过他来套上面的钱。我们和他看似是对手，其实只是小对手，是人民内部矛盾。上面的钱才是我们双方都应该去瞄准的大钱。所以，此时此刻，绝不能让小心眼坏了大目标。如果必须有一方退让妥协，那就让我们来好了。内耗必须止于智者。这时候，我们就得舍出孩子去套狼——只要人家要孩子。空手套白狼？这根本就不符合市场经济的规律。如果不是奇迹出现，空手只能套白忙。

"如果我的判断没错，咱们再往前走一步就到他的合作线了，"最后，我说，"别因小失大。"

"那，就这吧，"赵老师的神情还是很"被"，"那借条呢？他要是坚持不打呢？"

"这个问题交给我，"我说，"今天晚上，你再请他过来。"

"这小子，真可恨！"赵老师咬着牙说。

我笑。当然王强是很可恨，但就现状而言，他的可恨程度还没有抵达我的底线，他还只是巧借而非直讹。直讹，这就是我的底线。就我目前的推测，王强还不至于这么大胆和不要脸。不过退一万步讲，即便他真要直讹，我也会暂且由他。但这个想法我没有对赵老师说，怕会吓坏他。

夜，赵老师再设鸿门宴，王强仍是刘邦。仍然是姐姐姐夫和我相陪。酒仍然是我去买的双沟珍宝坊，菜比上次的还要丰盛。到底是一回生两回熟熟能生巧，大家叙话的升温过程简约了很多。酒至半酣，姐姐将钱拿了出来，递给王强，道："八万。"

"你看嫂子，说给就给啊，"王强笑着，把塑料袋接了过来，溜了一眼，放在了脚下，"感动，感动，谢谢，谢谢。"

"真是有时辰没日子了，"赵师母道，"咱就赶紧盖起来吧。"

"就是，选个黄道吉日，盖吧。"

"黄道吉日？"王强眯着眼睛笑了，"这个得让我来说。"

"你啥时成了先儿了？"赵老师说。

"别的事上我不是先儿，在这件事上我还就是个先儿。"王强道，面露悦色。

"这话咋说？"赵师母问。人人一脸好奇，等待王强解谜。

"要我说，啥时候俺哥有个三五天不在家，那啥时候就是咱的黄道吉日。赵老师，你说我说得对不对？"

我们恍然大悟。

"对，对，对！"赵老师连声道。

"他要是在家，我肯定不能动，我动就是我不仁。他要是不在家，我动就不碍了。等他回来，我也盖得有样了，那时候他要拆我的房子，那就是他不义，"他进一步阐释，"到那时候，我就能豁出去跟他闹了。"

"对对对！"我们异口同声。

"这些天，我勤往他那里探探，"王强的表情很受用，"你们就等我的信儿。"

"他要是老不出门呢？"

"不会，"王强很有把握地说，"他那人，我还不知道？会多，学习多，参观多，为了咱村的土地项目，他还三天两头地往外溜达！"

我和姐姐对视一眼。钱花到哪儿哪儿值，老话真是没错啊。不说别的，单为了他能潜伏在王永身边探听宝贵信息的份儿上，这八万借给他，就值。所谓的万事俱备只欠东风，最贴切的旁注也许应当是：有了东风，才是万事俱备。没有东风，万事再俱备也是俱废。

满座皆欢，觥筹交错。即使是乡村的粗瓷大碗，推杯换盏的时候也丝毫不减其乐融融。雪亮的白炽灯下，我看着大事初定后一张张舒展绽放的轻松笑脸，微微释然的深处是似曾相识的幽深难过。我起身去厨房倒了碗开水，慢慢喝下。此时的难过很奢侈，我知道。我得勤俭节约，我知道。

盛宴将散，杯盘零落。眼看着王强把脚底下的塑料袋口紧了两紧，却还是没有提打借条的事。到此地步，他确实是有点儿接近我的底线了。那就别怪我啦。

"天不早了，我这就回去吧？"说着话，王强就站了起来。

"对了，还有个小事得麻烦你，"我笑道，"你看，喝得这么高兴，我都差点儿忘了。"

"啥事？"

"我姨千叮咛万嘱咐说，请你给她打个借条，"我从包里掏出纸笔，"我使劲劝她来着，说都是一个村的，人家王强是什么人，还会赖你？不就是两万块钱么，还会不还？再说又不是你一家，我姐，还有赵老师兄弟，一共四家呢，怎么偏就你这么多事？可她也是老糊涂了，非得让打，说这是规矩，打了她才放心。"

"哦。"王强的表情有些僵硬，没有说话。屋子里的空气似乎一下子稀薄了。

"所以就麻烦你帮我这个忙，把我姨交代给我的任务帮我完成，"我把纸笔铺好，"你也别怪她。她上了年纪的人，心眼儿小。再说在市里住时间长了，跟市里人都学会了，太薄气。你就担待她吧。"

"中，没问题，"王强拎了拎手中的塑料袋，挠了挠头，终于重新在桌边坐了下来，"怎么打？"

知道怎么借钱还不知道怎么打借条么？笑话。

"写明白借了谁多少钱就中了呗。"

"咱姨的名儿？"王强开始在纸上刷刷地写，头都不抬，"利息呢？期限？"

"免息。啥时候有啥时候还。"

一边说着话，他已经把借条写好了。字体虽然难看，但却是一点不错："今借到吕月娥人民币两万元整，用于盖未来路房屋。免息。等到房屋赔款到账后三个月内归还。王强，×年×月×日。"

真是水晶心肝玻璃人啊。

"这字写得真有力道，跟省里有个书法家的字可像呢，"我昧着良心夸，然后问正愣着的赵老师、姐姐和姐夫，"这么好的字，我建议你们都收藏收藏。"

"收藏收藏，是得收藏，"赵老师回过神来，"王强啊，照样给我们写一份，让我们也都收藏收藏！"

借条打毕。姐夫负责送王强回家。好歹八万块钱呢，人钱到家我们才能彻底踏实。辞别赵家，我和姐姐默默地走在漆黑的街上，突然，姐姐使劲儿拽了我一下。我这才看见自己差点儿撞到一堵墙上。那堵墙，也是一户人家盖到了街上的屋墙。

我走神了。我在想什么呢？

后来，姐姐就一直抓着我的手，她那双粗糙的手，那双手的粗糙，让那种似曾相识的幽深难过再次袭来。

"八万，"姐姐说，语音里仍有隐隐的恨意，"他根本用不完！"

"盖两层是用不完，可人家要是想盖三层呢？"我说，"就是只盖两层，剩下的钱也不会放馊。没利息的钱，不用白不用。"——这不过是最简单的推理。

暗夜沉沉。偶尔会有一个人的黑影与我们擦肩而过。

"亏了你……"姐姐终于又说，"我真怕他坚持不出借条。到时候无凭无据的，一百张嘴也说不清。"

我沉默。我当然设想过这最坏的可能。如果真是这样，钱当然还是要借给他。不过我也不是无计可施。我外套的衣袋里还装着一个相当于借条的东西：录音笔。

录音笔一直开着。

如果说在市里浸泡了多年的姨妈薄气，那么，毫无疑问，浸泡在省城多年的我更薄气。

薄气不好听，但很有用。

九 后 来

一周之后的一天晚上，姐姐打来了电话，口气很兴奋："好消息！"

"王永要出去了？"

"王强说，王永后天跟着高新区的人出差，去陕西和四川学习啥土地流转经验，得七八天呢。咱可以放心大胆盖咱们的房了！"

"那就抓紧时间吧，"我说，"真是有时辰没日子了。"

"还有一件事，想跟你商量一下，"姐姐的口气有些犹豫，"我还想往外再多盖一米。"

"你什么意思？"一时间，我没听明白。姐姐仔细解释说，她想在和大家伙儿原来说妥的那道线上，再多盖出一米，"最少能多挣两万多块钱呢。反正是占一回便宜，还不能多占点儿？"

"姐！"我喊道，怒火中烧。

"看不出来的，不碍事，"她在电话那边笑，"一米，就一米。"

"那到时候人家找起事来，你自己负责！"

"你别生气，我也就是说说。"姐姐的口气软下来，道。

挂了电话，我胸口一阵沉闷。占便宜也得有底线啊，我亲爱的姐姐！

后来，姐姐打电话说，她严格遵守我的指示，动工那一天，她到底还是看着王强家先动的工，才开始挖自己家的地基。

后来，姐姐打电话说，他们四家动工后，这一排的许多家都开始动工了。

后来，姐姐打电话说，王永听到了信儿，给王强打了电话，这几天，王强把手机都关了。

后来，姐姐打电话说，王永回不来，就让其他的村干部去拦这些盖房的人家，尤其是王强家，但那些村干部都只是笑着看了看就走了。

后来，姐姐打电话说，一层已经盖好了。

后来，姐姐打电话说，王永回来了，叫不动别人，他就自己拿了把洋镐，把王强家新砌的墙敲掉了一个角。兄弟两个打了一架，不过都没伤着。

后来，姐姐打电话说，二层的墙也已经砌成了平口，只差上水泥板了。

后来，姐姐打电话说，其他家都盖好了，只有她家二层的水泥板还没有上。因为原来定的那家水泥板厂不讲信用，一拖再拖。她催了很多次，厂长说盖房子的太多，要板的太多，早就定好的太多，怎么赶都赶不出来。她的板得一个月之后才能送货。姐姐又找了其他厂子，最快的那家也得半个月才能送货。

"那就现浇吧，"我说，"现浇比等板快吧。"

"那是。可现浇又费钢筋又费水泥，比水泥板还贵四五千块，到时候一拆还一文不值。水泥板拆下来还能用……"

"我再给你送五千！"我朝着电话大吼。都什么时候了，还敢拖！

后来，姐姐打电话说，她的房子终于盖好了。

"你回来一看就知道了。一整排新房，可好看啦，"姐姐道，"也真巧，"她的声音喜不自胜，"咱昨儿才盖好，上头今天就开始贴告示，宣传车也开始上街宣讲说不叫盖。都盖好了才开始严起来，一群迷瞪！"

我问姐姐那些家境很差的人家是怎么盖起来的，姐姐说那些人家都和村里的一些有钱户签了协议，让那些人出资盖房，等到赔款到账的时候彼此按比例分成。

"这边有机会没钱，那边有钱没机会，大家就合作呗，"姐姐道，"双赢。"

"对。"我点头。是双赢。没有输家。尽管政府那边是"被赔款"，但是，似乎也算不上是输家。

可是，真的没有输家么？这等待着拆迁的盖，这为了拆迁的盖——这个句式忽然让我想起鲁迅先生的文章《为了忘却的记念》。此时此刻，居然能想起来鲁迅先生，我不由得笑起自己来了。不该笑么？可真够无厘头的。

——姐姐电话里还说，盖三层的人家有七户，王强家就是其中之一。

半个月后的一个下午，我早下了会儿班，带着五千块钱，再赴张庄。到了张庄天还没黑，正赶上陈师傅领着两个匠人在收工具，一辆农用三轮车上满当当地堆着架子板小推车等零乱杂物，委实无法坐人。陈师傅问我是否可以把他送到田庄，没的说，这种顺水人情得做。

"你看。"车过王强家的时候，陈师傅道。

"知道，一起盖的呀。"我说。

"不是说人家的房子，是说前头这个大楼。"

我把车放慢，朝外看去。在王强家的东侧，离他家大概五十米的地方，一道长长的围墙将一片很大的地方拉成了一个院落，每隔一段距离，围墙上就很规律地写着四个蓝色大字：同仁医院。大院里面，高高的红色塔吊正徐徐转动着长长的轴干，绿色防护网内隐约可见密密麻麻的钢筋丛林支撑出一栋大楼的灰色轮廓，已经有两层高了。驶过工地大门的时候，我看见一辆巨大的黄色挖土机正抱着一堆新鲜的黄土在院里轰轰前行。

"我听姐姐说过，两万一亩。"我道。

"前两天在这里抓了一个人，你听说了吧？"

我笑了，这才明白陈师傅所指。他断定我喜欢听这些火爆的八卦。

"不知道，我姐没说。咋回事？"

"这院占的就是那人的地，那人嫌钱少，一直闹。前两天把这块围墙给扒了，"陈师傅指着一处破了口的围墙，"就被抓了起来。"

"哦。"

"不能单个儿斗。吃亏。你姐这房，盖的时候团结还不中，拆的时候更得团结。到了这时候，无论如何不能白费了前头的功夫，摆渡得摆到江边，造塔得造到塔尖。"

"当然。"

"别像俺村一样，叫上头偷袭了。后来俺们村就得出了经验，印了一个电话号码本，家家号码都在上头，家家都有一本，壮劳力们出去了，就叫闲人们盯着点儿，有啥不对就打电话。一声招呼，人说回来就都回来了。都回来了就好办了。"

"哦，"我有些意外，"这办法不错。"

"上头精着呢。咱可不能大意。没见网上说，你去买个菜人家都能把房给你拆了，还说是误拆。这种误拆可不少呢，呵呵，"他兀自笑了起来，"另外，你不是在郑州么？有关系，认识人多，到时候可以找报社跟电视台来，影响越大，上头就越忌讳。"

"哦，"我看了陈师傅一眼，彻底明白了他的心意，"谢谢。"

"都不容易。"他说。

说话之间，田庄已到。我把他送到地方，便在村子里慢慢地溜达着车细细查看，果然看到了村里的奇异：隔三差五就有一家被拆掉，荒草已经长满了废墟。更多的人家还都炊烟袅袅地生息着，一派泰然。而在这些家户的房顶，真的都插着一面面鲜红的国旗。更有意思的是一些墙上的字。有一面墙上只有两个字，字后面的标点符号却一直蔓延到墙的尽头：还拆!?!?! ……

从字迹来看，显然原来只有一个"拆"和一个叹号，"不"是后来被人加到前面去的。"还"字又是由"不"字生发而来。叹号和问号的延长则越来越娱乐化了：叹号越来越大，问号也越来越大。到这面墙尽头的时候，叹号已经大如重锤，而问号已经悬如巨钩。与这面墙相对的另一面墙上也有些字，也是横写的，也只两个字：拆，盖。拆和盖依次放大，直至墙面尽头。

两面墙如此相对，倒是好玩。我心思一动，下了车，打开手机，调到拍照模式，想要拍下这两面墙。忽然，一个声音呵斥过来："干啥呢!拍啥呢拍?"

是一个粗粗壮壮的中年女人。乍一看，跟陈太太像亲姊妹。

"拍着玩呢。"我赔笑道。

"谁允许你拍着人家的房子玩？你到底是干什么的?"女人叉着腰，不依不饶地问着，边问边走过来。

"我来找陈……"我努力地想着陈师傅的名字，却怎么也想不起来。我忽然明白了自己的徒劳：我根本就不知道他的名字。

"你是不是上头的？让我看看你拍了啥!"女人离我越来越近。此时，手机里传来了短信铃声，我也不敢去看，只顾着迅速上车，仓皇逃窜。

回到姐姐家，我立马就把陈师傅的意思转达给她，让她明天就联系各家去印号码本，同时安排人轮流值班。姐姐有些不以为然："那是五年前的事了，现在上头还敢？"

"这可说不准。还是小心点儿好。"我说。

"不过，风声真是越来越紧了。高新区的车天天都来巡逻，布告到处贴。现在在自己家的宅基地翻盖新房上头都不叫了。有几户大胆的人家只好夜里开工。"姐姐道。

我沉默。乌云密布，风雨欲来，我们必得厉兵秣马，严阵以待啊。

手机短信提示音再次响起。已经两条了。我打开手机。都是住建局那个公务员发来的，都和拆迁有关。他发的短信品质都还不错。

第一条：

妻子："干吗哭啊？"

警察："下午拆迁户示威，我拦他在警戒线外，他骂我狗东西。"

妻子："那不是很正常吗？至于哭吗？"

警察："你要是碰到以前同住一院子的街坊，小时候特喜欢你，什么好吃的都分你吃，亲滴滴地叫你狗剩，现在却朝你扔砖头，恶狠狠地叫你狗东西，看你哭不？"

第二条：

一个老外拿着地图在中国某城市问路。

请问这个地方在哪里？

施工的民工疑惑地看着老外：拆了！

那这里呢？

拆了！

这里呢？

拆了！

是新版地图啊，怎么说拆就拆了？

拆哪，没谱。

老外看了看地图，激烈点头：China Map（中国地图），拆哪，没谱！

我淡淡一笑。拆迁，看到这个热词，我的心情非常平静，仿佛波澜不兴的大海。当然，这是伪平静。正如已经积极参与到盖楼事件中一样，我知道，在不远的将来，我一定还会不可避免地参与到姐姐家的拆迁事件中去。我的角色很可能还会是眼下这个举足轻重的狗头军师。从他们的盖开始，向他们的拆出发，我已越来越游向大海深处。

将短信删掉，我立马拨通公务员的电话，先夸他短信发得特别，又向他请教：高新区的通告上语气很严厉，说违章建筑一律不予补偿，还说将依法予以强制拆除，由此产生的一切经济损失由违法者自行承担。这种语气到底意味着什么？他哈哈大笑，说："什么也意味不了。说是那样说，也就是那么一说，也只能那么一说。你让他们怎么说？"他叹了口气，"放心吧，现在到处都是景阳冈，景阳冈里到处是大虫，武松？没有几个武松。除非喝昏了头，以为自己是武松。"

挂断电话，我摩挲着手机，觉得好像还有一件事没办。想了又想，是了，得再发个短信给我的记者闺蜜，向她预告一下张庄的情况，请她务必在关键时刻大驾光临。她马上回复："得令。叛逃者回归了？"我答："回归不了，只是亲戚。"

十　王　永

夜幕深垂，我在姐姐家吃过饭，返程回郑，刚离开姐姐家就看见迎面一前一后开来两辆车，前面的车上架着一个大喇叭，正在呜里哇啦地放着什么，后面是一辆巡逻警车。两辆车都很慢，因为慢而显得特别威严，仿佛王者在检阅国土，又仿佛航母在视察领海。

路过王强家的时候，犹豫了片刻，我停住了车。房子大门还没有安，我走进了院子。很快，屋子里传来了王强的声音："谁？"我没有应答。王强却走了出来，看见我，喜悦地说："你呀。"便不由分说地把我向屋子里让，我走进屋，看见沙发上坐着一个男人，和王强几乎是一模一样的眉眼，只是看起来比王强老了十岁。我刹那间便确认：是王永。

果然，王强向我介绍，说是他的哥哥。然后又对王永介绍了我，笑道："这是我的债主，自己人。"——这么说他很知道姐姐的钱都是我的，明白人啊。

饭桌上摆了两个凉菜，两个酒杯。厨房里的油锅正哧啦哧啦地响着，先是一个虎头虎脑的小男孩从厨房门里探出头来，用袖子抹了抹两行鼻涕。然后是一个女人的脸，三十来岁的样子，头发虽然乱蓬蓬的，但是染成了红黄色，很有些时尚。她朝我挤出了一丝笑容，又关上了厨房的门。

这情形俨然是老婆下厨，王强和王永正在对酌。我不由得笑了，这哥儿俩。

王强让我坐下，我知道他是虚让，我也知道在这样的场合自己坐下很不合适，但是，我让自己很不知趣地坐下了。我控制不住当然也不想控制自己的好奇心。可以说，我和姐姐、姐夫以及赵老师处心积虑地谋划盖楼这一场事，最在意的敌人就是王强背后的他。这样一个人，我是想和他坐一会儿，对他多那么一点点的认识和了解。

"听说你在省城工作？"王永问，不容我回答就又道，"见识多啊。"

我笑笑。

"农村工作不好做，在省里碰见省长、省委书记的时候，多给我们说说好话。"他笑着呷了一口酒，很幽默地说。

"没问题，"我道，顺着他的口气道，"省长住我家左隔壁，省委书记住我家右隔壁，我们每天都共搭一趟电梯呢。"

王永哈哈大笑起来，喷出一股浓重的酒气。看样子已经喝了不少。我说他今天好像很高兴，他笑道："是有个好事让我快办成了。"我问他是什么好事，他却笑着抿了口酒，不再说话。

有些尴尬的沉默中，我们都把目光投向电视。正播的频道是焦作电视台，放的是一个专题片，宣传的是南水北调拆迁的事——在南水北调中线工程的线路图上，焦作是唯一被工程穿越城区的城市。因为要穿越城区，拆迁自然是头等大事，听说涉及的城中村就有十三个。此时的画面上正是王褚、于村、恩村等城中村的街景特写，角落里的花木、小卖部、鳞次栉比的民房……悠扬的音乐声里，村民们的面容淡入镜头，男女老少兼有，平静和欢乐兼有，动静兼有。

接着是记者采访。

记者：你们最关心的是什么问题？

村民甲：补偿款能不能按时足额到位？

村民乙：没有地了，以后的就业问题政府会咋考虑？

村民丙：安置小区的房子不知道质量咋样？

镜头推近市政府的办公楼，特写出一个大大的国徽。画外音响起，是一个厚重沉着的男声，音质颇有央视男主播郎永淳的味道："如何让他们能因南水北调的征迁而过上比以前更好的生活，是相关的政府职能部门日思夜想的头等大事……"

征迁——念叨着这个词，我忍不住微笑。拆成了征，换得好。

一个国字脸的男人很显赫地出现在屏幕中央，胳膊放在阔大的老板台上，前方对插着两面国旗。屏幕下方淡入的一行字标明着他的身份：副市长。他的眼神稍微有些游离，显然是在瞄对面的提示板。不过声音倒是很铿锵："都说征迁工作是工程建设中的难点，我想问题的关键是要从哪个角度上去看。只要我们不把征迁工作看作是和群众利益对抗的过程，而把这项工作看作是我们服务群众的过程，看作是增进党群干群关系的过程，看作是促进社会和谐的过程，设身处地地为群众着想，深入细致地做思想工作，尊重他们的意愿和合理诉求，实现刚性政策，柔性操作，我想，我们的征迁工作就一定能做到以人为本，和谐征迁！"

"吃菜，吃菜。"王强热情地给我递着筷子。厨房门响，女人又端出一盘蒜薹炒肉片。

"喝点儿？"王永也道。

"不喝。开车呢。"

"哦，那算了。"

无话。王永手端酒杯，看着电视。我也继续看电视。此时的音乐突然轻快和紧张起来。画面上，工作人员笑容满面地来到村民家中，拿着本子记录村民的财产情况，用照相机拍照，将宣传册页分发给村民；微机室里，工作人员坐在电脑前，打开相关页面，关注网民们发表的关于拆迁的帖子和言论；律师在工作人员的带领下来到村民家，向村民出示律师证，并向村民递送相关的法律法规的册页和书籍；村委会的会议室里，村民们正在参加"被征地农民就业培训班"……

同步画外音："时光荏苒，沉淀在移民心中的是深邃的记忆。人间有情，政府奉上的是一片赤诚熨帖的心意！这些笑容绽放的诚挚，这些身影传达的深情，这些脚步丈量的意志，所有的政策和措施传达出的决心，都如一条条无形的渠道，将政府的爱民之水引向家家户户……"

接着又是记者采访。被采访的村民是一个中年男人，很瘦，眉眼都透着紧张。

记者：请问，房子的补偿款是怎么补的啊？

村民：有政策呀。你看，这上头写得明明白白的，（展示宣传页）砖混的是七百零一元，附属房是二百七十四元。俺家的是砖混的，是七百零一。其他这些附属房都是二百七十四。

记者：还补了什么？

村民：有啥补啥。有个来路的都给补。这院里的围墙，一平方补四十。要是土围墙的话是二十六块。水池一个一百六十五，门楼一个五百。一个灶是一百六十五，压水井是四百五十，有线电视费和接收器安装费加起来是二百，电话还有移机费，是一百。就连粪池都补一百一十呢。要是有牲口的话，牲畜栏一个补一百六十五。

画面一一显示：水池、门楼、灶、电视、电话、围墙……

记者：这些价钱中不中啊？

村民：中，咋不中？听说目前是咱国家最高的补偿标准了，比以前的补偿标准高出好几倍哩。

记者：您对补的标准满意吗？

村民：满意。可满意！

随后是一个城中村村支书的发言："作为焦作人，服从国家的安排，服务好南水北调的大局，这是我们义不容辞的责任！何况政府的措施这样得当，没啥可说的，搬！"

看到此处，我们三个纵声大笑。

接着说的是安置小区。画面上呈现十三个安置小区在地图上的位置，镜头推近，是十三个安置小区的全景规划图。若干群众在研看规划设计图，若干群众在研看户型，若干群众在工地现场查看建材，若干群众在看楼盘的分配表……

记者采访。

记者：觉得这房子怎么样？漂亮吗？

村民：美气得很！比老房强多了！

记者：按标准一人多少平方米啊？

村民：生活安置用房是每人二十五平方米，生产安置用房是每人十五平方米。

记者：啥是生产安置用房？

村民：就是门面房。政府为我们以后的生活考虑，除了给每人二十五平方米的生活用房之外，再给每人十五平方米的生产安置用房，到时候，我们可以做生意……

"这个还有些意思，"王永将杯中的酒饮下，说，"长远。"

"这个模式咱们村以后能不能学学？"我终于搭上了话。

"已经开始了，"王永说，"我说的好事，就跟这个有点儿关系。"

说着，他便从口袋里掏出了两张纸，展给我看。我接过来，仔细看着。标题是七个二号黑体大字《联合开发合同书》，下面是两个带括号的小字：草案。甲方是张庄村委会，乙方是焦作市湖林置业有限公司。大致内容是甲方以土地入股方式投资，乙方以项目开发所需资金方式投资，共同对张庄村的一块面积为一百七十亩的土地进行商住开发。具体方式是，土地入股定价为每亩一百二十万，一百七十亩约合两亿多人民币，乙方照着这个数额按目前建筑成本价每平方米一千九百元折合成房产交付给甲方，这些房子除了住宅之外，还有生产安置用房。

"那到时候，这些门面房都会分到每家每户？"

"当然了。按人口，每个人最少二十五平方米，"王永的神情笃定，"你想想，我们的土地肯定会越来越少，到时候没地了，大家都去干啥？去踢响屁股？"

我大笑。在我们豫北乡下，"踢响屁股"是逗孩子的游戏，就是没事儿踢孩子的屁股玩，言外之意是无聊，很无聊，无聊至极的那种无聊。

"没有地了，总得让大家有事干，有钱花。得有长长远远的事，细水长流的钱。不能光会卖地卖地卖地！你说我想得对不对？"

"对。不过，我觉得，"我说，"你们的地价核得有些低了。"

"是有些低。不过，你知道吗？"他的眼睛里有什么东西在闪闪发光，"我们这块地上有高压线呢。有高压线的地能核到这个价，可是高新区头一份儿！高压线可麻烦着呢。要是不移走高压线，开发商再大能耐，他也成不了事！你看，我这合同里写得多清楚：移走高压线是本开发项目的一大难点，约需资金九千万元，乙方应负担移走高压线的一切费用……"

我又问他学习土地流转经验的情况，他摇摇头："各地情况不一样，不好照搬。不过，总也长了见识。"他说四川成都的试点都给农民办了土地证，有的地方还允许农民把土地抵押到银行……

聊了一会儿，我起身告辞。我站起来的时候，电视里的专题片也已经到了尾声，画外音抒情得越发富有诗意："物华天宝，膏腴山川。盛世华彩，春水绵绵！巍巍太行作证，浩浩黄河作证，诸多造福千秋的工程镌刻出的例证告诉我们：离旧移新，是科学的选择，是历史的选择，也是人民自己的选择！对于他们火热的奉献和无私的付出，历史和人民将会共同铭记！"

王永和王强一起送我到门外。我回身看着王强新加盖的房子，对王永道："听说你扒你弟房子了？"

兄弟两个呵呵笑了起来，王永沉吟片刻，道："这个嘛，该扒就得扒。"

"该盖也就得盖。"我说。

"是啊，该扒得扒，该盖得盖，该拆得拆，该赔得赔……"王永点点头，"好在不是村集体的土地。集体的土地，是千万不能的。村里人也就这么点儿地了。"

"那你多费心了。好好协调一下，能让上头多赔点就多赔点。"

"那是肯定的。不单为他，还有那么多群众呢。不过丑话说到前头，能叫大家顾住本儿，少挣些就中了。世上的事，就是这，不能太过。哪条道上的理儿，都得顺……"都是些家常话，都是些家常理。我默默地听着，这些话，这些理，黯淡得如同土地。但是，我也清楚地知道，它们的坚韧，也如同土地。

在王强家的大门口，我略站了站。往西看去，没有路灯，一排新盖的房子，都只是黑黢黢的轮廓。远处有车驶来，明亮的车灯照亮了这排新房，一瞬间，我仿佛看见这排房子都被镀上了一层黄澄澄的金色。车灯过去，金色消失，四周便重新陷入了黑暗。更黑的黑暗。

我下意识地抬了抬脚。这下面，就是曾经的灵泉河么？

"看啥呢？"王强问。

"不看啥。"我说。

把车启动，我看着倒车镜里弟兄两个的容颜，虽然酷肖，但终有别，王永有一种难以言喻的朴实，王强则有一种难以掩盖的伶俐——或是奸诈。一刹那,我心中腾上一股不祥的阴影:这个王强,双刃剑,就是他。我们会使他,上头难道不会使?如果到时候上头也拿他开刀,偷偷补给他一笔赔款让他带头拆房,他未必会不听话,反正他既可得利还可以成全他哥,还可以赖八万块钱的债,还可以在我们面前装可怜……

我打了个寒噤。不会吧?不至于这么坏吧?

——可是,谁知道呢?

我甩甩头。不管他,先搁在心里,走一步说一步吧。难过的感觉再次袭来。是的,仍然是那种似曾相识的幽深难过。

十一　心　跳

我开得很慢,可是再慢,也还是看不清楚道路两边的大地。毕竟已经是夜晚了啊。这万家灯火的夜晚。

离开张庄的地界,在乔庄和张庄中间,我找了一个地方,把车靠边停下。在灵泉河的遗址上,我坐定,闭眼,一个大大的深呼吸后,我仿佛真的依稀嗅到了一股清鲜的水汽。当然,我知道,这是幻觉。只是幻觉。再也没有灵泉河了,甚至连它的遗址也将永久消失。它将会成为未来路的绿化带——对于一条河来说,这被更新的命运也还不是那么惨,是吗?

我又看看左边的乔庄和右边的张庄。两个村庄的灯光从树丛里闪现出来,看起来十分祥和、温馨,甚至有些浪漫。在不远的将来,这些村庄也会和灵泉河一样消失。无数个这样的村庄都会这样消失——我忽然觉得无法想象。没有了村庄的大地,我无法想象。不知怎的,一些很久以前的文字片段此时明明暗暗地浮进了意识,是我上师范时写的一篇词句优美的小作文,被老师批了满分,还在课堂上被当作最标准的范文朗读过,我曾为此得意过很久。老师的命题是《亲爱的××》,我便写了《亲爱的土地》,记得我似乎进行了如此华丽的排比:最喜悦的事情是秋天播种,土地如怀孕的女子;最诗意的事情是夜晚浇田,溶溶的月光在土地上铺玉流银,土地如一块时时变幻着色彩的巨大丝绸;最欣慰的事情是收获,六月的麦垛如一个个胖墩墩的小孩儿……

最后我言之凿凿地说："我真的爱这土地，一贴近她，一听到她心跳的声音，我就不想起来……"

"你们好好品品这个词，心跳，多好！土地有心跳，你们谁能想到？"老师在课堂上读完之后，曾经这么喋喋不休地夸。下课之后，有和我不睦的同学特意找到我非难："你真听见土地的心跳了？什么样的声儿？"

"跟人一样，扑通，扑通，扑通！"

"那我怎么听不见？"

"那是你耳朵有毛病！"

也有关系好的同学来问。我的答案就老实起来："没听过，也就是那么写写。"

"那怎么能写得出来？"

"想象嘛。"

我微笑。我居然曾经这么厚颜无耻，大言不惭。居然。

然而，此时，此刻，我却想为少年时的轻狂想象补上过晚的实践。我又往后退了几步，直至退到脚底松软，然后再次坐下，侧伏身，把耳朵向下贴去。向下，向下，再向下。是的，我当然知道自己很可能什么也听不到，但我还是想听一听。

天啊，听到了！我居然真的听到了大地的心跳！好像从极远极远处传来，又好像是从我的胸腔里发出——轰嗒，轰嗒，轰嗒，轰嗒！野蛮，强悍，势不可挡。如同一双穿着钢铁巨鞋的大脚在阔步行进。

一瞬间，我几欲坠泪。但是，终是没有。我很快在这声音中听出了异样的突兀和微妙的疯狂：它偶尔会静歇片刻，之后再继续响起。仿佛是一颗心律失常的心脏，一颗得了心脏病的心脏。

重新坐起，环视四周。我明白了这声音的真相——这是刚刚开始工作的电夯，是张庄的村民们夜间盖房的声响。

土地没有心跳。土地沉默。当然，也许它真的有自己的心跳：生生不息的心跳，蓬勃有力的心跳，雄浑稳健的心跳，恒定绵远的心跳。我听不见只是因为我的耳朵有毛病——对于一个聋子来说，再大的声音都归于零。

听不见的，只是我吗？

我默默地、慢慢地行驶在未来路上。偶尔有辆车相向开来，速度都非常快。但我就是不想快。我想在这条路上仔细地走一走，认真地看一看。我已经聋了，不想再瞎——在不太远的远处，忽然有越来越密集的小小花朵在暗夜中闪烁，红的、绿的、黄的，简单而艳丽。那是什么？我一点一点地靠近，再靠近，终于看清楚了，是红绿灯。

女工记

郑小琼

女工之周细灵

对于她来说　生活仅仅只是生存本身
这么多年　她无法解读报纸与新闻中
有关自己群体的痛与苦　劳累与悲伤
甚至命运的尖刻与现实的刻薄　她不知道
职业的疾病与《劳动法》的条款　这些年
她习惯把生存当作生活的本身　争着加班
或者埋怨自己的手脚慢了半拍　她习惯了
组长的咒骂与保安的搜身　她像茧一样
将自己的生活囚禁在狭小的空间　上班
加班　休息　成为她生活唯一的节奏
等待每月二十五日发工资　将微薄的薪水
寄往遥远的四川乡下　她有着的爱与欲望
被毛织制品挤掉　散落在无人光顾的角落
她用加班将自己的生活填满
空闲时她会想起

比如结婚十五天后便分居的丈夫

七个月便寄养亲戚家的儿女　屋后的耕地

偶尔她会茫然地站在窗口　朝着北方眺望

在迷茫的灯光里　她眼角含满泪水

她想回家　长大的儿女与老去的丈夫

十一年了　她都待在这个小镇的毛织厂

长茧的手指　工卡　毛织　缝盘　车位

十五针　十八针　加班费……她生活的全部

她瘦小的身躯里饱含着一个母亲的爱

妻子的爱　家庭责任　女性的柔情

女工周细灵：身高一米四七　体重七十八斤

每天加班四个小时　每月休息一天

一直整整工作了十一年　四十三岁

女工之曹涛

你的时光停留在九十年代　染发

紧身超短裙　转眼间小红已进入了

后现代　下班后的酒吧与迪厅

谈论房子与口红　品牌手袋

股票　你还在流水线车间生活

三十三岁的年龄　十五年打工生活

你还停留在十七岁出乡的感受

"南方是可以眺望的远方"　瘦弱得

像一朵不起眼的花　你羡慕邻居的

小红　"小红变得漂亮　变白了"

"她在广州　六百多块一个月

比家里男人做重活的工资还高"

你跟随小红南下

从电子厂到玩具厂　时间的尽头

是你十五年的流水线生活　你轻轻
叹了一口气　婚姻还在红灯之外
你的微笑也显得有点苦涩　拉上的
工友辞工回家结婚让你心痛一阵
"无味的生活"　你坐在我前面吐出
这个词　工业区的春天匆匆而过
"一切都是无味的"　从员工到主管
你走了十年的距离　这三年在犹豫中
生活　"回去开店有风险"　"现在
一个月也有六千多工资"　你不停地掂量
细碎地取舍　最后沉默……
"我这个年纪很难遇到合适的了"
你叹息　"小红结婚又离婚了
跟了香港人"　在办公室卡座
你潜入这个玩具厂的下午：去车间
转转　在枯燥的数字与彩色塑胶间
这些女工忽明忽亮　她们年轻而单纯
有如十七岁的你……而你的十七岁
已经消失　甚至被人遗忘

女工之刘建红

她有过太多的想法　很快又被自己否定
涉及的人与事都在消失之中　理想
似浮云遥远　她习惯幻想中的生活
比如彩票或者其他　并不固定的
情节帮她度过单调而枯燥的流水线生活
如果前面工序的男孩递过来的
不是塑胶半成品　而是玫瑰　如果下班
能回家吃到母亲做的饭　她还想过升职

譬如做不用坐在卡位上的助拉
或者更好一点　不用上夜班的拉长
虽然她知道　这些低矮的想法对于她
还是有些遥远　一条拉线　两班轮换
一个拉长　四个助拉　一百四十多名员工
她在这一百四十多名员工中并不起眼
三年前　她跟三十四个乡亲来到这里
如今仅剩四个　她习惯了打工生活
她无法感受报纸上所说的生活巨大的阴影
也没感受到电视中所播农民工的幸福生活
她上班　下班　逛街　如果再远一点
恋爱　结婚　生子　平淡的打工生活
在她的身体　有一种古老的平静
庞大的城市里　她的生活
安静得像丛林中的植物
虽然低矮却也蓊郁　有自然的平衡
她像低处的灌木有低矮的理想与人生

女工之乞讨的母亲

衰老的脸上有难以表达的言辞
破旧的瓷碗中盛装孱弱的生活
无法澄清的命运　工伤的儿子
公道与公平　尽管离她有些遥远
钞票、人情、权势腐蚀着它
她依然坚信这些神圣的词
她用古典的方式来证明公道的存在
她跑部门　工厂　她用乞讨的方式
谋生存　生存目的就是讨回公道
如此清晰而泥泞的人生

讨　成为她与这世界对话的方式
她向路上的行人伸出破旧的瓷碗
她向高大的部门递上诉的状子
碗中与纸上有着一颗母亲的心
一颗公民的心　两年了
这位来自贵州的母亲
她的声音有些苍凉
她的面容如此坚定

手记：失踪的女工与寻女的母亲

我见到无数个母亲来这边，有来到陌生的地方帮儿女看小孩的母亲，也有找工作的母亲，而我记忆最为深刻的两位母亲，一个为工伤的儿子讨公道的母亲，另外一个寻找自己女儿的母亲。

我在工业区的小商店买水的时候，遇到了一位老年妇女举着一个红色的牌子在道路上走着，她头发凌乱，显得十分疲倦。她见到路上每一个人都会问："你们有没有见过这个人？"她指了指牌子上的女孩，是一个年轻的女孩，二十多岁，披肩长发，河北人，纸牌上写着："马红英，你妈来东莞常平了，如果你见到后，请速找妈妈，妈妈的电话——"她在十字路口上待了一会儿，很快，有一大群人围着她，看那块牌子，议论着。她说她女儿的头发很好，有点胖，她女儿很聪明，读过大学，她女儿自尊心很强，她不断地向围观她的人说着她的女儿。她从口袋里掏出一封信，她跟我们说，她女儿三个月前写信告诉她，她在常平一个工厂里上班，叫他们不要担心她，现在工厂工资不高。我接过信封，信封上只有收信人的地址、姓名，而寄信人的地址仅有"内详"的字样，这位妈妈是从邮戳上得知女儿在常平，红色的邮戳印着"常平——06"的字样。这位母亲不断地说着女儿在常平的工厂里，有人劝她这样很难找得到的，常平很大，有数千家工厂，几十万人。她告诉围观者，她准备每天找一个地方，又说拜托大家，如果见到这个女孩，打电话告诉她。我说可以在网上公布一下，现在网络相当发达。她说好，然后走了。第二天，我又碰到了她。她说她回去问了儿子，还是不能在网上公布，怕老家那边人看到，女儿很没面子，又说起她女儿很要强，要是她知道家里人以为她丢了，还找，她肯定会寻短见，她闺女以后还要活下去。"我都不敢跟人家说是来找闺女，我跟人家说是去广东看闺女。"她问我有没有别的办法，我说贴一些寻人启事，这些年在东莞的大街上，我经常看到这样的寻人启事，贴在墙上、电线杆上、车站等地方，她说贴过了。我知道这些寻人启事犹若大海捞针一般，但是我知道还是有人捞到失踪已久的亲人。一周后，这位母亲再次找到了我，说她要回家了，然后给我留了一个电话，说如果碰到她女儿，跟她打一个电话。

如今，四年过去了，我也不知道这位母亲找到女儿没有。而这些年，我遇到无数从家里过来的母亲，她们年纪都在五十岁以上，她们一直生活在乡村，也没有外出务工的经历，她们偶然来到这边。看到她们，我想起自己的母亲。

女工之王海燕

涂上道德与伦理的箭镞从你的肉体上
穿过　它们的尖锐无法将你刺伤
人生不断滑向某种悖论
意外的事情出乎自己的想象
用老套的故事来约束新意
你又更换了男性　你不停地
给远方的丈夫倾诉思念　给家乡
邮寄母爱与孝心　愧疚不能
束缚你出轨的肉体　像意外的邂逅
也像不期而遇的雨季　酸涩而灰暗
事实上　更像屋后的苔藓
在阴潮的体内生长　如同春天的树木
种子　欲望　道德　爱　怜悯
它们被命运隔得如此远——你爱着

却不断地背叛　肉体中沉睡的野兽
伸出毛茸茸的爪子挠着孤独的心灵
它将所有道德的栅栏抓烂　"最后一次"
你不断地告诫自己　终究不是最后一次
你不断地选择离开　从中山到深圳市
到东莞　再到惠州　从五金厂到电子厂
到塑胶厂　十年了　你孤零零地漂着
像无根之萍　在欲望的池水中荡漾
丈夫在另一个工厂　一月难见一次
女儿在千里之外　每次背叛
你都会想起他们　顿生愧意
你不断回忆平淡却美丽的家庭
在中山打工四年　从相亲到结婚
十六天时间　然后各自回到工厂
生子　休息半年　再次返回
深圳三年　因为声名狼藉离开
东莞两年　因为声名狼藉离开
惠州一年　也将声名狼藉……
每次离开　所有拉线组长都叹息
"又走了一个老实的熟练员工"
你说不清为什么十年辛苦地工作
没有一个能安顿疲惫的灵魂的家
"一切命中注定"　你继续与丈夫与孩子
各在一方　思念与爱也终究不能
解决肉体里伸出的毛茸茸的爪子

女工之蓉蓉

生活　饱含着秘密　前后的悬崖与深渊
脚下的暗流潜涌　你用身体打开枯叶

却依旧没有遇到收获的秋天　你小心翼翼
用肉体饲养着都市的欲望　从低矮发廊
到辉煌的桑拿浴室　你感觉阴冷潮湿
一颗善良的内心在黑暗中找到倾诉的地方
年轻而幼稚的脸上　像两朵花的脸颊
有秘密的酒窝开放　桑拿室里雾气腾腾
你看不清楚自身　衣冠楚楚的先生
脱下西装　露出肮脏而臃肿的躯体
她瘦小的身体无法适应他们隆起的肚皮
人兽混淆的浴室　她微笑　低语
曲线　短裙上158号的牌子　她的名字
是娜娜　红红　蓉蓉
摇晃的臀部与不安分的乳房
她保持着美好的身体　简洁　丰盈
青蛙似的男人有恃无恐
将手停在她隆起的部位
将她压在身下……她已习惯了这种生活
其实你更习惯名字是子墨　有着书卷气息
就像你喜欢穿越小说
在QQ里用子墨与人聊着
《三体》刘慈欣　有时你会在群里谈论着
刘小枫与他的书籍……这些在我看来
离你有些遥远　"这是一个现实的世界
做什么都需要钱"　一会儿你又在抱怨
"我是一个坏人"
"是技师，你会不会看不起"
你的真名　年龄　外出几年我都不知
我们的话题是电子厂　发廊　桑拿房
书籍　雾气蒙蒙的人生……

女工之阿艳

这么多年　我已经习惯了许多人
用无法理解的方式生活　比如卖淫
抢劫　乞讨　行骗　对于你
我无话可说
我又能说些什么　十七岁出乡
电子厂　外省男孩　恋爱　怀孕
然后是销声匿迹的男友　挺起来的肚子
在腹中生长的生命　不知所措的担忧
生活对于十七岁的你犹若巨大的伤口
在发炎　在疼痛　你闻到腐烂的味道
刺在喉间的味道　"生活总会有办法"
她如此对你说　"女人总会有办法"
她们这样说　虽然你不认为自己
已走投无路　"路总会有的"　她们
安慰着　尽管你不耻于她们的职业
但腹中的生命
日益长大　你出厂　住进她们的房子
没有理发工具的发廊　等候十月分娩
这个孤零零的小生命最终没有跟随你
他　一个七斤多重的婴儿换来一万块钱
"营养费"对于你来说　是精神的营养
或是肉体的营养　怀胎十月的结晶
不知所踪　有人说送到了潮州
也有人说是湛江　茂名　抑或在隔镇
当你平静地叙述这一切　我和你仿佛
隔着一个世界的距离　虽然我们属于
同一个世界　我也能理解你现在的

职业　比如眼影　嘴间叼着的香烟

或者满嘴脏话　一万块　小孩　男性

营养费……它们构成玻璃或者墙

将我与你隔在陌生的世界中

"生活总是快乐的"　你叼着烟

用修长的手指甩出一张麻将牌

你仿佛在说别人的故事

涂满厚妆的脸　我看到白色的冷漠

没有表情　也没有忧伤

手记：阿芹与阿艳

在二〇〇六年，我离开工厂之后，有一次因为感冒去东坑医院，碰到了我以前在黄麻岭那个工厂上班的同事，她去东坑医院做人流手术。我们交谈了几句，跟她一起的也是我以前的工友，医院里做人流手术的人很多，那另外一位工友说，大医院里做人流手术要排很久的队，没有在小诊所做得快，然后说某某就是在小诊所做的，很快也很方便。那个要做人流手术的工友说，小诊所不好，她说C车间有一个女工在小诊所做的，第一次清宫未净，刮了两次宫，后来感染了，估计以后没生育能力了。那个陪她一起来的工友说，好多是小诊所里面做的，她出问题，是她的运气不好。

她们的对话让我想起了我可以做一个有关这方面的调查，我从卫校毕业，学的是社区医学，了解一些简单的医学常识。我花了半个月时间做了一个小型的"女性生殖健康和人流"的调查，我当时找到十五个曾做过人流手术的女工，她们是我托工友、老乡们找到的。这样私密的事情，大家都不愿意说，找到十五个愿意说的女工我费了很大的力气，我告诉她们，我不会写她们，只是好玩随便问一问，也不会把她们的姓名等信息透露给别人。受访的十五个有过人流经历的女工中，有十一人是在不具备医疗条件的小诊所进行的，只有四人在正规医院做的人流手术。我有点吃惊，在这之前，我没有想到比例有如此之大。

在工厂还有一些人因为害怕，或者其他原因，没有去做人流手术，比如我写到的两个女工，一个叫阿芹，一个叫阿艳。阿芹是我以前的同事，她把小孩生到厕所里，后来离开那个工厂，从此再没有了她的消息。她不是跟我同一个车间，也没有在同一个班，我上白班时，她上夜班，我上夜班时，她上白班。我不认识她，但是我以前同宿舍里有一个她的老乡，是她告诉我阿芹的情况。我一直想了解出厂以后阿芹的情况，但是没有找到，她消失在茫茫的人海中。大约在二〇〇七年，我在桥沥一个五金公司做业务员，租住在南门的城中村里，在我的楼下对面有一个小发廊，发廊里有一些出卖肉体的女子，阿艳是其中的一个。阿艳以前在工厂打工，跟人恋爱，怀孕了，然后生了一个男孩子，卖掉了，一万块。我听到很吃惊，有时站在楼上，看着阿艳她们谈笑着，好像一点事情都没有发生。从工厂出来之后，阿艳去了酒店，然后被一个台湾人包养了一年。一年之后，不知什么原因，就待在这个小发廊里。每天看到阿艳，我就会想起我的同事阿芹，我不知道出工厂的阿芹会不会走上跟阿艳同样的道路，我一直告诉自己，阿芹应该不会。

我又想到那些在小诊所做过人流手术的女工来，她们现在生活得好不好？

女工之曾国香

我们曾经工作过的工厂已成灰烬
在断瓦残垣间　记忆像幽灵穿过
我曾不断描述的花园已荒芜　冷清的
凤凰大道连同干枯的夕阳照亮宿舍楼
生锈的窗户　我曾在这里生活两年
我离开这里有多年　它们时常和你
出现在我的梦里　我不知你去了哪里
但是你又能去哪里
这个工厂给了你家庭　乡下的楼房
让你成为一个孝顺的女儿　有出息的人

我们有相同的背景　你从江西
来到这个工厂　从流水线的装配工做到
最底层的管理员……助拉　你花了六年
这个时间对于别人来说可能有点长
你依然感觉自己是幸运的　不必
一天待在卡座上　有了走动的自由
这点点距离　对于你来说　像一个时代
在结束　另外一个时代的开始
我一直在假设　如果时间再久一点
你也许还只能待在这个位置上
就像你认识所有零件　能说出它们的名称
却无法在纸上写出它们　你能叫出拉线
所有员工的名字　却无法记录下她们的姓名
工资　缺勤等　很多次　我发现工资条上
你连自己的名字　都会少一笔或者多一画
在这个流水线的工厂　四处都充满了怨言
比如辞工　比如自动离职　比如换厂……但
这一切　对于你如此遥远　你很满足于
现在有七百四十块的工资　从一九九六年
到二〇〇三年　这些微薄的工资
让江西的楼房建起来　兄长也娶到媳妇
你从十五岁的小孩到二十二岁的姑娘
有时候　你的老乡会说起你刚来流水线的
往事　比如手脚太慢　急得拉尿在裤子里
比如晚上梦中双手还重复着拉线的动作
你的笑容与明亮的眼神　都让我感觉　打工
并非像我诗句中描述的　只有痛苦与悲伤
我们分隔已经有很多年　我不知道
你回了江西　还是继续在这个城市漂着
我时常会记起每次签名你都会躲得远远
憋红着脸　因为姓名没有写好而羞涩

女工之延容

生活是日常的琐碎　充满油烟味
暴力与思想是偶然的调味品
被抢劫的暴力你已忘记　我还在
思想的阴影下挣扎　你每次都说我
活得太累　"为什么去想那些事情"
"又不能改变什么　还让人头疼"
是的　在这个冷漠的世界　我们
如此弱小　这么多年　人们读着
我诗句中的愤怒与悲伤　戴上
奇怪的帽子　其实对于思想与政治
我一直漠不关心　但是对于正义
我无法视而不见　对未来要有眺望
尽管你一直抱怨工厂的中层干部
处事不公　有时会贪污谋私……最后
你总会叹一口气说"可惜上面的老板
不知道这些　不然的话……"为了不让自己
绝望　你对无法接触到的老板保持
善良而美好的想象　直到老板卷款逃跑
面对拖欠三个月工资你有些茫然　无论是
被抢劫或者受骗　我们对世界充满
热爱与信任　从安徽到东莞　整整六年
你不断换厂　从东坑到常平　到黄江
我们总相隔不远　QQ上有你闪动的头影
你会不断地告诉我一些事情
比如工厂的倒闭　订单的流失
你还跟我说你的老板　因为经济危机
而佝偻下去的背影　你说你看到他

想起自己面对歉收的庄稼的父亲

女工之黄娜

"人生在跋涉中"　你写下这句话时
很长的路还在脚下延伸　"奔跑的阿甘"
十六岁跟小姐妹们挤上南下的列车
你睁大着眼注视陌生的一切
塘厦某间黑玩具厂里　一个月三十天班
一百六十块工资　十二小时
或者更长的加班　清水白菜　所有的人
都充满怨言　你内心也有莫名的悲伤
"这是一门技术"　"打工不仅
要赚钱　最重要学技术"　它们成为
你热爱工作的理由　比如喷油
或者调色　半年后　黑工厂倒闭
你和你的姐妹从禁锢了半年的工厂
逃出　你已是熟练的喷油女工
第二份工作　三十多人的台湾厂
准确地说　是某个大型工厂的
某个工序　台湾女老板告诉你
"人生经营"的哲学　"生活要
盼望点什么"　"态度决定人生"
它们不仅是黑暗中的灯笼　更像
孤独道路上的月亮　它柔和的光线
正适宜于你的人生　不太淡也不酷烈
第三份是自己的事业　你接手台湾人
三十多人的小厂　喷油的工序
跟四个人共租一幢楼　四楼的毛织
二楼的电子　一楼的五金　三楼是你的工厂

第四次　二百多人的塑胶厂　数千平方厂房
那年你二十五岁　《阿信》是你常看的电视剧
如今电视上泛滥起中国式阿信的剧集
你仍然认为乡村的阿信　那微笑
并非城中闺秀所能具有

手记：黄娜及其他

打工的生活，有悲伤也有喜悦，有希望也有绝望，我的情感是复杂的，一方面，它带给我内心的疼痛，比如我遇到的工伤、失业、歧视、白眼……如果从另外一角度来询问自己，如果不出来打工，又能做什么？当我们不断地谈论着打工生活的苦难时，比如血汗工厂的问题，现实中却是不断地有人拼命往血汗工厂挤，是因为乡村贫困、缺乏活力、愚昧而保守……我们需要进城，需要寻找更好的未来。在血汗工厂以尖锐之刺将我刺得疼痛与血汗农村让我麻木迟钝之间，我宁愿选择前者，因为前者还有一个想象的未来，而这是农村无法给予的。打工生活带给我内心的疼痛也带给我成熟的喜悦，我有时候对我打工的城市又恨又爱。我常常说，如果不是打工，我肯定不会写作。有一次，我碰到了我的一位同学，她很惊讶，我怎么会写作，在学校，我并没有这个爱好。是的，如果不来东莞，我也许会和我很多同学一样，在乡村卫生院找一份工作，生活稳定而简单，或者一直失业，然后找一个人嫁了。其他的也许不能假设，但是我肯定不会写诗。想到这些，我会对这个城市充满感激，感谢这段生活给予我的一切，无论它是眼泪或者笑容，无论是耻辱或者荣幸，就像我们无论什么时候，必须感恩生活，感恩尘世带给我们的一切，这种感恩并不是意味我要丧失自己应有的立场。当我深入城市的内部，去底层感受着这个城市带给他们的疼痛、不公平，这个城市扭曲的价值与现实，我对这个城市充满着的依然是强大的愤怒。

这么多年，有无数个像我一样的年轻人，来到这个城市寻找梦想，他们有的失败，有的成功。比如杨美丽、何玲，当我见到她们时，她们也跟我一样假设着，她们不来东莞，她们也许只能重复着像她们母亲一样的命运，在乡村，过着贫穷而潦倒的生活。她们都在用同一个句子表达她们的复杂情感，"不能想象"！生活从来没有假设，但是很多时候，我们却不断地假设着，成为安慰自己的借口。

也许我终究无法适应这个城市的成功者的法则，或者赤裸裸的商业法则。比如在月婷的办公室，在我跟她交谈时，在她对下属变脸的瞬间。我心中充满了感慨，我有时怀疑这种生活上的成功值不值得我去追求。那天阳光很好，当月婷骂完那个下属，跟我交谈时，好像感觉到我的态度，她又微笑着："唉，没有办法，我也不想这样，但是她们笨死了。这些打工仔……"然后她数落她嘴中的打工仔的偷懒等恶行。当她说着这些，在那一刻，我觉得我们有着清晰而巨大的差别，我只是她嘴中所说的那些打工仔的一个，而她只是曾经的打工仔，此时，我们站在两个不同的立场之上。我在打工生活中遇到了很多类似月婷这样的老板，我曾经如同她的下属一样，被上司训得暗自流泪。作为制造业为主的城市，我理解充分市场化的制造业加工厂的艰难，比如原材料的上涨，用工成本的增加……这一切给月婷这样小加工厂造成相当大的压力。我现在只是想表达"理解是一回事，感受是另一回事"。更多的时候，我更在意我的直观感受，这种直观感受带给我的立场。我依然会坚持着我自己的立场，也许很多时候，在别人看来有些偏激，但它的确是我真实的感受。那天从月婷的办公室里出来，阳光很好，南国初秋的阳光是那样的辣，晒得人生生地疼。

无论是黄娜或者美丽，跟她们交谈，她们总会笑我的书生意气，你是书生，不知商业里的规则。我不知道商业里的规则有哪些，也许六年前，我在宿舍学会了一个叫碾轧的词，无论是底层女工宿舍，或者在我生活的更为底层的城中村，哪怕就是在一群娼妓之间，或者是在月婷、何玲等人的商业规则中……我感觉碾轧这个词带给我内心的阴影，它像一台巨大的绞肉机一样，将我们碾得血肉模糊，将我们的内心、灵魂碾得破碎而坚硬。在碾轧中，我憎恨而厌恶，我宁愿自己破碎，但仍然坚持骨头的美丽。其实这个立场，我在散文《铁》有过清晰的表达："我知道打工生活的真实不仅仅只是像我这样在底处的农民工，同样还有一些在高处的管理层，但是我无法逃脱我置身的现实，这种具体语境确定了我的文字是单一向度的疼痛。"这个单一向度的疼痛，是我自己的立场。

我对于何玲、月婷等人的感受依旧这样，我的这些诗歌里只是很中性去描述她们的人生。但是当碰到月婷对她下属的态度，我不能不写出来。

女工之郭年群

十一年了　你杳无音讯　在人间消逝
你的丈夫　家人　儿子相信你仍然
活在某个角落　或者某天会突然回来
你留在我记忆中的仍然是村庄里
那位年轻的时尚女孩　我还小
背着书包经过你家门前　你站在门口
红色风衣　口红　高统靴子　染黄的短发
你是我暗羡的对象　美丽而高贵
对于一个乡村女孩来说　红色的风衣
高而修长的身体曲线　在你的家里
有你海边泳衣照片　裸露的身体让少年的我
第一次感觉到了身体的美丽　尽管我局限于
乡村的道德　羞于承认　而有关你的传言
卖淫　跟着无数个男人　我不愿相信
我更相信你十五岁去城中做保姆
十七岁下深圳　电子厂的员工　洗头妹
按摩女　酒店的迎宾　商场的营业员……
你的每次回家　都让封闭的乡村有活力
比如大海　岛屿　让年幼的我充满了幻想
你婚后不安于种地　对于生活
充满了眺望　最后一次见你
大约十一年前　我刚毕业　你三十二岁
但是我的眼里　你依然年轻　充满活力
我们有过短暂的交谈　"读书好　我就是

没有读书"　你眼里充满了忧伤　再后来
整个村庄没有了你的消息　有人说被拐卖
到边远山村　那里音信不通　有人说
可能死于非命　还有人说……
这些年　经过工业区　我遇见无数
张贴在电线杆的寻人或尸体辨认启事
那张张模糊不清的年轻女性面孔
总让我想起你　我像你的亲人坚信
也许某天　你会和往昔一样
花枝招展地回家　带来外界的消息

女工之黄清

你厌倦了不自主的生活　二十七年的
丈夫　家庭　儿子……对于现有的
一切　并非出于你自己所愿
婚姻只是一场骗局　这么多年了你还
如此认为　你肉体的生活与灵魂的生活
在现实中被迫分离　贫困　闭塞
让你的生活丧失了想象的色彩
灰暗阴郁有如贵州的深山　很多
与你同样不幸的女性　被迫地慢慢
适应命运带来的不幸　你将爱与梦想
藏在内心最隐蔽处　它们像枯涩的胡杨
等待水滴　然后焕发重长
在三十多人的五金厂　他来自
四川　矮小　瘦削　一米五的个头
七十多公斤的体重　有过一次无法
说清楚的婚姻　一个小孩过继给
没有子女的兄弟　现独身　你来自

贵州　身高一米六　体重一百三十多斤
已婚　但没有结婚证　丈夫
一儿一女　都已长大……一对恋人
出乎所有人的想象　尽管我能
接受各种各样的爱情背叛　但是从你臃肿的
身体里溢漫出的爱与背叛　它仍出乎
我的意料　它决绝而坚韧　像尖锐的
石头刺向我对生活固有的观念与道德
我曾阅读《一个女人一生中的二十四小时》
女性雪崩般冲动的本性与激情似乎与你
有着太多的距离　我已习惯于对中国
中年妇女的想象　对生活忍受　热爱家庭
而你超出所有人的想象　跟他
回四川简阳的乡村　种地　收割庄稼
像许多中年妇女一样　爱情对于你
是一种奢侈　生活会从暗处伸出手
捉弄着我们　啊　这就是不可测的命运
他　死于一场莫名的疾病　没有任何
征兆　你在四川　独自一人　下落不明

女工之胡蓉

胡蓉的工位在我的前面
她的工作是将抽手从塑料架上取下
将白色的弹弓装在抽手的卡位
她喜欢蓝色的　咖啡色的　黄色的……抽手
她厌恶黑色的抽手　她像银白色的
抽手一样光亮　闪烁高贵的光泽
她眼里有无限的忧伤　像秋水间的
白荻茫然地摇曳　白色筒式工衣

将她的美丽囚禁　胡蓉来自陕西
米脂人　胡蓉是拉线上的天仙
生活将她的美丽压得很低　她咳嗽
头晕　她瘦瘦的肩膀上　担着
生活的脸　现实的脸　她喘气
她用她的身体反抗贫穷生活
她微笑　她涂上口红与指甲油
她穿着紧身裤　勾勒翘臀与腰肢
弯腰时会露出一截臀沟　吊带裙
将两个乳房露出半边　黑色的指甲油
闪烁金粉的光泽　脸上的胭脂
遮住她的表情与时代的表情
她成为工厂男性的公共情人
保安或者厨工　维修工或者附近的商人
都知道她是一个兼职厂妹　下班的厂门口
总有找她的男人　她无法记住他们的身份
湖南人　湖北人　江西人　四川人或东北人
他们是商人　小贩　主管　技工……干净的
不干净的　斯文的　不斯文的……
他们将某个器官进入她的身体
留下肮脏的液体和纸币
更多的时候　我看见她站在寒溪的桥头
看着污浊而腥臭的河水　旁边是市场　政府
学校……一群如同她一样的女工
她们年轻的身体　躺在陌生的床上的叹息
她们长满茧子的手　被弹弓刺伤的手
被塑胶磨损的手　被五金刮伤的手……
一双双迷茫的手

女工之跪着的讨薪者

她们如同幽灵闪过　在车站

在机台　在工业区　在肮脏的出租房

她们薄薄的身体　像刀片　像白纸

像发丝　像空气　她们用手指切过

铁　胶片　塑胶……她们疲倦而麻木

有着幽灵一样的神色　她们被装进机台

工衣　流水线　她们鲜亮的眼神

青春的年龄　她们闪进了

幽灵般的潮流中　我无法再分辨她们

就像我站在她们之中无法分辨　剩下面孔

皮囊　肢体　动作　面目模糊　一张张

无辜的面孔　她们被不停地组合　排列

构成电子厂的蚁穴　玩具厂的蜂窝　她们

笑着　站着　跑着　弯曲着　蜷缩着

她们被简化成为一双手指　大腿　动作

她们成为被拧紧的螺丝　被切割的铁片

被压缩的塑料被弯曲的铝线被剪裁的布匹

她们失意的　得意的　疲惫的　幸福的

散乱的　无助的　孤独的……表情

她们来自村　屯　坳　组　她们聪明的

笨拙的　她们胆怯的　懦弱的……

如今她们跪着　对面是高大明亮的玻璃门窗

黑色制服的保安　锃亮的车辆

金灿灿的厂名招牌在阳光下散发着光亮

她们跪在厂门口　举着一块硬纸牌

上面笨拙地写着"给我血汗钱"

她们四个毫无惧色地跪在工厂门口

她们周围是一群观众　数天前　她们是老乡
工友　朋友　或者上下工位的同事
她们面无表情地看着四个跪着的女工
她们目睹四个工友被保安拖走　她们目睹
一个女工的鞋子掉了　她们目睹另一个女工
挣扎时裤子破了　她们沉默地看着
跪着的四个女工被拖到远方　她们眼神里
没有悲伤　没有喜悦……
她们面无表情地走进厂房
她们深深的不幸让我悲伤或者沮丧

女工之钱玉芬

她矮小　沉默　年轻人不愿意与她交谈
她孤独　笨拙　她蹲在黑幽的盆盒边
她脚步很轻　再轻　悄无声息
像年老的幽灵穿过车间　她将灰色的工帽
压得很低　遮住她脸上的皱纹　她眼里有
母亲般的慈祥　闪烁一下又熄灭了
她从她们的眼里看出了不屑　"那个年老的
清洁工！"　她们不跟她说话　用"喂"或者更为
简短的词称呼她　她衰老的面孔
微笑时露出的黄牙　她有时会站在她们身边
倾听她们的交谈　她不插嘴
只是静静地听　她们看见她过来就离开
更多的时候　她坐在某个角落小憩一会儿
她沉默　她微笑　时间不断地收缩她的身体
她来自于安徽　却说着河南方言
年龄像身体里敏感的器官　脆弱而自卑
她经过我的桌边　我跟她微笑　她停下

跟我交谈　"有两个儿子　一个在中山
一个在深圳"　"老公在附近的工地"
她跟我说起她的两个儿子　她跟我说起
两个儿子的女朋友　一个湖北人
一个福建人　她还在唠叨　她不喜欢
来自湖北的未来媳妇　不节省　没有礼貌
乱花钱　两个人打了五年工　没有存一分钱
然后她说福建媳妇的好　嘴甜　会叫她妈
每次来看她都买了水果　她的脸上
露出幸福的笑容　有几次
她说到开心处会对我说　我给你看看
福建媳妇的照片　她从身上摸出手机
打开盒盖　我看见一个女孩的照片
一张被精心剪裁的照片　相片中多余部分
剪去　剩下一个手机那么大的女孩子相片
卡在手机的电池与盒盖间　她小心翼翼地
取出照片　说起她这个懂事的儿媳
那照片紧贴着她的身体　有着她淡淡的
体温　她跟我说起她的未来　她还要
打几年工　"两个儿子在乡下要建
两幢房子"　"我和老伴还要苦几年"
"现在世道好　还是能挣钱"　她跟我回忆起
她贫穷的往事……她又走开　去扫地
她说在工厂没有人跟她说话　她开始
抱怨她老了　她说在这个工厂她做了三年
她　弯下腰来　擦着绿色的地板
她低着　躬身　显得有些孤单
衰老　充满力量　却显得有些笨拙

女工之凡慈香

我被这些突然而至的忧伤击中
掀翻的三轮车　砸碎的玻璃　划开的轮胎
连同三轮车后面　张贴的性病医院广告
都被灰色的大盖帽敲烂　它们豁开着嘴
像无声的尖叫　它们疼痛地
躺在柏油马路上　她趴在地上哭泣
皱巴巴的衣衫与乱糟糟的头发　扭曲的钢圈
她用手指紧紧揪住绿色的车架　她衣裳纽扣
被扯掉　露出白花花的腹部　她的手背
渗着鲜血　砸烂的三轮车疼痛地躺在地上
她那么伤心地哭泣　我痛入内心
这个叫凡慈香的女人　她来自河南
四十五岁　蹬着三轮车　我的邻居
她浓重的鼻音似压抑着喘息的生活
多少次　我看见她在异乡的秋风中
哼着小曲　车后面是她的两个孩子
她弯曲的身体里饱含着
粗糙的爱　她拐过铁皮房狭小的小道
颠簸的车轮像她的生活　阳光照在
她的脸上　黝黑中透出一股红
像她艰辛生活的光亮　现在我忧伤地看着她
我知道这样的事情每天都在发生
散落的三轮车　拦截下来的摩托车
倒在地上的凡慈香们
我啊　无法感受到大盖帽下的通知
禁止　没收　罚款……感受它们像针
扎得隐隐作痛　在心灵的深处

她们被暴力掀倒在地的车轮　空荡荡的
像无声疼痛的叫喊　啜泣
从凡慈香喉间发出

手记：城中村的邻居们

在常平，有一段时间，我租住在老瓦房的城中村，一间阴暗而潮湿的十几平方的房间，没有床，两个长凳搭上几块木板，木板还厚薄不同，一个煤油炉，一个油腻的门窗。在城中村遍布各种各样的人，有小贩、三轮车夫、补鞋匠、中年妓女、清洁工……我每天很闲，如果不外出跑单，就闷在房里看书，有时跟她们聊天，家长里短，她们年纪都比较大，看见我满屋子的书，说我读了书，应该去找一个在办公室里的工作，那样工资高，也轻松。那个叫凡慈香的女工还跟我说，她有老乡在工厂招工，帮我问问看。她很热心，四十五岁，河南人，有一双儿女，也在工厂打工。她们告诉我她们的故事。比如菜贩刘芳说，她原来想进毛织厂，结果没有技术，年纪又大，工厂不要，就只好贩点菜卖。有时，我跟着她骑着车去常平木伦市场批发蔬菜，晚上七八点左右，在木伦市场有很多从外地运来的蔬菜批发，货车装满了新鲜的蔬菜，摆得整整齐齐，批发价很便宜，有时，低得我不敢相信。刘芳拖着平板车，去跟批发菜的人砍价，我站在旁边听着。有时我会问她，为什么这么便宜都不赚钱，她会跟我算要交多少钱给市场，要付摊位租金，转下来摊位需要转让金，这样算下来实际也没有多少钱赚，我无言。

我在那里生活了半年多，听到她们很多故事，比如补鞋匠与黄娇兰的婚姻。年老的湖南补鞋匠戴着黑色的老花镜，他六十三岁了，对生活充满了信心，他的妻子死于一场车祸，他说到现在还没有找到凶手，他经常去派出所与交警队，但是没有人关注这些。然后他开始抱怨起来，说这世界没有公平，如果有点关系，肯定能抓到凶手，或者说有钱也行。他说起他妻子被撞死的往事，眼里布满了哀伤，他肮脏的手从油腻的掌鞋机上抽出，擦擦眼角，此时他全然没有五分钟前那种对生活的信心。在言谈中，他也被现实纠结着，比如他会说起他小儿子不务正业，经常换厂，有时候跟一些不三不四的女人勾搭在一起，说这样下去怎么行，充满了担忧。有时他又会说，在工厂里老老实实地打工也存不了多少钱，一天累得要命，结果还是两手空空。然后又说起小儿子，什么正经事都不做，居然也活得好好的。最后总会归于叹息，说一声"世界就是这样的"。我常常去那个鞋摊，有时会碰到老鞋匠的搭伙人黄娇兰。他们来自同一个市，不同的县，都是湖南娄底人，那里是湖南山区。黄娇兰丈夫去世了，自己带着两个儿子一个女儿打工，来东莞十几年了，以前在毛织厂查衫，后来年纪大了，眼睛不好，便做起了厨工。黄娇兰比老鞋匠小九岁，她的两个儿子不听话。大儿子在工厂做养不活自己，而小儿子，十年前跟了一个江西女孩子，未婚却生育了一个小孩，三年前分开，把小孩子留给了黄娇兰；现在小儿子跟一个河南女孩子再次恋爱，也是未婚便生育了一个小孩，在宁波那边打工，很少过来。老乡把他们介绍在一起的时候，对黄娇兰说，老鞋匠做了十四年鞋匠，应该存些钱，也不需别人养老的。老鞋匠租了一个老式的房子十多年了，黄娇兰有三个孙子跟着她，如果跟了老鞋匠，不用租房子，老鞋匠也顺便帮她看一下孙子。介绍人跟老鞋匠介绍黄娇兰时，说她在工厂打工，三个孩子都已成家，没有负担，自己赚钱自己用。两个人就这样搭起了伙，没有结婚证，就是把老乡叫过来一起吃顿饭，便成了半路夫妻。搭伙之后，黄娇兰才发现老鞋匠并没有介绍人介绍的那样好，老鞋匠喜欢喝酒，常常喝醉，醉了就胡言乱语，有时摔东西。老鞋匠发现黄娇兰两个儿子把三个孙子丢给黄娇兰，但是从来不管，孩子花的钱还需要用老鞋匠的。有时，我经过老鞋匠的门口，看见他喝了酒，骂黄娇兰的两个儿子。但老鞋匠是善良的老人，对黄娇兰的三个孙子不错。有一次，我看见黄娇兰七岁多大的孙女在帮老鞋匠的忙，便问她回没回过湖南，她一脸茫然，问她爷爷对她好不，她抬头望着老鞋匠，说："爷爷，你说呢？"然后跑开了。老鞋匠说，小孩子什么都知道，这孩子聪明。我们又聊起了这三个小孩子，老鞋匠说，他们父母没有打结婚证，小孩子也没有上户口。从老鞋匠的口中我才知道，老鞋匠自己的小儿子也没有打结婚证就生育了小孩，小孩没有户口，也不准备去上户口。我问老鞋匠，没有户口如何读书，如何办身份证？他笑着说，现在读书上民办民工子弟学校，也不需要户口什么的，有钱就行了。我说初中毕业不能上高中，也不能考大学。老鞋匠说，考大学有什么用，读过初中就出来打工，读完大学还不是要打工，反正都一样。然后老鞋匠又说哪个工厂大学生工资还没有没读过大学的工人高。我说没有户口，不能办身份证。老鞋匠说，办一个假证，找老乡熟人介绍进工厂就行了，再说等他们长大了，我早死了，还管得这么多。然后老鞋匠告诉我又不是他们一家这样，这样的人很多，像老鞋匠与黄娇兰，他们出来打了十几年工，孩子也是在这边长大的，对保留着户籍的故乡，早就没有多少概念，年轻人的婚姻就是合得来就一起过，合不来就分开，生育了小孩就养着，到了读书的时候，送到民工子弟学校，大部分读几年书就辍学了，进工厂，或者找老乡学技术。当黄娇兰的孙女走过来的时候，我问她喜不喜欢学校，她说，不好玩，为什么喜欢？她明亮的眼神没有一点多余的话，而我的内心却有着一种无言的悲伤。我不知道，我们的户籍制度会不会改变，也不知道老鞋匠口中聪明的孙女的命运会如何，而我看到的是一种可怕的世袭贫穷。而就我的了解，有许多像黄娇兰的孙女的农民工子弟，他们读着一学期一门功课都需要换三四次老师的民工子弟学校，他们没有户口，大部分初中毕业或者没有毕业就出来打工了。

在常平遍布着酒店，有着许多从事肉体交易的女孩子，她们租住在公寓里，离酒店有一段距离。街道上有许多化妆间，每到黄昏之时，那些女孩子从公寓里出来，去化妆间化妆。化完妆后，她们便叫上一辆自行车，或者人力三轮车、的士去酒店，而人力三轮车价格相对便宜，路程也不远，五块或者三块钱，成为这些女孩子最好的选择。我的邻居凡慈香便是这样一个骑三轮车的女工，她四十多岁，身体健壮而肥硕，踩着三轮车在大街上拉客，傍晚出去，一直到深夜回来，跟在酒店里做的女孩子一样。她来自河南，认识几个在酒店里出卖肉体的女孩子，她每天都接送她们上下班。她的小孩在河南读书，老公在附近一个工厂做搬运工。她租住在城中村里，离接送女孩子上班的酒店有十来分钟的路程。因为东莞禁摩了，也禁止三轮车上路，她得小心翼翼地走那些偏僻小巷，以免被治摩办的人发现。但是，仍有不小心的时候，她赖以谋生的工具三轮车会被交警或者治摩办的大盖帽拉走。她不理解为什么城市要禁止摩托车通行，也不理解城市的马路越修越宽了，穷人能够行走的路却越来越窄了。她常常跟我说第一次进城是八九十年代，城市的马路上有汽车道、自行车道、行人道，而现在马路越修越宽了，汽车道由四车道变成六车道、八车道……有的更宽了，但是自行车道、行人道却不见了，而到了现在，居然连普通老百姓的摩托车与三轮车也禁止通行了。有时，她骑着三轮车出去，空着手回来，眼圈是红的，用手抹着眼泪，不断地叹气，并且责怪自己。是的，当公车以无限的速度增长时，却将凡慈香这些弱小老百姓赖以谋生的三轮车与摩托车挤出公共道路了，我对越修越宽的马路无言。

生活是艰难的，但是她们对生活的态度，以及邻居间的关心常常让我感动。后来，那里房子拆除了，这些邻居们不知去了哪里。城市中央的城中村改造、升级，变成了高楼大厦，楼房越建越多，越来越漂亮，而曾经在城中村生活的底层百姓逐渐被挤向离城市越来越远的地方，他们谋生的三轮车、摩托车也被挤出了城市的道路。这究竟是值得高兴还是担忧的事情？我无法回答，但我只是有一种疼痛，一种被无形之刀切割的分裂之痛。

女工之林玉梅

你还在回忆十七岁的时光
电子厂　南部县的山村
劳动局的老乡　荔枝林中的工厂
第一次出乡的眼泪　听不懂的方言
刺鼻的车间　金黄色的元件
尖锐的锡刺　十九岁成为本地人的妻子
他二十二岁　司机　送货员
"有一幢楼房　父亲做机器修理工
工资很高　独子　本地人……"
十九岁　漂亮　年轻　一脸的笑
淡蓝色的工衣裹不住你的青春　它们
从工衣鼓蹦而出　你永远低着头
羞涩似含苞的荷　淡雅而柔软

纤指贴近黢黑光亮的螺丝　体温让每个螺钉

有了山间女性恰当的坚韧与温柔

"嫁给本地人"　对于年轻女工来说像一个梦

二十七岁　丈夫死于意外车祸

赔款三十多万　剩下两个男孩

外乡女人在异乡饱受白眼

"要嫁也行　不能带走一分财产

不能带走小孩　不能……"

有时你只能独自痛哭　外乡人与本地人

"捞妹"享福了　死去的丈夫不会

再给你安慰　这期间　眼泪　棉球

回家　孩子　疼痛　孤独……你签订

放弃财产协议　二○○四年

你和第二任丈夫结婚　教师　比你大三岁

外地人　入赘上门　跟前夫的家人生活

二○○六年离婚　丈夫离开　没有原因

一岁的女儿跟他去了广州　剩下思念

像潮水拍打身体　生理的潮水不断汹涌

你无法置身其外　唯有不断收缩念头

但是它们仍然无法长眠　在酒店的陌生男人

爱以及性　像春草丛生　生活对于你

剩下儿子与性　你自己清楚

一个外乡女人处处被提防着的命运

但是对于你　没有选择也不足为奇

"她是幸运的　有数幢楼房几十间房间收租

一个月租金有数万块"　你的小姐妹如此谈论

她们眼神的羡慕　你眼神的孤独

都如此的清晰……

女工之许爱群

在男人面前　她如此孱弱
婚姻　爱　谎言以及一小块馅饼
让她成了比她大八岁的外地男人的妻子
老光棍汉　懒惰　贫穷　三间要倒的
茅草屋被秋风吹瘦　漏在床上的雨滴
他懒得用盆接住　他打牌抽烟喝酒
在你的身体留下伤痕　你逃　跟着
村里建筑包工头　上新疆　下昆明
修路　造房　在东莞的某个工地上
你举起铁锹　将其插进泥沙　沙与铁
碰撞　像你的生活　瘦弱而松散的身体
像铁锹嵌入散沙的现实间　被磨亮或者
磨损的生活变成了生存　五岁的儿子和
八岁的女儿是铁锹的木柄　他们支撑着你
弯腰　躬身　扬起一家的生活
生活本身就像泥沙　不停地翻来翻去
最后都被砌进时间的墙中　在铲与扬之间
像翻动的日子　铁筛子不断将往昔漏下
剩下粗石子硌得生活隐隐作痛
在男性的世界　你像苦涩的沙
被男人的眼神之锹翻来覆去
你脸上淡淡的笑像你的生活一样无奈
夜晚工头汗味的身体在你的身体上蠕动
尽管你已习惯他的气息　这些年
他带着你闯南走北　你没有泪　苦涩的咸
在你的身体里弥漫　他躺在床上跟你说话
两个寄住在他家里的小孩

帮你照顾小孩的妻子

她们在四川乡下的生活　他们的交谈

如此的平静　像两个亲人　他妻子如此说

"你在外面帮我把他看好　跟你我放心

你的两个小孩我会帮你照顾好"　她拿过电话

跟她交谈　又跟两个小孩唠叨

然后对他说　"明天我要去番禺监狱看看那个

死鬼"　那是你的丈夫　抢劫入狱　八年徒刑

女工之尖叫者周阳春

在梦的世界里　她站在码头上

却没有船只　或者考试尚未完成

时间已到　更多时候是次品　空旷而荒凉

半夜山中　剩下孤独的她　无所依靠

她跟我说尖叫时梦的场景　灯光

照亮她尖叫过后的脸　放松而舒展

没有白天的沉默与紧张　在梦中

她遇到旷野　她需要叫喊　她害怕

她叫喊……醒来　她面对十二人

局促的宿舍　工友们莫名地诧异

她向她们表示歉意　她说她身体里

潜伏一个魔鬼　白天安静地蜷伏

夜晚跑出来折磨她　她身体还不习惯

电子厂每天十二小时的劳动　累

成为她唯一表达的词　在流水线上

她的身体生硬而笨拙　关节在疼痛

剩下手指像机械一样重复　背部

腿部　腰部　她已无法控制　莫名的痛

像石头压着她的身体　她需要从身体里

抽出一片旷野　让她叫喊　有一头野兽
从她的睡眠中跑出　这个十七岁的湖南女孩
尖叫像石头压抑着她　在睡眠中
流动在血管深处的尖叫会迸发
打破整个宿舍　在她喘息与尖叫间
失眠的我感受到了一个沉默的女工
身体饱含着的压抑　她的尖叫穿越
这个局促的工业时代　像一声呐喊
也像在血管里涌动的潜伏的物质
我们还在抱怨她的尖叫打破了我们的
美梦　她单纯的身体与茫然的眼里
她梦里的尖叫成为工业时代的身体里
缓慢的痛楚　正在积聚　迸发

女工之伍春兰

岁月像毛织厂纷飞的毛绒落在她的身体里
在她的肺部扎根　炎热　胸闷　水土不适
她习惯了轰鸣的车间　餐餐猪血汤
"猪血会带走积蓄在
肺部的毛绒"　这么多年　她一直这样说
她觉得塞在肺部的　毛绒越来越多
她咳嗽　像村前的河流
淤积了塑料袋　煤灰球　垃圾　我看见
她坐在针织机上捂着胸口　停下来了
起身去厕所　又若无其事地继续缝盘
她习惯了毛织厂可疑的饭菜　白菜　土豆
猪血汤……她伸出勺子帮我舀起半碗猪血
"你还年轻，多吃这个猪血汤　清肺的
不要让毛绒塞住了肺"　她的手在颤抖

像织机般的节奏　厚茧下粗大的指节突兀
她瘦小的身体佝偻得更瘦小　瘦小的胃
在蠕动　她习惯了加班　没有年轻的工友
怨言多　那是二〇〇一年　我跟她学习毛织
在大朗的某个工厂　她是我舅娘的工友
她跟我矮小的舅娘一样　在这个毛织厂
生活了六年　她们习惯了铁皮房
习惯了黑暗　习惯了胸闷　生活将她压得
佝偻了一点　再佝偻一点　在肺部的毛绒
积厚了一层　再厚了一层　我不习惯
腥稠淡红的猪血汤　不习惯咽下猪血汤后
漆黑的粪便　高烧　咳嗽
终于离开毛织厂　这些年
我都会去看舅娘　见曾经的织机师傅
伍春兰　她会谈起在四川乡下起了房子或者
长大的儿子　她佝偻的身体更佝偻下去
瘦小得更瘦小　像要贴着大地
从一九九五年到二〇〇八年
在大朗的毛织厂的缝盘机台上　她用毛线
织起了楼房　为儿子织起了媳妇
她佝偻更低　肺管里毛绒让她不能呼吸
"伍春兰得癌症死了　多好的一个人
没有想到就这样走了　她的好日子
才开始呢……"舅娘在电话中对我说

手记：被损害的权益

我遇到许多女工合法权益受到侵害的事情，每次问她们如何处理，基本上是以忍气吞声为主，很少有人想到去走法律途径。她们都只是责怪自己的运气不好，或者命不好，并且说，别人没有受伤，自己受伤是

自己的命不好。听到了这些女工的言谈，我才开始关注女工，时间是二
〇〇六年三月，我离开工作了五年的五金厂，租住在工业区，附近是电
子厂、五金厂、模具厂……我隔壁住着一个模具厂的女工，河南人，有
半截无名指被机器轧断了，另外一边住着一对湖南的夫妻，女的三十多
岁，耳垂缺掉半块，她告诉我说结婚后戴有一对金耳环，结果被飞车抢
劫抢去了，撕烂的耳朵从此缺了半块，她平淡的语调像复述一个局外人
的故事。我在那里写作《铁》，我的手指也受过伤，在医院包扎过，红
色的血液将纱布染红，疼痛刺骨。我刚出来，胆小，怕事，不敢找工
厂，也不知道如何去找，幸而我的领班是我的老乡，她带我去医院包
扎，每天带我去换药。而我隔壁河南女孩的伤比我重，无名指的第一个
关节以上全掉了，她说是被冲床冲掉了，她在模具厂做冲压工，工厂让
她住了几天医院，有一个月没有做事，工资照发。她没有去找工厂，也
不知道她的手指头受伤能按相关规定评定伤残等级，领取相应的赔偿。
是的，很多人都这样，不知道如何找，我也一样。

比如兰爱群，做了我半个月师父的伍春兰，她们身体不好，她们根
本不知道是什么原因，估计到死都不会想到是在工厂长期劳作造成的职
业病，她们只知道打工太累了，把身体累垮了。对于现实，她们是那样
的无能为力，这种无力感常常折磨着我。

是的，她们又能如何？我常常思考着，但是结果同她们一样，无力
感油然而生。

女工之艳芬

有时候不愿清楚　也不想去寻找
生活的真相　将生活撕得血淋淋的
将日子过得沉痛而悲哀又有什么用
我总在想象痛苦　灰暗的词语
"为什么要活得这么累　又能改变什么"
你如此对我说　我熟悉的一切却有
沉重的本身　我还有足够的耐心

对现实愤怒　或许某天我会跟你一样

感到疲倦　对世界没有热爱也没有愤怒

剩下活着本身　直到死亡将一切覆盖

这么多年　我们都过得如此的疲惫

小芳去了深圳出卖肉体　魏祺嫁到河南

郑梅回了老家　徐辉死于一场车祸

你常常说　"天知道　我会在哪天

死于一场意外"　"这本是我们的命运

注定终老故乡"

无论我描绘或者不描绘　该逝去的会逝去

要到来的一定会到来　这些沉郁的词语

不能解脱生活带给我们的困惑　也不能

将一场背叛的婚姻挽回　它也不能救赎

我们的内心　现实教会了我们更加无味的

现实主义　只有回忆安慰我们曾有过的年轻

它为漂泊的命运留下哭泣与欢乐

悲伤与喜悦　我们还记起二〇〇一年

出乡的车辆　高英村的铁皮房

治安队　康佳家具厂

时间的列车呼啸而去　整整十年了

当我们再次相聚　在小餐馆回忆往事

你两次失败的婚姻　我至今单身

时间在不同的角度将我们筛落

最终淹没在过去里　我用无用的诗句

回忆你或者我这十年的命运

仿佛像黑白的默片　最终消逝了

这些年　你奔波的命运　婚姻

小孩　眼角的皱纹……我们都无法

看清楚生活的样子　它与我们擦肩而过

留下真实而虚幻的记忆

像昏暗的路灯闪烁着……

手记：朋友

二〇〇一年，我进了大朗大井头一家玩具厂做员工，那条玩具拉是工厂在大井头第二工业区租借的厂房开设的，工厂总部在大朗水平还是水口，我已忘记了。那时，找到一份工作十分难，我进了玩具厂之后，做助拉，我第一次出来，也不知道助拉是一个什么样的职位，不过拉上的员工对我很好，艳芬、魏祺、郑梅、小芳……她们来自湖南、广西、河南等，她们有的出来两年多了，有的出来才半年多，我则是刚从家里出来，我们住在同一个宿舍。我一直把打工生活当作学校生活的延续，比如住同一个宿舍，来自不同的地方，只是把读书换成工作，把要交学费换成有工资发。那时我单纯而简单。她们与我不一样，处处提防着人，遇到一些小问题互不谦让，吵架，有时会打架。从那个女工宿舍里，我知道了碾轧这个词，它是那样的直接，充满着强悍的暴力，将你碾碎后，还轧上几脚……每次她们吵架，我都去劝她们。宿舍里有十八个人，我们五个关系相当好，一起上班，一起去食堂，然后一起下班。有时遇到某个人受了欺侮，会合起来碾轧那个人。一个月之后，拉线关闭了，我们都失业了。我们一起在大朗竹山村租了一个房子。两张床，五个人，一个煤油炉，一个铁锅，一个电饭煲，一把菜刀，一个锅铲，一个案板，几双筷子，几个盆子，一人一个皮箱、一个桶子、一个脸盆，这些是我们全部的家当了。我们一起做饭，然后一起找工作。住了三四天后，来自广西的魏祺被她男朋友接到樟木头去了，我们四个女孩子每天沿着竹山村的公路出发，向四周延伸找工作。那时候，魏祺叫我"阿琼，阿琼"。我习惯了人家叫我名字，不习惯别人叫我"阿琼，阿琼"的，她叫我的时候，我会开玩笑说，"这样越叫越穷了，我们现在本来就穷"。后来小芳与郑梅进了一个电镀厂，我跟艳芬在辽步一家鞋厂找到了工作。艳芬是我的老乡，来自四川。在辽步那家鞋厂做了十多天，我身体不适，受不了车间的高温，得了热感冒，全身无力，请假休息，却请不到假，后来实在受不了，便有两天没有去上班。第三天无精打采地去上班时，班长说我不用去上班了，因为两天没有上班算自动离职了，没有工资，连进厂交的一百二十多块钱的押金都没有退还给我。艳芬一直在那家鞋厂上班，魏祺在三个月之后也进了那个工厂。我们的房子租了一个月，还没有到期，我又独自一人搬到那个房间里。艳芬下班后，走四十分钟路，从辽步那个鞋厂到我们租住的那个房子来陪我，顺便告诉我附近哪个工厂在招工，让我第二天去面试。那时候，没有电话，我们也没有传呼机之类，所有的信息都需要亲自跑过去传递。晚上我们睡在一个床上，她安慰着我，说我有文化，是一个中专生，能找到更好的工作，不应该待在流水线上，等等。第二天早上，她又回到工厂去上班。后来我进了东坑一家叫康佳的家具厂做仓管员。我跟艳芬一直联系，放假时，不是她来东坑看我，就是我去辽步找她。她在鞋厂做了三年多，在鞋厂找了一个男朋友，然后结婚，后来离婚了，后来去长三角那边，在昆山。去年我去上海，跟她打电话，顺便去看望她。我们聊起往事，聊起我们的朋友，这些年不断漂来漂去的命运。她跟我说起小芳现在消失得无影无踪，只是在二〇〇三年听郑梅说，小芳去了深圳上沙那个地方出卖肉体，而魏祺二〇〇二年嫁到河南去了以后，没有再联系了。再后来，说起她的婚姻，她留在四川的小孩，如今九岁了，她说她这几年有过两次同居的爱情，但是终究没有结果。她叹了一口气说，时间过得太快了，还不知下一站将要去哪里。

女工之阿敏

在这个工业的城市　你和我都用诗歌
感受着内心的忧伤　保持理想与美梦
我们习惯了工业时代的荒诞与尖锐
在制品合格纸或者报表上倾听黑暗
油腻的诗句有时代的粗糙　在昏暗的
阴影中读书……在句子与词语间虚构
生活之外的场景　诗歌是有毒的鸦片
它包裹幻想　我们在纸片上
记录现实的生活……这些可怜的诗句

又怎能抚慰工业带给我们的伤痛
在狭小的空间里　现实与精神双层困窘
"也许不该对现实思考　这样也许会让
自己快乐些"　"你们想得太多　所以痛苦"
工友们如此嘲笑我们　我们在QQ对话
你来自湖南　洞庭湖边的乡村　十八岁年纪
打工两年半　初中毕业　大岭山的家具厂
你谈论起爱情　与这个城市的某位诗人
有妇之夫　他某天占去了你的贞操　你说
你要离开这个城市　伤心之城　我们谈论
《诗刊》《星星》　人生　诗歌是我们
唯一的止痛药……是的　对于一些诗人
我又能说些什么　有时我宁愿将自己困在
东坑的五金厂　用孤独来驱逐着孤独
在白纸上写内心小声地哭泣　你终究无法
摆脱某个诗人带给你内心的耻辱　去了佛山
要在那里开始"新的生活"　你的QQ有着
黑色的忧郁　现实无非还是黯淡的灰色
不知在下一个工厂　我们的人生会简化成
哪一个标准的动作　"小琼姐　我现在
做推销　电话卡"　"我想赚两年钱再写诗"
我离开了那个五金厂　过着漂泊的生活
你时常会在我QQ留言　时间越来越长
或者去长三角　回了湖南……终于
有一天　你消失在我的QQ中
这就是我们的命运　偶然相遇又各自离开
再次知道你　偶然在网络上　电话卡　传销
非法获利数百万　骗子　一千多人上当
我在网络上搜索着这位二十三岁的朋友
某市首例组织领导传销活动罪的主角
判刑三年　我找出你曾经的那些诗句

我不知道　对于你或者我又有什么意义

手记：阿敏

二〇一〇年初的某天，我在网上乱逛，发现一个帖子，觉得里面的人物与我相识的阿敏相同，都是湖南某市人。这些年，因为生活漂泊不定，像阿敏这样的朋友，我有过很多，热爱文学，有着自己的追求，在铁架床上、餐厅的桌子写着拙嫩的文字，我自己也是其中的一员。对于这群人，我有着本能的情感。我曾有过一个QQ，加了很多这样的朋友，我们通过QQ聊天，相互交换诗歌，很可惜，这个QQ在二〇〇八年被人盗了，这其中的朋友很多便永远消失了，阿敏就是其中的一个。在网上看到那个消息时，我第一感觉里面所说的便是阿敏，因为在QQ丢失前，我与阿敏还有过几次网上聊天，我感觉她开始在做传销。一直以来，我把她当作妹妹看待，我没有想到她会变成网上传的那样，于是，我在网络上开始搜索这条信息的情况，很不幸，网上所说的那个人真的是我认识的阿敏，有数百万的案值。想起这些年与她的交往，心中一阵悲伤，于是写下这首诗歌。我把这首诗歌给朋友吴季阅读，吴季叹了一口气，说了一声真可悲。阿敏曾经跟吴季他们很熟，在工人诗歌联盟论坛很活跃。吴季曾把阿敏的三首诗改成了歌曲，在QQ上，吴季兄把他改编阿敏的《那一年的春天》《回到从前》歌曲传给我，我在网上听着《回到从前》，有一种恍然隔世的感觉，为阿敏，也为自己，为无数个像阿敏这样的人。

写这首诗之前，东莞诗人汪洋在QQ给我留言，问我是否知道东莞另一位在工厂打工的诗人石建强的联系方式。对这位诗人我相当熟悉，我们在二〇〇二年左右就认识了，那时我在反映打工群体生活状况的杂志《嘉应文学》《创业者》《侨乡文艺》等刊物发表了一些诗歌，在诗歌的后面，一般会留下通信地址。我收到很多打工朋友的信件，他们写信告诉我他们的人生故事。也有很多相同爱好者，比如现在的朋友池沫树、蓝紫等人都是那时通过信件认识，包括以后对我的写作有影响的打工诗人张守刚等。汪洋问我的这位诗人，是我首批认识的在工厂写诗的朋友之一，那时，他在东莞大朗镇的街道上摆地摊，卖旧杂志，一块或者两块一本。在二〇〇一年至二〇〇三年，那时候，手机、网络在打工者群体中还不普遍，工作之余，大家一般选择阅读书籍或者逛街，我是地摊杂志的常客。石建强在大朗镇生活，我在东坑镇生活，许强在常平镇打工，三个镇相邻。直到二〇〇六年左右离开东坑镇，我跟石建强都有联系。后来，我知道他去了东莞文联的《南飞燕》杂志做了发行员，没有多久，他选择了离开。再后来，我去了广州，他也不知所踪。我的电话里存了他的电话，但是现在这个电话却不通了，连同他的人，都好像消失了一样。汪洋在我QQ如此留言："请问你们是否有打工诗人石建强的联系方法，他已经两年没有和家里人联系了，只知道他在东莞之前有诗发表，手机也打不通，家里人现在也没有办法找到他，他爸爸已经去世了，她妈妈年龄大了，所以我们现在也只有求助您这个圈子内的人，我看到在您的博客中提到石建强在卖书，我想应该就是他，他之前提起在东莞卖书，石建强是陕西洋县人，麻烦你们了，帮我们找一下这个人。"这份留言是别人留给汪洋的，汪洋转留给我。当我看到信息，我想起与石建强交往的点点滴滴，然后想起阿敏，还有很多还在工厂的写作者的命运。

一直以来，别人把我当作写作改变命运的典型，我从心里拒绝做这样的典型，因为我知道，在我这样已改变命运的典型的背后，有着无数个阿敏、石建强们，这使我心存恐慌。

女工之亚芳

多少朋友消失在繁华的工业区　她们的面孔
渐渐模糊而陌生　记忆老去　我们也将
衰老　青春像溪水样流逝　它们不会像
桐木岭上的落花重开　在凤凰大道
某个大火烧过的工厂废墟上　有着我们
过去的时光　灰暗而亲切　像幽灵
闯入我的记忆　她羞涩的微笑

已如此的遥远　时隔数年　记忆

像一片光亮的钥匙打开过去的门

在薄薄的薪水与麻木的工位间　她把自己

藏起来　她羞涩的眼神有着捉摸不定的自卑

头发遮住脸上那块殷红的胎记　她低着头

在拉长表扬她速度快的瞬间　她脸上泛出

兴奋的喜悦……

她的老乡说起她被遗弃的身世

自卑而压抑的生活　她的脚步是轻的

她的声音是轻的　她的微笑也是轻的……轻

她整个人都是轻的……瘦小而孱弱　好像风

能把她刮走　她坐在我的上个工位

她不跟我谈论她的故乡　与亲情有关的一切

她沉默而容忍　她说话被人抢白　她有着

明亮的节俭　惶惑的脸上有陈旧的忧伤

她的离开也是悄无声息　直到有一天

她的老乡告诉我　她失踪了　她没有回家

所有人都找不到她　"也不知到哪里去了"

"估计被人拐卖了　那么蠢"　她的老乡仍在

嘲笑着她　她们冷漠的交谈中

我想起她的眼神　胆怯　她的孤独与寂寞……

如今都将遗忘　被冷漠覆盖……

如同一年后　我们起火的工厂

所有的一切都被大火烧成灰烬　剩下一片

黑色的废墟　六年后　我遇到曾经的工友

她的老乡　跟我说起她　"真的被拐卖了

去了吉林　那地方很冷　冬天回来过年

她的脸上手上生满了冻疮……"　"她生了

两个小孩　嫁给比她大十九岁有点跛的男人"

手记：亚芳

　　在一次偶然机会中，我遇到了一个四川老乡，刚生下来，她便被父母遗弃，被养父母在医院捡到了。当时在医院生小孩，生了一个男孩子，养母捡到这个小孩子后，对外称，她生了一男一女双胞胎。两个小孩一起长大，后来女孩子知道自己是捡来的，心里一直有阴影。母亲一直在外面打工，她和男孩子寄居在亲戚家里，她逃课，不读书，初中还没有毕业就辍学了，然后来广东打工。先跟养母的弟弟在潮州一个服装厂打工，在那个服装厂她认识了一个来自河南的女孩，那个河南女孩的身世跟她差不多，也是很小被父母遗弃了。因为同病相怜，她们成了最好的朋友。她们一同离开潮州的工厂，到东莞来找工作，有一次差点被人骗了卖到外地，幸而逃得快。在二〇〇七年左右，我见到这两个十七八岁的女孩子，她们跟我说起她们的往事。在她们的身上，我看到我以前的工友——安徽人亚芳，二〇〇二年左右跟一群老乡来到工厂，因为她是弃儿，知道她身世的老乡都看不起她，她们骂她，有时刚说话，她便遭到人抢白。很多时候，她只是默默站在旁边。在流水线，我从装中制零件的工位换到装边制零件的工位，亚芳在我的后一个工位，装配左右制零件。我在拉线属于那种容易交往的人，亚芳与我相邻，我们常常说话。她很胆小，我至今记得她的样子，她经常没有睡醒的样子，她不与我同一个宿舍，我估计可能是因为睡眠不好的原因，脸色常常苍白，刘海遮着大大的眼睛，眼神里充满了忧郁。她跟人说话时，说完一句话，往往是看了看别人，然后再决定继续说或者不说了。跟她交谈，总觉得她比别人慢了半拍。与人交往，她总是那样小心翼翼的，生怕自己说错话，被人嘲笑。她的老乡对她很不友善，但是她仍然跟在老乡背后。每次跟她说话，我总是倾听着，然后不断跟她说，"你继续说"或者"嗯，这样啊，你说下去"。我不断地这样插话，鼓励她，她才能把一件事复述清楚，不然的话，她会说完一句便陷入沉默中，隔好一会儿，然后看了看我，忍住不说。她时时担忧着她的言谈是不是别人不喜欢，或者惹人生气了。装左右制零件有两个人，另外一个是她的老乡，跟她是同学，她们一起从家里出来，一起在拉线上工作。她的老乡嗓音很大，常常催促她装快一点，实际上，我发现她装配的速度比她的老乡快多了。这样一个女孩子，后来无缘无故自动离厂了，当时那个工厂跟许多港资厂一样，压着两个月工资，不让员工辞工，大部分员工选择在发放工资那天自动离厂，丢掉两个月的工资。大约在二〇〇八年，我在东坑医院碰到她以前的老乡，我以前的工友，她跟我谈起她，说亚芳被人拐卖到了吉林，生了一个小孩，从我们厂离开之后，六年后才回安徽老家，带着一个小孩子回的。我眼前又浮现出那个胆怯的亚芳来。

女工之海兰

从现实中取走婚姻的镣铐　用背叛的方式
还原他的背叛　家庭像一根枯枝
装饰千里之外乡村的风景　婚姻证书
维持乡村的道德　在过年返乡中
她们用恩爱来适应和谐的家庭场景
返回夫妻　父母　儿女的身份　像针样
彼此刺伤着　伤口在暗处扩张　再深一点
也无妨　她放弃了对他的爱　比她大的老板
在千里之外与家人团聚　她知道她与他之间
不可能有婚姻　肉体的欢娱与背叛的快感
在某些时候　她明白自己只是他的猎物
他需要捕捉时的快感
她宁愿做一只奔跑的暧昧的猎物
丈夫的背叛成为刺激她出轨的萌芽
崎岖的心路朝现实跪下　十年的婚姻
十二年的感情　丈夫从员工到经理
从自己的床上到年轻的女工的床上
自己从员工到厂长助理　到年过半百厂长的
床上　留下可以辨认的婚姻　昔日深深的爱

都成为尖锐的针　庞大的多角的生活

像复杂的异乡　被现实的酸液

浸泡得面目全非　在过年返乡间

她与他同途　在他愤怒的眼神中

还保持着昔日的见证　他帮她提

沉重的行李　她靠在他熟悉而陌生的身体上

他们像两条迷途的蛇　摸索过去的洞穴

在泥泞的乡村道上　他背着她

她高跟鞋的脚踝扭伤　那些她盼望的爱

涌上来　像隐秘而复杂的现实

手记：婚姻及其他

最初写《女工记》源于一次调查，我想对女工的婚姻进行一些简单的调查。那一年，跟我一起打工三年多的朋友离婚，她是湖北人，丈夫是四川人。他们的婚姻在我看来是属于很稳定的那种。十年前，她从湖北来广东打工碰到从四川出来打工的他，然后彼此相爱了，结果家里反对，经过千辛万苦，终于走在一起。他在工厂做技术员，她在工厂做QC，两人的职业在我看来，比较轻松，工资也不错。不过他在辽步一家五金厂，她在东坑一个工厂，每周见一次面。在珠三角或者长三角的工厂里遍布着这样的夫妻。在我们看来，他们的婚姻是幸福的，辽步与东坑是邻镇，路也不远。但是我没有想到，他们居然离婚，离婚的原因是她老公有外遇。她老公有外遇的原因，是因为怀疑她有外遇对她进行报复。我不知道有多少这样悲剧的婚姻。有人说距离产生美，而现实中太多婚姻因为距离产生怀疑、猜忌，不断地在颠簸着，最终松散。因为这位朋友的原因，我开始对已婚女工的婚姻进行调查。

大约在一个月之内，通过朋友、老乡的介绍，我认识了许多离婚的女工。离婚的原因各种各样，有如同海兰一样的婚姻，长时间分居两地，一周或者一个月才能相见一次，在这个城市中，他们没有自己的家，生活不稳定，相见也只是临时租一个小旅馆或者在公园、商场、小餐馆里聚一下。在东莞的大街小巷里，遍布着临时房、钟点房，到了休息日或者月底月初，这些小旅馆一般住满了人，大部分是相聚的夫妻。而他们工作中接触到大量的异性，有许多与他们同病相怜，往往走在一起了。有的分居夫妻，因为一方位置的改变，导致本来有着脆弱平衡的夫妻关系改变；一方出轨了，另一方也跟着出轨了。有像阿慧一样，年纪大了，等不及了，趁着过年的假期随便相亲，结婚，婚后才知彼此性格不合，最终离婚。也有如同建红一样，因为距离而导致一方出轨，以致婚姻解体。虽然离婚的原因各种各样，跟她们交谈中，她们普遍认为主要是生活的不稳定，导致情感与家庭生活长期缺失，从而产生各种各样的家庭矛盾，导致婚姻解体。正如美红所说的那样："天天上班，加班，睡觉，丈夫在另外的一个工厂，有丈夫跟没有丈夫一个样。""上班是流水线，下班是集体宿舍。没有家，没有丈夫，儿女在电话线的那一端，家隔在几千里的地方。""其实我也不知自己的家在哪里，湖南邵阳是生我的地方，但是我嫁出去了，那里不是我的家了。""湖北咸宁的家是丈夫的家，结婚七八年，我待在那里的时间估计没有一百天。说是自己的家，其实内心对那个地方没有多少感情，那里只是有自己的儿女。九年了，我都在这个工厂打工，我熟悉这个工厂和它附近的一切，但是这里不是我的家，这里有的只是流水线上的一个工位，集体宿舍的床，而且这个位置随时会变成别人的。""如果能够跟丈夫生活在一起，一起上班，一起回家做饭，也许我不会离婚。"她跟我唠叨着这些，眼里露出灰暗与迷茫。

女工之夏佩

生活犹如浓浓的酒液 　白色　黑色
红色的液体在身体里流淌　在她的
血管里燃烧　酒精　眩晕地呕吐
吐出了塑胶　玩具　螺丝　订单　纸币
酒液洗去彼此的陌生　她坐在酒桌边
划拳　唱歌　呕吐　有些丰满的身体

像一团火焰在烧　酒精的阴影在身体里
拉长　它伸出绿色的舌头　在暧昧的场所
男人谈论着性　酒液　她喝下明亮而
柔软的现实　酒液放纵着舌头　她　他们
在烟雾中谈论　她唱有些忧伤的歌
窗外是灯火辉煌的城市　数万台机器
在运转　杯中的泡沫在碎裂　失眠的月亮
在天空游移　它苍白的面容　在酒中
她喝下一杯"美好时代"　沉醉的生活啊
二〇〇一年　她拖着沉重的行李　从陕西
到东莞　在大朗泡沫厂闷热的车间
在塑胶味　柴油味　铁锈味……浊重的
空气中　她伸出油腻的手握住烫灼的
注塑制品　生活被巨大的力量压缩
打包　送上货架　二〇〇四年　在常平
五金厂的办公室里　数字　报表　文件
生产工令……繁琐的数字　像谜样
充满她的生活　它们变成利润与亏损
二〇〇五年　她离开了办公室　并非出于
对工作的厌倦　而是领悟了生活的哲学
我仍然无法想象从高级白领到低层业务员
哦　她依然说着　这次选择　"失败了回家
嫁人"　这些年　我听到无数女性如此说
她们失败了回到乡村　回到平静的婚姻生活
出于对命运的赌局　她们与生活奔跑
二〇〇八年　在某个酒店的包厢　在酒液中
她找到了订单　利润　人生　曾眺望的
像潮水样消退　看到一个个模糊的过去
不断在她眼前浮现　在醉中　她高声唱着
生活多美　她的眼神却如城市楼角的月亮
有些疲惫　黯淡　憔悴……

女工之黄华

你晃动空荡荡的左边袖管　谈笑着
黝黑的脸上沾满了水泥制砖厂
生活的灰尘　你坐在低矮的凳子上
肮脏的衣服沾满沙子与干涸的水泥
头发上的油腻　破烂的胶鞋与草帽……
丈夫在不远处的工厂劳作　我想从
你断臂中找出悲伤　事实上你并没有
你用一只手择菜　切菜　做饭……
你习惯了机器咬掉半只手臂的生活
你向我叙述断臂的过程　你的平静让我
有些不适应　我深知律法与赔偿
你却用人情与良心来回答　"老板是个好人
他出了全部的医药费　还赔了四万块钱"
"是我自己不小心　不能怪老板"　你陷入
深深的自责　你反复地唠叨着
仿佛某部影片中犯错误的人　我原本想
安慰你　或者倾听你的不幸
你的叙述中似乎工厂主比你更不幸
你谈论四万块钱的用途
比如四川乡下的房子　在大学读书的女儿
你感激四万块纾缓了生活的拮据
我原来对社会有仓促的反感　对于生活
我总怀着厌倦与敌意　从这时起我必须
重新学习热爱　对现实保持一份爱意
你空荡的袖管　我明白生活另外的含义
我原本想告诉你律法与维权
按我所能理解的方式去生活

事实上现在我已无话可说
我只是坐在那里倾听　你在设想未来
美好的生活情景　一个四十多岁的女工
在庆幸断的是左臂　在庆幸断的是自己的
一个女人的手臂　如果是男人的——
自己的丈夫的手臂　生活将变得更难些……

手记：黄华

三年前，我在湖北的郊区砖厂碰到她。她是四川达州人，四十多岁，甩着空荡荡的袖管，丈夫在水泥砖厂，他们全家都在那里。大女儿在她生活的城市的职业技术学院读书，儿子在读初中，小女儿在读小学。他们夫妻在这个砖厂打了七年工了，生产空心水泥砖。因为是郊区村庄，很少有外地人，他们全家居住在工厂搭的简易房子里。因为我朋友说他们也来自四川，我便过去跟她用四川话交流，她很兴奋，滔滔不绝地说个不停。她说着她这个工厂的老板人好，工厂老板也是郊区普通农民，开了三个水泥砖工厂，都比较小，请的工人来自河南或者四川。我问起她一些空心水泥砖的情况，因为知道以前家里建房子都是用的实心红砖，对于这些空心水泥砖，我有点担心，这种担心仅仅是因为砖是空心的。其实她也说不出所以然，只是说现在都用这种砖。她说他们老板好，生产的水泥砖也相当结实，很多私人起房子都买，要预订，信誉好。我问她为什么，她回答说，别的工厂一包水泥比这个工厂要多生产十来块砖，水泥用得少，砖不好，很容易碎，而她老板每次都叫她把砖做好，她老板工厂生产的砖落下来不会碎，很结实。她说着又指着远方骑着摩托车的老板说，那个就是老板，做这行业的，大部分都买汽车，我们老板还是骑摩托车。我看了看她的老板，一个四十多岁的人，前面头发掉了一大片，在他伸手的瞬间，我看了老板的手，指节很大，很粗糙，他在装砖，一个很普通的劳动者。我又问道，这些砖卖到哪里，她说大部分销给私人起房子，而有些工厂老板有关系，销到城市的建筑商，那些砖质量不好。她告诉我，城市的房子是框架的，人家都说砖差一点没有关系，但是乡间就不同，要质量好，因为砖要着力大些。我说那砖的价格呢，她说差不多。后来我问到了她的手臂，因为我朋友告诉我，她的手臂被制砖机轧掉了半截。我问她有没有赔偿，她说她老板心眼好，医药费是老板出的，还赔了四万块钱，老板一年没有赚钱，还亏了不少，她叹了一口气。她说有一对河南夫妻在另外的工厂做，那个男的也轧断了半个手臂，老板不仅没有赔钱，而且医药费也是老板一半，工人一半，理由很简单，他跟老板做事，老板付了工资，老板没有叫你轧断手臂，是你自己不小心，应当与老板无关，出一半医药费是老板心眼好。我问起那对河南夫妻的情况，她说因为断的是男人的手臂，当然只能回河南。她又开始说，她的老板赚的钱没有那个老板多，心眼好多了，全部医药费都是老板出的，还给了四万块。她还说，要是断的是她老公的手臂，像那对河南夫妻一样，她都不知怎么办。最后她叹了一口气，我们这些离乡打工的人，命就是这个命。我本来想跟她说她可以赔偿得更多，但终究没有说出来。

《女工记》及其他

八年前，我写下一首叫田建英的女工的诗歌，她是一个在东坑捡破烂为生的四川达州人，一九九一年来广东，一九九七年到一个叫黄麻岭的地方捡破烂。我认识她是二〇〇三年，她来广东十二年了，四十六岁。我有很多旧报纸与书籍，差不多全给她了。她给我说她和她家人的故事，我写了她以及她一家人的故事。那时我没有想到自己会写《女工记》，只是觉得她和她的家人的命运很悲伤。我当时是一个流水线工人，一天十一个小时班，上半个月夜班，然后上半个月白班，我的工号是245，装边制开关，我们流水线上，百分之八十以上的都是女工，手工装配螺丝、弹弓……

二〇〇四年，我在樟木头打工十多年的亲戚因家里有事辞职出厂，回四川老家。半年后再来这边打工，她已三十七岁，在工业区转了一个月，都没有找到合适的工作，因为年龄偏大了，所有的工厂都拒绝招一个中年女工。她在这边有过十三年的打工经历，做的都是流水线的工种，没有技术含量。像那样的年纪，当时的工厂招普工几乎不考虑。工厂只招十八岁到三十五岁之间的女工，大部分只招十八岁到二十八岁之间的女工。她只好选择回家。我在送她上车时，看着她过早爬到脸上的皱纹和头上的白发，看着她走进火车站的背影，我一阵心酸。在她转身的那一刻，我从她的身上看到我未来的影子，我强忍着不让自己流泪。她上车后把脸贴在窗口时落寞而无奈的眼神时时折磨着我，我写下两首诗，一首便是《三十七岁女工》，另外一首是《黄麻岭》。我在诗中写这样的句子："风吹走我的一切／我剩下的苍老，回家。"是的，我注定跟她一样，最后只能带着苍老回家。城市终究是属于别人的，我只是过客，只是南飞的候鸟，注定漂泊不定，没有落脚的地方。我像无脚鸟一样飞着，没有停下的地方。这种过客心理让我对生活充满悲观情绪。我不知道自己该走向哪里，我的未来在哪里。当我走在工业区大道上，我看到一群群年轻的女工，她们穿着工衣。看见她们疲倦的面孔，想到她们渐渐老去后，回到北方的情形，我想起我自己，还有我拉线上的工友，我想写一些故事，开始注意收集这方面的资料。

二〇〇六年，由于请假太多，我被工作了四年的工厂辞退了。我走出工厂的瞬间，心里空荡荡的。拎着行李走在黄麻岭的凤凰大道上，面对三大箱书和日常行李，我不知道自己该走向哪里，在我生活了五年的城市里，我找不到一块可以安放我的行李的地方。那天下着雨，我把行李寄放在工厂附近士多店里，给了十块寄存费，一个要好的姐妹陪我去城中村租房子，雨水打湿了我的身体，我惶惶如丧家之犬，不知所措。尽管这个地方不属于我，但是我仍然不想回南充，我知道回南充以后，只不过待上一个月或者半个月，我还得出来，还得往广东来，毕竟这里经济发达些，更容易找到一份工作。我在工厂待了五年多了，五年来的生活，基本是一个月上二十九天班，一天十多个小时，觉得很累，也想休息一下。日子有些灰暗，但是还不至于绝望。因为偶然的机会，我参加了《诗刊》的"青春诗会"，东莞何超群老师与方舟大哥为我争取到东莞文化局一个出书扶助项目，能补上一万多块钱，这笔钱差不多是我一年的工资。

二〇〇六年，东莞文学院首次对外公开招聘签约项目作家，一个月能补贴两三千块钱，签约有一到两年，当时东莞不少人都暗示我能签上，我对此抱有希望。我也想安心下来写一些东西，我没有急于找工作，选择在城中村待下来，开始了自己的写作，写作诗集《黄麻岭》还有一些散文。出工厂一个月之后，我遇到了两件事：我的一位多年的工友离婚了，她跟我在那个五金厂一起工作了几年，我们关系相当好，她老公是四川人，她是湖北人。她是工厂品检员，她老公在另一个工厂做技术员，在我看来，她们是很稳定的家庭，他们的婚姻解体完全出乎我的意料。另外一件事，因为感冒，我去东坑医院，在医院里遇到了我以前工厂的一位工友，她去做人流手术，我们聊到一些女工怀孕后，在小诊所做人流手术的事情。这两件事让我想做一个女工们的婚姻与生育的小调查。我通过老乡、工友的介绍，认识许多婚姻解体的女工，也了解到一些女工怀孕后人流的故事。这些人流女工都很年轻，十八九岁，很多是初次出门打工，在工厂认识了一个异地男孩子，同居，怀孕，有的怕家里知道或者家里反对，有的因男孩子或者女孩子离厂，永远地分开，她们只能选择去做人流手术。在我的调查中，这些在流水线上的女工文化程度较低，对生育知识知道得太少，来自农村的她们比较保守，对性的防护措施也相当少，往往很容易怀孕。调查一个月之后，我便想写些女工们的故事了，我不知道有没有人关注这些女工，我开始有意识选择跟踪一些女工。有意识去跟老乡、老乡的朋友，租房的邻居交流，通过她们的介绍，我认识了很多女工。我当时准备花两年时间做这件事。二〇〇七年，我申报东莞文学院的项目落选了。从三月份出厂，到七月底知道没有签上，我已经四个月没有上班，而东莞文化局补贴的一万多块钱也差不多用完了，我必须得找工作。于是，我去了樟木头，在那里的一个塑胶厂打工。写女工们的念头就搁起来，我知道需要慢慢去考虑。我当时想写成散文或者故事之类，后来才想到要写成诗歌。

半年之后，我从樟木头辞职了，来到了常平镇，在一家五金公司做一个推销员。在我的记忆中，推销员有大量时间可以自由支配，这样，我有更多的时间去完成我的女工们的故事，还有其他计划中的写作。

我有意租住在混乱的城中村，每天我都会碰到抢劫的、卖淫的、嫖娼的、做小贩的、补鞋的、收购废品的、做建筑工的、失业的、偷盗的、贩毒的……各种各样的人出没在我的周围，我也出没于他们之中。二〇〇七年五月，因为一次偶然的机会，我获了一个奖，然后引起媒体的关注，很多报纸媒体去采访我。我不敢带他们去我租住的地方，如果让邻居们知道，我与她们之间会有隔膜，她们就不会告诉我有关她们生存的真实况况。跟《南都》记者见面，我约他们在桥沥的公园里；《南周》的人采访，成希陪我去长安，去见我的客户与朋友；后来《三联周刊》的朋友们过来，也是去的长安。我觉得我寄住的城中村才是我的生活全部，我觉得自己要慢下来，写作要慢下来，我放慢了写作长诗《七国记》的计划。也正是跟这些媒体与外界的交流中，我才知道自己要写一部怎么样的女工记了。如果不是我偶然的获奖，也许没有人关注我，我会如同我的邻居们一样，默默地生存着，艰难地生存着。像她们或上进或堕落，或成功或失败……我目睹被拐骗的女工是如何变成娼妓的，目睹一些男工变为吸毒者，然后沦落为抢劫犯。在我租住的桥沥城中村，隔我不远的一名女工被一个吸毒者谋杀了，我只有默默地在纸上记下这一切。

我尽力逃避着媒体关注，我怕我的同事知道，怕我的老板知道，怕我的邻居知道。我拒绝很多媒体的采访，他们想采访我居住的地方，我都拒绝了。我必须深入到我邻居的生活之中，成为他们一样的人，只有这样他们才会告诉我她们的真实的生存状态。我曾有一位邻居是卖淫女，我说我是业务员，我们经常碰面，她经常带不同的男人回来，我会跟她点头，也仅仅只是点头。在这个世界上，所有的人都在防备着别人，都不想把自己的真实状态告诉别人。我这位邻居也一样，她心里充满了自卑，虽然她努力地把自己打扮得漂亮些，装着清高不理我的样子，但是我从她的眼神里看到她的自卑。大约一个月之后，我知道她是四川的，我们以老乡相称，她有时会到我房间借一些打工类杂志，比如《佛山文艺》《打工族》之类的，我们之间的交流慢慢多起来，她会告诉我一些她们的故事。二〇〇七年过年，她回四川了，然后过来，她告诉我回去相亲了。我指着楼下那个与她同居的男人问她："那个不是你的男朋友吗？"她苦笑着说："是的，但是我们不会结婚。"后来，我才知道，这些卖淫者天天跟着的所谓男朋友并不是她们想结婚的对象。只是因为她们卖淫，会遇到各种各样的人，有时不得不面对无赖的嫖客，有时遇到抢劫的，有时会遇到敲诈……做她们这行，碰到这些事情，不好报警，所以只有选择跟一个男人，所谓能够保护她们的男人，这些男人就是外界以为的男朋友。她介绍我认识了几个她们店里的姐妹，有的是被拐卖的，有的原来在工厂里，后来碰上一些专门进工厂勾搭年轻女工以谈恋爱为陷阱，逼这些年轻女工出来出卖肉体，有的是主动而自愿的，有的被老乡从老家带出来专门从事这个行业，有的因为谈恋爱失败，破罐子破摔从事这个行业的。她们完全把我当作她们的朋友，有几次，我去她们的店里，那些嫖娼者把我也当作她们中的一员，我吓得跑了，她们在后面笑。从这个年轻的卖淫者口中，我知道她们这个行业的很多秘密。比如有一对河南夫妻一起出来，妻子卖淫，丈夫跟在妻子后面，妻子一直想通过出卖肉体赚点钱开个小店什么的，让自己的生活走上正常轨道，但是丈夫却打牌、吸烟，不存钱，他们两夫妻经常吵架。大约半年后，妻子瞒着丈夫存了两万来块钱，再找她的姐妹借了一点钱，他们盘下一个小士多店，让丈夫看管。妻子继续做一段时间，还上姐妹的债务然后转正行跟丈夫一起开士多店。但是没有一个月，丈夫天天打牌，不会经营，还跟一些人染上毒瘾，士多店只能关门了。妻子生气跑了，没有经济来源的丈夫也离开了。后来我听说丈夫去了湛江贩毒，妻子去了另外的城市继续出卖肉体，有一个小孩留在河南的乡下。

还有一个广西女孩，她是一个孤儿，从小父母双亡，是姐姐带大的。她一直想努力赚一笔钱，帮穷困的姐姐修房子，于是选择了走这条路。她没有读过书，什么都不懂，因为年轻，所以光顾她的嫖客多。有些女孩子因为爱惜自己的身体，一般会选择客人，或者控制每天做几桩生意，但是这个广西的女孩子只想努力赚钱，不挑选客人，有客人光顾她就接，她没有像别的女孩子一样，用出卖肉体的钱养一个男朋友。我的邻居告诉我，因为那个女孩子不懂得爱惜身体，夏天出汗太多，皮肤溃烂了，连私处烂了也舍不得去医院，两三个月后，附近的小流氓知道她存了一笔钱，便敲诈她，结果被人敲了一笔钱。我的邻居说起这个广西女孩子的故事，说："就是不养男朋友，赚的钱还不是给别人用了。自己不要命地做，还不是帮别人做。"她说着这些时，露出一副看不起广西女孩子的神色。她们在一个店里出卖肉体，平时交往时关系很好，我在旁边听着，什么话都没有说，我本身也无话可说。我只是默默地记下这些。

当我与她们接触时，我知道我需要写下这些女工们的故事。在那一年里，我接触了很多媒体，也知道了媒体如何做这方面的新闻。比如媒体做工伤方面的选题，他们就会选择一个或者两个有关工伤的个体，用这个体来呈现农民工在工伤方面的境况。他们选择了他们需要的对象，以及适合他们需要的部分，而这个女工其他方面被省略掉了。更多的时候，她们被媒体、报告、新闻等用一个集体的名字代替，用的是"们"字。我是这个"们"中的一员，对此我深有感受。当越来越多的媒体关注我的时候，我有一种惶恐，我知道媒体在选择报道我之时，他们会把我当作一个选题去报道，或者我成为一个被选择的脸谱化的代表，比如女工成材的励志对象。我一直拒绝做一个脸谱化的典型，这种脸谱化的生活让我有一种说不出的憎恶。很不幸，我依然成了这一张脸谱。我知道自己需要努力深入女工之中，把这个"们"换作她，一个有姓名的个体，只有深入到她们之中，才会感受到在"们"背后的个体命运。二〇〇七年，也正是与她们的接触，我对世界充满尖锐的敏感。尖锐的敏感、过多的愤怒让我无法在最为世俗的业务员生活中如鱼得水。但是这些女工与她们的生活带给我很多感动，我努力地想靠近一些，更靠近一些。

　　二〇〇六年冬天，从樟木头的工厂辞工后，我去了湖南、湖北。跟以前的同事一起回她们的老家，一路上我听到很多有关女性农民工的故事，我的同事跟我讲她们的朋友、同学的经历，比如周红与杨红的故事，美丽与卫红的故事。在洞庭湖平原，从益阳到安乡，沿着湖区行走，见到了大片的芦苇，开阔的平原。同事陪我去看那里的防洪堤，谈论起被改变的树种，被改变的村庄。同事跟我谈起，以前在他们村庄里有很多种类的树木，比如榆树、槐树、杨树、柳树、椿树、喜树、杉树、苦楝树……同事和她的父亲说了一大堆在他们的屋前和河道边种植过的树木品种。她父亲说："现在这些树种都很难见到了，河道与屋前屋后只剩下速生杨与杉树，杉树是用来造棺木，如果不是要造棺木，估计只会剩下速生杨。"何止是洞庭湖平原，在我的故乡，嘉陵江边的村庄，以前河边的桑树、梓树都被砍伐尽了。我们南充是绸都，在嘉陵江边，屋前屋后，有过大片的桑树，如今都被砍伐完了，也只剩下速生杨。同事的父亲叹息村庄里树种的变化，同事跟我聊起村庄人心的改变。她说很多同学到南京、广东等地方从事色情行业。十年前，在她们的村庄，很多女人出去，就是出去从事这个行当，有姑嫂、姐妹搭伴而行，有同学、表姐妹一起南下的，在她们的村庄里，最先外出的就是村庄里年轻的女性，从事色情行业。在湖北，我陪一个女同事回老家相亲。十一国庆相亲，农历正月结婚，一年后，小孩出生，小孩半岁后，我这位同事离婚了，从她相亲到结婚到离婚，我的这位同事一直跟我有联系。离婚后，她去了长三角，彻底地从我的视野中消失了。这些年，我目睹无数我曾经跟踪的女工从老家过来，与我相识，又离开了，最后消失在茫茫的人海中。有时候，站在拥挤的人群中，特别是节假日的公共场所，看见来来往往的人群，我有一种说不出的孤独感，这种在人群中的孤独让我变得敏感起来。在人群中，我感觉我正在消失，我变成一群人，在拥挤不堪中被巨大的人群压碎，变成一张面孔、一个影子、一个数字的一部分，甚至被拥挤的人群挤成了一个失踪者，在人群中丧失了自己。生活何尝不是，我们被数字统计，被公共语言简化，被归类、整理、淘汰、统计、省略、忽视……我觉得自己要从人群中把这些女工淘出来，把她们变成一个个具体的人，她们是一个个女儿、母亲、妻子……她们的柴米油盐、喜乐哀伤、悲欢离合……她们是独立的个体，她们有着一个个具体名字，来自哪里，做过些什么，从人群中找出她们或者自己。

　　二〇〇八年，因为经济危机，我彻底失业了。六月份，我去了江西、河南、重庆等地，通过朋友介绍，我去了很多村庄，见到很多女工，听她们讲自己的经历、人生、她们工作的城市、她们未来的打算。她们中有曾经打工然后回家不再出来的人，有成功地在这边开工厂做老板的人。有一个在外打工疯了，她疯的原因我至今不知，她老实巴交的父亲也不知。听到一些客死异乡的女工的故事，被拐卖的女工，有的沦落为偷窃者、娼妓。还碰到一个在工厂打过数年工，回安徽后，跟随老乡一起做假尼姑骗人。有跟丈夫一起偷盗的女工，有离婚的女工，有婚姻出现大问题却没有离婚的女工……我努力记着她们的故事。当我接触的人越来越多，我越来越迷茫，我不知道自己在做一件什么样的事情，我不知道我该用哪种形式来表达我所遇到的女工以及她们的命运，如何在纸上还原她们，用诗歌还是散文，还是纪实类的文字？二〇〇八年，我曾试图写有关女工的组诗，我写了两首女工，我发现这种形式并不是我所需要的，于是我把这个题材搁下来，等待能找到一个合适的方式去表达。下半年，我去了广州，我一直没有放弃我准备多年的女工题材，我知道我要写这些东西，也许它是我命里注定，我选择每周五坐广深线回东莞，星期一再返回广州，我一直这样在广深线上往返奔波，在东莞与广州，工业区与大城市，流水线与写字楼之间不断往返，我把房子租在大朗，在常平横江厦或者天虹附近，我接触的女工越来越多。比如在横江厦，有很多嫁给香港人、曾经在工厂打工多年的女工，被包养起来的女工，我倾听着她们的故事，她们讨论着如何申请到香港长期居住权，如何申请到香港的廉租房。这么多年，我学会了倾听，她们的内心深处充满了孤独，她们的故事无人倾听，她们积聚了太多东西需要表达。在工业区的市场里，我跟补鞋的、卖包子的、小菜贩们等交流，我租住在她们之中，她们不做生意时，和她们串门交流。这些城中村的邻居们会跟我说起有关她们的和她们熟悉的人的故事，她们的婚姻，她们老乡与朋友的生活，她们被没收的人力三轮车，被砸掉的摊子，被掀翻的水果架。我跟随她们一起去蔬菜批发市场去批发蔬菜。

通过网络，我认识了另外一些女工，比如四个都是被父母遗弃，别人抱养大的女工，她们因为共同的不幸的身世而走到一起，她们是重庆人、河南人、陕西人、云南人。她们四个人一起进工厂，一起出厂。她们对自己的身世都有着深深的自卑，那是她们隐形的伤口，她们不肯多说，我曾努力想与她们沟通，但我不忍心去撕开她们的伤口，我知道我与她们之间，还需要更长的时间才能建立起信任，后来我的一个QQ被盗了，便彻底地与她们失去了联系。我没有写下有关她们的故事，后来我接触了与她们类似背景的女工，我找到了单亲家庭长大的女工，写了她的故事。在写她的故事之时，我便想起那四个女工，想起我一个也是被人抱养大的同事。我那个同事很胆小，老实，跟老乡们一起来到这边打工，她的老乡欺负她，她忍气吞声。我见到的四个被抱养的女孩子胆子很大，她们是"九〇后"的一群，她们四个人抱团取暖，完全不同于我了解的小敏她们。直到现在我都懊恼自己没有好好地与她们交流。

二〇一〇年，我觉得我应该开始写我整整准备了六年多素材的诗歌了，我把我了解的女工们列表，把以前写在碎纸上的东西整理了一下。有很多已经忘记了，剩下些模模糊糊的印象，有很多有着清晰的记忆。五月份，我写了周细灵等二十六首诗，我不知道我能不能把这些人物写下去，也不知道她们会成为什么样子，是小人物志传，还是小人物原生态的呈现，我有些惶惑。我只是努力地告诉自己，我要将这些在别人看来微不足道的小人物呈现，她们的名字，她们的故事，在她们的名字背后是一个人，不是一群人，她们是一个个具体的人，她与她之间，有着不同的故事，不同的命运，她们曾经那么信任地告诉我她们的故事。"每个人的名字都意味着她的尊严。"这是我在流水线生活中最深的感受，在流水线的时候，我们被简化成四川妹、贵州妹，装边制的、中制的，工号……我在流水线上班的时间都努力地叫我工友的名字，很少用工位或者工种、地域叫人，比如插钢通的刘忠芳，旗仔的戴庆荷、陈群。我在流水线生活时，每当人家叫我"装边制的四川妹"，我心里总有些不舒服，我更希望人家叫我的名字。正是有这种感受，我会叫我的工友的名字。当她们听到我叫她们的名字，她们惊愕了一下，转而很兴奋，然后问道："你知道我的名字啊！"我跟她们的关系近了很多。我知道我需要写的是名字背后的人，而不是她们工位背后的面孔。到六月份，我写了三十几首之后，我把这些诗歌给一些朋友看，比如余远环、刘伟茗等，他们在他们主持的报纸上大力推出这些人物。比如余远环兄长把这些《女工记》里的女工以时评的方式发了一个整版；刘伟茗兄在他责编的《南都》副刊用一个整版刊发了部分诗歌，他短信告诉我，有很多人关注着这些诗歌。我并非想为这些小人物立传，我只是想告诉大家，世界原本是由这些小人物组成，正是这些小人物支撑起整个世界，她们的故事需要关注。现实中，无论是新闻、报纸、杂志……太多版面都是关注名人以及他们的成功史，我用这些薄弱的诗歌去写一些小人物的故事，她们都有一个共同的背景，都是农民工，都是女性，我和她们一样，也是女性农民工，我们有着相同的梦，从农村来到城市，面对无法进入的城市，有着相同的苦恼，比如婚姻、工作……

我只是努力地记下这些女工，当我二○○四年写下田建英的故事之时，直到二○一○年，我都在迷茫中，我不知道如何着手，我能为这些女工写下什么呢？我自己是女工，我能为自己写下什么呢？这些年，有的工友客死异乡，有的跳楼，有的被车撞死，还有一个被狗咬死了，有的在茫茫人海中消失了，不知死活，也有在异乡改变了命运，她们开工厂，开商铺，做到高级白领……我曾经因为她们的命运流泪，也为成功改变命运的女工们而高兴。当我穿过阴暗而低矮的城中村，当我打开铁皮房的门之时，当我看到她们坐在门口、拉线上之时，当节假日我们一起去公园、街头，当我在车站看到她们背着行李回家之时，在医院门口见到她们去做人流手术之时，她们失恋之时、她们被抢劫之时、她们为了讨薪跪在工厂门口之时……我不知道自己该说些什么。

有时候，我胆怯，害怕，耻辱，有一段时间，我租住的城中村有很多出卖肉体的女工，路过的那些嫖客把我也当作她们中的一员。我曾想到退却，当我经过城中村低矮的巷道被抢劫，当我租住的房间被盗时……我都想过放弃。有一段时间，我因诗歌获得虚名，我感觉我跟她们有了距离，我不自觉地把我跟她们划开。我内心有一种疼痛，我反复地谴责着自己。直到有一次，我在一个成功者的办公室里见到她对待她下属工友的态度，她的行为让我彻底地愤怒了，正是这种愤怒，让我重新找回了自己，我为自己在内心与她们划开感到耻辱。是的，我一直在诗中说自己，我是一个怯懦者，我胆小怕事，比如租住在东坑一个城中村时，我的房间被撬开，电脑被盗，我吓得搬家了。我从湖南到四川到湖北到江西，只是为了倾听她们的故事，去看看她们生活的乡村。这些乡村与我老家没有两样，我问自己为什么要去看，是一种态度，还是真的想去了解，我都迷茫过，我究竟要如何写这些女工们，我知道需要努力地记下来，我是一个笨拙的人。六年里，外界一直在变化着，比如由找工作难到招工难的转化，农民工的就业环境有了一些改变，《劳动合同法》的制定，最低工资的增加，收容制度的废除，是的，一切都在改变。但是她们在底层的状态却没有改变，她们依旧用肉体直搏生活，跟她们交流，我无处不感受到压抑之后在她们心里积聚的暴戾情绪，这种暴戾的情绪一直折磨着我，而底层与底层的碾轧是那种暴力、血腥、野蛮、赤裸……她们让我担忧，我在一首叫《底层》的诗歌中有过表达：

贫穷的生活正摧毁坚固的道德与伦理

马低头啃食着寒霜　苦与涩更添

人间的寒冷　在底层　悲伤

已沦为暴戾　不幸的人用伤口

测量着大地的深度　黝黑的春天

看见底层人群不断地分裂　　他们是
麻木的器具者或者血腥的暴力者
我没有找到与世界和解的方式　　深深的
担忧从我的心间投到马眼　　我与马的交谈
就像一头衰老的马披上寒冷的树枝

中国少了一味药

慕容雪村

写在前面

二〇〇九年末，我混进了江西上饶的一个传销团伙，在其中生活了二十三天。那是一个未曾经历的世界，就像《西游记》中的盘丝洞和狮驼国，或者是爱丽丝穿过兔子洞到达的那个古怪去处，每件事都很荒谬，远远超出了我的想象。我生于"文革"，长于中国，自以为对人间荒谬略有所知，到了上饶才知道，原来我的经验不过是豹之一斑，荒谬的年代从未真正终结，它就在我们身边。

在那黑暗的二十三天，我看到善良的好人被骗子愚弄，过着悲惨的生活；我看到人们背井离乡，为一个谎言虚耗时光；看到被践踏的伦理和情感，每个人都在欺骗自己的亲人；我看到病体孱弱的老人、营养不良的青年，他们经过了邪恶的教育，越发乖张和贫穷，对社会抱着深深的敌意；我看到家破人亡的惨剧，也看到洗脑的严重后果。

我始终在问自己：为什么一个愚蠢的把戏竟能欺骗如此多的人？为什么传销者竟敢明目张胆地行骗？为什么传销一打不绝、再打不绝、总打不绝，甚至连打击本身都成了行骗的借口？

最后我不得不承认，这就是一片适合传销的土地。所有传销者都有相同的特点：缺乏常识，没有起码的辨别能力；急功近利，除了钱什么都不在乎；他们无知、轻信、狂热、固执，只盯着不切实际的目标，却看不见近在眉睫的事实。这是传销者的肖像，也是我们大多数人的肖像。传销是社会之病，其病灶却深埋于我们的文化之中，在空气之中，在土壤之中，只要有合适的条件，它就会悄悄滋长。

二十三天中我看了很多，也想了很多，现在我把它写成一本书，书中没什么过人的见识，只有一些平常的人、平常的事，和一些人人都该知道的家常话。诗人马雅可夫斯基常在自己的书里写一句话：供内服用。我希望这本书能够成为一剂苦药，可以在人们心中植下清醒的抗体，帮助他们抵御传销病毒。这邪恶的瘟疫肆虐已久，世间苦无良药，但愿我能够为此做点什么。

传销不算什么新鲜事，大多数中国人都听过，很多人都有切肤之痛，电视、报纸连篇累牍地报道，人们听多了，见惯了，就把它当成一只烂苹果，既不问它为什么腐烂，也不在乎它烂到什么程度，轻挥手就把它丢到脚下，任它在那里彻底烂透。

这是一个公开的秘密，就在每个人眼皮底下，却极少有人愿意真正睁眼看看。传销者不了解传销，因为他们格式化的脑袋已经无力辨别；普通人也不了解，因为他们离得太远，而且根本就不在乎；连那些神通广大的媒体人也缺乏真正的了解，他们报道传销、拍摄传销，却常常忽视传销，很少把它当成一个真正的问题。没有人明白其中的道理：传销到底是个什么东西？它怎样洗脑？洗脑又是怎样实现的？为什么传销者竟会为了一个愚蠢的谎言如此狂热？

根据可信的统计，到二〇一〇年，中国大陆的传销者已经接近或超过一千万，这数字还在不断增长。这些人大都是受害者，最终将一无所获，两手空空。他们经过了长期的邪恶教育，都患有程度不同的"善迟钝症"：人格扭曲、藐视道德、仇恨社会。接下来将是一个无比艰难的困局：在不远的将来，就在我们身边，将有一千万个赤贫而且走投无路的人。一千万个！

二〇〇九年二月二十八日修订的《刑法》中新增了"组织、领导传销罪"，把"传销"定义为"组织、领导以推销商品、提供服务等经营活动为名，要求参加者以缴纳费用或者购买商品、服务等方式获得加入资格，并按照一定顺序组成层级，直接或者间接以发展人员的数量作为计酬或者返利依据，引诱、胁迫参加者继续发展他人参加，骗取财物，扰乱经济社会秩序"的活动。这个定语很长，读起来也很枯燥，但已是迄今为止对"传销"最权威的定义了。

一

这条法律所定义的"传销"还是上个世纪的事。二十年间这病毒几经变异，早已不复当年的面目，现在绝大多数团伙甚至都不提供任何商品和服务，只是单纯地欺诈和拉人头（活跃在广西等地的"纯资本运作"就是明证）。在我看来，"传销"二字本身就有待商榷，既然没有"销"，也就谈不上"传销"，它就是明明白白的诈骗。它扰乱的不仅是市场秩序，更是基本的公序良俗；它不仅骗钱，而且害人，乱人心智、坏人健康、毁人家庭。如果把这时代的道德比喻成一个满身流血的病汉，传销者干的就是往他身上一把一把地撒盐。

按照《刑法》，普通诈骗罪的最高刑期为无期，盗窃罪甚至可以判死刑，而"组织、领导传销罪"的社会危害更大，对人的摧残更深，量刑却明显过轻，对普通传销行为只处以"五年以下有期徒刑或者拘役，并处罚金"；情节严重的，才处以"五年以上有期徒刑，并处罚金"。在我看来，这样的刑罚似乎过于仁慈了。

如果可能，我希望给这种罪行以更准确的命名（例如参照国外法律，将之命名为"金字塔诈骗计划"），在刑法中单独列罪，或者归并到"金融诈骗罪"或"非法集资罪"。与它所犯下的巨大罪恶相比，除了死刑，再重的刑罚都不算过分。

金字塔诈骗计划在所有国家都是犯罪行为。我们虽然在一九九八年取缔了传销活动，但大多数国民都对此问题不清不楚、不明不白。常见的误解主要有以下几条：

一、认为传销在国外是合法的，只有在中国才是被禁止的；

二、认为传销是进步的新事物，而传统的卖场销售是落后的旧事物；

　　三、认为传销本身不是坏事，只是因为人的素质不高，好事才变成了坏事；

　　四、认为传销分为两种：合法传销与非法传销；

　　五、认为传销确实能够赚钱，只是政府不允许。

　　这些全是错的。我们平常所说的"传销"，其实就是"金字塔诈骗计划"，它在哪里、在任何时候都是犯罪行为。除了幕后最大的黑手，普通参与者不仅赚不到钱，反而要赔光一切，赔上时间、金钱、健康，赔上亲情、友情与爱情，甚至还要赔上生命。

　　二十年间这种病毒已经产生了几代变种，光我知道的名目就不下二十个，除了所谓的"连锁销售"，还有（纯）资本运作、直复营销、直复加盟、框架营销、网络营销、网络加盟、人际连锁、人际加盟、加油站，每个名目背后都是数不清的团伙，每个团伙都有数千、数万乃至数十万人。

　　这是经济邪教，也是恐怖的瘟疫。二十年间，千万人身陷其中，千万亿资金流失。数不清的家破人亡，数不清的兄弟反目，数不清的流离失所，数不清的罪恶滔天，数不清的灾难横生。

　　然而这眼皮底下的罪恶却一直没能引起人们的重视，有人视之为"疥癣之疾"，有人视之为蠢人才会上当的把戏，媒体渲染一下、报道一下，转过身就丢到脑后。人们依然漠视，依然姑息，依然纵容。而传销者就躲在我们身边的黑暗洞窟中，被骗、骗人，过着猪狗不如的生活，睁着血红的眼，怨毒地瞪视着整个世界。

　　在《水浒传》第一回，洪太尉揭开封皮，放出了三十六天罡、七十二地煞，从此开启了一个动荡流血的时代，千万人死亡，千万人于路痛哭。这故事与中国传销如出一辙，巧得很，妖魔飞走的地方就在江西龙虎山，离上饶很近，在那里，我曾目睹这些转世的妖魔如何横行人间。

　　很多人都有同样的困惑：一个好好的人，怎么就能被别人洗了脑？我的经历证明：洗脑是再容易不过的事，只要合适的环境、足够的时间，给一个人洗脑不会比格式化一张电脑磁盘更困难。人类的理性貌似强大，实则从来都不可靠，把狼驯化成狗很困难，把人变成蠢人则十分简单，要想把一个正常人变成传销者，只要抬抬手就可以了。

二

为了洗脑，传销团伙编造了大量的谎言，这些谎言可以分为三大类。

首先是"合法性谎言"。为了证明自己合法，每个传销团伙都会竭力与"传销"本身划清界限，把自己说成是一个"新生事物"，国家支持这个新事物，引进他们，暗中扶持他们，并且为他们制定了大量的行业标准和行为规范，大到入伙费交多少钱，小到每顿饭吃多少米、吃几瓣蒜，全是神圣不可侵犯的国家法律。在这个过程中，他们还会编造大量的领导讲话、会议精神、媒体报道，把层层光环都扯到自己身上。然而我们知道：这世上能发光的不仅是太阳，污水里冒出的肥皂泡也会偶尔泛出微光。

其次是"伟大使命谎言"。此处他们要虚构一个黑暗的社会现实：经济危机、物价飞涨、民生凋敝、企业破产，而更加不堪的是中国居然加入了WTO，洋货即将大举入侵，到时没破产的也要破产，破了产的再破一次，真叫个"千钧一发，危于累卵"。正是这种种内忧外患，国家才破例引进了他们，要靠他们振兴中华、抵御列强、发展经济、造福人群，一句话，中国的未来就指望他们了。为了这个伟大的使命，大多数团伙都会强迫他们的成员饿肚子，即使饿得要死，这些可怜的人依然觉得自己在拯救国家。

最后是"美妙前景谎言"。每个团伙都会以百倍乃至几百倍的暴利来引诱新人：投入三千八百元，两年回报三百八十万；投入三万六千八百元，回报一千五百万。为了证明这不是天上掉馅饼，他们还会虚构出许多有名有姓的发财故事，把马云、黄光裕这样的企业家也指认为传销英雄。这本来只是个单纯的金钱骗局，但在传销者口中，它还同时是一个国家培养人才的摇篮，成材之后，国家会扶持他们做官，扶持他们经商，甚至会安排他们免费出国深造。这些话是如此难以置信，但是他们每个人都信以为真。

除了谎言，传销团伙还有一套完整的洗脑程序：先创造出一个真空环境，禁止成员接触任何外界信息；然后营造出温馨的家庭氛围，所谓"行业就是一个大家庭"，使成员放松警惕、消除顾虑；还有宗教般的仪式、军事化的管制，使人无条件服从，并能从中体会到宗教般的神圣与狂热；最后的也是最重要的，这些谎言要讲上一百遍、一千遍、一万遍，在全国各地，在大江南北，在每个城市的黑暗角落中，这些荒谬的理论和言语不断地被重复、重复、再重复。我说过，人是虚弱的动物，而语言的暴力就是最大的暴力，这是与世隔绝的黑暗洞窟，当狼牙棒高高举起，再坚硬的脑袋也只是一堆血肉之泥。

一九六〇年，安徽凤阳的武店公社有个医生叫王善生，那时正是三年困难时期，许多人患有浮肿、闭经和子宫下垂，公社干部找王医生来治疗，他看了看，说治不了，因为"少了一味药"。

那味药就是粮食。

五十年后，有一种社会之病久治不愈，原因也是少了一味药，这味药就是常识。

十八世纪时，托马斯·潘恩写过一本小册子，名字就叫《常识》，这本书的重要性堪比一七七六年的《独立宣言》，它既不深刻也不晦涩，更没有什么过人的见解，却把许多人从梦中摇醒，让他们开始正视自身也正视世界。在当下中国，在传销肆虐的当下，人们最缺的也正是这个：常识。

常识并不总是令人激动，但它不可或缺。我希望这本书能够说出一些常识，更希望它能够唤起整个社会对传销的重视，不要假装它不存在，也不要假装看不见，正视现实，从我们的空气和土壤中检讨其成因，分析其现状，然后采取合理而富于人性化的措施，挽救失足者，惩治作恶者。传销者做的是坏事，可他们大多数都不是坏人。他们需要的是仁慈的帮助，而不是残酷的惩罚。

我希望看到希望。这希望很简单：让常识在阳光下行走，让贫弱者从苦难中脱身，让邪恶远离每一颗善良的心。

三

二○○九年底，我照常到三亚过冬。居处离海很近，终日游泳、闲逛、吃海鲜，偶尔在电脑上敲几个字，不成篇章，只求有趣。慵懒闲散的午后，我常躺在椰子树下读书，读《国王的人马》，读金圣叹歪解唐诗，偶尔也会翻两页弗兰西斯的传记。海边阳光明媚，我晒得像个精壮剽悍的非洲恶棍。出版社的朋友催我抓紧时间写作，我口头答应，却迟迟不肯动笔，感觉一辈子游手好闲也挺好。

有一天刚从海里爬上来，我的朋友小庞给我电话，问我了不了解什么是"连锁销售"。我说这有什么可了解的，麦当劳、肯德基都是连锁销售。他说不是这些，而是一种新事物，只要交三千八百元，再发放三次机会。我打断他："你到底销售什么东西？"他支支吾吾地回答："也没销售什么，就是推广一种模式。"我有数了，说："这肯定是传销，你千万别上当，赶紧回来。"

几天后，他回到三亚，对我大谈自己的经历。小庞口才不好，可还是把我唬住了，他讲的每一件事都令人难以置信，就像走进了《天方夜谭》的世界，所见都是宝瓶里的魔鬼、洞窟里的妖怪。更不可思议的是他们的生活，据说每人每天只有三毛五的菜钱。我大为起疑，说这也太离谱了吧，三毛五能买到什么？连根针都买不到，怎么够吃？他一口咬定："真的，不骗你，有时还不到三毛五呢。"

这个传销团伙在江西上饶，小庞也是被人骗去的。他三十岁了，几次恋爱都不成功，现在很想找个姑娘结婚。有天他的前同事李新英给他打电话，说要给他介绍女朋友，小庞大喜，李新英说那女孩现在在上饶，见不到真人，只能先看照片。照片上的女孩叫小琳，小庞给我看过，很年轻，笑得很灿烂，眉眼有点像著名的美女曹颖。小庞很是着迷，用手机跟她聊了几天QQ，渐渐不能自拔。

小琳说自己在上饶开了一家女人饰品店，生意很红火，一个人忙不过来，想让他过去帮忙，好像还有一些肉麻的话，"同甘共苦""共创美好明天"之类。小庞也是昏了头，没搞清楚状况就辞了工作，买了张火车票直奔江西。到了之后才发现不对劲：根本没有店，小琳连份正式的工作都没有，和一群河南人住在一起，什么事都不干，天天在街上闲逛。他越想越起疑，有天忽然想起我来，于是就打电话向我咨询。

一个月后，我向警方报案端掉了这个传销团伙，很多人都说我勇敢，还有许多过奖之辞，为民除害、冒死潜伏什么的，我听了很不好意思。其实我的动机没那么高尚，只是好奇心发作，就想看看一天三毛五能吃些什么。

听着小庞的描述，我渐渐下定了决心，说我要混进去看看。小庞很犹豫，说恐怕会有危险，那伙人不简单，肯定有什么背景，让我慎重考虑。我一向胆大，而且很羡慕海明威那样的人生，自己也干过几件危险的事——在海拔五千米的山口迎风奔跑、在大风大浪中一个人游进深海，而且自恃练过几天散手，反应也算敏捷，没把这事想得多么危险。

小庞还是犹豫，怎么说都不想回上饶，我干脆跟他摊牌，问他一个月工资多少钱，他说一千多。我说："那就这样，你帮我混进去，一切费用由我承担，我再付你两个月工资。"他考虑再三，终于点头答应。

小庞有苦衷：他跟小琳闹翻了。小琳以谈恋爱的名义把他骗去，却只担女朋友之名，绝不行女朋友之实，不让碰，不让亲，连手都不让牵。最让小庞生气的是她的举动，据说有一天小琳装扮一新，跟某个帅哥出去了一整夜，也不知道在干些什么。小庞盘问她，她还不肯老实交代，态度十分刁蛮，小庞醋劲大发，盘问良久，嘲讽良久，最后怒目相向，跟小琳泼天大吵一架，这个团伙不限制人身自由，小庞怒不可遏，提起行李回了三亚。

我要混进去，第一件事就得让他们俩合好。小庞对女孩子没什么办法，还是我出的主意，让他给小琳发短信：昨天在海边走了一夜，一直在想你。等了半天没见回复，我想这事不能着急，太过急切说不定会引起对方的怀疑，先凉一下再说。没想到刚回住处，小庞的电话就来了："他们同意让你过去！"

四

那时圣诞节刚过，海边游人如织，我订了机票，回家收拾了行李，心情一直很平静。晚上翻了翻书，看到两个和尚讨论生死，一个说："生则一哭，死则一笑。"另一个更加豁达："世间无我，不值一哭；世间有我，不值一笑。"

我合上书胡思乱想，慢慢地害怕起来，想自己不算什么名人，可毕竟在电视上露过几次面，万一传销团伙中有我的读者，被人认出来怎么办？我活了三十五年，没什么贡献也没什么罪恶，死了也不值一笑，可毕竟还有留恋的东西，万一回不来了……

一时心思纷纭，爬起来写了一条微博，算是给读者的交代：

> 消失一个月，拿老命开个玩笑，若回得来，还你一个好故事；若回不来，舍我一副臭皮囊。人间寂静，无非慈悲喜舍，无须唱经落泪、春秋祭扫，既造种种业，须尝种种果。留偈在此：风华如梦，倏忽百年，鸟归夕阳，月满青山。

我父母双亡，只有一个至亲的弟弟，那时他也在三亚，我把衣物、手机和银行卡都给了他，还偷偷地写了一封信，交在一个朋友手里，跟他说好，如果两个月后没有我的消息，就把这封信交给我弟弟。那封信原文如下：

> 志安：
>
> 如果你收到这封信，我大概已经死了。如果遗体找不到，不必费心去找。如果找得到，一火烧化、挖坑埋掉即可，身后事务必从简，不起墓、不造坟、不立碑，不搞任何形式的悼念活动。如果有人联系你要写我的生平，不要答应他，也不要接受记者采访，我的死不是大事，不必惊动世人。
>
> 我目前有七种著作，版权期都已届满，我死后，《成都》

《深圳》《贪婪》《红尘》四本可以再版，《葫芦提》《遗忘在光阴之外》和《唐僧情史》不要再版。国内出版可以跟路金波联系，我还欠他一点钱，请他从版税中扣除。国外出版可以跟Harvey和Benython联系，他们的电话都附在后面。

如果五年之内版税能达到一百万，我希望你能将这笔钱捐出来，成立一个文学艺术基金，不必冠以我的名字。如果不到一百万，你自己留着用。

我活了三十五年，虽死不为夭，你不必过于伤心。你为人忠厚，但不适宜经商，以后多多保重。这些年我一直对你很严厉，没怎么关心过你，甚至没跟你好好谈过几次话，现在想说也来不及了，你不要怪我。

母亲的骨灰还寄放在成都，你找时间把她葬了吧，春祭秋扫，你多替我尽尽孝心。

替我谢谢×××和×××，祝她们幸福，其他不必多说。

你多保重，少抽点烟，少熬点夜，不要太固执，尽量不要与别人起冲突。我们早年都很不幸，你吃的苦更多，希望你能平安幸福地过一辈子。

二〇〇九年十二月二十九日，起床时天还没亮，窗外星火点点，海面上有一层朦胧的雾气，雾气中城郭隐隐，像缥缈的海市。我草草洗漱完毕，听见隔壁房里弟弟微微的鼾声。我走进去，看见他睡得正香，灯开着，枕边有本看了一半的书。我替他关了灯，在黑暗中站了一会儿，想了想他小时候的样子，转身出了家门。

"我叫郝群，山东人，毕业于四川大学中文系，毕业后当过中学教师，后来经商，卖过化妆品，卖过服装，搞过培训，开过广告公司。"

这段话是我编的，本想买个假身份证，可时间来不及，只好用真名。在此后的二十多天，我一再重复这段话，最后自己都几乎相信了，连做梦都在给学生上课。以前我很好奇为什么有那么多人沉迷传销，后来渐渐明白：原来谎言真有无穷的魔力，只要坚持说谎，天天讲、月月讲、年年讲，再坚强的人也会动摇，再荒谬的事也会变成真理，不仅能骗倒别人，连自己都会信以为真。

去上饶之前，我自恃有点阅历，信誓旦旦地说绝不会被洗脑。经过了二十多天的洗礼，我的自信被打垮了，我在里面时间很短，而且时时警惕，可偶尔还是会动摇，有时甚至会暗自思忖：他们说得这么肯定，会不会真有其事？我相信，只要假以时日，把我终日浸泡在谎言之中，听的全是歪理邪说，见的全是职业说谎家，我肯定也会动摇以至相信，如果时间够长，在这个完全与世隔绝的谎言之国，我肯定也会变成一个狂热的传销徒。

<h1 style="text-align:center">五</h1>

十二月三十日下午，南昌的朋友派了一辆车，送我和小庞到江西新余（怕传销团伙起疑，我们没敢说坐飞机，声称坐的是三亚到上海途经上饶的K512次火车,这班车不过南昌，只能到新余乘车）。开车的柳师父很健谈，说他有一次被朋友拉去听一堂直销课，听到中午十二点，他说饿了，要吃饭，朋友不让，说课还没上完，先唱歌，唱着歌就不饿了。柳师父大怒："这他妈的算什么事？不正常嘛！唱歌能当饭吃？"

此后的二十多天，当我饿得头晕眼花时，无所事事地闲逛时，躺在狭窄的床上不敢翻身时，我都会想起柳师父的这句话。这是最朴素的道理，也是最重要的：饿了要吃饭。我在上饶见过六十多人，有一些算得上阅历丰富，有一个还是大学生，他们了解历史掌故，精通各种深奥的理论，却唯独不懂这个：饿了要吃饭。

上火车之前，我和小庞去酒店开了一间房，把可能遭遇的情况都想了一遍，逐一设计台词。怕暴露身份，我没敢带自己的手机，为此专门编了一段：

我扮演传销者：你这个朋友不是老板吗？怎么连个手机都没有？

小庞回答：哦，他的手机在火车上被人偷了。

我皱眉：你们两个大活人，连个手机都看不住？在哪里被偷的？

小庞：具体说不清楚，我记得到广州之前他还打过电话，过了广州站才发现手机没了。

　　我：那你们没报警？

　　小庞：找过乘警，乘警说没办法，广州站上下车的人太多，没法追查。

　　后来有朋友问我："你没受过专门训练，居然在里边潜伏二十多天都没暴露，怎么做到的？"我得意洋洋地夸口："其实一点都不难，只要事事留心，肯定能心想事成。举个例子：我虽然不是坐火车去的，可那班火车经过的每个站我都能背下来，怎么样，像个真正的卧底吧？"

　　这当然是吹牛，我确实做了很多准备，可远远不够周详，有两次差点就露馅了，不过每次都有惊无险，侥幸逃过。

　　二〇〇九年十二月三十一日凌晨一点，我和小庞抵达上饶。天很冷，夜很黑，火车站的墙上贴着反传销的标语：严厉打击各种传销和变相传销行为！根据我的经验，凡是严厉打击的，一定是泛滥成灾的。严打"双抢"的地方，多半都在城乡接合部；严打卖淫嫖娼的地方，不是酒店，就是发廊街。

　　事实证明，我的猜想果然没错，在上饶市信州区，每天来来往往的行人中，有相当一部分都是传销者。在传销术语中，一个团伙就是一个"体系"，除了我所在的"本系"，还有数目不详的"旁系""友系""别系"，一个体系最少一百人，最保守的估计，活跃在上饶市区的传销者也不会低于千人。

　　小庞说会有两个人来接我们，一个就是小琳，另一个称为"嫂子"。看得出来，他是真被小琳迷住了，一提起她就眉开眼笑，手舞之，足蹈之，一副乐不可支的模样。我不由得阴暗起来，想这小子该不会见色忘友吧，万一他把我卖了怎么办？

　　等了半个多小时，小琳和嫂子姗姗而来。我穿的还是三亚的衣服，冻得两脚直跳，心里也有点恼火，故意挖苦小庞："看来你女朋友也没把你放在心上啊。"其实我错怪她们了，她们并不是故意怠慢我，而是开了一晚上会，会议内容只有一个：怎么对付这个新来的叫"郝群"的家伙。我自恃聪明，却没有想到，从到达上饶的那一刻起，就已经落入了他们精心编织的网。

小琳很年轻，嫂子年纪也不大，正是爱美贪靓的好时候，穿的却都很寒酸。小琳穿一件绿色的旧羽绒服，嫂子是一件灰扑扑的棉衣，衣襟处破了一个洞，露着灰白的棉花。她们的态度倒很热情，一口一个"哥"，叫得我心里暖烘烘的，还抢着帮我提行李，不断地嘘寒问暖。嫂子非常贴心，特别嘱咐："哥，你终于到了，给家里打个电话吧，报个平安，省得家人惦记。"我心想这姑娘年纪不大，想得倒挺周到。

后来才知道这是传销团伙接待新人的规矩：见到新人，第一件事就是让他给家里打电话。因为接下来会有许多不可想象的事，等他进了传销窝点，发现事情不对，一个电话就可能酿成大祸。在"电话管理"方面，每个团伙都有一些出人意料的"高招"，有的甚至会把新人的手机骗走，然后拨通昂贵的声讯台，一直打到欠费停机，到时求助无门，只能老老实实地任他们摆布。

六

我去的第一个窝点位于带湖路汽车站附近，那里有一家沙县小吃，我们下了车，嫂子盛情相邀，一定要请我吃一顿。这顿饭不是宵夜，如上所述，传销团伙崇尚节俭，吃宵夜近乎犯罪，只能在接新人的时候偶尔为之。我和小庞刚在火车上吃过，都说没胃口，嫂子还是坚持点了鸡汤、葱油拌面和蒸饺。很快饭菜端了上来，我点上一支烟，看嫂子和小琳食指大动，筷子纷飞，吃得极为香甜，还有一股恶狠狠的劲儿。

蒸饺不够，再加一笼、又加一笼，葱油拌面不够，再加一碗、又加一碗。老板看得直笑。小庞对我挤挤眼，比了个无可奈何的手势，那意思我明白：她们不是馋嘴贪吃，而是饿急了。十几天后，我也能切身体验到这种滋味：看见有人吃东西就流口水，闻到食物的香味就拔不动腿，如果能合法地大吃一顿，简直就是过年了。哦，错了，不是"简直"，那就叫过年。

吃完饭走出来，我指着对面的酒店明知故问："我晚上是不是住在那里？"嫂子大笑："哥，不着急，一会儿你就知道了。"说完起起前行，领着我穿过一条黑黑的小巷，走进一个黑黑的楼道，爬上一条黑黑的楼梯。时已深夜，我感觉像是踏进了魔鬼的洞窟，心里不停打鼓。

爬到四楼，门已经开了，室内光线幽暗、气味复杂，有霉味、馊味、汗脚味，还有一股胶皮烧焦的味道。房里有几间卧室，都响着此起彼伏的鼾声。客厅中央有一架暗红色的沙发，我坐在上面，身下的弹簧吱吱作响，不知哪间卧室传出梦呓声："不是我，是你，是这个是你。"我不禁恍惚起来，在大腿上狠狠地掐了一下，还好，做梦的不是我。

在房里解了个手，大开眼界，那是我见过的最具个性的厕所：门上没有插销，用一根筷子代替；也没有马桶，只有一个变黑发黄的便池。便池之上有一个淋浴喷头，却没接热水器，也没有进水管，因为传销团伙崇尚节俭，而洗澡既费水又费电，属于奢侈浪费，被组织上严厉禁止。墙上污迹斑斑，下面摞了一大摞塑料盆，五颜六色，大小不一；塑料盆之上是一条细细的铁丝，上面挂了十几条毛巾，有几条已经洗破了，又脏又薄，散发着或浓或淡的馊味。洗脸池下有两个巨大的红塑料桶，盛满污水，一个大铝勺晃晃悠悠地漂着，就像迷航的渡船。还有厕纸，全裁成扑克大小的纸片，又小又薄，全都散乱地装在一个破旧的红塑料袋内，我当时只觉得可笑，慢慢就知道了这玩意儿的残酷，拿着它上厕所简直就是冒险，除非有高超的手艺，否则一定会出现技术事故。

小庞后来告诉我：我刚进厕所，他们三个就召开了一次紧急会议。嫂子说：这人看起来可不简单。小琳表示：只要耐心做工作，一定可以把他拿下。议定之后，三人相视而笑，我毫无察觉，用红桶里的污水冲了冲便池，垂着头走出来，感觉就像走进了一场噩梦。

我睡门边那间卧室，怕影响别人休息，没敢开灯，蹑手蹑脚地走进去，黑暗中鼾声轰响，不知道睡了多少人。我摸索着走到床边，床板很硬，上面铺了一层薄薄的烂棉絮。小琳说："哥，你和小庞睡这张床吧，都给你们准备好了。"我极不情愿，皱着眉头问她："我们俩就一张床？"她说是啊，都这么睡的。我摇摇头说算了，还是住酒店吧，不习惯跟男人一起睡，说完作势要走，嫂子斜眼冷笑："哎呀，你一个大男人，连这点苦都不能吃？"小庞也劝，我想今晚肯定走不成了，而且本来也没想走，算了，将就一晚吧。

怕夜里有变故，我没敢脱衣服，全副武装地上了床。身上的被子糟糕透顶，里面不知塞了几条棉絮，怎么抖都抖不平，盖在身上疙疙瘩瘩地难受。这肯定是传说中的"黑心棉"，分量挺重，可一点都不保暖，味道也不怎么鲜美，一股足球队员的球鞋味。我本来以为另一头会好点，费了半天劲倒腾过来，那头味道更重，只好捏着鼻子钻进去，大口呼，小口吸，过了几分钟，咦，闻不到了，心情顿时一振。

小庞累了一天，很快睡熟了，头东脚西，在床上画了条歪歪的对角线，稍一动就会碰到我。我使劲往里缩，像壁虎一样贴在墙上，他还是紧逼不放，在我脑后有规律地哈着热气。我伸手推开，忽然听到另一张床上有人用河南话打招呼："哎呀呀呀呀，你可来了，你啥时候来的？"我刚想回答，那人翻了个身，猛烈地磨起牙来。

床板太硬，怎么都睡不着，我数了几百只羊，越数越清醒，只好躺在那儿胡思乱想，想起和尚的名言：世间无我，不值一哭；世间有我，不值一笑。想起我自己翻译的《国王的人马》的结尾："我们终将回来，慢慢走过长街，看年轻人在球场上奔跑。我们在海边徜徉，看阳光中的跳水板闪亮地伸向空中。我们在松林间漫步，让厚厚的落叶收藏我们的足音。然而，这都是遥远的未来之事，现在，我们走出家门，走进动荡的世界，走出历史又走进历史，去承受时光的万劫不复。"默诵了几遍，迷迷糊糊地睡了过去。

七

第二天醒来天已大亮，客厅里有人嘎嘎地笑，我揉着眼坐起，对面床上有个老头笑眯眯地望着我："昨天来的？"我说是，他一咧嘴，露出两颗金牙，"来了就好，来了就是一家人！"这话过于亲热，我不知怎么回答，刚挤出一个笑脸，他身边蒙头而睡的小伙子忽然翻身而起，张口结舌地瞪着我，眼睛一眨不眨，脸上也没什么表情。我被他看得浑身不自在，低着头下床穿鞋，他忽然醒了，异常严肃地跟我打招呼："哥，你好！"嗓门大极了，把我吓了一跳，僵着脖子点了点头，心想什么人啊，打个招呼都跟呵斥犯人似的。

这套房子有三间卧室，一共住了八个人。大嗓门小伙儿叫刘东，金牙老头儿姓管，所有人都叫他"管爹"，他儿子叫管锋，睡在厕所隔壁的小房间里，跟管锋睡在一起的叫王浩，是这套房里级别最高的"大经理"。在传销团伙中，一套房称为一个家庭，这套房是小庞的同事李新英租的，就叫"新英家"。这团伙叫"河南体系"，以河南人为主，在上饶的只是其中一部分，有将近二百人，这数字还在不断增加。除此之外，还有山东体系、河北体系、四川体系，据说全国二百二十个城市都有他们的战友，总人数高达七百万人，这数字肯定不可信，不过据我估计，"河南体系"至少也有几千人。

只有一个卫生间，所有人轮流登厕。他们都很节约，洗脸只用一点点水，连刷牙的泡沫都不肯浪费，全都倒在污水桶里，留着冲厕所。有一会儿我感觉浑身发痒，不知道是不是招了虱子，心中有点说不出的懊恼。

早饭不像小庞说的那么糟，有粥，有馒头，还有一盘拌了辣椒的榨菜。每个人的餐具都一样，全是黄色的搪瓷小盆，小庞用的是个破盆，搪瓷剥落，露着漆黑锋利的生铁，我一再提醒他小心嘴唇。吃完后吹了几句牛，刘东满面堆笑地走出来："哥，带你出去转转吧？"旁边的人都含笑不语，我估计正戏要上演了，心中居然有点小小的激动。

传销团伙内有一条铁的纪律，叫作"低调"，不能穿奇装异服，不能留怪异的发型，不能成群结队上下楼，最多两人同行；走在楼内不能大声喧哗，不能唱歌，在街上不能扎堆聚谈。一句话，尽量不惹人注意。凡是违反上述规定的，都叫"不利于低调"，那是要挨批评的。不过当时我并不明白，只觉得他们鬼鬼祟祟的，一看就知道没干好事。

刘东让我和小庞先下，说他和小琳一会儿就来。上饶的冬天很冷，我们瑟缩着等了近十分钟，小琳出来，又等了近十分钟，刘东才慢悠悠地走出来。此后每天都是如此，下个楼就是长期工程，至少要花十几分钟。这事自有原因：他们每天都要评估我的表现，还要紧急商量措施，更重要的是时间太多了，什么也不学，什么也不干，漫长的时光只能一点点消磨，不做无聊之事，何以遣有涯之生？

根据我后来学到的知识，刘东是我的"引导人"，小琳是我的"推荐人"，看似无意的"出去逛逛"，实则每一个细节、每一个步骤都早有安排。这正是传销的阴毒之处：一群人处心积虑地对付一个人，除非那人有极大的定力，否则很难保持清醒。当所有人都说你错了，你就会觉得自己真的错了；当所有人都同声赞美某件事，你就会觉得那件事确实值得赞美。所以中国历来缺少敢言的勇士，缺少敢于挺身而出与众颉颃的痴汉，大多数人都是趋利避害的君子，万众怒吼时，他也跟着怒吼；万马齐喑时，他也乖巧地闭上嘴。我在传销窝点中跟很多人聊过，他们也会抵触某些传销的荒谬理论，可面对整个组织，没有一个人敢稍有微词，最多只是低下头默不作声。我们慢悠悠地闲逛。小琳毕竟年轻，看见零食就迈不动腿，样子可怜巴巴的。我偷偷跟小庞说："他们也挺可怜的。"小庞无奈地笑。他要扮演男友，所以表现得十分慷慨，给小琳买了萝卜糕，还买了十块钱的糖。小琳笑得极为甜美，我看在眼里，忍不住有点心酸。转过几条小巷，大概是时间到了，刘东突然加快了脚步，大步走向一栋居民楼。我心下警惕，大睁两眼问小琳："这是要去哪？"刘东回答："哥，没事，这是一个朋友家，我们上去坐坐。"

"那个朋友"住在七楼，没电梯，我们气喘吁吁地爬上去，不敲门也不说话，四个人面面相觑，就像一群木雕的傻子。等了大约一分钟，时间到了，刘东举手敲门，刚敲一下门就开了，走出一个高个子姑娘，二十二三岁，估计早就等在门后了。

一番寒暄之后，她带我们走进卧室，和我住的地方差不多，也是破破烂烂的两张床，床头都摆着被子，一股闷闷的霉味。床边有一张摇摇晃晃的桌子，桌前摆着四个破破烂烂的红塑料凳，这就是招待贵宾的地方。还没入座，刘东就异常庄重地举手示意："哥，给你介绍一下，这就是我们公司做得非常出色的贾总！"前面两句都很平和，最后两个字突然提高了声音，言下之意是说这位贾总不是凡人，必须敬之畏之，切不能等闲视之。贾总倒很淡定，亲切地握了握我的手，给我们逐一倒上白开水，然后正戏开场："这个哥没见过呀，来几天了？"

我说昨晚刚到。

"昨晚刚到呀，那感觉怎么样？"

我问她："说真话还是说假话？"

她妩媚地一笑："当然说真话了。"

我说感觉像搞传销的。他们都笑，贾总又问："那你觉得我们到底是不是搞传销的？"我说现在还不好说，再看看吧。贾总点点头："嗯，这个态度就对了，不调查清楚，怎么能随便下结论呢？是吧哥？那我问你，你为什么来上饶？"

我指指小庞："这家伙叫我来的，他说这里有个什么阳光工程，跟旅游还有点关系。我这几年对旅游市场一直感兴趣，知道上饶这里有几家工艺品厂，生产的根雕、竹编都很不错，所以想过来看看。"这段话是我编的，"根雕、竹编"云云，全是临时想出来的说辞。其中破绽百出，居然一直没人识破，想想真是胡来，那些天我见人就大谈生意经，其实什么都不了解，全仗着一点可怜的社会阅历，幸亏没遇到老江湖。

这就是令人闻风丧胆的"洗脑"了，因为我不是骗来的，而是主动咬钩的鱼，所以省了一课。按惯例，第一课主要解释谎言。他们把谎言分为两类：恶意的和善意的，恶意的称为"黑色谎言"，善意的称为"白色谎言"，还有一句口号：世界因谎言而美丽！如果我是被家人、朋友骗来的，他们就会这么跟我解释：你被自己的朋友骗了，肯定很生气吧？我劝你消消气，因为不光你是被骗来的，他、他、他，还有我，全是被骗来的！不光我们，这里还有大学教授、硕士、博士、国际刑警、黑社会老大、身家千万的大老板，我告诉你，全是被骗来的！人家大学教授都能接受，你为什么不能接受？你仔细想想，他骗你钱了？骗你人了？他图什么呀？无非是看到一个好机会，想拉你过来一起发财，你有什么可生气的？为什么不跟你明说？嘿，明说你会信吗？你现在工资多少？一千？两千？如果我告诉你，现在有个机会，可以让你每月赚到万元收入，六位数，你会信吗？

这番话对大多数人都有效，主要是因为迎合了人们的从众心理，如果所有人都是骗来的，我就觉得自己也该被骗；被骗不是好事，可如果几万人都被骗，我就只是"骗"字的几万分之一，没什么大不了的，更何况还有那么多大人物，人家大学教授都能被骗，一个小小的我又何足道哉？这是无可奈何的弱者逻辑，也是自我安慰的借口，我想主要原因是许多人习惯了漠视自己的权利。赫尔岑有句名言：漠视自由即为堕落。而漠视权利也同样堕落。其实道理很简单：坏事永远是坏事，不能因为被骗的人多了，就把骗人当成无所谓之事，更不能把它当成好事。大学教授生不生气是他的事，我被骗了就应该生气，他要愚蠢让他自己蠢去，我可不能跟他一起蠢。

九

这世上确实有善意的谎言，可大多数时候说谎者都心怀恶意。杀人者面目狰狞，骗子却往往装扮成亲切的好人，所以才要加倍警惕。所有传销者都会标榜自己骗人是出于好心，可骗来的都是成年人，他本来有自己的工作、自己的生活，你何德何能，竟敢替他做主？即使有再好的机会，也应该由他自己来决定、自己来把握。你凭什么擅自干涉他人的生活、主宰他人的命运？

据贾总自己介绍，她原来在南方的工厂里做中层管理，也是"有头有脸的人物"，不过总是觉得世界不公："我辛辛苦苦地工作，就拿那么点钱，老板什么事都不干，凭什么赚那么多？"说得慷慨激昂，我暗自佩服，想这姑娘年纪轻轻的，居然精通马克思的剩余价值论。接着听下去就不对劲了，原来贾总不恨资本家的剥削，只恨自己当不成资本家，在这问题上纠缠了十几分钟，突然话题一转，说到正题了：在长期的观察和思考之后，贾总发现了一条发家致富的捷径，那就是所谓的"连锁销售"。她是英明果断的小姑娘，从不放过任何机会，心动不如行动，说到不如做到，毅然放弃了她在南方"有头有脸的生活"，怀着一颗火热的心来到上饶。在这里，她发现了一种意义非凡的生活：再也不用辛苦工作，再也不用勾心斗角，只要吃两年苦，就能实现心中理想——初期月收入过万，后期月收入二十万。

我很想问她：你赚了这么多钱，打算怎么花？想想还是忍住了，听贾总继续讲述生活的意义："哥，你是做生意的，你自己说，现在赚钱难不难？你一个月能赚到二十万吗？不行吧？现在机会就在眼前，只要两年半的时间，你就能赚到五百万，从此改变你的一生，不只是你的一生，还有你祖孙三代的人生，难道这还不值得为之努力吗？"

这前景确实诱人，我连连点头，贾总越说越高兴，不时冒出一句："我今天能够坐在这里，就说明"——说明她聪明、说明她有魄力、说明她高人一等。这是传销团伙内唯一的价值观：不计人品，不问贡献，赚到钱就是英雄，赚不到钱就是垃圾，宁当土财主，不做孔圣人。我不是很讨厌吹牛，我自己就是职业吹牛家，可听着贾总漫无边际地胡诌，还是有点胸闷，很想告诉她：钱确实重要，可并不能代表一切，更不能代表幸福。你一再谈到理想，而真正的理想不应该只是一堆纸票子，而是有意义的生活。今天你能坐在这里，什么都说明不了，只能说明你无知，被人骗了还乐滋滋地帮人数钱。

不过最终我什么也没说，贾总滔滔不绝地讲了半个钟头，终于结束了我的第一堂洗脑课。最后谆谆嘱托："哥，你听不懂没关系，多看看，多想想，当一个机会来到面前，不要稀里糊涂地放过，也不要稀里糊涂地接受，要知道，机遇从来都是给聪明的人准备的。"

贾总住的是简陋的民房，吃的是难以下咽的伙食，却觉得自己非常了不起。她穿得很寒酸，指甲缝里有很多污垢，没涂指甲油。她的头发很长，看上去油乎乎的，也许早该洗了。她真名叫贾丽清，中专毕业，长得很端正，如果不做传销，她也许还在南方，穿着得体的职业装巡视车间，或者坐在电脑前优雅地处理文件；她或许会谈一场恋爱，找一个帅气而可靠的小伙子，两人牵手逛街，或者坐在电影院里大嚼爆米花，看到悲惨镜头就伏在他肩头哭，看到恐怖场面就往他怀里躲；周末她应该去酒吧，跳跳舞、唱唱歌，该疯就疯一场，该闹就闹一场，这才是正常的人生。她那么年轻，正是人生最美的时光，只应该享受人生，而不是装模作样地给人讲人生的大道理。

下楼后，大嗓门刘东问我有什么感想，我冷冷回应："你为什么带我到这儿来？我是来考察市场的，她跟我说这些干什么？"刘东笑着回答："咳，刚才贾总也说了，机遇来到你面前，要多看多想，你反正是来考察项目的，多看看总没坏处，是吧？"

我假装同意，走了两步，又批评贾总口才差劲，小琳和刘东都为她辩护，小琳的说法很有趣："她刚来时也不太会说话，现在好多了，都是在这儿锻炼出来的。"这话看似随意，其实也有玄机，是传销团伙内惯用的说辞。如果我夸一个人厉害，他们就说：都是在这儿练出来的；如果我说一个人差劲，他们就说：他原来更差劲，现在已经好多了。

总而言之，"这儿"是个好地方，没本事的人可以学到本事，有本事的人更加厉害，好像进了太上老君的炼丹炉，废铁也能炼成精钢，所以根本没必要兴办大学，几个骗子就能栽培出千万精英。

十

萧伯纳的剧本《巴巴拉少校》中，有个不成器的斯蒂芬，他一无所长，却认为自己能够明辨是非。他爸爸是个大老板，听到这话大为生气，把他狠狠地教训了一顿，在老头儿看来，明辨是非是世上最难的事，科学家和哲学家终生思考，也未必能够得出什么结论。我不太赞同这个老头儿的意见，因为我们大多数人都不是哲学家，不需要思考那么深奥的问题。要想过好自己的生活，只需要掌握起码的常识：天上不会掉馅饼，也不会掉包子；犯法的事不能做；不可信的事一定不要轻信。如果你一没技术、二没资本，也没有当大官的爸爸，却有人跑过来说可以让你一夜暴富，而且他不是上帝本人，那么他多半是要骗你的钱。

这堂课主要讲国内经济形势，按许总的说法，当前中国经济出了问题，叫作"产销瓶颈化"，她比比画画地给我示范："就像一个啤酒瓶，肚大口小，企业生产的产品销不出去，积压在库房，货币不能回笼，工人是要下岗的呀！"而外部环境也堪忧虑，"中国二〇〇一年加入WTO，当时世贸组织给了八年的关税保护期，从二〇一〇年一月一日起，也就是明天，国门就将全面打开，关税将全面减免为零，到时外国货就会一拥而入，外国货就是比中国货好的呀，人家的技术就是比我们先进的呀，到时我们的企业怎么办？我们的工人怎么办？"

说到这里长叹一声，停下来喝了口水："你说国家会不会看着这种情况不管？当然不能了，对吧？所以国家才引进了连锁销售，目的就是要培养一批高素质的商人，这样才能跟外国企业竞争。以前我们大力发展经济，城里人抓住机会发了财，现在轮到我们农民了，这连锁销售呀，就是国家给我们老百姓的一次翻身的机会。"

"连锁销售好不好？"许总自问自答，"好！但不能太张扬，为什么？哥你知道吧，一九九八年禁止传销的时候，安利这些公司就很不满意，把中国告上国际法庭，最后赔了二百七十个亿。你也知道世贸组织有些规定，对吧？咱们要是违反了，让世贸组织看见，又要说我们的不是了，对吧？所以中国不能声张，只能低调。"

这些话不是一口气讲完的，我那天反应很激烈，不时跟她争辩，她说到关税，我就问她知不知道什么叫关税，然后开始吹牛："我没做过外贸生意，不过在商场混了这么多年，多少有点了解，我现在还知道珠宝、奢侈品、高档汽车的进口关税，你要不要考考我？"她很心虚地摇头，我继续教育她："你说的根本就不对，关税不可能为零，一百年也不可能！美国一九五五年就加入了WTO，五十多年过去了，为什么还有关税？你听过反倾销这个词吧？为什么要反倾销？中国才加入几年？怎么可能变成零关税？"

讲到洋货入侵，我又发作了，问她知不知道美国作家邦乔妮的《没有中国制造的一年》，话刚出口就后悔了，印象中这本书没在大陆出版，对她来说也许太高端了，赶紧给自己找台阶下："这本书我也没看过，只知道大概内容。这本书的作者是个家庭主妇，她就想知道，如果一年之内完全不用中国产品，她的生活会变成什么样。后来发现，她几乎无法生活，买台日本电脑，主板是中国制造的；买块美国手表，表芯是中国制造的；有次她想给孩子买双运动鞋，跑遍了全城也买不到，阿迪达斯是中国造的，锐步是中国造的，最后只能买双意大利皮鞋，结果怎么样？比中国产品贵七倍！更不用说玩具、服装、纺织品和家庭日用品了，全是中国产品！我告诉你吧，现在是中国制造风行全球的时代，每个国家都在用中国货，不是我们要抵制人家，而是人家要抵制我们！我不知道你刚才那番话是从哪里听来的，我可以负责任地告诉你：全错了！"

十一

去上饶之前，我和小庞聊了很多，他建议我不要听到什么都赞同，最好能表现出一点挣扎和抗拒，因为这才是正常人的正常反应。不过他没想到我会挣扎得这么厉害，在桌子下连连踢我，我心想要么不开口，既然开了口，那就说个透彻，顺便也让小琳听听。

许总脸蛋红红的，定了定神，继续讲国家对连锁销售的十二字方针：鼓励发展、低调宣传、宏观调控。讲"鼓励发展"时用的是反证法，许总有三个论据："第一，这么大的团队，肯定不是凭私人力量组织起来的，定是出自政府之手。而且这些团队经常战略转移，只要上面一个电话，几百人的队伍，一夜之间就能搬到另一个城市，如果不是政府支持，哪会有这么高的效率？第二，传销团伙内每天都有大量的资金流动，而银行都是国家的，如果不是政府暗中支持，资金流动怎么会这么容易？第三，"许总两眼逼视着我，"哥你知道吧？我们在这里给事业伙伴打电话全是免费的，如果不是政府支持，这怎么可能做到？"

这些观点不值一驳，一个领队加一个导游就可以领着几百人全世界乱转，说几点钟集合就几点钟集合，很少听说出什么乱子；银行也不全是国家的，况且发达国家也有人洗黑钱；至于免费电话就更加可笑，所有的通信服务商都设有这样的集团业务，交钱就能办，不仅成员之间通话免费，还可以群发短信呢。

我低着头不吭声，许总接着讲"低调宣传"，用的是排除法："既然连锁销售是国家给咱老百姓的机会，那哥你说，能不能让那些高素质的人知道？当然不能了，对吧？所以我们才要低调，另外你想想：如果全国人民都知道上饶有这么一个机会，可以月入万元，甚至是六位数，你说他们想不想？如果都来了怎么办？会不会把上饶踏平？那时农民也不种田了，医生也不治病了，警察也不维持秩序了，那不天下大乱了吗？"

最后讲所谓的"宏观调控"，用的是"狐假虎威"法："哥，你来上饶之前，是不是经常听到打击传销的新闻？打了这么多年都没打绝，你不觉得奇怪吗？所以呀，这就是国家的宏观调控，目的是让这个行业健康发展的呀。但国家有时也要做做样子给外国人看，所以你才会经常看到那些负面新闻。"

我实在忍不住了："你说国家通过媒体报道来进行宏观调控？我真是不敢相信，在我想来，如果国家真要对某个行业进行宏观调控，总该有点像样的政策，比如减免税收、放松管制、降低门槛什么的，那些负面报道都是真实发生的事，它怎么可能成为国家宏观调控的手段？我做过广告生意，跟电视台和报社的人都很熟，我怎么就没听过有这样的宏观调控？"

许总也急了，红着脸跟我辩论："国家的事你都懂吗？如果国家不支持我们，如果国家要打击我们，为什么我们天天在这里晃，却没人管？如果真要打击我们，为什么不把我们抓去坐牢？对，有时确实也抓人，可为什么抓了人又不判刑，连话都不问一句就放出来？"

我对此无话可说，终于低下了头。许总渐渐镇定下来："哥，我告诉你吧，这些都是国家的宏观调控。目的就是淘汰那些胆小的、没有冒险精神的人，而真正有魄力、敢于冒险的人，一定不会被这样的负面消息吓倒，他们一定会抓住机遇，实现自己的心中理想！"

这堂课终于讲完了，许总很不高兴，分手时一言不发。我也装出生气的样子，下楼后大声呵斥小庞："你过来！我有话跟你说！"小琳也要跟过来，我阴着脸瞪她："你走开！我跟他单独说！"老男人发火还是有点威力，她好像也有点怕，跟着刘东快快走开。我和小庞都很严肃，看着他们俩渐渐去远，小庞终于忍不住笑了起来，低声问我："怎么样？我演得还行吧？"我说演得不错，继续努力，他们跟你怎么说的？有没有怀疑我？小庞说暂时没起疑心，不过都觉得你不简单。然后劝我有点耐心，最好不要跟他们吵，因为"整个上饶市区，全都是他们的人，你一举一动都有人看着，尤其别当着刘东的面吵，要知道，他就是专门派来监视你的"。我吃了一惊，心里痛恨自己表演欲太强。

十二

那是一条肮脏杂乱的小巷，路上积满泥水，刘东和小琳站在远处，不时回头看看我们，我不敢耽搁太久，追上他们后我继续表演："小琳，你跟我说实话，你是不是在这搞传销？"刘东接话："哥，你觉得我们这些人傻吗？"我没理他，他继续发问："你想想，我们不傻不呆的，如果真是传销，你说我们会做吗？你不相信我也得相信小庞，如果真是传销，他会叫你过来吗？你也知道，传销都是限制人身自由的，我们限制你人身自由了吗？"这叫正面回应，明确告诉我不是传销。

我假装没听见，继续逼问小琳："小庞是我的兄弟，你是他的女朋友，现在我要你亲口告诉我，这到底是不是传销？"小琳施了一招叫作"迂回攻击"："郝哥，说实话，我也有点怀疑，一直拿不定主意。你见多识广，要不你多留两天，帮我和小庞考察考察，再帮我们分析分析，看看这行业究竟能不能干。如果能干，我们就一起干；如果不能干，我们就跟你一起走。"

二十多天以后，我报案端掉了这个团伙，从各个窝点中解救出一百五十七名传销者，小琳也在其中。我把她叫到派出所的办公室，重新提起这段对话："你不是让我帮你分析吗？现在我得出结论了：这就是传销！"她反应非常激烈，一口咬定自己没说过。可我一直都记得很清楚，她不仅说过，而且说得极为诚恳。

这是传销团伙欺骗新人的重要手段，如果不能"晓之以理"，那就"动之以情"，先用亲情、友情把人留下，然后慢慢地做工作，很多自负聪明的人就是这么上当的：听着他们似是而非的歪理，一天比一天糊涂；听着他们的恭维，一天比一天自大。再加上宗教般的仪式、军队般的纪律、日日灌输的谎话，再坚定的人都会动摇，从怀疑到茫然，从茫然到相信，从相信到狂热，一步步落入彀中。

许总的课上得不理想，我的"引导人"刘东当然要给我补课，去森林公园的路上，他一直喋喋不休地跟我讲那些他自己都不懂的大道理。小琳有时也会帮腔："郝哥，你别生气，行业里有些人的水平不高，听不懂不要紧，换个人讲你就明白了。"小庞一脸苦笑跟在旁边，估计心里也很无奈。

正是残冬时节，云碧峰森林公园满眼凄凉，风吹过树梢，在山野间发出绝望的回响，山头有人唱歌，声音若断若续，像一根脆弱的细线。我心事重重地往上爬，看见路边写满了庸俗的留言："某某到此一游""爱你一万年"，只有一句不算庸俗，书法也好，出自欧阳修的《秋声赋》："宜其渥然丹者为槁木，黟然黑者为星星。"说的是年华易逝，岁月无情，看句中的意思，题字者应该是个怀才不遇的老人，一生蹭蹬，百年潦倒，在萧萧暮年登临远望，满眼都是好山好水，满肚子都是凄凉牢骚。我默诵了两遍，暗暗地叹了一口气。

山腰间有个蘑菇形的凉亭，名叫"浪漫亭"，我突然起了坏心，用手推小庞："跟你女朋友浪漫去，少拿我们当电灯泡！"他嘿嘿地笑，拉起小琳的手就往亭里拖，小琳一脸的不情愿，刘东张了张嘴，看样子很想阻止，我赶紧拿话岔开："你们在这里天天都干些什么？"他回答："嗯，这个嘛，你以后就知道了。"这话答得不怎么中听，我立时发作："你这人也太奇怪了，不就是一句平常聊天的话吗？有什么不能说的？"

他急忙辩解："哥，我不是那个意思。"我说你在街上遇到朋友也会这么问："最近忙些什么呀？"他说："咳，没什么事，天天瞎忙。这也算个回答啊，你真是太奇怪了，你平常都不跟人聊天的吗？"他支支吾吾地辩解，我不理他，甩开大步往下走，旁边的浪漫亭里，小琳和小庞正依偎着说悄悄话，估计是在说我。

我对人性略有所知，常以小人之心度人，一直担心小庞会出卖我。据我观察，小琳对他绝无感情，一切做作、伪装，不过是骗他入伙的把戏。所以那段时间我经常怂恿小庞主动进攻，怂恿他抱她、亲她、抚摸她。这办法确实有效：他使劲往前凑，她拼命往后躲，他越来越沮丧，她越来越不耐烦，两人关系一天比一天差，而我就越发安全。不过现在想想，还是觉得自己有点卑鄙。

十三

下山后天已经黑了，我坚持要在外面吃，说今天是新年夜，应该庆祝一下。小琳和刘东都反对，说家里已经做好饭了，不吃也是浪费。我将他们的军："那你跟刘东回去吧，我和小庞在外面吃。"小庞也很配合，说对，就在外面吃。他们俩没办法，只能打电话请示，组织上极力反对，可架不住我态度强硬，终于松了口："那你们在外面吃吧，吃完饭早点回来。"我大为得意，领着他们走进"喜洋洋酒家"，点了基围虾、清炖鸡、红烧牛肉，还要了一瓶啤酒和一瓶大枣汁，一共花了二百多。

城里人花二百元吃顿年夜饭是很平常的事，可刘东一直抱怨"太贵了"，说他当初在工厂打工，一个月工资也不过几百块钱，被我一顿饭就吃光了。这话说得真让人心疼，我怒气全消，不断给他夹菜，教他剥虾，他肯定没吃过几顿这样的饭，眼睛始终直勾勾的，不过吃得倒不少。他吃东西咂巴嘴，很香甜的样子。

刘东二十三岁，长得很精神，有时会戴副眼镜，看着就像个大学生。对城里人来说，二十三岁还是个孩子，可刘东已经快当爸爸了，他老婆怀孕八个月。有次我问他想不想家，想不想老婆，他长叹："想啊，可光想有什么用？赚不到钱，谈什么都没用。"他对那套荒谬理论深信不疑，坚信自己会发财，所以骗了很多亲戚朋友过来。这些人至少交三千八，有的甚至交了三万六千八，我相信，在不远的将来，这将是刘东无法承受的负担。不知道他将怎样偿还这沉重的债务，回去继续干一个月几百块的体力活？借高利贷？或者，去偷去抢？天知道。那时他的孩子已经出生，可怜的孩子。

吃完饭回到住处，他们都在看中央台的元旦晚会，每个人都很高兴，出来一个明星就鼓掌喝彩，好像在看现场。王浩级别最高，站在旁边一本正经地发表评论："什么叫成功？对我们这个年纪来说，成功就是上电视！"我暗暗好笑，心想我倒是上过电视，可真不明白这有什么成功可言。

中央台的晚会实在看不下去，我拉着管老汉聊天，听他讲农村的情况，管老汉一个劲儿地感恩，说现在农民的日子好多了，不用交公粮，也不用交农业税，种地还有补贴，买家电都有补贴。说到情浓时，拉着我的手大发感慨："哎呀，真要感谢共产党，没有共产党，哪有今天的好日子？"他儿子管锋在旁边插话："在毛主席那个时代，楼上楼下、电灯电话就是最高理想，现在我们农民全都过上了这样的日子！"

我平时经常对种种社会现实有诸多抱怨，坦白地说，管氏父子给了我很深的触动。在此后的日子里，我不断问自己：究竟谁更有资格代表中国人说话？是我这种自命不凡的知识分子，还是人数更为庞大的、善良而朴实的农民？

管老汉镶了两颗金牙，看上去很丑，也很庸俗。他的手很大，很粗糙，掌心布满老茧。他生于一九五六年，三岁时差点饿死，所以一生都很珍惜粮食。有次桌上掉了几个饭粒，别人都没在意，他看见了，过去用两根手指粘起来放进嘴里，嚼得很慢，笑得很甜，他的金牙闪闪发光，不过一点儿都不丑。

他是老实人，从来不敢违反纪律，被骗进传销组织快一年了，没吃过几顿饱饭，也从来不敢偷吃。他小时候没饭吃，很饿；现在五十多岁了，还是没饭吃，很饿。

我在上饶认识了六十多人，他们大都是管老汉的同类：善良、质朴、心地无邪，一生不曾作恶，一生与苦难为伍。他们被人欺骗，可同时也在欺骗别人。在此后的二十多天，我一直有种深深的无力感，不能叫出声，不能说出口，只能眼睁睁地看着这群善良的人一点点沦落为恶虎之伥。

十四

世间骗局，大都因贪心而设，由轻信而成。传销也不例外，也是个利益陷阱，用贪欲引诱人，用谎言蒙蔽人。对大多数人而言，只要不去幻想一夜暴富，就不会给他们可乘之机，遇事多打几个问号，就不会轻易上当。

传销团伙内有个说法："连锁销售"是利国、利民、利己的好事，可以推动经济发展，可以让国家多收税、老百姓多赚钱，还可以解决就业问题。这当然是假话。传销不创造任何价值，只是一种财富分配方式，即把多数人的钱集中到少数人的手中。

这个团伙有两个说法：第一，只要加入这个行业，人人都能成功；第二，一个人要成功，至少要拉够六百个下线。这是最简单的数学题，却有那么多人算不清楚：一个人成功，六百人垫底；六百人成功，三十六万人垫底；三十六万人成功，两亿多人垫底；两亿人要成功，要有一千二百亿人垫底，那时地球上的人已经不够用了，要想成功，只能去火星发展下线。

有学者做过计算：在传销的金字塔结构中，只有最顶端的、不超过百分之二的人能赚到钱，其余百分之九十八都是炮灰。我在上饶接触过六十多位传销者，他们坚信自己终将成功，而我断定他们中的大多数都是炮灰，最终将一无所获。他们大都是农民，根连着根，人连着人，一家连着一家，我见到很多人全家被骗，甚至是整个家族，上到五十多岁，下到十八九岁，连着七大姑、八大姨、堂亲表亲，全都在从事传销。

等到这场戏落幕之时，他们已经搞垮了身体，耗尽了积蓄，家里的地荒了、房塌了，身上背着重重的债。他们重视名誉，所以有家难回，而且已经习惯了游手好闲的生活。那时身强力壮的可以去偷去抢，年轻貌美的可以去卖血、卖身，可那些疾病缠身的老人呢？那些嗷嗷待哺的孩子呢？

这当然是激愤之言，我相信，他们中的大多数都会回到正常的、合法的生活，下田耕种或者进工厂打工，但在一场破灭的财富梦之后，这一切都会无比艰难，正如鲁迅所言，人生最大的痛苦莫过于梦醒之后无路可走。

二○一○年一月一日，元旦。传销团伙内没有节假日的概念，该洗脑照常洗脑。也许是因为刘东表现不佳，组织上给我换了个引导人，就是嫂子。她真名叫吕秀文，是被她丈夫骗来的，因为组织上不允许过夫妻生活，只能保留一个名分，所以都叫她"嫂子"。

在我有限的人生经验中，除了监狱，没听说过还有别的地方禁止合法夫妻过夫妻生活。我们经常提到"人性"，简单理解，"人性"就是尊重人的基本需求，把人当人看，把成年人当成年人看。朱熹夫子够苛刻了，也只主张"存天理、灭人欲"，而且他的天理也包括夫妻之间的正常性爱，但在传销团伙中，不仅人欲要灭，连天理都要灭，堪称千古未有之大暴政。

在以后的日子里，我见到许多对尴尬的情侣，他们不能温存，只能在市中心广场的众目睽睽之下说几句悄悄话，还有更多牛郎织女似的夫妻，他们近在咫尺，却只能通过电话互相安慰；他们住在和平世界，却如同置身监牢。

上饶儿童公园里有几只猴子，阳光晴好的日子，它们就在猴山上打闹嬉戏，其中有两只大概是在谈恋爱，常见它们依偎在一起唧唧唧唧，有时还会互相捉虱子。传销者站在网外，看得眉开眼笑，却从来不想自己的处境：连猴子都能温存，他们却只能孤独地熬着。而更可悲的是，他们对此毫无怨言。

这就是洗脑的威力，夫妻不再是夫妻，父子不再是父子，人们眼里没有亲人，只有领导，他们老实、听话，坚决服从组织安排，吃不饱、穿不暖、断绝一切社会关系，甚至抛弃了性别。据说蚁群中的工蚁没有繁殖能力，只知干活，绝无非分之想。我们可以设想：如果传销能够永存，世上一定会出现第三种性别：男人、女人、传销者。如果时间足够长，他们甚至会进化成蚂蚁。

论年纪，我可以当"嫂子"的叔叔，所以只叫她"吕总"，叫顺嘴了就变成"驴总",还给她起了个外号,说她是"江湖上著名的飞天神驴"。她的性格很好,爱说爱唱,也爱开玩笑,从来不跟我生气,最多回一句嘴:"我是飞天神驴,你就是飞天神猪!"她的普通话带一点河南口音,说起来铿铿有力,有点常香玉唱花木兰的味道。我常常想,如果不是因为这可恶的传销,他们一家的生活该多么快活啊。

十五

　　元旦上午见的是一个叫麻健的小伙子,他的名字奇怪,长得也很奇怪,头很圆,脸很圆,身子也是圆滚滚的,说话时眼珠乱转,就像一颗大土豆上嵌了两颗小土豆,我在心里给他取了个外号叫"土豆怪"。

　　此怪来历不凡,从小聪明过人,素有神童之目,可惜造化弄人,没考上大学,不得已南下打工,很快就成了精英,在朝九晚五的生活中,渐渐体会到了社会之险恶和人生之无奈,痛定思痛开始思考人生的意义,可惜身边没有菩提树,没悟出四神足、七觉意,只悟到了连锁销售的妙处。于是扛着蛇皮袋来到江西,从此开启了他一生的辉煌之门。

　　这堂课讲的是销售理论,开场便先声夺人:"哥,听说你是做生意的,那你知道什么是销售吗?"

　　这话太藐视人了,我暗暗生气,说我快四十岁的人了,做了十几年销售,没吃过猪肉也见过猪跑,就算没见过猪跑,总还见过几头猪,你说吧,不用考我了。

　　土豆怪略见慌乱,定了定神,给我讲所谓的"传统销售":厂家—总代理—省级代理—县级代理—零售商的销售模式。我假装谦虚,嗯嗯啊啊地答应,他精神倍长,一挥圆圆的小胖手:"可我告诉你,哥,这种销售模式已经过时了!你来这两天,肯定经常听人说起连锁销售这个词,你知道连锁销售是怎么来的吗?"我摇摇头,他得意了:"我告诉你吧,所谓连锁销售,是在一八五九年,在哈佛大学,由两个犹太研究生发明的,它是一种什么样的销售模式呢?就是用百分之二十的人际网络带动百分之八十的店铺销售,这模式好不好?我说说你就明白了。这两位犹太研究生只用了短短两年时间就大获成功,很快就成了美国巨富，你说它好不好？"

这段话说得煞有介事，我对此了解不多，不敢贸然反驳，土豆怪越发自豪："连锁销售运行六七十年之后，哈佛大学的两位犹太研究生又发明了一种更先进的销售模式：用百分之百的人际网络来销售产品，哥，你知道这是什么吗？"我暗自思忖：怎么老是哈佛大学，老是犹太研究生，还老是两个，这也太巧了吧？试探着回答："是传销？"

他一竖大拇指："哥真聪明，就是传销！所以说，销售模式分为三个发展阶段：传统销售、连锁销售、传销。传统销售最低级，所以被连锁销售取代，而传销最高级，又取代了连锁销售。可在一九九八年，我们国家犯了个大错误，越过连锁销售，直接引进了传销，可是我们的生产力水平、国民素质都跟不上啊，最后怎么样？"

他掰着手指头自问自答，"假货泛滥、偷税漏税、绑架勒索、打针吃药……最后国家没办法了，只好在一九九八年明令取缔，也就是在同一年，又花七亿元引进了另一种更符合中国国情的销售模式，那是什么？就是我们现在干的连锁销售！"

我实在忍不住了："你等等，这东西怎么还要花钱引进？这七亿是付给谁的？"他一挥手："这个不去管它，引进连锁销售之后——"我打断他："还是说清楚比较好，销售模式这东西，既不是生产设备，又不是专利技术，怎么还用花钱引进？只要发个批文，一堆人争着抢着干，怎么还用花钱？而且这钱付给谁啊？这玩意儿又不能申请专利，谁敢收这个钱？"

这下把他问傻了，不过这小伙很机灵，用一个虽然但是的转折句，一下子岔开了话题："哥，你说的有一定道理，不过不全面，就像我刚才说的，我们国家引进连锁销售之后，先在政府机关内部试行了一年半，效果非常理想。"我说："对不起，我又有点疑问，你说'在政府机关试行'，不太可能吧？据我所知，政府机构里面全是公务人员，而销售是商业行为，法律规定公务员不准经商，怎么可以在政府机关试行？"他愣住了，半天答不上来，我心想不能闹僵，赶紧给他找台阶下："哦，我明白了，肯定是在政府直属企业里试行的。"他一拍大腿："对！试行之后，效果非常理想，于是在广东和广西搞试点。"

我暗暗咂舌，心想这小子胆子够大的，为了这么点小事，他什么神都敢请。麻总没在意我的神色，越说越来劲，越说越激昂，言辞十分骇人："二〇〇四年，凤凰卫视这样报道：在祖国的大陆上，正发生着一场没有硝烟的战争，一支不穿军装的部队，一所没有围墙的大学，一个打造百万富翁的摇篮，吸引了成千上万的有志之士，他们在媒体的掩护下，忍辱负重，积极运作，默默构筑着祖国的经济长城。"

报道编得可笑至极，而且多处文理不通，一听就是假话，不过说来极有气势，麻总手舞足蹈，讲到激动处，胸口不停起伏，唾沫星子横飞，一副狐仙附体的模样。我平日与媒体人交往很多，凭常识就知道这些话靠不住：媒体的职责是客观真实地报道社会事件，也许会有选择性地报道，但绝不会公然遮蔽真相，更不会号称要给真相打掩护。不过这些话十分有效，大多数人不读书、不看报，也不关心时事，似是而非地编造几句圣贤之言，伪造几条媒体报道，一定可以唬住很多人。

十六

下午见的是一个东北小伙子，嫂子的介绍风格与刘东如出一辙："这是我们公司做得非常出色的张总！"张总个子很高，留了个周杰伦式的发型，大约二十岁出头的样子，嘴唇上刚长出稀稀拉拉的胡子。他自称小学没毕业，衣着倒很整齐，黑西装里穿了件很艳的紫色衬衫，看着像英国名牌登喜路，不过真正的登喜路有七个字母，张总的登喜路有九个。

我恭维他："张总的衬衫都是名牌啊。"他咧嘴一笑，得意洋洋地安慰我："不着急，早晚你也会有的。"说完给我倒了杯水，正式开始上课。

"哥在家是干什么的？"

我说做生意。

"现在生意不好做吧？"

我叹气："是啊，不好做。"

"那你知道为什么不好做吗？"

我看看他："你说吧，我听着。"

张总长叹一声："现在咱们国家经济不行啊，这个供大于求，产大于销，啊，这个GDP每年都在下降。"

我眼都瞪圆了："等等，你说什么？GDP下降？不可能吧？你听谁说的？"

张总异常自信地微笑："哥，你肯定是被电视和报纸骗了，他们说GDP增长，啊，你就相信增长？聪明点吧，啊，我告诉你，我跟一个法国回来的博士、一个中山大学的教授，啊，都谈过，他们都同意我的观点，啊，这GDP肯定是在下降！"

我又气又笑，想想还是不能发作，耐着性子跟他讲道理："这GDP吧，不可能下降，电视上不一直说要保八吗？保八是什么意思？就是保证GDP每年至少百分之八的增长率。"

他鄙夷地看着我："哥，我知道你见过世面，可今天我能坐在这里，啊，就肯定有我的道理！我说GDP在下降，啊，它就肯定在下降！"

我实在忍不住了，斜着眼问他："你知不知道什么是GDP？"

这下把他问傻了，张总嘴巴大张，半天说不出话来。我说："GDP是个英文缩写，翻译成中文就是国内生产总值。这些年中国经济发展很快，有目共睹，我可以负责任地告诉你，这GDP一定是在增长，绝不可能下降！"

小伙儿脸红了，赶紧岔开话题："哥，你说的有一定道理，不过不全面，就像我刚才说的，啊，这个，就算这GDP不断增长，可CPI不断下降，你没觉得有什么问题吗？"

这帮家伙受的都是同样的教育，假话一被戳穿就这么转圜：你说的有一定道理，不过不全面，就像我刚才说的。我心想这不是瞪着眼说瞎话吗，你他妈什么时候说过了？旁边小庞对我连使眼色，我气头之下也顾不得许多，梗着脖子继续抬杠："CPI是物价指数，我怎么没觉得它下降？前些年猪肉多少钱一斤，现在多少钱一斤？如果真像你说的，GDP不断增长，CPI不断下降，那只能说明一个问题：这个国家经济运行出现奇迹了！"

他脸红如漆，还在硬撑："哥，你……你说的有一定道理，不过……不过不够全面，啊，就像我刚才说的，我刚才说的……"小庞脸都青了，皱着眉头对我挤眼，我突然想起了自己的真正目的，赶紧低下头。张总结巴了几分钟，元气渐渐恢复，嗓门也越来越高，讲经济现状之恶劣、国际形势之严峻、连锁销售之贡献、国家期望之殷切、人民拥护之热烈。我不断点头："对，你说得有道理。""哎呀，你这么说我就明白了。"

一直讲了半个钟头，下课了，我拍了个异常肥腻的马屁："张总，你不可能小学没毕业吧？就你这口才，当个大学教授都没问题啊。"他异常真诚地回答："不骗你，哥，真的是小学没毕业。我这口才吧，都是在咱们行业中练出来的。"我感慨："你呀，多亏生在现在，要是生在过去，肯定得让人打死。"他愕然不解，我笑着解释："一个小学没毕业的人能有这水平，这要放在过去，你不得成精啊？"小伙子笑得眼都眯了起来，握了握我的手，无限甜蜜地送我出门。

张总真名叫张山明，也是农村孩子，他的家在黑龙江漠河，那里有漫长的冬天，他肯定很怕冷，说发财之后不回东北了，就在南方定居。下楼时我想：他肯定发不了财，最终还是要背起行李，回到寒冷的故乡，当他躲在两层窗子之后，望着窗外的满天冰雪，重新想起上饶的日日夜夜，他是该哭，还是该笑？

传销团伙内有个说法：虽然你是我们骗来的，可自从你下了火车，任何人都不会对你说一句假话。弦外之音是：虽然我骗了你，但你要相信我，这话傻子听了都要生气。如果一件事在谎言中开场，必然也会在谎言中收场，永远不要期待骗子的真诚，他能骗你一次，就能骗你两次、三次、无数次。凭常识判断，我不相信张总曾和留法博士、大学教授一起研究经济形势，因为他根本就一窍不通。他穿着假名牌，坐在那里大谈GDP和CPI，看着挺威风，其实不过是一只纸老虎，戳他一指头他就垮了。

十七

晚饭每人一小盆面片，里面煮着白菜叶、萝卜丝，还有几片肉。嫂子拌唇，吃得啪啪直响，一粒唾沫星子划了个漂亮的弧线，不偏不倚落进我的盆中，想想有点倒胃口，不过真是饿了，就当没看见，稀里呼噜吃了个干净。刚放下筷子，一群人齐声招呼："哥，放那儿吧，不用你洗。"我乐得偷懒，坐在沙发上无聊地啃指甲，看见嫂子悄悄捅了刘东一拳，后者飞快地扒了几口，丢下饭盆走到我面前："哥，今天出去有什么收获？"

这就是传销团伙迎接新人的基本法则：不能让他独处，不能让他闲着，闲下来他就会胡思乱想，想得太多就容易起疑心，起了疑心就会一走了之。所以一切都要以新人为中心，时时刻刻围着他转，没话也要找话说，没事也要找事干，一个不行就来两个，张三不行就换李四，总之一句话：要齐心合力、不惜任何代价把新人拿下。

那时我只觉得他们过于热情，没去想其中的玄机。后来才知道，原来这套房子就是一个精密的陷阱，自从我踏进门，就已经深陷埋伏之中，看似无意的举动，都经过周密的策划；看似平常的闲谈，都出于精心的安排。每个人都是组织上精心挑选出来的：王浩是现场领导，负责安排全部工作，还要根据我的反应及时调整战略；刘东和嫂子是引导人，小琳是推荐人，他们负责监察我的一举一动，并随时向组织上汇报；管氏父子是"房配"，即在房间里配合作战的，老管代表亲切的家长，小管代表沉默而孝顺的儿子，他还炒得一手好菜，不至于让我的肠胃失望，正应了那句话：干连锁销售的都是一家人。

这家人居心叵测。只要我一转身，他们就在背后窃窃私语。我表现好，他们嘿嘿偷笑；我表现不好，他们紧皱眉头商量对策。组织上也很关怀，随时打电话询问我的状况，然后紧急调派人手，针对我的思想动向，围追堵截、穷追猛打，务必要把各种不良苗头消除于萌芽之中。

饭后有娱乐，管老汉和两位姑娘看电视，刘东、管锋陪我和小庞打"双升"，河南规则很奇怪，先打5、10、K，而且必须一气打过，失败了就得从头再来。我们斗智斗力斗狡猾，斗了一晚上，谁都没能前进一步。后来想想，这简直就是传销者的人生：与世隔绝、忍饥挨饿，自以为学到了很多、进步了很多，其实只是在原地打转，空耗一年甚至几年，只是为了证明一个虚伪的谎言。

八点刚过，王浩回来了，他是团伙中的高干，装扮也迥然不同，永远是西装笔挺、领结饱满，皮鞋擦得锃亮。刘东赶紧让座，王浩也没客气，掏出两个手机摆在桌子上，大咧咧地坐下，用他白嫩的小手摸牌出牌，一副浑不在意的神色。刚打完一局，他的手机响了，高干毕竟是高干，接电话也别有气派，只见王总满面堆笑，脑袋微倾，把手机夹在耳朵和肩膀中间，一只脚左右摇晃，另一只脚上下抖动，手上也不闲着，该钓主就钓主，该抠底就抠底。从语气判断，来电的应该是他的朋友，说话时有一股慵懒的亲热劲儿，我听得语焉不详，只记住了一句："恁家老勒还会扒火车哩！""老勒"就是"老二"，我猜大概是说对方的弟弟在铁路沿线作案。这通电话讲了足有半个小时，旁边的人都不敢吱声，牌打得既沉闷又无聊。我暗暗生气，想这厮也太不尊重人了吧，冷着脸扔下牌："不打了，睡觉！"王浩似乎也有点歉意，赶紧放下电话，说："哥，你累了一天，现在时候也不早了，洗洗睡吧。"

十点刚过，房里的人都已睡熟。窗外有隐约的鞭炮声，这是元旦之夜，正常的世界充满了笑声，荒谬的陷阱中只有梦呓。我和衣而卧，不知怎么想起了美国电影《小丫头》，十一岁的薇达和朋友讨论生死问题，说天堂是这么一个去处：可以"骑着大白马，可劲儿地吃棉花糖"。这样的天堂太过美妙，心地龌龊的成年人不配享有，只能去想想次一等的博尔赫斯，老博是我很喜欢的小说家，一直用他的优雅和博学跟整个世界捉迷藏，最后他赢了，干得漂亮至极。在他看来，如果真有天堂，它就该像个图书馆的样子，干净、明亮，馆员个个长得像帕丽丝·希尔顿，穿着白色超短裙，笑起来迷死个人。

而在二〇一〇年的第一夜，我想，如果真有地狱，它就该像我此刻的居处：冰冷、单调、乏味至极，一群无知而狂热的人，用最愚蠢的方式追求最可鄙的生活。不会思考是可耻的，而更可耻的是，这群不会思考的人正在教我如何思考。

十八

第二天起得很早，像往常一样，一群人争先恐后地冲向厕所。我的排名比较靠后，只能提着裤子干等。那时天还没亮，窗上有一层蒙蒙的水汽，我闲着无聊，伸手在上面写了四个字：何事如此？嫂子见了啧啧称赞："呀，哥的字写得真好！"我笑笑把字擦去，又想起了博尔赫斯，如果这老汉也是个混账搞传销的，他又该如何理解眼前发生的一切？我断定他不会觉得有趣，只有满肚子的苦闷与日俱增，一天到晚噘着嘴骂骂咧咧，最后实在受不了了，用西班牙语骂一句"你奶奶个熊"，便"扑通"一声栽下楼去。

早饭极其简单：半盆清水，盆底有几十粒孤独的米。他们都练有一手绝技：不用筷子，不用刀叉，一边喝一边摇晃饭盆，最后喝得干干净净，一粒不剩。我技术不行，水喝光了，盆底的米却不肯下来，只好用手刮。还问他们："今天怎么没馒头吃？"一群人都笑，嫂子告诉我："以后都没馒头了，早饭只有这个。"我皱眉抱怨："这怎么能吃得饱？"管锋来了一句："饥饿才有力量！"管老汉笑起来："这饭吃不饱，可这饭有好处，你看我，吃这饭一年多了，原来那些毛病呀，糖尿病呀，高血压呀，全都没了。"后来我接触到比较正规的解释，才知道这叫"行业饭"，虽然吃不饱，可益处多多，一盆清水貌似平凡，却可以清肠胃、理浊气，还能保持头脑清醒，简直就是传说中的万能金丹。

英国作家乔治·奥威尔有句名言：一切问题的关键在于承认一加一等于二。不承认一加一等于二，则什么事都可能发生。如果一盆清水能治病，它必然也能救国；既然能救国，必然也能拯救全人类；既然能拯救全人类，这盆水就是上帝。这就是传销者的逻辑，所以每天早上我们都要喝一盆上帝，这盆上帝不仅能治病，还能磨练我们的意志，更能教会我们人生的道理，所以我们都将成为英雄。

每当有人因为受不了这盆上帝而离开，传销者就会撇着嘴嘲笑他不争气，"吃不了苦""逃兵""懦夫"。其实英雄也不是饿出来的。残酷的环境确实能磨练意志，可有个前提：除非逼不得已，没人应该吃无谓的苦。这是和平年代，大多数人都没必要去冒充英雄，只需要过好自己的日子，种田、打工，过安分守己的生活，又何必追求那钢铁般的意志？

吃过饭在屋里转了一圈，我忽然看见茶几上多了一份文件，有七八页纸，封面是两只对握的手，下面有八个斜体大字：团结务实，开拓进取。这事不同寻常，我到上饶三天了，没看到一页纸，没见任何人翻过一页书，我有睡前阅读的习惯，一天不读书，就觉得那天白活了，现在居然看到文字了，心潮一阵澎湃，赶紧翻开，只见标题是四个黑体大字"业务洽谈"，正文是这样开场的，"下面由我为您介绍公司的基本情况，我们从事的是连锁销售，我们合作的公司是香港华兴国际贸易公司"，后面全是介绍如何发财的，怎样月入万元，怎样一个月赚六位数，文字极其不堪，啰唆、重复，时有错别字，毫无文采可言，看来这应该是某个人的讲话稿，其中还有这样的句子：由于时间关系，我就不多做解释了。无论在任何地方，这样的文字都不能算是好文字，尤其让我想不通的是它的题目，"洽谈"是个动词，一个人要蠢到什么程度，才能想出这样的标题？

古人评价文字拙劣有三重境界：放狗屁、狗放屁、放屁狗。第一境界谓之不雅，身为人而大放狗屁，不过气味难闻；第二境界谓之不通，身为狗而大放其屁，已非人类所为；第三境界谓之不堪，做狗也就罢了，还是一只专放臭屁的狗，真是是可忍孰不可忍。在我看来，给这文件取名叫"业务洽谈"的那厮就是第三境界中人，活该乱棒打死。可就是这么一份破东西，传销者都视之为"圣经"，每天早上朗诵一遍，还必须背得滚瓜烂熟。我在里面二十三天，几乎能背下来了，他们都夸我聪明，我不这么想，只感觉智商嗖嗖下降。

十九

元月二号。上饶市中心广场热闹非凡，某个品牌正在做促销活动，锣鼓震天，观者如堵，农贸市场上摆满了年货，腊肉、香肠、熏鸡，来往行人笑容可掬，我们与他们走在同一条路上，却如同置身两个世界。他们活在阳光下，我们活在黑暗中，他们兴高采烈地采购年货，我们像幽灵一样躲藏，穿过某条小巷，走进某栋楼，鬼鬼祟祟地闪进某个房间，去听那些千篇一律的鬼话。

那天下午见的是一个叫梁家骏的小伙子，河南开封人，个子很高，手腕上有两个烟头烫的疤，暗红色的肉刺目地隆起，我有点轻微的强迫症，总是忍不住要看，看了心里又不舒服。这堂课还是老套路，先是寒暄，寒暄之后继之以祝贺："哥，恭喜你，从今天开始，行业正式对你敞开了大门！"我心里也挺高兴，看来这帮家伙并没怀疑我，开局挺顺利。梁总摸了摸他手腕上的伤疤："哥，你来了几天了，肯定看了不少，了解了不少，但我问你，你知道行业怎么干吗？"

他们把传销称为"行业"。按照惯常的理解，"行业"是个很大的词，比如家电行业、IT 行业，但在上饶，就是这么一伙衣衫褴褛、食不果腹的人，居然撑起了一个行业，实在可惊可叹。这个行业是"干"出来的，还有许多激动人心的口号：行业干的就是一个团结！行业干的就是一个听话！行业干的就是一个吃苦。最后，行业被他们干完了。

按照梁总的介绍，行业首先要干一个谦虚。不管学历高低、悟性好坏，只要比我早加入行业，哪怕只早一天，他也是我的老师，所以我要虚心请教，努力学习行业的知识。学习得差不多了，我就要干一个发展，交三千八百元的入伙费，然后发展我的业务员，国家规定，每人最多只能发展三个直接业务员，那时我就成了他们的推荐人，简称"老推"，老推不易做。我要接着干一个复制，把我学到的知识一滴不漏地传授下去，把我的业务员培训得像我一样听话，然后再指导他们继续发展，这样一层层发展下去，我的官越做越大，收入越来越高。这时我要干一个管理，让我的团队乖乖听话、乖乖交钱，等到行业干得差不多了，我就可以躺在钱堆里睡大觉了。梁总气壮山河地鼓舞我："二十多万，一个月就赚二十多万！哥，你是做生意的，你自己说，你一个月能赚到那么多钱吗？"

我对这二十多万表现出极大的兴趣，像个真正的财迷那样啧啧赞叹，身上沐浴着钞票的光辉，两眼闪烁着饥渴的光芒，反复追问："真的一个月能赚二十多万？""只要投资三千八，就能赚到几百万，这生意真有那么好赚？"梁总一一解答，表情坚决、姿势果断，手腕上的烫疤越发鲜艳夺目，给我巨大的信心和力量。接着我听到了一个神话，神话的主角叫钱树锋，是郑州盘古旅行社的总经理，曾经当选郑州市十大杰出青年，话说某年某月，这位钱总听说了连锁销售这回事，于是放下红红火火的事业，前来江西考察。钱总是个仔细人，考察期间不放过任何细节，每个问题都要探明究竟，一直考察了八个月，终于考察明白了，也下定了决心，回去把旅行社卖了，把所有骨干都带到上饶，后面的事情简单多了，他干行业干得风生水起，只用了短短的八个月就升到了高级业务员，此后每个月坐收二十多万，成了行业中人人景仰的英雄。

在接下来的日子里，我不断听到这位英雄的传奇经历，人物的命运都是相同的，只是细节稍有出入：这位英雄的资产随时在变，有时几百万，有时过千万，还有一次过了四千万；他考察的时间也有多种说法，有时考察八个月，有时长达一年。更诡异的是他的旅行社，以前只听说凳子有腿，没想到旅行社也会长腿，一会儿在郑州，一会儿在新郑，一会儿又搬到了新密，行踪飘忽得像武林高手在表演轻功。我听着纳闷，凭直觉就认为这位英雄靠不住：一个身家千万的总经理，何必跑过来吃这种饭、睡这种床？如果旅行社生意正好，何必转手他人？要另找项目，完全可以再拉一队人马，何必杀掉正在下蛋的母鸡？

后来我离开上饶，在酒店上网搜索，果然查到了新密市的"盘古旅行社"，打电话过去，所有人都说没听说过钱树锋这个人。我不死心，继续搜索"郑州市十大杰出青年"，把所有的网页都看了一遍，没找到"钱树锋"，也没发现类似的名字。打电话到郑州团市委查询，还是一无所获。

像大多数神话一样，钱树锋的故事也是骗人的鬼话。可他们都这么说：你放心，自从你下了火车，我们任何人都不会对你说一句假话。

二十

我的身份是个生意人，当然不会放过赚钱的生意，与梁总讨论了半个小时，笑得合不拢嘴，像是挖到了金矿。只有一件事不满意："为什么只能发展三个业务员？太少了吧？"梁总回答："这是国家规定，没办法。"我拍着胸脯吹牛："以我的手面，至少能拉一百人过来，你看能不能特别照顾一下，可以让我多拉几个？"

梁总耐心分解："哥，你知道，国家引进这行业，主要就是给咱老百姓一次翻身的机会。你是做生意的，朋友多、交际广，可别的人怎么办？一个种地的农民，他能有你的手面吗？如果对你特别照顾，让你拉一百个，别人只能拉两个三个，这公平吗？这不是影响团结吗？"我点头称是，并且发出豪言："我明白了，梁总，你放心，我一定好好干！我相信以我的能力，最多三个月，我就能上经理；最多一年半，我一定会上高业！"几个人同时微笑，像是网到了一条大鱼。小琳笑着递给我一个巴掌大的小本子，示意我找梁总签名，我虔诚奉上，梁总一挥而就：

梁家骏，730006，推：刘玉轩。

爱拼才会赢！

河开

"推"是指他的推荐人,"河开"是指河南开封,730006是他的电话号码,这个团伙在上饶办了一个集团网,每个成员都有一个短号,互相之间通话免费。这事说穿了一钱不值,可也成了他们骗人的借口。

这堂课上得很顺利,每个人都很振奋,出来后我喃喃念叨:"干行业,干行业。"小琳给我加油:"对,干行业!"嫂子再加一次油:"哥,看准了就要下决心,干行业!"小庞皱眉不语,跟在我身边悄声嘟囔:"干行业干行业!干!"

到上饶后一直没洗过澡,住处又脏,感觉身上像长了一层壳,黏糊糊地难受。我提议找个浴池洗澡,嫂子不同意,还斜着眼嘲笑我:"哟,你一个大男人,还那么爱干净!"我跟他们相处几天,渐渐摸透了每个人的脾气,而且我还是新人,估计他们不敢得罪我,于是坚持要洗,嫂子也只有同意,可还是怕我溜了,派小琳尾随监视,叫了辆的士直奔"碧水云天"。这是一家公共浴池,正值下午,池中没几个人,我和小庞蒸了泡、泡了蒸,还请了两个搓背师父,搓下的老泥足有一海碗,感觉身心为之一爽。

按照最初的计划,小庞这两天就要找借口逃走。虽然现在没什么危险,我还是担心传销头目会分别盘问,小庞很老实,可是不够机灵,万一说漏了嘴,后果真是不堪设想。他不死心,总觉得小琳对他有意思,我掰着手指头跟他论证,说小琳绝对不可靠,就算她对你有意思,这地方也太危险。他心情低落,不停地叹气,我跟他保证:"你放心,我一定会想办法把她救出去,等她回到三亚,你们再好好相处,只有在正常的世界,才可以谈正常的情感,对不对?"他点头赞同:"没错,这真是个变态的地方。"

洗完澡天已经黑了,我们步行往回走,天冷路远,我提议打车,小琳不让,我想想也是,反正这儿的时间没用,每一分钟都是拿来消耗的。走了半个钟头回到住处,饭已经做好了,每人一小盆面片,一瓣大蒜,还有中午剩下的半脸盆豆芽。豆芽苦,大蒜辣,面片基本没味道,一群人咔嚓咔嚓地嚼着大蒜,呼噜呼噜地喝着面汤,仿佛很香甜的样子。我很快吃光了,感觉肚子里还是空落落的,刚搁下筷子,刘东就来抢我的饭盆,我心想不能老让别人干活,自己也得表现一下,拿着碗筷进了厨房，因为菜里没油，洗碗极其容易，清水一冲就干干净净。

回到客厅抽了一支烟，他们也吃完了，我提议看会儿电视，几个人都笑，嫂子告诉我："哥，以后都不能看电视了。"我大为好奇："为什么呀？"她说费电，我嘟嘟囔囔地抱怨："一台电视能费多少电？"她不理我，回房拿了一摞照片出来，说电视肯定不能看，你看看我儿子的照片吧。

那些照片都加了塑封，肯定是在照相馆照的，背景全是单调的蓝色幕布，每张照片的四周都加了花里胡哨的装饰，一个白胖的婴儿坐在中间，挥着胖胖的小手，表情或笑或怒，样子非常可爱。我问嫂子："你儿子多大了？"她说不到两岁。我批评她："儿子还不到两岁，你就把他一个人丢在家里？"她收起笑容："要赚钱啊，有什么办法？"我摇头叹气："你这当妈的，唉，可真忍心啊。"她低下头，眼圈慢慢红了，这时她的电话响了，回房讲了几分钟，出来后喜笑颜开："哥，跟我走，带你玩去！"

二十一

那时天已经黑了，我和小庞先下楼，等了几分钟，嫂子和小琳下来，带着我们走过带湖路，走过步行街，鬼鬼祟祟地进了一栋居民楼，我问嫂子："咱们这是去干什么？"她嘘了一声："别说话！注意低调！"我赶紧闭嘴，爬到六楼，听到里面喧闹震天，嫂子上前敲了两下，门立刻开了，只见房内灯光大亮，到处坐满了人，墙边摆了一张单人床，床上也挤了不少人，有老的、有少的，互相之间都很熟络，唧唧喳喳地聊个不停，嫂子带我们走到墙边，有人起身让座，我正不好意思，嫂子一扯我的袖子："哥，没事儿，你坐吧，今晚你就是主角。"

后来知道，这活动叫"实话实说"，是专门为新人举办的欢迎Party。刚坐下不久，有人举手示意，众人渐渐安静下来，一个小伙子走到屋子中央："各位事业伙伴晚上好，作为推销行业，我也把自己推销给大家，我叫陈云山，来自河南濮阳，我的推荐人是我的哥哥陈海山。"人群鼓掌，小伙子沉思片刻："今天晚上，我给大家带来一首《狼爱上羊》，希望大家能够喜欢。"人群再次鼓掌，小伙子鞠了一躬，拿腔作势地唱起来："狼爱上羊啊爱得疯狂，谁让他们真爱了一场，狼爱上羊啊并不荒唐，他们说有爱就有方向……"所有人随着节奏拍掌，我也拍了两下，突然觉得无聊，抱着膀子看他表演。

一曲唱罢，有观众起哄："再来一个!"小伙子也不谦让："那我再给大家演唱一首《流浪歌》"流浪的人在外想念你，亲爱的妈妈，流浪的脚步走遍天涯，没有一个家，冬天的风啊夹着雪花，把我的泪吹下……"唱着唱着跑调了，观众依然热烈鼓掌。终于唱完了，小伙子又鞠一躬："各位事业伙伴晚上好，作为推销行业，我再次把自己推销给大家，我叫陈云山，来自河南濮阳，我的推荐人是我的哥哥陈海山。"

接下来就热闹了，各路人马纷纷登场，有河南的、湖南的、四川的，自我推销的模式都是一样的：先向事业伙伴们问好，然后介绍自己的名字、籍贯和推荐人，我细听了一下，有儿子推荐父亲的，女儿推荐母亲的，哥哥推荐弟弟的。嫂子的推荐人是她丈夫，她又推荐了自己的小姑子；小琳的推荐人是她的朋友，她又是小庞的推荐人。

每人登台唱两首歌，有的唱流行歌曲，有的唱革命老歌，还有唱地方戏的，印象最深的是嫂子唱的一段豫剧："咱两个在学校整整三年，相处之中无话不谈，我难忘你叫我看董存瑞，你记得我叫你看刘胡兰，董存瑞为人民，粉身碎骨，刘胡兰为祖国，把热血流干，你说过党叫干啥就干啥，绝不能挑肥拣瘦讲价钱，你说的话、讲的话、一字一句、全忘完，想想烈士比比咱，有什么苦来怕什么难，你要愿走你就走，我坚决在农村干它一百年哪。"这段唱腔激昂，嫂子越唱越快，在最后的段落明显动了真情，脸上潮红一片，两眼闪闪放光，酷似国产电影中的有志青年，可惜志气用错了地方，没在农村大干四化，却跑到城市大干传销，一天到晚瞎混，挖空心思骗人，白瞎了英雄们的教诲，千万先烈悲壮的头颅，敌不过一句轻巧的屁话。

当天只有两个新人，一个是我，一个是四川阆中的农民，姓张，大约三十多岁，是被他亲弟弟骗来的。我们俩到上饶的时间差不多，经历肯定也差不多，看得出来，他对这一切都很抵触，一直皱着眉冷眼相对，众人起哄叫他唱歌，他烦躁地摇头："不会，真不会!"说完低着头走了下去，坐在那里一言不发。

我暗暗替他高兴，心想：哥们儿，这就对了，你可一定要挺住，找到机会赶紧走！正念叨着，轮到我了，嫂子和小琳硬把我推了出去，只好学着他们的样子，先鞠一躬："大家晚上好，我叫郝群，来自海南三亚，我的推荐人是我的朋友庞学忠。"

嫂子在下面起哄："哥，唱歌！"我心想这场合还是少出风头，连连推辞说不会唱，观众们都说不行，一定要唱，正闹得不可开交，小琳替我解围："郝哥当过老师，让他给我们朗诵好不好？"一群人都鼓掌，当时房里挂了两个条幅，一幅是毛泽东的《百万雄师过大江》，另一幅是陆游的《卜算子·咏梅》，书法很拙劣，估计是房东家孩子的练笔之作。我想肯定躲不过去，干脆秀一下我的吉林普通话，先读了一遍毛泽东的诗，众人鼓掌叫好，嫂子起哄："再来一个！再来一个！"没办法，只好继续读《咏梅》："无意苦争春，一任群芳妒。零落成泥碾作尘，只有香如故。"条幅上写漏了"妒"和"零落"，我自己把它补全，心里想："群芳成泥"倒是个好句子，完全可以拿来当小说题目。

到八点半左右，大多数人都已演过一轮，这时来了两个大人物，一个李总，一个邱总。李总是个平头小伙儿，身上西装笔挺，脚上的旧皮鞋擦得锃亮。邱总是个二十岁左右的胖姑娘，身子圆滚滚的，两条腿也是圆滚滚的，我暗暗纳闷：这么差的饭菜，她怎么还能吃出这么多肉来？大人物出场总要有个仪式，众人起立鼓掌，两位老总大模大样地往中间一坐，先用慈祥而威严的目光巡视了一圈，李总说："大家坐吧。"众人纷纷就座。

二十二

传销常被称作"经济邪教"，其中确实有一些宗教般的仪式，我眼前所见就是一例：先把信徒们聚到一起，唱赞歌、做祈祷，然后派来两位大主教，一个讲上帝的圣恩，让信徒们心怀感激；一个讲神圣的戒律，让信徒们心怀敬畏。人们向来迷信权威，套用龙应台的名言：任何人只要坐在柜台后就是老板，站在讲台上就是老师。更何况还有这么盛大的排场、如此隆重的仪式。等两位大主教布完道，再来两位更大的大主教，伴着圣洁的乐声，迈着威严的步伐，堂堂皇皇，其冠其冕，信徒们目醉神迷，早已失去了辨别能力，只觉得心头激荡、两腿发软，吹个口哨就会匍匐在地，争抢着去抱大主教的细腿裤吻他们的脚。

青春痘小伙叫王赫超，眉间尺姑娘叫杨爽，先前的李总隆重介绍："王总和杨总平时工作繁忙，难得他们今天大驾光临，哪位事业伙伴抓住这第一次机会，为他们献一首歌？"嫂子一个劲儿地冲我示意，我假装没看见，旁边几个人嗡嗡站起，一个小伙子拔得头筹，几步奔到中央，对众人深鞠一躬："各位事业伙伴晚上好，作为推销行业，我也把自己推销给大家。"

还是同样的话，还是同样的歌，还是同样的掌声，每个人都要重新登场，座中有四五个老年人，先前一直沉默，这时也挣扎上前，结结巴巴地介绍自己，结结巴巴地唱歌，其中一个唱的是曲剧《卷席筒》："小仓娃我离了登封小县，一路上我受尽饥饿熬煎，二解差好比那牛头马面。"唱着唱着忘词了，站在那里直搓手，脸上急得通红，我看着心里一酸，忍不住想起了自己去世的父亲。

《卷席筒》唱完，四川阆中那对兄弟上场了，也许是因为受了仪式的感染，或者是出于对大人物的敬畏，那个哥哥眉眼舒展了一些，不那么抵触了，还带着一点胆怯的神情，也学着他弟弟的样子做了个自我介绍，不过还是不肯唱歌，一群人都起哄，他弟弟在旁边又拉又扯，终于熬不过唱了几句，然后蹒跚着坐回原位，脸上时阴时晴，显得极为迷茫。

嫂子终于抓住了机会，站到中央唱了一首《母亲》，然后将我隆重推出："各位事业伙伴晚上好，今天我要给大家介绍一位新朋友。"然后对我招手，"哥，你来！"我几步走到她身边，依然是老套路：向事业伙伴请安、自我介绍、表演节目，墙上的诗读完了，我想起在三亚时读过的《贯华堂选批唐才子诗》，金圣叹这老不正经的对崔颢的《登黄鹤楼》赞赏有加，干脆把这首诗背了一遍，场下有个女孩一直随着我低声朗诵："昔人已乘黄鹤去，此地空余黄鹤楼。黄鹤一去不复返，白云千载空悠悠。"

节目演完，两位老总开始训话。先发言的是眉间尺杨总，她的视野本就宽阔，又读过中专，在传销团伙内绝对算高级知识分子，说起话来头头是道，各种理论、各种名词纷纷从她双唇中蹦出，震得满屋子人头皮发麻。畅谈了一通天下大事，杨总又开始扮演慈悲圣母，告诫我们要抓紧发育、努力成长、勇于把握机遇，千万不能当逃兵，要坚决听推荐人的话，跟组织走，一步一个脚印，踏踏实实地踩出一片明天。事实摆在眼前：上有春风化雨好政策，中有组织上无微不至的关怀，下有事业伙伴的鼎力扶持，如果再不上进，简直就是咬吕洞宾的狗，踢孔圣人的驴，实在有负天地良心。

杨总讲了二十分钟，众人大受鼓舞，啪啪鼓掌，青春痘王总接过话茬："杨总讲得非常好，我听了都很受启发，各位事业伙伴要努力领会她的意思。"杨总优雅回应："王总过奖了。"王总点点头，开始讲他自己的经历。王总出身豪门，家里有很多舅舅，其中一舅还是副处级干部，俗话说"家家有本难念的经"，豪门也不例外，这位王总从小就不学好，和所有的阔少一样，终日游手好闲，到处惹是生非，好在有个万能舅舅，总能化险为夷。话说时光荏苒，王总慢慢地成熟了，做过各种事业，当过司机、搞过零售，甚至做过批发带鱼这样的大生意，在纸醉金迷的生活中，王总开始思考人生的意义，也是苍天眷顾英雄，终于被他发现了连锁销售，于是带着满下巴的青春痘来到了江西。

二十三

传销团伙把洗脑视为系统工程，其中最重要的举措就是"分享成功经验"，我在上饶游荡多日，听过许多类似的故事，我不敢说它们全是假的，但肯定都经过美化和修饰。分享经验的大多是二十岁出头的年轻人，文化水平不高，也没什么社会阅历，对"成功"的理解更是大有问题，当他们半是炫耀、半是夸张地讲起自己的经历，仿佛就是明代王龙溪那个不恰当的比喻：穷措大抱着家中黄脸婆自夸好色，情状十分可笑。

《笑林广记》中有个著名的笑话：说某人从京城回来，夸口说自己见过皇帝，有人问他：皇帝家什么样？这人回答：皇帝家可不得了，门前立个大牌坊，上书"皇帝世家"，屋檐下挂块大匾，写着"天子门第"，门上还贴着一副大对联：日月光天德，山河壮帝居。我们现代人当然知道这家伙是在吹牛，因为皇帝家没那么土，同样，传销团伙中的"成功经验"也不值得相信，因为很多事都违背常理。我不是嘲笑这些人的见识，我自己也是井底之蛙，每个人都有他的知识盲点，可重要的是诚实和谦逊，知之为知之，不知为不知，有之为有之，无之为无之，这样才不会贻笑大方。

王总的发言很长，气势也很足，平均每分钟讲一次"说实话"，听其意似乎很真诚，观其面却异常凌厉："刚加入行业的时候，说实话，谁我都没放在眼里！"说着胳膊一挥，状如千军在手，"就你们这些人，有什么呀？说实话，谁有我见得世面多？全中国我去过二十几个省，西藏、新疆都去过，你们才去过几个地方呀？论见识、论才干，就你们这些人，哪个能比得上我？"

我那天喝了很多水，来之前也没想到要上厕所，此时早已尿意盎然，本以为很快就能结束，没想到王总越说越来劲，没一点收场的意思，我急得两腿直扭。按传销团伙内的纪律，只要有领导训话，下面的人必须正襟危坐、老实听讲，严禁随意走动、交头接耳，上厕所更是大忌。我憋了半天，实在是憋不住了，再憋下去就得活活地尿在裤子里，只好举手请示："王总，不好意思，我要上厕所。"王总谈锋正健，一下被我打断了兴头，好不恼怒，冷冷地瞪我一眼。我也顾不了太多，站起来就往外冲。客厅和厕所中间有一道推拉门，滑轨肯定生锈了，推了几下没推开，只发出几声酸倒牙的吱吱声。小庞赶紧过来帮忙，两个人合力把门推开，身后的王总依然在谈他的煊赫往事，我听而不闻，拍了拍小庞的肩膀，飞身冲进厕所。

这厕所同样精彩。关不严的门、数不清的牙缸牙刷，桶里盛满带泡沫的污水，地下散落着可疑的毛发，便池像是从来没刷过，颜色深黑泛红，带着厚厚的天鹅绒的质感，水龙头故意没拧紧，一滴一滴往下漏水。更诡异的是电灯开关，按压式的，用力按不亮，轻轻按也不亮，对力度的要求极为精准，我手艺不行，试验几次都不成功，还是要靠小庞支援，他低声劝我："你注意点，这样不好，他们肯定会有意见。"我苦笑："我总不能尿在裤子里吧？"他摇摇头："你还是要小心点，别跟他们硬争，有意见也憋在心里，别忘了你是来干什么的。"然后正告我，"我这两天就回三亚，就剩你一个人在这里了，郝哥，你千万注意安全。"听得我心里一热。

上完厕所出来，王总的发言依然未完，我耐心地听了一会儿，原来他也是一片好心，说他刚来时年少气盛，不听话，结果吃了很大的亏，走了很长一段弯路，后来幡然悔悟，可惜时不待人，白白浪费了大好时光。现在他身居高位，不忍心看着我们重蹈他的覆辙，所以谆谆教诲："说实话，叫你来的人不是你的亲戚，就是你的朋友，你不听他的话又听谁的话？听他的话很丢人吗？他会害你吗？还不是为了你好？说实话，咱们来到这里，都是为了开创一番事业，不管你以前是什么人，干过什么事，既然选择了行业，就必须遵守行业的纪律，不想干你可以走，没人留你！"

这番话铿锵有力，字字作金石响，众人呆若木鸡，谁都不敢大声出气。终于讲完了，王总双袖一拂，眉间尺杨总款款站起，旁边的李总大声欢呼："感谢两位老总大驾光临！他们工作繁忙，还要处理别的事情，让我们热烈欢送他们！"所有人都拍着巴掌站起，两位老总面带微笑，亲切而不失庄严地和我们逐一握手，然后昂着头傲然而出，只留下他们的音容笑貌让我们久久怀念。

这活动就算结束了，李总郑重交代："现在已经深夜了，咱们注意保持安静，下楼时三人一组、两人一组，不要一哄而下，也不要谈天说笑，别影响周围居民的正常休息！"话音刚落，一群人飞奔着冲向厕所，门口有个小伙站起来维持秩序："哎你们先下，哎后面的等一等！"众人老实排队，每隔两三分钟下去一批，显得极有秩序。

二十四

把一个字写上一百遍，你就会觉得那个字不像正确的字；把蠢话说上一千遍，你就会觉得蠢话也有道理。当人们在谎言中变得麻木，也就混淆了是非，泯灭了善恶。这是最愚蠢的办法，也是最有效的办法，我称之为"厌胜法"：虽然讨厌，可是它赢了。

讲完"国家"规定，开始学习《生活经营管理二十条》，嫂子郑重强调："《二十条》是我们行业的生命线、保护伞，也是我们外出赚钱的保障，我们每天学习两条，各位事业伙伴要认真学习、深刻领会，做到一个自律！"说完翻开笔记本，开始读第一条：每位业务员要认真贯彻落实党的路线、方针和政策，关心他人、大公无私、树立勇于为他人做奉献的精神，认真做到"我为人人、人人为我"的精神风貌，要认真学习各项制度，努力学习各门学科，提高自己的文化水平和演讲能力。

这段话大有语病，"党的路线"不是人人都能落实的，"精神风貌"也不该成为"认真做到"的宾语，可嫂子不管这个，瞪着眼睛讲解："俗话说得好，国有国法，家有家规，没有规矩不成方圆"，然后大讲守法的重要性。讲了几分钟，又读第二条：在公共场合严禁不自律的行为发生，禁止在行业内谈情说爱，严禁不正当的男女关系发生，否则后果自负。这条看似简单，实则大有文章，光"不自律"三个字就能写一本厚厚的书，它包含三方面的内容：首先是行为规范，不得嬉笑打闹、勾肩搭背；不得乱扔垃圾、随地吐痰；不得闯红灯、吃零食。其次是服装和发型，因为我们都是二十一世纪的高素质商人，所以必须有点商人的架势，不能剃光头、留长发，更不能染发、烫发，不能穿短裙短裤，不能穿背心和吊带裙，禁止一切奇装异服。第三点专指情侣，不能牵手，不能互相依偎，更别提亲吻和拥抱了，那是"死罪"。条文中说"禁止不正当的男女关系"，这话不够准确，其实是禁止一切男女关系，不正当的要禁止，正当的也要禁止，只要加入行业，就必须忘记性别，没有男人，也没有女人，只有事业和事业伙伴。

嫂子这样讲解："谈情说爱不仅浪费时间、浪费金钱，还会影响我们自身的情绪。你是夫妻关系也好，恋爱关系也好，只要加入行业，就只有一种关系：推荐人和业务员的关系。等你把行业干成功了，再去谈儿女私情也不迟，要知道，再浪漫的爱情，也必须建立在一定的物质基础之上。"

按照这个逻辑，穷人就不配享有爱情。若要事业有发展，最好的办法就是先把自己阉了。十九世纪俄罗斯有个狂热的"修心派"，为了抵抗诱惑，接近上帝，所有教徒都必须阉掉。在某种意义上，传销者也是修心派的教徒，可他们阉掉自己不是为了上帝，只是为了一个饼，一个画在墙上的可笑的饼。

金庸有句名言：欲练神功，挥刀自宫。而在这场可笑的骗局中，当传销者抛开妻子、抛开恋人，一刀割将下去，却发现所谓的"神功"，不过是江湖中代代相传的一句鬼话。在墙上画个饼，就有人为之自宫。

这不是寓言，这个人在江西，在广西，在湖南，在河北，在大江南北、全国各地。

《二十条》之后，便是行业的圣经宝典《业务洽谈》，这份"圣经"共有七页，合计四千二百余字，我们八个人轮流朗诵，新搬来的小伙子念第一部分，他叫李新鹏，个子不高，五官很英俊，有点像欧亚混血儿，据说是嫂子的什么亲戚，我后来查明，这个团伙的大部分人都有千丝万缕的亲戚关系，一个骗一个，一家骗一家，一村骗一村，不知道骗了多少人。只见李新鹏两脚一立："今天很高兴由我为您介绍我公司的基本情况，我们从事的是连锁销售。"我读的是第六部分："讲到这里，有的朋友会说，你们公司的第二大奖金也不过如此，最高的不过一名业务经理的四百五十六元，还没有一名实习业务员的直接提成五百七十元高呢，针对这个问题我给你打个比方，今天在座的各位每人给你十万元，而全国十三亿人口每人给你一分钱，我想聪明的朋友一定会选择一分钱，因为一分钱听起来少可份额多，而十万元听起来多可份额少。第三大奖金，称为销售补助，在这里需要画图解释，由于时间关系，我就不多做解释了。"

说句吹牛的话，我也算背了一肚子的诗赋文章，平日里常提苏辛李杜，来上饶之前读《王恭传》，还用他的名句胡诌了几句打油诗：何事能消君子愁？半卷《离骚》一壶酒。虽然不算什么好诗，倒也有几分诗酒风流。现在却被逼着读这种狗屁不通的东西，只觉得满嘴屎臭。

二十五

传销团伙蛊惑新人有一整套招数，其中很重要的一招叫"制造神秘感"，话不能说透，事不能讲明，三句话能说清的事，他最多只跟你说两句，总之是要挑起新人的好奇心，跟着他们的脚步，随着他们的诱导，在既定的道上一步步掉进陷阱。小庞虽然是我的"老推"，可资历尚浅，依然是个新人，很多事都不能让他知道。

昨天晚饭后他无意中翻看小琳的笔记本，不知偷窥到了什么绝密内容，让小琳大为恼火，一把将笔记本夺走，大声斥责："你有病啊你！"当时众人都在，小庞脸上挂不住，撅在那里运了半天气，突然站起来告诉小琳:"陈小姐,我想对你说三个字!"众人一愣,小庞铁青着脸大声补充:"他妈的!"说完气哼哼地拂袖而去,谁叫都不理,一晚上皱着眉头磨牙发狠。

早饭只喝了一盆清水,此时早已饿极,眼发花,腿发软,肚子咕咕直叫。时近中午,路边的餐馆渐渐热闹起来,热腾腾的烧鸡、香气四溢的炖肉、白胖丰腴的大肉包子,我看在眼里,馋在心头,一路不停地咽口水。好容易挨到午饭时间,四个人匆匆往回飞奔,路上看见一家卤肉店,我冲过去买了两斤熟牛肉,嫂子没来得及阻止,一直喃喃地批评我不听话。

午饭还是只有一道菜,江西出产一种很大的芋头,名字叫"芋母",价格很便宜,一块钱能买三四斤,当地人都不吃,只有传销团伙视为珍馐,刮去外皮,切成骰子大小的方块,煮熟后颜色深紫发黑,在脸盆里堆成了一座小山,没放油,没放作料,还不准多放盐,吃在嘴里如同嚼蜡。好在还有牛肉,我拿出来四处分发,一群人都笑眯眯的,只有嫂子面色严厉:"哥,这叫违反纪律你知不知道?这叫不自律你知不知道?我警告你:这是最后一次,以后不许再买!你买回来也没人吃!"其他人都点头:"对!不吃!"管老汉嚼着一大块牛肉含含糊糊地教育我:"芋头唔芋头也不赖,又甜唔又甜,有营养,唔好吃!"我暗暗叹气,心想你也一把年纪了,就算不明事理,难道还不知道什么东西好吃?

所谓洗脑,就是颠倒黑白、混淆是非;把鹿当成马,把马当成猪,把猪当成人生导师。只要坚信谎言,草根树皮也远胜山珍海味。他们都是雷打不动的战士,怀着满腔热情把脑袋洗空,把身体洗垮,最后连味蕾都洗坏了,宁吃行业内的芋头,决不吃行业外的牛肉。

午饭后继续洗脑,路上小庞接了一个电话,还没说几句,满脸都是黯然之色。这是我们事先商量好的:只要我在传销团伙中站稳了脚跟,他就要赶紧想办法离开。不过他找的借口不太吉利,说他爸爸病危,因为家中无人,他必须马上赶回三亚。这是大事,小琳也顾不上赌气了,赶紧挽留,两个人嘀咕了一阵,忽听小庞高声斥责:"不是你爸,你当然不关心了!可那是我爸!"嫂子怕我听出内情,拉着我大步往前走:"他们小两口吵架,咱们不管,走走走!"

这就是传销团伙最令人痛恨之处:他们只顾骗钱,几乎没有丝毫人性。只要有人想离开，不管是亲人死亡、房子起火、孩子失踪，他们都会想尽办法阻拦："反正你回去也帮不上忙，不如留下来好好干行业。""人死都死了，你回去有什么用？干行业就要抓紧时间，你一步赶不上，步步赶不上！"小庞第一次离开上饶时，小琳就曾这么挽留他："你真狠心，说走就走，难道一点都不在乎这段感情？"

事实上，她根本就没想和他发展什么感情，也从来没喜欢过他，甚至还有点厌恶。这哀婉忧伤的告白，不过是她"干行业"的手段。她只有二十岁，原本是个善良的好女孩，自从被骗进了传销团伙，就一点点放弃了她的善良，跟着别人说谎，跟着别人行骗，为了拉小庞入伙，她甚至会出卖自己的色相。后来我在网上读到署名"长恨秋"的传销纪实，才知道传销团伙中无奇不有，为了这虚妄的"成功"，女性可以卖身，男的可以偷盗。而小琳只差一步，只要迈出这一步，她就会变成妓女。

二十六

谎言泛滥，必然会引发道德危机。放眼四周，我们看到的就是这般景象：街上贴满诈骗广告，不是富婆重金求子，就是夜总会高薪诚聘；时时扰人的吸费电话、诈骗短信，不是催你汇款，就是恭喜你中了大奖；商铺的大喇叭天天播放：好消息，好消息，原价一百元的优质皮鞋，现在只卖三十元，今天是最后一天，最后一天，走过路过不要错过！还有那些后半夜的电视购物：全国限售九十九件，只有九十九件，机不可失，时不再来，心动不如行动，现在就拿起电话订购吧！

人们在谎言中摸爬滚打，泯灭了是非，混淆了善恶，正如亚瑟·史密斯一百多年前的论断：不缺智慧，缺的是正直的品格。如果说谎者总是中奖，谎言就会玩出各种精彩的花样。传销令人痛恨，可我必须承认，它只是众多邪恶之花中的一朵，仅仅是其中一朵。

小庞和小琳越走越慢，终于看不见了。嫂子一路都在接电话，也是一副忧心忡忡的模样。到了儿童公园，我问小庞和小琳去哪儿了，她答不知道，我开玩笑："这小两口，一天吵、一天好，不是开房去了吧？"嫂子不懂"开房"是什么意思，我说就是去旅馆开房间，她哈哈大笑：

"肯定开房去了，肯定是！"在公园门口等了半天，嫂子说要上厕所，叮嘱我一定不能乱跑，必须在原地待命，说完拿着电话飞快地冲进了公园。

后来才知道，这是他们最紧张的时候，我的洗脑工程马上就要结束，组织上经过慎重评估，认定我是未来的行业精英，钱又多，人又傻，肯定会掏三万六千八，没想到小庞的爸爸早不生病，晚不生病，偏偏要在这时候生病，他要是一走，我人生地不熟，肯定也要跟着走，九成熟的鸭子眼看着就要飞走，真是急死个人。所以组织上当机立断，立即召开电话会议，最后形成两大决议：一、尽力挽留小庞，这是行业最需要他的时候，哪怕他爸病得再重，也要叫他认清形势，坚持到底，直到我掏钱入伙；二、尽力地做我的思想工作，哪怕小庞真的走了，也要叫我感受到组织的温暖和关怀，小庞是我的兄弟，可温暖的行业大家庭中还有更多的兄弟，他们都会一如既往地疼我爱我，我也不应该辜负组织上的期望，要抓紧时间努力学习，争取当一个具有"独立之人格、自由之精神"的坚强下线。

这会议开了足足半个小时，我当时不知道发生了什么事，心中很是忐忑，不知道是不是被他们识破了。正等得焦躁，嫂子甩着手走出来，斜着眼问我："哥，你胆子大不大？"我说还行。她点点头，说小琳和小庞有事不能来了，只能由她带着我去拜见对面老总，这事很平常，可她断定我没这个胆子："哥，你怕不怕我把你卖了？"我说臭男人不值什么钱，卖了你还差不多。她哈哈大笑，笑完了豪迈挥手："那咱们走！"

"对面老总"端坐楼上，头昂着，胸挺着，身上西装笔挺，在摇摇晃晃的破桌子前凛然生威。这位老总不是别人，正是那位酷爱麻袋的龙总，他全名叫龙建伟，河南开封人氏，论年纪只比我小一天，论辈分却比我高出很多，他有一儿一女，女儿十三岁，儿子七岁，肯定计划生育外的产品。龙总只读过初中，江湖阅历却很丰富，跑过长途运输，在北京的公司里当过专职司机，算得上见多识广，天上的事情他懂一半，地上的事情被他懂完了，一副智珠在握的笃定模样。

这堂课主要讲授成功的秘诀，简称"四快五保"，因为行业是新兴的行业、特殊的行业，所以规则也十分诡异，作为新人，要想尽快成功，只有四条道路可循：高起点跑得快、听话跑得快、谦虚跑得快、想的简单跑得快，此之谓"四快"。

我对前三条没什么意见，唯独不理解为什么想地简单反而跑得快。龙师父耐心开导："比如两个人跑步，发令枪一响，你想也不想，嗖地一下冲了出去，你肯定是冠军啊。要是你东想西想，人家都冲刺了，你还没挪窝呢，那你还比个什么呀？"我反驳："你说的是体育竞赛，几分钟就比完了，可咱们干的是行业，那可是长期工程，有许多具体工作，如果不用心思考，怎么能干得好？"龙师父淡定地一笑："干工程是吧？我干过工程！比如咱们俩一起搬砖，啊不对，比如咱们俩一起卖西瓜，说好了六点钟一起出发，到时候我开车走了，你还在那里东想西想：万一天下雨怎么办？万一西瓜坏了怎么办？你这不耽误事吗？"我如雷轰顶，立马开窍："我懂了，就是要集中精力，不能有太多顾虑。"龙总微笑着揶揄我的智商："你看看，这么简单的一个问题，我要是不举例子，你就是听不明白！"嫂子也是一脸欣慰地笑。

二十七

传销团伙中少见正常，多见荒谬，而最荒谬的就是要求成员放弃思考。和所有的愚民统治一样，他们痛恨智慧，仇视一切聪明的脑袋，只要求成员忠诚，绝不鼓励独立思考。为达到这一目的，他们禁绝一切外来消息，禁止读书，禁止看报，禁止收听广播，先把人变成聋子和瞎子，然后篡改历史、捏造事实、伪造圣贤之言，把荒谬的说教、邪恶的理论一条条灌输到成员脑中。任何事情都只有一个答案、一种声音，成员必须无条件接受、无条件服从，绝不允许持有自己的观点，更不允许质疑和反对。

这是最简单的道理：如果有人极力拉拢你，却又要求你别想太多，甚至要求你放弃思考，那么他一定是想骗你。聪明的人自己思考，愚蠢的人让别人替他思考。忠诚可敬，愚忠可怜。这也是传销骗局屡屡得手的原因：因为愚忠，所以老实；因为不善思考，所以轻信谎言。

一百多年前梁启超说过，中国若要富强，首先要开启民智。在一百多年后的今天，要打击传销，开启民智依然是第一要务。用常识对抗谬论，用智慧揭穿谎言，让更多的人独立思考、明辨是非，则传销可绝、人心可安，否则这邪恶的骗局将永远流传。

"四快"之后，继之以"五保"，这是指行业的五大保障：团结、自律、节俭、复制、学习。从文法上根本讲不通，这五个词分属不同的类别，词性不同，词义也不同，很难想象有人会把它们归为一类。和所有不伦不类的传销口号一样，这"五保"同样经不起推敲，比如"节俭"包含于"自律"，"复制"等同于"学习"，"五保"只能算"三保"。但龙师父不这么想，他语重心长地告诉我："这五大保障特别好，真的，只要你能做到这五条，一定会成功！"

讲完"四快五保"，龙师父问我对行业还有哪些困惑，我又提起"黄金点"，问他三千八是怎么变成五十万的，龙师父开始扯淡："这个账特别复杂，告诉你你也听不懂。"我坚持："好歹我也上过大学，学过几天高数，你说吧，我尽量理解。"他摇头："跟你说了特别复杂，你就别问了！"我有点生气，说："这又不是什么高深的数学问题，不就是加减乘除吗？哪有那么复杂？你尽管说，我就不信我听不懂！"他一敲桌子："好！那我考你个问题：我做个黄金点，我的下属也做个黄金点，你说我能赚多少钱？"我说："我记不清那个提成比例了，你把《业务洽谈》拿来，我马上算给你看。"他不拿，还是那句话："我做个黄金点，我下属做个黄金点，你说我能赚多少钱？"接着我们拉起锯来，我让他拿《业务洽谈》，或者直接告诉我提成比例，他不干，一个劲地让我算账，还藐视我："我说这账复杂吧，说你算不过来你就是算不过来！"争执了几个回合，我实在忍不住了，"啪"地一拍桌子："你这不是欺负我吗？把《业务洽谈》拿来，不就他妈这么一笔小账吗，我要是算不出来，我把脑袋割给你！"

传销者为蛊惑人心，经常会编造各种各样的数据，他们号称有七百多万人都在干这所谓的"连锁销售"，遍布二百二十多个城市，城市之间还搞评比，上饶分舵高居全国第四。这些肯定是谎言，可他们大多数都信以为真。公正地评价，我所在的这个团伙不算什么正规组织，更像是一个临时拼凑起来的野鸡班子，与"连锁销售官方网站"相比，我们的理论不够系统，内容也不够完善，有很多事一听就是胡扯，账算得更是糊涂，所有人都相信自己能赚钱，可具体怎么赚钱、能赚多少钱，他们一无所知。

"连锁销售"也叫"异地连锁",在全国各地有无数大大小小的团伙,其模式基本相同:每个成员只能发展两个或三个下线、五级三阶制、出局制,但也有小小差别,主要是交钱的数目不同,有的团伙交三千八,有的交三千九,还有两千九、两千八等不同标准,与此相对,"黄金点"的数额也各不相同,有三万六千八、六万九千八、三万三千……

有个问题:如果我交了三千八,也做够了六百份,成了高业(或称A级业务员),到底能赚多少钱?我后来上网搜索,发现了各种不同的答案:二百七十万、二百七十六万、三百八十万、五百万。事实上,这些答案全都是错的,因为它根本就是一个不确定的数字。传销团伙号称"高业"每月能赚到六位数,这是一个彻头彻尾的谎言,它建立在一个绝无可能的基础之上,即每人每月都能拉到一个下线。事实可以说明一切:小琳干了八个月,只拉到了两个直接下线,其中一个是小庞,另一个是她的同学立华;立华干了四个月,只拉到了自己的男朋友。

二十八

第二天小琳和嫂子把我接回住处,暂别两天,房间里已经换了一批人,王浩和管老汉都去参加"交际学"了,新搬来三个人:一个叫王志森,河南农民,大约四十五岁,爱说爱笑,为人非常质朴,我一直叫他"王哥"。一个叫赵诚,嫂子叫他"姐夫",这人小学没毕业,个子很矮,可脾气极坏,我常在心里说他"一米四的身高,两米五的脾气"。他在房里从不干活,看什么都是一副不服气的表情,尤其看不惯我,也不知道我怎么得罪他了。还有一个叫郑杰,是南阳理工学院毕业的大学生,学通信工程的,刚毕业就被他妹妹骗了过来,做了大半年,熬得面色苍白,瘦得只剩一把骨头,鼻子上永远搁着一副深度眼镜,走起路来宛如画中金莲三寸的林黛玉,两步一颤,三步一摇,起阵风就能吹倒。

在此后的日子里,我和郑杰经常一同出入,他只有二十一岁,很多想法都很天真,有次坐在广场上晒太阳,他忽然叹息:"这世界太不公平了。"我问什么事,他连连摇头:"都是一个妈生的,你看我妹妹长得那么漂亮，我长得这么丑。"我安慰他："咳，男人不在乎这个。"他不说话，嘴唇喷喷直响，像是在祈祷老天赐他馅饼，又像是在抱怨老天对他不公。

那段时间我一直尝试着去影响他，有次问他有什么理想，这小子是个游戏迷，大学三年，大部分时间都泡在网吧，说他最大的理想就是当个专业游戏玩家，就像魔兽世界里的传奇人物摩恩那样，一辈子悠游自在，干最惬意的活，赚最轻松的钱。

我鼓励他："那就去做啊，不管什么样的事业，只要你用心，一定能干出名堂来！"他抱怨起来，说自己没钱，玩游戏也需要成本，他连装备都买不起，根本没法参加比赛，只能先干"行业"，赚到钱以后再去实现理想。我壮着胆子诱导他："你们同学中有没有在华为、中兴上班的？"他说有，我接着问："那你为什么不试着找份工作呢？你学的是通信工程，多热门的专业啊，找工作不会太困难吧？"他还是摇头："找是找得到，不过一个月就赚那么点钱，有什么用？还是干行业好，只要吃两年苦，我就能赚几百万，到那时，嘿，我想干什么就干什么！"

说完停了一会儿，又说他想把自己的爸爸也骗过来，他爸在河南当司机，好像是某个事业单位的员工，我赶紧劝他："还是别叫你爸了，你看，现在你、你妈、你妹妹都在干行业，将来成功了，你们三个每人赚几百万，加起来上千万了，何必把你爸也叫来？再说行业也不是一天就能干成功的，你们三个在这里吃、住、经营，都要花钱，这钱从哪里来？还不是靠你爸在外面张罗？万一你把他也叫来了，一家人全耗在这里，只出不进，说句不好听的话，万一谁有个三病两灾的，你手里一分钱没有，怎么办？"

郑杰微微一笑："哥，你来行业时间短，有许多事还不明白，行业是个短平快的行业，要想成功，必须集中全部精力，动用全部资源！再说，行业随时可以赚钱，只要我们家有一个上了经理，一个月收入万元，那不就足够了吗？"

有一天洗脑之后，我和他在步行街闲逛，他说自己参加过物理竞赛，我很是怀疑，心想这么弱智的谎言你都能信，凭什么参加物理竞赛？那可是高智商人士的专利。我对物理完全外行，只读过霍金的《时间简史》，还记得几个名词，提出来旁敲侧击地考他。这一考就考出真功夫来了，他给我讲黑洞，讲白矮星，讲普朗克常数、测不准原理，还提到了广义相对论和狭义相对论，讲得头头是道，我都听呆了。

那时已近黄昏，两个人都饿得肚子咕咕直叫，恰好经过肯德基，看见有个乞丐坐在对面的台阶上，一手拿着几个热包子，一手拿着瓶娃哈哈营养快线，他吃两口包子，喝一口营养快线，再吃两口包子，再喝一口营养快钱，吃得香甜，喝得畅快，嘴边亮亮的全是油。吃完喝光了，这乞丐不知从哪掏出来一支烟，点上后美美地抽了一口，样子十分陶醉。我和郑杰眼睁睁地看着他大吃大喝，肚子咕咕地叫，嘴里直冒口水，郑杰感慨："唉，乞丐都比我们吃得好。"我说："是啊，你也饿了吧？"他一脸委屈："当然饿了，谁不饿啊？"我鼓动他："那咱们进去吃点东西好不好？鸡翅、鸡块、汉堡包，你随便点，我请客！"郑杰回头看我一眼："哥，这就是你的不对了，行业有行业的纪律。"

郑杰，当代的典型产品，一个高智商笨蛋。他受过高等教育，谈起相对论来如数家珍，却看不破最简单的骗局。他知道什么是黑洞，什么是白矮星，甚至知道什么是普朗克常数，却唯独不懂最简单的道理：饿了要吃饭。

这是当下的社会之病，人们不缺理论，只缺常识。最无知的人也知道几个"主义"，却很少有人能够明辨是非。人们学习吃苦的意义，学习英雄悍不畏死的事迹，却很少学习如何过好自己的日子，更不知道什么是契约精神，而传销者利用的正是这些"美德"，他们祭起"爱国"的法宝，打着"利国、利民、利己"的旗号，以"两年赚五百万"为美妙前景，以"吃得苦中苦，方为人上人"为道德蛊惑，把"成功"奉为至高无上，可以超越亲情、爱情和性别的第一准则，把一批又一批善良的人拖入泥潭，迷乱其心智，操纵其行为，扭曲其人格，堕落其道德。

像郑杰这样的人还有很多，就在我们身边，在我们日日行走和呼吸的城市中，有数万乃至数十万的大学生正在接受着传销的蛊惑，他们本该是人中的精英，却变成了可耻的吸血鬼。当他们受到恶人的引诱，就会迅速变成恶人的同党，噩梦醒来时，他们的出路只有两条：要么赚到一些钱，成为可耻的罪犯；要么赔上金钱、健康和宝贵的时间，成为可怜的羔羊。

二十九

西谚有云：愚蠢是无止境的。如果能愚蠢到狂热，怎么也该算是极高境界了。荷兰大贤伊拉斯谟一生反对狂热，我跟他是一伙的，都反对过激的正义、盲目的崇拜和无原则的忠诚。当满世热情高涨，我们就躲到一边儿凉快；当人们齐唱赞歌，我们就逃回自己的洞里翻白眼玩儿。我们知道，热情一旦超过限度，就会变成肆虐的毒火。这样的事情屡见不鲜。虽然《业务洽谈》拙劣不堪，传销者却都视之为圣经，认为这东西完美无缺，一万年也挑不出半点瑕疵，更容不得半点质疑，仿佛就是"文革"中那声震云天的呼喊："就是好来就是好，就是好！"

多数人都有这样的基因，却向来少见真正的反思。都说封建迷信不好，却依然迷信。人们看不见近在眼前的事实，不分对错、不辨善恶，把坏的当成好的，把臭的当成香的，抱着萝卜就当教主，拿着笤帚疙瘩就当观音菩萨拜，还以为自己真理在握。

小琳中专毕业，本该分得清"名誉"和"名义"之别，她只是失去了判断力。后来她回到三亚，在网上给我留言，说她喜欢毕淑敏的文章，也喜欢普希金的诗。我相信，如果她在上饶就能读到毕淑敏和普希金，她一定不会认为《业务洽谈》是多么了不起的文字。我更相信，如果我也处在她的境地：与世隔绝，读不到任何别的文字，每日里只是喃喃念诵《业务洽谈》，再加上时时有人提醒："《业务洽谈》可不得了，四千二百九十五个字，字字都有深意！"我听多了，念久了，肯定也不会在乎什么错别字，如果时间再长些，我说不定也会挖空心思为那个愚蠢的"名誉"辩护。

传销洗脑有两大法宝：言论控制、思想禁锢。不允许争论，不允许质疑，先把人变成哑巴；再禁绝一切外来信息，把人变成瞎子和聋子。没了参照物，也就没了方向感，人们跋涉在茫茫沙漠之中，走得再远也只是原地打转。清末严复说八股文有三大害处，"其一曰锢智慧，其二曰坏心术，其三曰滋游手"，这说的简直就是传销。

思想禁锢必然会降低人的智力水平，所有传销者都在经历着这样的蜕变：前三个月抵触，中三个月怀疑，后三个月相信，再给他三个月，他就会狂热地崇拜。把正常人变成白痴，不需要天打雷劈，只需要短短十二个月的思想禁锢和野蛮灌输。

中世纪的欧洲历史证明，思想禁锢只会造就文化萧条、人才凋零的局面。当数以千万计的传销者耗光了积蓄，熬垮了身体，当他们有家难回、走投无路，却发现这"行业"只不过是一场骗局，他们又该如何回报这一直纵容传销、姑息传销的人间？我只能期待他们继续善良下去。

我抄了一个多小时的《业务洽谈》，抽了四支烟，这是传销团伙内的"晚读时间"，所有人都装模作样地拿本书坐在桌前，不过谁都没认真读，一直唧唧喳喳地说笑，小琳看的是《羊皮卷》中的《成功誓言之四》，二百一十八页，从七点到九点，这一页始终没翻过去。我抄累了，从她手里拿过来读了一句：我不再难以与人相处了。管锋嘿嘿地笑："哥，你读错了，正确的读法是我不再与男人相处了。"我哈哈大笑，心想这小子还知道反讽，是个好苗头，《羊皮卷》这种垃圾书就该尖刻地嘲弄。没想到几天后我们就学到了这一段，众人轮流朗读，轮到管锋了，他款款站起，神情神圣而庄严："《羊皮卷》让我睁开了眼睛。"

鱼生来能游，鸡啄开蛋壳能走，藏羚羊出生后十五分钟就能站立，然而这些脑袋洗空的传销者，活到几十岁依然睁不开眼睛。

抄到九点多，该睡觉了，众人洗脚上床。李新鹏和我睡同一张床，他喜欢蒙着头睡，我终于不用担心有人在脑后哈气了，睡得十分舒坦。不知道什么时候，突然耳边铃声大作，接着是一个男人的声音："对不起，我是个警察。"我蓦地惊醒，翻身坐起，只见李新鹏满脸歉意："哥，没事儿，是我的手机彩铃。"我惊魂未定："大半夜的，你这彩铃也太吓人了。"他又露出那行贿般的笑容："这是《无间道》里梁朝伟的台词，哥，没事儿，放心睡吧。"我长吁一口气重新躺倒，听见他在被窝里咕咕哝哝地讲电话，足足讲了半个钟头，我本以为他在跟女朋友谈情，后来隐约听到了一句："他今天表现挺好的，对三笔财富和五大学科……"我恍然大悟，原来组织上正在关心我的成长，心里一阵发冷，想这帮家伙够周密的，思想工作做到了床上，我可得小心点，万一露了馅儿可不是玩的。

三十

心中烦躁，怎么都睡不着，起来上了趟厕所，发现嫂子正在灯下摆弄烟盒，这团伙中的男人大多抽烟，可从没见过一个像样的烟灰缸，全是用烟盒拼起来的：把六个烟盒首尾相连，拼成一个六角形，底部粘上一张锡箔纸和一层厚纸壳，一个完美无缺的手工烟灰缸就算造成了。这玩意儿很不可靠，平均两三天就要烧毁一个，有时还会燃起明火。制作工艺也很复杂，要描绘图纸、裁剪纸壳，还要消耗一定量的墨水和透明胶。据我观察，造一个这样的烟灰缸大约费时四十分钟，这还得是熟手。嫂子加入行业一年有余，至少做了七八十个，总费时四十八小时以上，约合六个工作日，而在上饶的便利店里，最便宜的烟灰缸只卖一块钱。

节俭是美德，但也要有个限度，如果补一双破鞋的成本比买一双新鞋还高，那就应该扔掉破鞋穿新鞋，但传销者不然，为了省一块钱，他们宁愿花费六个工作日甚至更多，平均每个工作日约合一毛六分钱。

根据最新的《劳动法》，每人每年的正常工作时间为二百五十一个工作日，这时间如果用在传销团伙中，价值约等于四十二个烟灰缸。如果传销者可以活一百年，其一生所创造的价值也不过四千二百个烟灰缸。然而你知道，这就是传销行业的五大保障之一：节俭。嫂子教育我："哥，你这么说不对，哪能乱买东西呢？行业干的就是一个节俭！不该花的钱，一分也不能花！"

在传销团伙中，只要过了最初三天的适应期，每天的生活都是同样的：早晨六点钟起床，七点钟喝一盆清水，七点十分开会，读《业务洽谈》，读《羊皮卷》，学习《二十条》，九点钟准时出门，半小时洗脑，其余时间全在无所事事地游荡。十二点吃午饭，下午再洗半小时脑，继续游荡，六点钟吃晚饭，饭后两个小时说笑打闹，九点半准时洗脚，十点之前必须熄灯睡觉，真个是"心中无一事，空腹满街游"。

这些人表面看起来忙极了，实际每天有效利用的时间不过两个小时，然而这样的教诲却时时响在耳边："行业是个短平快的行业，要抓紧时间！""为什么不能看书看报看电视？怕你分心！干行业要抓紧时间!""行业不等人，一步赶不上，步步赶不上，要抓紧时间！"

是的，抓紧时间，我们就像希腊神话中的西西弗斯，一次次把石头推上山，再看着它一次次滚落下来，没有意义，没有价值，空耗生命，抓紧时间只是为了浪费时间。

一月八日的晨会还是由嫂子主持，读完《业务洽谈》，她问我："哥，考你一个问题：什么是五级三阶制？"我答不上来，旁边的管锋噌地站起："五级三阶制是一种公平合理的奖金分配制度，它曾在一九九八年五月十二日新加坡亚太地区直销大会上荣获最高奖项银鹰奖，正是由于它的公平合理，被广泛应用于我国的银行、保险、房地产和电信等部门，它只是一套算账的工具，就像中国的算盘一样。"嫂子提示："不是中国，是我国。"管锋赶紧改正："哦，就像我国的算盘一样。"嫂子点点头，转身鞭策我："哥，你要抓紧了啊，这些可都是基础知识，必须掌握的！"我默默受教，心里不停嘀咕，想这段话说得有鼻子有眼的，不会是真的吧？

事实证明，我并不比别人聪明，和所有的传销者同样无知。这番谎话编得拙劣至极，仅凭常识就能找出其漏洞，所谓"五级三阶制"，无非是"五个级别""三个晋升阶段"，然而想想就能知道，任何一家银行和保险公司都不可能只有五个级别和三个晋升阶段。不过愚蠢如我，还是要经过多方查证才能明白：原来这段话纯属信口开河，"银鹰奖"是编出来的，"广泛应用"是编出来的，连"亚太地区直销大会"都是编出来的，更谈不上什么"公平合理"，它只是传销团伙行骗的幌子。

开完晨会，照例由李新鹏和小琳带我洗脑，因为"对面老总"的业务繁忙，只好在楼下跺着脚干等，小琳和李新鹏显得十分亲密，经常把我晾在一旁，头碰头、脚碰脚地低声耳语，也不知说些什么。我替小庞吃醋，时不时冒几句怪话："小琳，新鹏长得真帅，比小庞帅多了，是吧"或者"我看你们俩挺合适的，别搭理小庞了"。李新鹏似乎有所察觉，有时也会主动跟我聊两句，这一聊我就明白了，原来这小子以前被警察抓过，好像还不止一次，说警察的态度特别凶，立眉瞪眼地呵斥他："蹲下，蹲下！给我蹲下！"还说有人不服从，挨了打。我听得有趣，问他怕不怕，他大咧咧地一笑："有什么可怕的？只要你听话，蹲一蹲怕什么？蹲上两个小时，警察就得乖乖地把你放出来！"

话音刚落，一辆警车呼啸着从我们身边驶过，我斜眼看看他，这小子没撒谎，他真是一点都不怕。

三十一

在街上游荡多时，终于熬到了五点钟，我们慢慢游荡回家。所有人都回来了。管锋在厨房里擀面，没有擀面杖，拿一个啤酒瓶子代替，滚得骨碌碌直响。新来的王志森想去帮忙，被他推推搡搡地轰了出来，王志森跟我抱怨："你看看这些孩子，一点儿活都不让我干！"我逗他："谁让你那么老呢，活该！"他哈哈大笑，搂着我的肩膀大发感慨："这行业是真好啊，所有人都像一家人一样！"说笑了一阵，他突然站起，从裤兜里掏出一个蓝色塑料袋，噔噔地跑下楼去。我心中纳闷：传销团伙不准私自行动，他怎么这么大胆？过了十几分钟，他气喘吁吁地跑回来，塑料袋里装满了菜帮子、菜叶子，还有一段莲藕和一块生满黑斑的红薯，我大为诧异："王哥，你去买菜了？"他嘿嘿地笑："不是买的，捡的！"

这是传销团伙著名的"过三关"之一：面子关。只要加入行业，"自己"就消失了，只剩下一个空无所指的"集体"，他们强调集体利益、团队精神，却极少顾及个人需求和个人尊严。在上饶、在新余、在广西、在大江南北，像王志森这样的人所在多有，还有许多年纪更轻、级别更高的，他们衣冠楚楚、昂首挺胸地走进菜市场，不问菜价，也不买任何东西，只拿着塑料袋四处逡巡，老鼠乱窜的泥里有一片烂菜叶，他们收进袋里；苍蝇飞舞的垃圾堆中有两根小油菜，他们收进袋里。有时还能捡到排骨和牛肉呢，他们拿起来看看，再看看，又看看，最终还是叹着气恋恋不舍地丢下：组织上有规定，骗不来新人就不能吃肉，捡来的也不行。

亚瑟·史密斯分析中国人的特性，首先强调的就是"脸"，在他那里，脸就是中国人的密码，也是大多数中国问题的症结所在，不过他讲的多是虚荣的一面，而在中文语境中，"脸"这个字不仅代表虚荣，同时也代表尊严。尊严不可或缺，可适度的虚荣也不是完全的坏事，至少能让人不至于太过龌龊。两足动物行走在人群中，即便是出于率真自然，也该保持基本的体面。不一定非要穿阿玛尼，可至少也该遮住私处；不一定非要挂金戴银，可至少也该把脖子洗净。当西装革履的传销头目在众目睽睽之下，从泥水和垃圾堆里拾起一根根烂菜，我不能说他们就此没了尊严，只能说他们忘记了基本的体面。

我们当时的住处离菜市场很近，二十分钟就能跑个来回。那些住得远的就很麻烦，近楼台者已经先扫了一轮，轮到他们就只能捡那些更烂、更脏的，花一个钟头也不一定有多少收获。他们顶着风、忍着饿，在寒冷的冬日黄昏奔走多时，只为了一把不值一钱的烂菜叶子。然而他们无怨无悔，说这就是行业的关怀。

捡来的菜当然不会干净，白菜烂了大半，莲藕被老鼠咬过，红薯的黑斑下藏着伤人的毒素，可他们全不在乎，嫂子说："什么细菌不细菌的，开水一煮，干干净净！"王志森附和："对嘛，不干不净，吃了没病！"我没有继续争辩，开饭了，我端起饭碗，一口白菜一口红薯，白菜清甜，红薯绵甜，吃完后既没拉稀也没昏厥，就像吃了武侠小说中的不死灵丹，武功盖世，百毒不侵。

行业格言：过了面子关，你就成功了一半。

在翻阅了大量资料之后，我发现了一件有趣的事：每个传销团伙都是口号狂，他们把一切概念都标语化、口号化，比如干行业的"四大快""五大保障"和"六大杀手"，走在路上"四不谈"，奋斗过程"过三关"，成就事业的"黄金定律""六大心态"，与人相处的"三多三宝"，违反纪律的"三大御令杀无赦"……这些口号听着响亮，说着豪迈，带着一股不容置疑的傲慢劲儿，最大的用处就是把人脑格式化，让成员思想统一，步调一致，永远不会东想西想。

这些东西粗暴、野蛮、不讲道理，只适合对付丛林中的野蛮人。我对此比较偏激，甚至会反对李约瑟提出的"中国四大发明"，觉得无论如何也该把豆腐算进去，它总比指南针重要吧？也不认可梁启超提出的"四大文明古国"，总觉得这提法过于粗糙；至于"四大美女""四大名著"，以及更多的响亮口号，在我看来都是经不起推敲的野蛮统计，可人们大都奉之为金科玉律，极少有人能清醒地思考和辨析。

三十二

在传销团伙中，与生活相关的口号都没什么人性，比如另外一个著名的"三多"：泪水多、汗水多、苦水多。"汗水多"是胡说，传销者大多过着游手好闲的生活，既不劳动也不锻炼，除了年轻小伙子的脚汗，别无出汗之处。泪水和苦水倒是真的，在团伙中待上几个月，基本上就和所有亲戚朋友都断绝了关系。当年的爱侣，此时的冤家；昔日的密友，今朝的仇敌。发短信没人回，打电话没人接，更别提理解和倾诉了。午夜梦回之时，传销者思此及彼，见残月如伤，观寒星似泪，一时悲从中来，忍不住就会作长夜嘤嘤之哭。此痛无人知，此恨无处诉，只能打落牙齿和血吞，第二天肿着眼皮醒来，还得强作积极，读《羊皮卷》，背《业务洽谈》，用弱不禁风的身体扛着重若千钧的梦，用屈原投江的心情抱着一戳就破的事业，此中孤愤不可言说，汉语中有个词早就为他们准备好了，叫作"活该"。

同样没人性的还有"过三关"，面子关解释过了，另外两关是行动关和冷水关。行动关指的是真抓实干，不能只看着别人赚钱，心动就要行动，必须拉下面子、抛开良心，去蒙、去骗，掘地三尺也要把亲朋好友骗来。更残忍的是冷水关，我们体系有个不成文的规定：哪怕地冻三尺，也只能用冷水洗衣服洗菜，女性月经期间也不例外。

上饶的冬天很冷，那水我试过，冰凉刺骨，我人老皮厚还扛得住，年轻人几乎个个手上都有冻疮，郑杰的十根手指全部冻肿，小琳更厉害，手指头全跟胡萝卜似的，颜色青黑，多处冻裂，右拇指靠近指甲处裂了一道筷子粗的伤口，深几见骨，四周的皮肉全冻成深红色，看了触目惊心。我们相处二十多天，我陪她买过三次冻伤药，可从来没见好转。她还勤快，总抢着干活，有次我站在旁边看她洗菜，水很冷，洗一会儿她就拿出手来哈气，我想帮忙，她不让，那时房间里有一副黄色的橡胶手套，我说那你把手套戴上吧，她摇头："手套是洗衣服的，不能拿来洗菜。"不知什么时候把伤口划破了，菜叶上淋漓的血，我心中暴怒，低着嗓子骂她："你傻呀，戴个手套能怎么了？怎么能这么死板？

我告诉你，疼可是你自己的，没人替你疼！"她转身微笑，大声回答："我这是为了自己的未来，值！"

我目瞪口呆，半天说不出话来，始终在想：究竟是什么样的力量，才会使一个人如此麻木，又如此疯狂？

一九六一年，汉娜·阿伦特到耶路撒冷旁听了一场审判，受审者是著名的"纳粹屠夫"阿道夫·艾希曼，他是"二战"时屠杀犹太人的主要负责人，经他签署命令而屠杀了超过五百万人。汉娜·阿伦特目睹了审判的全过程，发现艾希曼并不是人们想象中的那种狰狞恶棍，也不是特别聪明或在某方面独具才能，他极其平庸，既浅薄又无趣，正如阿伦特的辩护词中所言，艾希曼只是一个正常人，而且是"极度的、可怕的正常"，她把这称为"平庸之恶"。

平庸之为恶，并不是因为失去了辨别是非的能力，艾希曼很清楚自己在做什么，而且熟读康德，自称"一生都依据康德的道德律令而活"，他只是不想判断，宁愿放弃良知与邪恶同行。和大多数人一样，他见惯了罪恶，就会对罪恶麻木不仁。杀第一个人时，他也许会胆战心寒，夜不能寐；杀到第一百个人，他就能安然入睡，只是心中还有些许愧疚；等杀到一万人、一百万人，杀人就是再平常不过的事，就像走路、睡觉和呼吸，人命在他眼里就像砧板上的肉，不再有任何意义。后来艾希曼为自己辩护，说他并不仇恨犹太人，他只是在忠实地执行元首的命令。他不是犯罪机器的开动者，只是机器上的一个齿轮。然而就是这样一个麻木不仁的齿轮，却犯下了人类历史上最令人发指的罪孽：五百万条鲜活的生命。

与艾希曼相比，那些洗过脑的传销者连平庸都算不上，艾希曼只是不愿意做出判断，而传销者根本就失去了判断的能力，他们更麻木，也更糊涂，打电话骗人时，他们以为自己是在提携亲友；给人洗脑时，他们以为在帮助伙伴，哪怕用暴力囚禁新人，他们也觉得自己心怀善意，就像父母对孩子动用必要的惩罚，"他现在想不通，过段时间就想通了，我要给他机会，这都是为了他好"。他们从不以为自己行事卑鄙，反而有种圣徒般的情结，觉得自己在牺牲、在奉献、在为国出力。后来我在上饶的派出所里和小琳聊天，我问她知不知道自己在做什么，她一直强调一句话："我没觉得我在做坏事，我没做坏事！"

我把这称为"昏聩之恶"，如果艾希曼是罪恶机器上的一个齿轮，传销者就是这机器运转时喷出的黑烟，他们受人控制，身不由己，可是依然有害，就像多年前那群抄家烧书的红卫兵，不明方向，不辨所以，只知道跟着人群冲冲冲，犯下大恶却不自知，就如同身在梦中。

当某种罪行以光明的谎言煽动人群，那些缺乏常识、头脑昏聩、对"善"极度迟钝的人就会汹涌其中，世上最恐怖的事物就是缺失了同情心的狂热，一切集体暴行都出于此。当人群变得狂热，人性就会悄悄溜走，其后果往往比普通罪行更加严重。这样的事在我们的历史上一再出现，白莲教如此，义和团如此，传销也是如此。

三十三

回到住处刚刚十点半，还不到做饭时间，我和王志森坐在桌前瞎聊，他长得不错，眼睛亮，鼻梁高，一副英气勃勃的样子，年轻时肯定是个帅哥。我逗他："王哥，看你这模样，当年应该挺风流吧？是不是祸害了不少姑娘？"他哈哈大笑："嘘，别让他们听见，我当年，嘿！"

原来这老帅哥当年也是个捣蛋青年，爬树跳井，摘瓜偷枣，横行三乡五里，也是一时英豪。话说有次他去赶集，在村口遇上了邻村的另一位捣蛋青年，两人互相不忿，先是白眼，白眼不解气，继之以骂娘；骂娘不解气，继之以推搡；推搡还不解气，他一脚就把人踹翻，摁在泥里结结实实地一顿好打，没想到大水冲了龙王庙，挨打的偏偏是他对象的亲戚，好好的一门亲事就这么打黄了。

过完了偷鸡摸狗的青春岁月，王志森渐渐老了，他不算聪明，人也比较懒，除了种田，最多就是到乡镇企业打打零工，几十年下来，全部积蓄也就两三万元。他儿子刚刚十九岁，一年前被骗到江西，没钱入伙，就打电话骗他，说自己开了一家餐馆，要装修门面，让他汇了两万块，然后拿这两万块做了个高起点。入伙之后要发展下线，他不认识什么人，只能骗自己的父母，说饭店生意太忙，让他妈赶紧过来。当妈的肯定挂念儿子，买了张火车票就来了，经过三天的洗脑，觉得这是个好买卖，可身上还是没钱，又给王志森打电话，这次的理由更荒唐，说儿子病了，要住院，让他汇四千元。王志森的积蓄已经被儿子骗光了，只能出去借。他老婆拿这四千元做了一个资格点，剩下两百元买牙膏、牙刷、洗衣粉，你知道，这叫"经营费用"。

现在家里只剩王志森一个人了，他天天发愁：手里一分钱都没有，来年的种子怎么办？化肥怎么办？无可奈何，只好四处找活干，刚找到一份工作，儿子的电话又来了，说饭店生意实在太好，让他赶紧来上饶，反正打零工赚不到几个钱，给别人干还不如给自己干呢，还特意叮嘱他多带钱，因为饭店要雇小工，要扩门面，还要进酒水饮料。王志森听得心动，可是车票都买不起，只能再出去借，借了一家没借到，再找第二家，终于凑齐了五千元，然后一头扎进了传销窝，从此就出不去了。

他在上饶混了大半年，好像一直没拉到下线，骗不来人就没有收入，一直苦苦地熬着。有次他半是炫耀半是抱怨地告诉我："哎呀，在这儿是真省钱啊，你看我身上就十块钱，装在兜里十几天了，一分都没花！"

我问他："你到上饶之后，发现老婆孩子都骗你，生不生气？"

他一皱眉："那能不生气吗？"

"那你不揍他？"

他摇摇头："咳，来都来了，当着那么多人"

我又问："你们全家都来了，家里的地怎么办？"

他笑起来："就那么几亩地，随便找个人就收拾了。"

"家里养猪了吧？猪怎么办？"

"咳，来之前就卖了，要不哪来的钱干行业？"

我没话说了，给他递了一支烟，他闷声不响地抽。他烟瘾很大，可是从不买烟，一天到晚蹭烟抽，大概是为了省钱。抽完那支烟，他站起来四处溜达，也不笑了，一副惨兮兮的表情，走两步就叹口气，显得格外苍老。

我和王志森在一起住了十几天，彼此都感觉很投脾气，他不吹牛，不夸张，有什么就说什么，也很少谈及行业，从来都是笑眯眯的。他注定赚不到钱，最终还是要失望而归，那时身体已经熬垮了，地也荒了，外面还欠了一屁股债，按照农村风俗，他还要给儿子盖房、定亲、娶媳妇，这是一副无比沉重的担子，但愿不会压垮他日渐衰老的肩膀。他已经不年轻了，可艰难的岁月刚刚开始。他一辈子都不曾富裕，而今后将更加贫穷。当他双手空空地回到落满灰尘的家，又该如何面对那痛苦而无望的未来？

离开上饶后，我有一天梦见了他，梦中的王志森又老又丑，皱得像个核桃，在亿升广场门前，他慢慢地向我伸手，表情扭曲痛苦，手上布满死灰色的骨节，就像一棵枯死的树。

传说人被老虎吃了之后，灵魂不得超生，除非能找人代替，于是就有了"伥鬼"一说。明清笔记小说中有许多为虎作伥的故事，其中的伥鬼多半都是小孩，他们无知懵懂，不通世事，更分不清功罪善恶，一次次驱人向虎。

在某个意义上，传销者也是这样的"伥"，他们同样无知，同样糊涂，也同样邪恶，有些伥鬼尚且保有几分天良，知道不能祸害亲人，可传销者连亲人都不放过。在上饶的二十三天，每当我看到那些食不果腹的老人，都会感到无比的愤怒：世上怎会有这样的儿女？怎么能眼睁睁地看着自己的父母吃这样的饭、受这样的苦、遭受这样的折磨？

三十四

吃过晚饭，嫂子说要带我去参加"实话实说"，那时天已经黑了，我们越走越远，渐渐到了一个偏僻的所在，四周都不见人，偶尔开来一辆车，灯光雪亮而刺眼。嫂子也不说话，带着我慢慢走进一条黑黑的涵洞，我心惊胆战，想该不会是暴露了吧，难道这帮家伙要收拾我？如果在这里埋伏上几条大汉，我今晚恐怕就交待了。想得汗毛倒竖。嫂子像是猜中了我的心思，有一搭没一搭地与我闲谈起来，她读过高中，好像没毕业就辍学了。她妈身体不好，常年卧病在床，她爸在村里开了一家豆腐坊，生意不错，算得上殷实之家。嫂子是独生女，从小到大没吃过什么苦，后来结了婚，丈夫也挺疼她，婚后一年生了个儿子，全家老小都很高兴，用她自己的话说，左邻右舍的小媳妇都羡慕她，觉得她的命好。大约两年前，她丈夫被骗进了传销窝，干了一年，没拉到几个下线，只好打自己老婆的主意，那时嫂子正跟公婆闹别扭，一怒之下就来了上饶。

我问她："现在你手下有几个业务员？赚了不少钱吧？"她不说话，低着头慢慢地往前走，又跟我讲她离家时的情景。接完老公的电话，她就开始张罗远行，买车票、洗衣服，在家里到处收拾东西。两岁大的孩子已经懂事了，她走到哪里，儿子就跟到哪里，也不说话，一双小眼睛眨呀眨的，一直瘪着嘴，样子可怜巴巴的，想哭又不敢哭。嫂子收拾完，抱起儿子来亲亲，再亲亲，恋恋不舍地放下，小孩儿的眼泪都快下来了，她一狠心，提起行李就往外走，儿子蹒跚着两条小腿追上来，一把揪住了她的衣服，眼泪直流，怎么都不肯放手，嘴里只是叫："妈妈不走，妈妈疼宝宝，妈妈不走。"她婆婆在旁边一个劲儿地抹眼泪，帮着她挣脱儿子的手，嫂子大步往外走，刚走出大门，只听后面"哇"的一声，儿子终于憋不住大哭起来。她心如刀绞，丢下行李就往回跑，跑了两步想想不行，再回去提起行李，她婆婆靠着门框哭，她儿子坐在地上哭，她一边走一边哭，终于走到村口，一路都听见儿子撕心裂肺的哭声："哎呀把我哭的呀，从许昌到上饶，我的眼泪就没干过。"

我听了也不好受，问她："那你现在想儿子吧？"

"那能不想吗？天天做梦都能梦到他。"

我叹气，她也叹气。四周很安静，只有泥地里嚓嚓的脚步声。黑夜里看不见她的脸，可我知道，这年轻的母亲一定又在流泪。

讲完这番话的第二天，她接到家里电话，说她公公骑自行车赶集，路上出了车祸，家里只有她婆婆一个人，又要带孩子，又要照顾病人，实在忙不过来，让他们赶紧回去一个。嫂子十分烦躁，在电话里吼了几句，一脸的痛楚之色。两小时后我们送她去车站，从此再也没见过她。

一周后她公公就死了。死前只有老伴和儿媳妇陪在身边，他的儿子和女儿都在上饶，还在干行业。也许是他们自己不想回家，也许是组织上不放他们回家。干行业要抓紧时间。

一张钞票可以替代另一张钞票，但一个亲人绝不能替代另一个亲人。有一些损失可以弥补，有一些损失永远无法弥补。如果这对儿女能够及时回家，一定还来得及见父亲最后一面。甚至可以有更多的假设：如果他们没有出来干这该死的行业，也许老人就不必亲自赶集；如果救治及时，也许他就不会死。但愿天下再无这样的儿女。

嫂子二十五岁，长得不算漂亮，我和她相处十几天，只见她换过两套衣服。她爱说爱唱，结婚前最大的理想是到歌舞团唱歌，这是她永远无法实现的人生之梦。我不知道后来会发生什么事，也许丧亲之痛会让她聪明起来，从此脱离这邪恶的"行业"；也许她将继续愚蠢下去，再次抛下儿子，然后坐等更惨烈的悲剧。她几乎不可能成功，随之而来的将是更加艰辛的岁月，甚至更糟，如果她被抓了，那个两岁孩子的哭声将穿透监狱的高墙，夜夜在她耳边回响。

三十五

王浩和黑道大侠刘庆松是被同一个人骗来的，那人叫刘伟东，已经"上去了"，说明这人至少骗了二百二十八万，抓起来可以判五年。论辈分，王浩算是我的七代太师叔，算是体系中极大的干部。传销者越到高层，互相之间的倾轧就越厉害，我们体系有三位支点老总，刘庆松主持全面工作，廖东算二把手，王浩没什么实权，职级却很高，这种人受排挤几乎是必然的，他表面光鲜，私底下的日子却未必好过，他的上线肯定不希望他干得一帆风顺：蛋糕就那么大，有你吃的就没我吃的，不折磨他才怪。最惨的是无人倾诉，对上不能讲，对下也不能讲，对同僚更不能讲，只能躲在被窝里掐自己的大腿泄愤。

高中时读《史记·项羽本纪》，看到四面楚歌之时，便感到一种巨大的悲怆，盖世英雄到了乌江滩头，命运也只是四个字：进退生死。楚国男儿宁死不辱，眼望大好河山，怆然自刎于秋风沙场。王浩这种传销头目当然不能和项羽比，可进退之事依然艰难，我相信他本质不坏，二十多岁的农村青年，本该是善良质朴的好孩子，然而日复一日的愚蠢教育无限放大了他本性中的恶，他日渐沉沦，却身不由己，眼前的路越走越窄，向前一步是雷池，退后一步是荆棘，午夜梦回之时，当灰烬久埋的良知之铃轻轻摇响，他是否也会感觉痛苦煎熬？

王浩点上烟，先跟我分享他的成功经验，说他刚加入行业时有多么幼稚："那时年轻，不懂事，狂！谁都不放在眼里，谁的话我都不听！最后怎么样呢？哥我告诉你，我可是吃了大亏了，你可千万不能走我的老路啊。"我虚心受教，王总大发感慨，"行业其实很简单，没有别的经验，真的，没有别的经验，就俩字：听话。"

这样的教诲我至少听过一百遍，不由得腻烦起来。王浩大概也看出了一点儿苗头，转了个话题，开始讲行业的妙处："我开始和你一样，也不太相信行业，你说就这么一群人，一没能力二没本钱，凭什么月入万元？凭什么一个月挣六位数？"

这话说到我心里去了，心想是啊，凭什么啊？王总微微一笑："那话是怎么说的？实践是检验真理的唯一标准，对吧？直到我上了经理，到了发月绩的时候，哎呀，我才相信行业确实能赚钱，你猜第一个月我发了多少？一万多！"他的两只小胖手拍得啪啪直响，"一万多的现金！哥，不怕你笑话，那是我这辈子第一次拿那么多钱，事实就在眼前摆着，你说我还有什么理由不信？"

根据我后来的了解，这番话未必是假的，可他也没有完全说真话。这是连锁销售骗局中的一个重要秘密：虽然《业务洽谈》中写得明明白白，每骗来一份三千八，经理就可以提成四百五十六元。可事实上从来就没有这个四百五十六，最多只能拿到三百零四元，等他下面再上来一个经理，他就只能拿一百一十四元；上来两个，就只能拿七十六元；等第三个经理也爬了上来，他就只能拿一点可怜的津贴，勉强够他自己过活。在有些团伙中，甚至连这点活命的钱都没有，不仅没有收入，他还要承担"经理室"的房租水电，要帮下线垫付各种"经营费用"，还要硬着头皮充门面。一句话：不仅赚不到钱，还要往里贴钱。

或许有人会问：既然万元收入是一句空话，他为什么不肯离开？答案很简单：他还在期待平台上的六位数。

这是一个无比荒唐的笑话：第一次被骗，他留下了；第二次被骗，他不肯走；第三次、第四次、第无数次被骗，他依然相信骗子会信守诺言。吸毒会上瘾，传销者被骗都能上瘾，真是人间奇观。聪明人不会在同一个地方跌倒两次，而传销者就站在那里，跌倒一次、两次、无数次，最后连爬都爬不起来，可还是不肯离开，依然坚信那是自己的福地。恕我刻薄，动物中也很少有这么愚蠢的东西。

许多人身上都有着或多或少的传销基因，他们堕落地放弃权利，视说谎为常态，拿口号当饭吃，每每给骗子极大的宽容。骗子许他们一个美妙前景，他们就信以为真，并且甘愿为之而死；当前景破灭，他们宁可自我麻醉也绝不肯正视现实；如果真相妨碍了迷信，他们就勇敢地排斥真相。

而欺骗从来都是一辆停不下来的车，他们冷漠而麻木地挤成一团，不问前途，不辨方向，把饥荒、灾难和一切不可思议之事都视为自己本该如此的命运。借用海涅的名言：每块墓碑之下都躺着一段世界历史。而每个传销者身上都背着一篇真正的传销历史。

三十六

中国古人把"淫"视为万恶之首，在基督教教义中，"骄傲"是一切罪恶的根源，但在我看来，世上最大的恶并不是骄傲和淫荡，也不是杀人放火，而是制造愚蠢。愚蠢本身不是恶，却可以把恶放大无数倍。

在一个愚蠢之地，什么样的坏事都可能发生，什么样的惨剧都在意料之中，人们会本能地排斥一切高尚之物，他们反对思考世界的本源，因为世界对他们来说，不过就是眼前方寸之地；他们也反对思考人生的意义，爱因斯坦曾经说过一种"猪圈理想"，他们连猪圈都懒得想，只希望传销组织能够给他们分配一个意义；他们仇视富人也鄙视穷人，嘲笑高尚也憎恶无耻，一切深沉有趣的东西都是他们的敌人，正应了那句话：聪明的人只反对愚蠢，而愚蠢的人什么都反对。

在传销团伙中住了二十三天，我总结出一个道理：愚蠢不是天生的，而是人工制造出来的。在所有蠢人背后，有一个肉眼看不见的黑暗之地，那就是愚蠢加工厂。那里烟囱林立，黑烟滚滚，正在加班加点地炮制愚蠢。很多人都会困惑：一个好好的人，怎么就能被人洗了脑？答案非常简单：只要隔绝了信息，再控制住话语权，洗脑是再容易不过的事。反正没有第二个声音，我说什么都是真理，根本不必在乎什么逻辑，更不需要论证，只要拳头够大，嗓门够高，我说一加一等于几它就等于几，把骡子说成人类始祖你也得无条件相信。

传说黄泉路上有一碗孟婆汤，喝下去就会忘了自己是谁，其实要喝这碗汤不必走那么远，随便找个传销团伙就行，他们专门生产这个。配方并不复杂：谎言大量、喇叭一个、伪造的历史若干、截肢的圣贤少许，剁碎搅匀后放在密闭的高压锅里，宽汤猛火，几分钟就能熬出一锅新鲜热辣的迷魂汤，每天早上起来空腹喝上一碗，三个月就能变成白痴。

教育家晏阳初说过一句振聋发聩的话：人有免于愚昧无知的自由。在生而有之的诸项自由之中，以此项自由最为重要，无此则无任何自由，若此项自由被剥夺，一切自由都将不保，因为这是"自由中的自由"。我信服这样的话，也痛恨一切与此项自由为敌的恶人，一切制造愚蠢的人都是我的敌人，我将永远不会与之同行。

但丁的幽冥有九层地狱，里面关押着形形色色的罪人，唯独没有愚蠢制造者。如果可能，我希望加上第十层，在冰湖之下，熔岩之上，让腐败的灵魂永远不离沸腾的血池，让他们看到自己所犯下的一切罪孽，看到贫瘠的人心、满世的荒凉。愿他们永远痛苦。

喝过早上那盆清水，小琳带我去见一位"两百多份的大主任"，此人臭名昭著，事业伙伴提起来都是一脸不屑，评语六个字：有毛病，没教养。这小伙叫王帅刚，二十四五岁，长了一张天生就该受欺负的猪腰子脸，小眼睛，塌鼻子，眉毛淡得像中国书法中的飞白，眼神里有种说不出的东西，阴暗而浑浊，就像乌烟瘴气的城乡接合部，让人一见而生厌憎之心。

别人做够六十五份就可以当经理，他做了两百多份还是个业务主任，原因只有一个：人品太差。他没什么朋友，家里人也不怎么待见他，在行业里骗了一年多，只骗来了一个人，就是那位粉刺阔少王赫超，后者爬得比他还高，按照传销团伙的计算方法，现在王帅刚一分钱都赚不到，算是标准的鸡飞蛋打。

这些事是我后来知道的，当时小琳带我进门，引荐语依然有"出色"二字："这是我们公司做得非常出色的王总！"王总给我倒上白开水，盯着我思索片刻，忽然石破天惊地来了一句："我在外面跑了很多年，什么事都见过，什么事都干过。"我目瞪口呆，心想我也见过几个职业吹牛的，可从来没见过有谁吹到这种高度，"什么事都干过"，这得长多大的脑袋啊？

这位王总阅历极丰，先是求学，求学不成，跑去经商；经商又不成，跑去开车；开车还不成，跑去牢里吃窝窝头。几年前他在东莞当司机，老板让他送货，他走到半路就把货卖了，东莞是销魂之地，以王总的德性，我断定那点钱没派什么好用场。后来警察抓他，他就逃到苏州，还是给人开车，送货的时候故伎重施，这次更狠，不光卖人家的货，连车都卖了。这种行径无论在哪里都算不上高尚之举，可他倒很自豪，说两句就要指指我的鼻子："这就是我干的事！"

我开始还能忍，可他越来越猖狂，手指始终不离我的鼻端，有时还要上下颤动，遇到长句子还要颤动好几下，我怒气暗生，心想哪儿冒出这么个东西来，怎么连起码的礼貌都没有？这时王总讲起了他的逃亡旅程，这厮犯案之后携款潜逃，没逃多远就被警察当街扑倒，抓进去关了几年，出来后走投无路，一头扎进了传销窝，干了一年多，几乎没什么建树，名义上做了两百多份，可钱全被粉刺阔少王赫超赚走了，他一分钱都赚不到，真不知道他靠什么活着，更不明白他为什么不离开。有时候我甚至怀疑这厮是个通缉犯，众所周知，传销团伙没有别的好处，只适合窝藏匪类，反正也没人过问，在这里隐姓埋名地躲上几年，等到风声平息再重回江湖，照样吃香喝辣逍遥人间。

三十七

俗话说"婚姻是爱情的坟墓"，其实婚姻还不算厉害，传销才是真正的爱情杀手。只要进了传销窝，就如同进了幽冥地狱，除非把对方也拖进来，否则一定会情断义绝。一个在阳世，一个在阴间，再坚贞的爱情也敌不过幽明之隔。

皮鞋先生被女朋友抛弃了，李新英和小琳的经历也差不多，前者原来有个男友在三亚当水兵，两人谈了几年，也算得上郎情妾意，你侬我侬，后来她跑来做传销，说的没一句人话，干的没一件人事，水兵同学失望之下就把她甩了。

小琳的故事更加惨烈，她原来的男友叫张中，小琳到上饶后一直打他的主意，打了无数电话，终于把张中骗到了上饶，这小伙儿很聪明，一进房间就知道事情不对，拉着小琳就往外走，谁敢阻拦他就对谁发怒，一路大吼大叫，一副不怕死的架势，把所有人都吓住了，小琳只好乖乖地跟他回三亚。可这孩子实在不算聪明，在家里待了几天，还是经不起李新英他们的拉拢诱惑，不顾家人劝阻、张中恳求，一个人又溜了回来。

我看过她的日记，在描述这段经历时，她时时提到"浑身没径（劲）""难受""伤心"，估计日子也不太好过。后面的事情可想而知，一个人执意要往火坑里跳，也只能由她去了，张中从此跟她断了联系，短信不回，电话不接，一段爱情就此告吹。

后来我常常劝她和张中复合，她这样回答："我知道他对我好，可是我的心早就被他伤透了。"我说："是你伤人在先，你想想，人家千辛万苦把你救回去，你一声不发就跑回来，你说他会怎么想？"小琳冷冷回应："谁离了谁还不能活？哼。"说时脸如寒霜，眉宇间隐隐有一股仇恨之意，我看了都有点害怕。

传销团伙中常常有人退出，行业中把他们称作"逃兵"或"懦夫"，这些"懦夫"都有一个共同的特点：消沉、沮丧，有的甚至会精神失常，可他们从不认为自己愚蠢，只恨别人不支持他，甚至会由此恨上整个社会。而传销团伙为激励成员，也经常会进行仇恨教育，把一切不幸都归到别人头上，"卧薪尝胆""报仇雪恨"这样的词屡见不鲜。

小琳给我讲过一个流传甚广的故事，说有个人被骗进了行业，这人太穷了，连三千八都交不起，只能四处借钱，可谁都不肯借给他，最后求到了一位朋友，这位朋友知道他在做传销，不仅不肯借钱，还把他羞辱了一通。这人当时就记下了深仇，咬着牙挺了下来，疯了似的干行业，两年之后终于上了平台，赚了几百万，可胸中怒火始终不熄，念念不忘当年的胯下之辱，一心只想报仇雪恨。不知想了多久，终于想到一个妙计：去银行提了五十万，全换成一元一元的硬币，然后雇了辆车，把这五十万个硬币哗啦啦全倒在朋友家门口，好大一座钱山！满村的人都惊呆了，这位英雄沉冤得雪，心中豪情激荡，在众目睽睽之下仰天长啸：某某某，你给我看着！当年我跟你借五千你都不给，现在，我给你五十万！说到这里，小琳像是想起了自己的遭遇，咬牙切齿地总结道："我们在这里干行业，肯定有很多人不理解、不支持，甚至还会有人嘲笑我们，不要紧！成功以后再让他知道我们的厉害！"

这故事肯定是编的：既然五千元没借到，那五十万就没必要还。未受滴水之恩，反以涌泉相报，这事干得大有古人之风，动机却很难理解：明明是去报仇，怎么反倒成了报恩？这算怎么回事？另外我也不相信他能拿出那么多钱，就算能拿得出，换五十万个硬币也是一件挺麻烦的事。费了天大的劲，只为搞一场没啥意思的行为艺术，看来英雄果然是用特殊材料制成的，如果不是得了失心疯，就肯定是脑袋被驴踢了。然而仔细一想，其中仇恨之意还是令人不寒而栗。

传销发展一日，这种仇恨教育就会持续一日。在不久的将来，也许每个幼儿园门口都要加派警力。但愿这只是危言耸听。

用一个字来描述我的传销生活，那就是"饿"，不只是肠胃之饥，而是肉体与灵魂的双重饥饿，吃不饱固然难受，更煎熬的却是精神上的匮乏与空虚。我相信一个道理：一个人的富足不仅是金钱之富，更要看他心灵中能容纳多少与自身无关的东西。同样，一个民族的强大也绝不仅是GDP的强大，更要看其在精神领域有多少发明创造。

长眉驼

王族

骆驼中的美人

在哈萨克族牧驼人叶赛尔家，我耐心等待着他家的长眉驼从沙漠中归来。

我来看长眉驼，是因为几张照片引出的一次惊喜——妻子为她所供职的报社去木垒县采访，见到了长眉驼，拍了几张照片带了回来。我第一眼看见的时候，便惊讶不已——这些长眉驼真是太美了，眉毛又细又长，自眉角向两颊垂下，将脸庞围拢得如同一轮圆月。长眉驼的眼睛更是与普通骆驼的眼睛不一样——普通骆驼的眼帘有两层，可很好地防风沙，而长眉驼的眼帘有三层，使一双眼睛显得又大又圆，像一位美人正用含情脉脉的目光在注视着你，等待着你前去与它相认。它们身上的毛也很长，细细密密垂落得像流苏。因为眉毛长，人们干脆不叫它们骆驼，而是称它们为"长眉驼"。

妻子还带回了消息，长眉驼在中国也就三百多峰，比国宝大熊猫还少，而牧驼人叶赛尔家就有近二百峰。

我决定去看长眉驼。车子从木垒县城出发，行进了两个多小时，到了托拜阔拉沙漠草场。托拜阔拉犹如一块被时间浇铸的琥珀，没有人知道它的确切历史。夏天，这里是黄绿相间、亦沙亦草的沙漠草场；冬天，这里会积上一层厚雪，雪地上只有一条人畜踩出的路。

下了车，干燥的冷气如刀子一般割着脸颊。举目四望，只见铁青黑硬的砾石成滩成片地铺向远处。远处，便是沉寂模糊的山峦。干旱、赤裸、蛮荒、贫瘠——该怎样形容这个地方呢？

下午，我在叶赛尔家听见外面传来了牧人低低的吆喝声，我出门跑到他家屋子后面的沙包上，看见庞大的骆驼群朝这边走来了，一群高大的身躯在沙地中缓缓走动，掀起的沙尘把茫茫荒滩和灌木丛都裹了进去，驼群身边升起一道黄色尘雾。

我吃惊地看着，很快，一大群骆驼走到了我面前。怎么说呢？最吸引人的仍是它们长长的眉毛，又浓又密，有风刮过，它们身上下垂的毛便随风飘起，像无数细丝在飞扬。风停后，一根一根长眉缓缓落下，像柔软的手臂一般围护在它双眸周围。

我走过去，本来想看它们的长眉，但我却从一峰长眉驼大大的眼睛里看到了我的影子。这一刻，我和它都盯着对方一动不动地看，我觉得它的眼睛像一面镜子，一下子照透了我，让我有一种赤裸感，加之它的眼睛是这么美，让我顿时又有了几分羞怯。我因为紧张，不自然地动了一下，我看见我的影子在它眼睛里倏然不见了。

谁可以在骆驼的眼睛里长存？有一句谚语说："有的人，可以在骆驼的眼睛里看到自己的影子；有的人，却什么也看不到。"如此说来，只有好人的影子才可以在骆驼的眼睛里出现。我今天在长眉驼的眼睛里看到了我的影子，看来我是一个好人。

细看，它们确实有三层眼帘，比普通骆驼多了一层。来之前就听人说了，这三层眼帘除了好看之外，抗风沙的能力要比普通的骆驼强得多。当它们弯下脖颈的时候，身上纯白或金色的毛像一匹光滑的绸缎一样流泻下来。真像一位位雍容华贵的美人啊！以前，当地人称它们为"狮子头骆驼"，长眉驼则是它们后来的名字。这个名字在哈萨克族语中称为"乌宗克尔莆克提约"，意思是"长睫毛骆驼"。因为它是木垒县所独有的，后来在名称中加了地名，叫"木垒长眉驼"。

发情

我原以为长眉驼的夜晚是安静的，不料，天还没有黑，有一峰长眉驼却不安静了。它用力撞开圈门，在院子里跑来跑去，一副急不可耐的样子。它的身躯本来就高大，现在一急，四蹄把院子踩得咣咣响，好像要把院子踩翻似的。

少顷，它开始嘶叫，脸上出现了不可思议的古怪样子，嘴里往外冒出一层厚厚的白沫子。它脸上的白沫子很多，但却不掉下，糊满了整张脸，把眼睛都蒙住了。它用力甩去眼睛上的白沫子，急切地向四周张望。

我以为它病了，一问叶赛尔才知道，这是一峰公驼，正在发情期呢。噢，它们发情的时候会口吐白沫，这一点与别的动物都不同。长眉驼在发情时野性很大，常常将白沫子喷向路人。要是在发情期间一直找不到性伴侣的话，它们的脾气会变得很暴躁，身体像是完全失去了控制，在戈壁滩上拼了全力奔跑，以释放出在强健的四肢中潜藏的野性和欲望。听说有些眼睛被厚厚一层白沫子蒙住的公驼，在奔跑的时候会一头撞在草场的围栏上。

我问叶赛尔："它发情了，有没有解决的办法。"

他说："没办法，今天不巧，这里没有母驼。"

没有母驼就真的没办法了。它仍在一刻不停地奔跑着，它体内一定已经像火一样燃烧起来，如果没有宣泄的办法，它无论如何是不能安静下来了。不知道它体内有多少白沫子，反正从它的嘴角不停地往外冒着，让它的脸变得像一个蛋糕。它几次想冲出院子去，但无奈铁大门已被锁上，它便只能在院子里打转。几圈过后，我看见它明显地加快了速度，庞大的身躯在院子里一起一落，便蹿出很远，似乎只有这样才能消耗掉体内的激烈，除此别无办法。

这时，从外面进来了一对情侣，他们也是从乌鲁木齐来这里看长眉驼的。小伙子对满脸白沫子的长眉驼很好奇，想凑近看个仔细，但长眉驼乱踢乱晃的四蹄却逼得他不得不后退。他女朋友一把拉住他，生怕他出意外。他女朋友很漂亮，紧身T恤和牛仔裤使她高挑丰腴的身材显得凸凹有致。当她从叶赛尔的介绍中得知这只长眉驼正在发情时，脸上有了几分羞答答的神情。我还注意到，她把身体挨在了男友身上，紧紧抓住了他的手。

过了一会儿，长眉驼慢慢安静下来了，但它却把头一扬，把嘴角的白沫子喷了出去。小伙子离它很近，被喷在了脸上。他的脸一下子变得像长眉驼的脸一样，白花花的一片。叶赛尔看看他，又看看他女朋友，开玩笑说，你也发情了。他窘得不知说什么好，愣愣地用手把脸上的白沫子抹了下来。

我对他说："你去洗洗脸吧，比起长眉驼，你幸福多了，你今天晚上有女朋友嘛！"他一听我这么一说，顿时高兴了，一把拉住女朋友的手往屋里走去。他女朋友跟在他身后，脸上泛起了一层红晕。

述说和倾听

第二天，我才见到了阿吉坎·木合塔森老人。他瘦削而蜡黄的脸上，细密的皱纹无所不在，尤其是一双浑浊得有些暗黄的眼睛，微微眯成了一条缝，让人疑惑他已经看不清东西了。我想，他的眼睛是被一年一年的风吹老的。

他是哈萨克族，讲哈语和汉语。他讲的哈语我很难听懂，需要他三十多岁的儿子翻译一遍。从他的神情中可以看出，他的儿子只能翻译其中的一小部分，大部分只能翻译出大概的意思，无法准确转述。他的几个孙子虽然能听懂哈语，但听不懂他在说什么事，爷爷说的那些事情，课本里都没有。他有些着急，便用不太流利的汉语开始和我们交谈。应该说，这位老人是语言天才，比如说到母驼下崽，便说是完成公驼交代的任务；说骆驼耐力强，便说它身体里有十个骆驼的力气；说骆驼的速度快，便说它把藏在身体里的翅膀拿出来用了一下；说骆驼因为累而变得很瘦，便说它把身上的肉交给了脚下的路……

阿吉坎·木合塔森说，他的爷爷艾吾巴克尔十五岁就给别人家放牧，因为放牧精心，膘抓得好（将骆驼牧养得健壮），人们都愿意把自己的牲畜交给他代牧，十八年后，艾吾巴克尔有了自己庞大的驼群了。

按照多年养驼的经验，他相信，只要骆驼的品种好，毛肉都可以卖钱。就这样，他一有机会就与他人交换种公驼，从不近亲繁殖。艾吾巴克尔的这种做法，现在的新名词叫杂交和改良。艾吾巴克尔没读过一天的书，可这个选育方法他早就懂了。

诉说和倾听，时间似乎总是过得很快。不知不觉夜已深了，阿吉坎·木合塔森的儿子和孙子都打起了呵欠。他示意一下，他们便获得了解放，一一去睡觉了。老人意犹未尽，拿出了珍藏的一块保留了长眉的骨头让我看，可以肯定这块骨头是长眉驼长眉毛的那个部位的。骨头显得很白，摸上去像玉一样有几分细润。至于驼毛，明亮而又笔直，用手一摸柔软细腻。

从阿吉坎·木合塔森对这件东西爱不释手的情形可以猜出，这是他的宝贝。我们俩躺在炕上，他说起了这件宝贝的故事。他曾养过一峰漂亮的长眉驼，它很聪明，能听懂他的话，他一呼唤，它便马上跑到他身边。有一段时间，他外出牧驼时总是和它在一起，大家开玩笑说那峰长眉驼是他的老婆，他听了嘿嘿一笑，并不生气。一天，他的这峰长眉驼走失了，被一群狼围住，咬伤了身上的很多地方，腿已无法站稳，脖子也血流如注。它挣扎着跑到了一棵胡杨树前，把自己的头颅伸上去架在一个树杈上，然后便不动了。狼群一拥而上，撕咬它的身体，甚至咬断了它的脖子，它庞大的身躯轰然倒地，狼群疯狂地进行了一场饕餮大餐。阿吉坎·木合塔森找到出事点后，看见它的头颅仍架在那个树杈上，那副漂亮的长眉和头上长长的驼毛完好无损，正随风飘拂。他爬上树将它的头颅取下，一路抱着默默回家。他知道，它在生命的最后时刻已无惜自己的躯体乃至生命，但却一定要保护住长眉。它知道自己的长眉很美，所以它选择了那样的死亡方式。

被太阳带走

一大早，长眉驼们要外出觅食了。叶赛尔背着足够一天食用的馕和水，神情黯然地准备出门。长眉驼在沙漠草场上吃少得可怜的草，牧驼人长年累月吃简单的馕、喝冰凉的水，古老的游牧方式就这样一直被维持了下来。

　　长眉驼们从圈中走出时的步伐显得很缓慢，它们似乎在一夜间并没有养足精神，一峰峰看上去无精打采。从圈门走到院子里居然走了十几步。我清楚地记得，昨天黄昏它们归圈时仅用四五步就入圈了。我不知道这是为何。然而更让我吃惊的是，它们走到院子中间却停止不前了，一峰峰像是畏惧什么似的，显得很焦虑。

　　比长眉驼更焦虑的是叶赛尔，他既不赶长眉驼，也不吆喝，只是阴沉着脸在它们身边走来走去。这就怪了，早晨外出放牧，应该说是人和长眉驼高兴的时候，但人和长眉驼却为什么都不高兴呢？

　　院子里的气氛变得沉闷起来，似乎有一种郁闷而又沉重的东西从长眉驼的身体里弥漫出来，把一切都遮裹了进去。叶赛尔的咳嗽声不合时宜地响起，使气氛一下子显得更沉重了。来这儿仅仅一天一夜，我便发现叶赛尔在不停地咳嗽，从声音上听好像并没有什么病，但他就是在不停地咳嗽，似乎已经养成了一种习惯。他的这一习惯让人觉得牧驼这一职业的沉重，他也许在艰难地忍受着什么。

　　我正这样胡思乱想着，长眉驼们却有了变化。它们像是突然听到了召唤似的，齐刷刷地抬起了头，然后向院外快速走去。短短的时间里，从神情到步伐，它们俨然变成了另一种骆驼。出了门，它们再次停止不前，抬着头向沙漠尽头望去。沙漠尽头，初升的太阳像一个火炉中的圆球，沾满了猩红的火星，正一点一点在上升。

　　我明白了，它们刚才在等待着太阳出来，等待的过程让它们焦虑不安。我想起曾有人对我说过，骆驼在一天之中只有早晨的太阳升起时，会抬头眺望太阳，其余时间都会低着头。怪不得我们平时所见到的骆驼都是低着头的。在后来离开长眉驼之后，我又知道了骆驼在早晨眺望太阳之后，就会认准方向，在一天之中不会迷路。从牧民讲述的种种关于骆驼的故事中，我们知道骆驼不论遇上怎样的风沙都不会迷路，其原因就在于它们在早晨就已确定了方向。一天之中，太阳从东到西，方向一直装在骆驼的内心。

　　太阳一点一点脱落了猩红的火星，升上了天空。骆驼们变得急躁起来，大声呼吸，打着响鼻，迈开步子上路了。叶赛尔不再咳嗽了，大声吆喝着，声音颇为响亮。

慢慢地，骆驼们走远了，沙漠中浓厚的地气使它们变成了模糊的一团。再远一点，它们便几乎和地平线融为一体，让人疑惑它们是山峦，是树木，是石头，是一条悄无声息流淌的河流……骆驼们被太阳带走了。

名　字

我对阿吉坎·木合塔森说："你的长眉驼不光是木垒县之最，而且是新疆之最，全国之最，乃至世界之最。"

他哈哈一笑说："你讲的事情太远了，我不知道。我老了，太远的事情干不了了，我就在这儿放长眉驼，不是挺好吗？"

我问他："在这近二百峰长眉驼中，如何辨认出哪个是头驼？"

他说："没有头驼，每峰长眉驼都有自己的名字，叫名字就行了。"

我细问之下才知道，他家的长眉驼大都有名字，比如木卡西：像摩托车一样跑得快的骆驼；苏提皇吾尔：产奶多的骆驼；哈吉提：有用处的骆驼，与叶赛尔家的小男孩同名，因为都是同一天降生的，现在都有三岁半了；吾库楞汗：像新娘帽子上的羽毛一样的骆驼；桑达利：像"二杆子"一样鲁莽的骆驼；沙勒莫音：长脖子的骆驼……

阿吉坎·木合塔森熟悉并了解它们中的每一峰，能准确无误地叫出它们的名字，一点都不会错。甚至听它们走路的声音，也能辨别出是哪一峰长眉驼，并能猜出它们是饿了还是吃饱了。他熟悉它们便如同熟悉自己的身体一样。

几天后，我和他坐在院子里抽烟，长眉驼们回来了，他的神情一下子肃穆起来，竖起耳朵听了听说："桑达利这个二杆子，今天急着往回赶呢，走在最前面；沙勒莫音的脖子不舒服，可能被胡杨树枝扎了；木卡西今天跑得比平时慢多了，一定没吃饱……"当晚，我和他那出去牧驼的儿子一一核实他的倾听是否正确，结果一一应验。

有一峰长眉驼与阿吉坎·木合塔森的小儿子同名，叫热汗，今年二十五岁了。不久，我终于知道了这峰骆驼与阿吉坎·木合塔森的小儿子同名的原因。那是一九九二年的冬天，热汗七岁，他这个年纪，已经整天跟在父亲的后面"吃"（意为赶的意思）长眉驼了。那天，父亲赶着长眉驼一大早就出了门。留下了热汗赶着一群年幼体衰的长眉驼在离家不远的草场上吃草。到了傍晚，暮色渐渐涂上了荒原，天阴了下来。突然，下起暴雪来了。雪在这赤裸荒漠中往往只是一个打前站的黑客，它后面还有风呢！不久，风就裹着雪刮了起来。风雪下得一会儿快，一会儿慢，长眉驼们拼命往回家的路上赶，好不容易冲出沙漠没走多远，却很快又被裹在雪雾里面了。如此折腾几番，长眉驼们索性放慢脚步，但这时候，暴风雪却奇怪地停止了。四周荒漠上赤野千里，一片洁白。混沌的天地静悄悄地充斥着死寂的空气。没有了家的方向，热汗迷路了。在这时候迷路是很可怕的，年幼的热汗从未经历过这样的事情，他哭出了声，在心里希望父亲能突然出现。但厉风在黑夜中呼啸着，像是黑暗中奔突着数不清的恶狼。这时候，热汗感到身后有一张喷着热气的嘴顶着他的小小身躯往前推，回头一看，是长眉驼的嘴。不知过了多久，长眉驼顶着他的小身子，一路上跌跌撞撞地往背风的地方赶，最后到了一个低矮的雪丘下面，卧下了身子。热汗快要被冻僵了的身体被这峰长眉驼紧紧裹在它又厚又密的长毛里，顿时觉得又暖和又舒服。一股浓郁的驼毛气息弥漫着，很快就淹没了他熟睡的脸庞。

第二天凌晨，阿吉坎·木合塔森带着牧区的人远远地赶来，找到了在驼毛中熟睡的热汗，还有走散的十几峰长眉驼，一峰挨一峰在一起拥挤成了一堵墙，把热汗挡在了风雪的另一面。它们的面前堆着积雪，而里面却不见一片雪。

从那以后，这峰救命的长眉驼就与热汗同名了。如今，热汗已经二十五岁，长眉驼"热汗"却已暮年。

谁留下了长眉驼

天黑了，我躺在阿吉坎·木合塔森家的床上，听他讲述长眉驼的来历。他说，曾有人对他说，长眉驼是你们家的，他纠正了那个人的说法，长眉驼是大地的，和我们人一样，活着是对大地的承诺。不了解实情的人会觉得这句话像诗歌，不应该从一个牧驼人的嘴里说出来。但前几天我听到阿吉坎·木合塔森一家人在唱一首关于长眉驼的歌时，里面就有这样一句歌词。当歌词烂熟于心时，其中的含义恐怕早已洞彻于灵魂。

他讲述得很缓慢，水壶里的水被火炉烧得"吱吱吱"地响着，像是另一种诉说。我挨阿吉坎·木合塔森躺着，他不时翻身的动作悄无声息，让我觉得他的身躯轻得像树叶。来他家好几天了，就是这样一些细小、轻盈和模糊的东西一直吸引着我，让我觉得自己正在向着一个隐秘的地方迈进。

他说，细数下来，长眉驼的历史并不长，也就一百多年，这一百多年的事情在他心里是一本清清楚楚的账。一八八九年，阿吉坎·木合塔森的爷爷艾吾巴克尔在沙漠中发现了一种毛很长的野骆驼，他知道野骆驼每隔几天必然要找水喝，于是他在一个水源地隐藏了三天三夜，肚子空了忍着饥饿，天下雪了忍着寒冷，终于将一头刚出生不久的雄驼捕获回家。他精心喂养它，等它长大后发现它果然与普通骆驼不一样——一般的骆驼的眼帘有两层眉毛，而它的眼帘上有三层眉毛，而且眉毛出奇地长，风一吹极富飘逸之感。他觉得这种骆驼非同寻常，便给它起名为"长眉驼"。

后来，艾吾巴克尔年老去世了，而长眉驼却留了下来。到了二十世纪上半叶，他的儿子木合塔森（阿吉坎·木合塔森的父亲）悉心放养和繁殖长眉驼，已有四十多峰，但不久"文革"开始了，木合塔森被划为反革命，四十多峰长眉驼也被放入茫茫沙漠中。长眉驼从此失散各地，在黑夜的雪野中悲伤地嘶鸣。它们也想回家，但木合塔森的家已变成了一个空房子，它们一次次不得不转身嘶鸣着离去。一九六二年的一个风雪交加的夜晚，年迈的木合塔森意识到自己将离开人世，他把儿子阿吉坎·木合塔森叫到身边，叮咛他一定要把失散的长眉驼找回来，好好放养，让它们繁殖成群。木合塔森去世后，阿吉坎·木合塔森暗下决心，此生只为长眉驼而活，一定要让它们繁殖成群。

此后的十多年时间里，他经常悄悄走进沙漠去观察长眉驼。时间长了，他熟知了哪一峰长眉驼喜欢待在什么地方，哪一峰喜欢什么时候去吃草，哪一峰喜欢什么时候去喝水，并对它们的生存和繁殖情况了如指掌。"文革"结束后，他重新拿起牧鞭，去沙漠中赶回了几峰长眉驼，用两峰普通骆驼换一峰长眉种驼的办法，从别人手中换了几峰长眉种驼。用了十几年的时间，终于了却了父亲木合塔森的心愿。阿吉坎·木合塔森在心里默默告慰着父亲，祈愿他在另一个世界安息。

这几十年发展下来，所有的长眉驼都已被牧养，其情形就是前面提到的"长眉驼在中国也就三百多峰，比国宝大熊猫还少，而牧驼人叶赛尔家就有近二百峰"。

故事讲完了，阿吉坎·木合塔森像是突然陷入了沉默，不再说一句话。我也陷入了沉默，他虽然把长眉驼的历史全部讲给我听了，但在他心里，也许还有一些无法说出的事情。那会是什么呢？那是他一生的秘密。

冬窝子

现在虽然是春天，但叶赛尔一家住的仍是冬窝子。冬窝子在平时也被称为"地窝子"，似乎属于新疆的牧民独有。人们建冬窝子时，一般都向地底下掘进，挖成房子状的一个大凹坑，以起到保暖的作用。冬季来临时，牧民赶着牲畜从夏牧场转入冬窝子，将牲畜圈养避寒，以待春天来临。冬窝子一般处于避风和宜于居住，且水源充足的地方。冬窝子后面是驼圈，用石头垒就了笔直而硬朗的围墙，远远地看上去极富韵律感。驼圈旁堆着高高的草垛，每年八月至九月，牧人们上山给家畜打草储备冬粮，随后，寂寞的严冬就来临了。

在沙漠中放牧，牧民们一年中有一大半时间住在冬窝子里。由于冬窝子都在地下，所以在沙漠中走出很远，也看不到一个人。冬窝子让牧民们在寒冷的冬天隐匿进了大地，不在世界表层留下任何痕迹。冬窝子里没有电，他们习惯早起早睡。晚上，冬牧场静得可怕，像是一个被遗忘了的世界。这时候，他们回忆放牧中发生的事，甚至自己给自己讲故事。多少年沿袭下来的生存方式，已让他们变得无比平静。

牧人们每天从冬窝子里出来，看到的是一片白茫茫的冰雪世界。稀疏的树木在雪中挺立着尖利的根茎，平时一动不动，风刮过便动一下。羊群此起彼伏的咩咩声已传出很远，留在地上的蹄印把一夜落雪踩得醒目而又杂乱。但在那样的严寒天气，叶赛尔一家人的放牧一天也不能少。他们早早起来，推开冬窝子毡帘后的第一件事，就是打开驼圈的围栏门，嘴里含混着像魔咒一样的特别用语，唤长眉驼出圈。长眉驼们听懂了呼唤，一一奔跑出圈。自由和清凉的晨风将它们身上的毛吹起，像细丝一样飘荡……叶赛尔说，冬天他穿着厚厚的生羊皮大衣、羊皮裤子，戴着羊皮帽子，每天一大早就出去了，直到晚上才能回来。天往往在他回来时已经黑了，他哈着满口白汽走进冬窝子，肩上有一层薄薄的雪……

像别的哈萨克族牧人家庭一样，叶赛尔在每个冬天都让父亲阿吉坎·木合塔森和母亲留在乡上温暖的瓦房里过冬，自己则和一百多峰长眉驼留在冬牧场。在这片平坦的沙漠地带，他们将忍饥耐寒，度过整整大半年的寂寞时光。

现在已经到了春天，大地复苏，牧人的心情一定与冬天不同。我第一天来时，在叶赛尔的冬窝子门口，一只狗围着我狂吠。它变着花样儿吠叫，似乎把自己叫成了一个忘乎所以的演唱者。春天来了，最抑制不住喜悦的也许是狗。我和叶赛尔在冬窝子中聊天，它一直在叫，等我们从冬窝子里出来时，它却在一瞬间无影无踪了。天色将暮，毡房外，无尽荒原上有风唰唰作响，但夕光无比明澈，我看见冬窝子周围有长眉驼悄悄伏下了身躯。

去年，叶赛尔和妻子身边多了一个新的家庭成员——阿尔曼。他是一个清秀的哈萨克族男孩。阿尔曼出生在到处绿油油的夏牧场上，满眼所见都是茂盛的青草。长眉驼们吃得慢慢肥胖了起来。但这样的时间很短，很快，就得向冬牧场转场了。从夏牧场向冬牧场靠拢，要赶着驼群沿途颠簸整整十天的时间。

从夏牧场出来，阿尔曼才刚满三个月，一路上，山麓的松林中荡漾着风吹树叶的声音，让这个孩子第一次听到了大自然的声音。刚刚出生不久的小驼走不动路，蜷伏在路边上，叶赛尔的妻子把它背在背上，走了一会儿，因为路太难走，只好把小驼驮放在驼背上的筐子里。一头是小驼，另一头是才出生三个月的阿尔曼，一路上彼此都用稚嫩的目光在望着对方，并不时从筐子里伸出头看着路边的景色。筐子在长眉驼背上摇晃，母驼跟在旁边不肯离去。在途中，长眉驼趴下休息的间隙，母驼会凑上去舔小驼的脸。这时的驼队会有些骚动，只有母驼和驮着婴儿的长眉驼始终显得很安静，它们似乎明白自己正担负着要保护好两个小生命的使命。

为了这位新成员，叶赛尔用四天时间挖了一个新冬窝子，一家人就在这个冬窝子里一直住到了现在。

我在他家的冬窝子里睡觉、看书，和他们一家人聊天，吃他们做的拉条子和抓饭，还有用一天时间才能炖熟的驼肉。一扇窄窄的木门钉上了厚实的毛毡，粗糙的木桩支撑着低矮的泥面屋宇。柔和的光束，好像是自己能发光一样，从巴掌大的玻璃窗上斜射进来，笔直地照在泥墙上，人一走动，这些光便变成粗大的颗粒在移动。泥屋子里含着酥油、泥土、薄雪、柴火的味道，婴儿的奶香以及亲人之间的气息，温暖而又炽烈。

木门开合间，升腾起一股水汽，女主人低下身子，往炉膛里塞进梭梭柴。柴上晶莹的冰粒很快落成了碎屑，转瞬又在灰黑的枝秆上升腾成水汽。火炉子里飘着淡蓝色的火焰。长长的铁皮烟筒的一端伸向炉口，另一端通过呈直角的拐弯伸向窗外，烟雾已经将屋檐熏得发黑。在这穴居的陋室里，叶赛尔的妻子轻盈地弯下腰端去铝锅，用木棍从炉子里夹出就要燃尽的木柴。在这个拥有孩子哭笑的冬窝子里，有着生活的真实和温暖。这对年轻牧人夫妇，在这不为人知的小角落里过着世俗生活，哪怕多么清贫，但都充满秘密的幸福。

在闲聊中得知，长眉驼们似乎对冬窝子很好奇，总是伺机想钻进来看个究竟。人畜不能共居，这强大的传统禁忌阻止着它们，它们始终不能踏入冬窝子一步。但长眉驼们从此养成瞭望冬窝子的习惯，经常会望着冬窝子出神。叶赛尔发现了它们的这一习惯，心想，它们望着冬窝子时，心里在想什么呢？一次，阿尔曼跑到冬窝子外面玩，一只长眉驼看见他后像是突然发疯了似的往他身边跑。叶赛尔怕踩到了儿子，赶紧把他抱回了冬窝子。长眉驼跑到冬窝子门口，视线被厚重的门帘遮住了。它急躁地嘶叫，像是要挣脱某种巨大的束缚。之后，叶赛尔才知道那只长眉驼是和儿子一起被驮回来的。儿子长到三岁多仍是一个小孩，而长眉驼长到三岁多便俨然是一只大驼了。

我们正这样闲聊着，却发现阿尔曼不见了。这个小家伙胆子很大，有好几个晚上跑出去在冬窝子后面的沙丘上玩耍。有一次我追他，想把他带回，不料他三转两转便不见了，只把我甩在了凄冷的黑夜之中。那一刻，我觉得孤独无助，内心颇为惶惑……现在天已经黑了，他一定又跑到冬窝子外面玩去了。我们在冬窝子附近找他，沙丘上，草垛后，驼圈周围等一一找遍了，就是不见他的踪影。叶赛尔的妻子哭了，声音嘶哑着一声又一声叫着，阿尔曼、阿尔曼……

终于在驼圈中找到了阿尔曼。和他一起被驮回来的那只小长眉驼卧在地上，两条前膝屈地，让阿尔曼坐在上面，并用长长的毛围护着他。旁边站着的，就是驮回阿尔曼的那只大长眉驼。

细碎事件

太阳每天都一样，从托拜阔拉的牧场上升起，叶赛尔和阿汗的驼群就沐浴在阳光里了。叶赛尔今年三十三岁，就出生在这个牧场上，喝着长眉驼奶长大。他还有个哥哥，叫阿汗。兄弟俩带着各自的媳妇和孩子，在这空旷寂寥的沙漠草场上牧驼和转场。早在五年前，六十八岁的阿吉坎·木合塔森老人就把长眉驼交给了阿汗和叶赛尔放牧。他们在这个家族中算是第四代牧驼人了，而他自己则带着老伴阿赫亚和三儿子热汗居住在八九十公里外的博斯坦乡。

两兄弟的家相隔不远，两家人常常走动，男人随和，女人大方，孩子可爱，他们两家人经常在一起边煮饭边议论牧草的好坏，间或还说一些放牧途中的趣事。

年事已高的阿吉坎·木合塔森老人在接羔育幼和剪收驼毛时，会来到这里住上一段时间，帮儿子们照料长眉驼。大部分的时间里，仍是兄弟俩每天迎着粗糙的沙漠风去牧驼，直到眼角枯涩，脸颊和额角上干裂了一层皮，呈现古铜般的光泽。今年下半年，弟弟热汗准备出国到哈萨克斯坦去上学。这是家里的一件大事情。最近，阿吉坎·木合塔森常常来到冬牧场上，和兄弟俩一起商议这件事情。很显然，作为哥哥，他们在心里很羡慕热汗，他在小时候被长眉驼救了一命，从此似乎便交上了好运，上学、出国，似乎不再是一个牧民的儿子了。有时候，两个哥哥在心里会涌起一些复杂的情绪。热汗出国读书，见大世面，从今往后可以过上与自己迥然不同的城市生活。不过话又说回来，自己家的几代人去守护这种比大熊猫还要少的珍稀动物，不让它的血脉在自己的手中断掉，兄弟两人还是心甘情愿的。

眼下最要紧的事是随着驼群的增多，家里的草场已不够用了。几年前，县上为了保护这种有珍稀血统的长眉驼，专门在草场上打了一口水井，还为他们解决了四千亩草场。但是，有限的草场还是满足不了牧驼的需求。每每想到这些，他们一家人都有些着急。

天黑了。阿汗的儿子夏力普在床上睡觉，煮好的长眉驼肉在大铁锅里冒着热气。这是平时难得的美味，他们喂养长眉驼，放牧长眉驼，但却舍不得宰杀它们食用，只有在卖了长眉驼的毛皮后，才会吃一些长眉驼肉。吃长眉驼肉往往都在晚餐，而一家人的晚餐，每每都是在天黑时才开始。

我被阿汗邀请去吃长眉驼肉。阿汗住的是土坯房子，他打开屋子后面的一扇小窗，一下子，荒野的清凉气息在屋子里穿行。他们家的内部摆设很漂亮，一层层的花毡，上面有刺绣的漂亮羊角。从土墙上悬垂而下的昏黄灯光里，两只拴在梁柱下的灰色布谷鸟在隐秘的阴影里有节奏地鸣叫。一家人说笑，咳嗽，香烟飘起的细雾，似乎让这个家变得殷实了很多。屋子外边是看不见边的黑夜，长眉驼们在暗夜中散发出浓郁的鼻息。

长眉驼肉端上来了，阿吉坎·木合塔森用“皮夹克”（刀子）把大块肉割成小块，大家便撒上盐，就着皮芽子（洋葱）吃了起来。阿吉坎·木合塔森说，今年好啊，在春天就吃上了长眉驼肉。事后我才知道，有一年因长眉驼产羔率很低，他们整整十二个月没吃上一丁点长眉驼肉。现在大家吃着长眉驼肉，咀嚼声和不时发出的赞叹声让屋子里的气氛变得更加温馨。对于这一家牧驼人来说，吃一顿长眉驼肉便是莫大的幸福，满足感不禁流露于面孔。大人尚且如此，在天刚黑时就先吃了一块长眉驼肉，此时在一层阴暗光线下睡着了的夏力普，又会梦到什么呢？

入夜。阿吉坎·木合塔森和阿赫亚要走了，他们住在博斯坦乡上，他们得回去。这沙漠牧场上来来回回的走动，就这样无比平静地持续了很多岁月，所以每一次都显得很平静，每个人甚至不愿多说一句话。

母亲之躯

冬天的"白灾"（雪灾）结束后，荒漠上的积雪在融化，春天终于来临了。春天里温度上升一分，积雪就会融开一尺，荒野上便慢慢地露出了绿的生机。春天也是一个接羔的季节，让牧人们每天又惊又怕。因为母驼到了临产期，肚子会一阵一阵地疼痛，它们便不会在一个地方好好地待着，要在旷野上到处颠簸奔跑，想让肚子里的胎儿遭受颠簸而快些出生。所以，母驼往往都是在牧人找不到的地方独自产下幼驼。这是它们的习性，它们的主人除了寻找它们外别无选择。

这时候麻烦就来了。托拜阔拉沙漠草场上有很多长眉驼的天敌，其中最可怕的是狼。到了母驼产春羔的季节，那些饿了一个冬天的狼终日在草场上游荡，远远地嗅到母驼生殖的气息后，便远远地窥视，等待着出击的时机。

叶赛尔曾好几次经历过这样的事。二〇〇三年春末，长眉驼群里有一峰毛色灰白、瘦骨嶙峋的母驼要分娩。阿吉坎·木合塔森老人认为这峰弱不禁风的母驼产下的会是两峰毛色如雪的白色幼驼。但大家不相信他的话，因为这峰老母驼的皮色简直就像是一团乱七八糟的、沾着灰尘的抹布。哈萨克族有一句谚语"猎人的儿子会造子弹"，说的是种族遗传的事。这峰老母驼的毛色如此不好，怎能生出两峰毛色如雪的白色幼驼呢？他们耽于阿吉坎·木合塔森的威严，心里不服，但嘴上却不说什么。

分娩的两天前，这峰母驼出走，独自在离家十几公里的一块大草滩抽搐着卧倒了。整整两天两夜，它在那里抽搐着嘶吼，身子下的那块草皮都被磨秃了。但任凭它如何嘶吼，草场上寂静无声，只有巨大的黑暗从四下里潜来将它遮蔽。最后，它扬起挂满污浊汗水的头，用尽全身的力气大吼一声，两块湿乎乎黏糊糊的血块重重地落在了地上。两个新生命诞生了。这时候，两天来始终跟踪它的一只饿狼逼近了。当浑身虚弱的母驼歪着身子，从地上刨出一蓬粗大的骆驼刺埋头大嚼时，狼敏捷地跳跃着扑过来一口咬住了它的臀部，这时，它已没有力气扬起后蹄。

待阿吉坎·木合塔森和儿子赶到时，这峰刚刚做了母亲的长眉驼，身子已被狼啃吃了一小半，而且已死去多时了。阿吉坎·木合塔森把母驼的身子翻转过来时，奇迹发生了，两峰幼驼迎着晨曦颤颤巍巍地站起来，毛色洁白如雪。再看那峰母驼，它死去的时候脸上很平静，没有丝毫挣扎的痕迹。

我跟着叶赛尔来到屋子后面的驼群里，寻找那两只毛色纯白的长眉驼。在这样庞大的白色长眉驼群中，我认不出哪两头是它们的母亲用生命保护下来的。叶赛尔走到一峰面向夕阳，看上去有些傲慢的长眉驼跟前，喉咙间发出了一声低低的呼唤声，用手抚摸着它的腿，似乎要让它听从自己的话。这峰长眉驼太高大了，大概已习惯了被牧人抚摸这个地方，或者说，它们已经养成了享受这个地方被抚摸的慰悦感。所以，当叶赛尔抚摸着它的腿时，它的眼睛微微闭上了。叶赛尔说："它就是那两只幼驼中的一只。它也快要做母亲了，你看看它的肚子，鼓鼓的。"这时，太阳就要西沉了，空气中透着些许凉气，有一道夕光射到了它的腰身上，纯白的、微微透明的光晕映照着它俊美的体型。它猛一甩头，就在这道夕光中弯下了修长的脖颈，用一双在浓密的睫毛下含情的、琥珀似的大眼睛望着我，然后缓缓扭转脖颈，把柔软的嘴唇触到了叶赛尔的肩头，使自己变成了一座雕像。

后来，再次见到阿吉坎·木合塔森时，我问他，你怎么知道那峰长眉驼产下的就一定会是毛色纯白的幼驼呢？他微微一笑说：这很简单啊，我的记忆不会骗我，那峰母驼刚生下来的时候，毛色也是这种高贵的白色。

我又问，它叫什么名字呢？

他说，叫长生。

回到出生的地方倒下

在离叶赛尔家不远的地方，我见到了一群野骆驼。那天，远远地见有什么在移动，同时伴有灰尘扬起，近了，才发现是几峰骆驼。它们奔跑到一个小海子跟前，将巨大的身躯弯下喝水。天正蓝，小海子的水面便映出一峰峰骆驼。

喝水对骆驼来说，也许是几天，或十几天才要做的一件事，遇上水了便大喝一通，遇不上就只好忍着。一个牧民说，这群野骆驼已经把这个小海子牢记在了心间，每隔几天，总是要来喝水。因为是野骆驼，它们不顾虑人，来去皆很自由。野骆驼与家驼不同，家驼在快被残酷地驯服的一刻本想挣扎跑掉，但它们在迈出那几乎要改变命运的一步时犹豫退却了，所以它们变成了人类的附属品。而野骆驼在那一刻没有犹豫，挣脱了人类的驯服，所以它们现在的生命是自由的，也是快乐的。

牧民住在小海子对面的小山上，每当这群野骆驼下来时，便来看它们，逗它们，它们觉得这个人很有意思，鼻孔里发出亲切的呼呼声。牧民便很高兴，觉得在这荒天野地和一群野骆驼反而成了朋友。后来，野骆驼们下来喝水时，总是要走到他的羊圈旁，如果他在，与他对视一会儿便离去；如果他不在，它们便望一会儿他的羊圈，好像羊圈就是他一样。一群野骆驼就这样与一个人建立了亲密的关系。

又一个野骆驼来喝水的日子到了，却不见一峰野骆驼出现。牧民诧异，它们上哪里去了呢？他走到一个山包上，见野骆驼在一片宽阔的地带转来转去，似是在寻找什么。他一数野骆驼群，发现少了一头，他从野骆驼们急促的样子上断定，它们在寻找走失的一个伙伴。过了一会儿，有一峰野骆驼急促地叫了一声，驼群便一起向它围拢过去。少顷，它们像是做出了一个什么决定似的，又一起向山后急急走去。

牧民好奇，骑马赶上它们。很快，他便发现野骆驼们跟着地上的一串蹄印在向前走着，走了一会儿，地上的蹄印变得歪歪斜斜，似乎行走者难以支撑自己的身躯。有一峰野骆驼叫了一声，驼群显得有些慌乱起来，牧民猜测，正在被众驼寻找的这峰野骆驼可能受伤了，翻过一座山，果然见一峰骆驼卧在一片草丛中。众驼奔跑过去，围着它呼呼叫，但它却纹丝不动。牧民仔细一看，它已经死去。

"它倒下的地方是它出生的地方。它知道自己快要死了时，就坚持着走到了那里。骆驼在哪里出生，死的时候就必然要回到那里。"

牧民说，野骆驼们知道那只野骆驼要死了，就去找它。其实在路上它们知道它已经死了。我问他何以见得，他说，有一峰野骆驼流泪了，死去的是一峰母驼，是流泪的那峰野骆驼的母亲。

卧下或站立

我跟着叶赛尔，在他的冬窝子附近遛驼。"遛驼"这个词是我发明的，还不到外出夏牧的时候，叶赛尔每天让长眉驼们这样出来遛一遛，能吃上一点埋在土中的草根就吃一点，吃不上就转一圈回去。

我发现了一个奇怪的现象，长眉驼们会在每天上午十点多的时候齐刷刷地站住。它们不论是正在吃草，还是在行走，在这一固定时刻都像是听到了命令似的站住一动不动。站立的它们不像人，而像沙漠中的树。我决定进一步证实自己的观察，于是在上午十点多的时候，我向叶赛尔提出我想替他看一会儿长眉驼，至于他，可以抽莫合烟，也可以躺在石头上晒太阳。总之，他可以不用操心，放心把长眉驼交给我便是。他很高兴，躺在一块石头上边抽莫合烟边晒太阳，一样也不落地享受着。好好享受吧叶赛尔，我要完成对长眉驼的隐秘观察。

少顷，长眉驼们有反应了。它们一起将头扭向西边，站在原地一动不动了。我以为西边的沙漠里有什么东西，待仔细看过之后，却只有几个熟悉的沙丘，几棵树，几块大石头和几截木头，除此之外别无他物。至于远处的山，看似清晰无比，近在眼前，但实际上很远，不论是人还是长眉驼，都是走不到它跟前的。既然什么都没有，那长眉驼们在望什么呢？仔细一看它们的眼睛，我才发现它们的眼睛其实都是闭着的，并没有望什么，只是把头颅朝向西边而已。我觉得很有意思，长眉驼们在这一时刻像是正在等待执行一个命令，我虽然不知道这是一个什么样的命令，但我能感觉到这个命令对于它们的神圣性。

十几分钟后，它们像是完成了命令，各自散开去吃草了。开始的时候没有任何声响，结束的时候也如此。

第二天的同一时间，我接着观察长眉驼们的反应。到了固定的时间，长眉驼们一一卧下，头颅仍旧朝西，似乎在等待什么。昨天是站，今天是卧，但头颅的方向与昨天是一致的，等待的姿态也是一致的。我坚信，在每天的这一时刻，长眉驼们一定在内心听到了一个召唤，所以便或站或卧，让意念顺从那个召唤，完成一次灵魂的上升。十几分钟后，它们从地上站起，如同昨天一般散开了。

我不知道它们在内心想些什么，憋得实在不行了，于是便向叶赛尔请教。他这两天躺在石头上抽足了莫合烟，晒足了太阳，也养足了精神，听我提出疑惑的问题，便哈哈一笑问我说："你遇到过沙尘暴吗？"

我说："我在吐鲁番遇到过。"

"可怕吗？"

"有一点可怕。"

"那你见过长眉驼在沙尘暴中是如何行进的吗？"

"没有。"

"告诉你吧，骆驼对沙尘暴是有预感的，所以当沙尘暴刮过来时，骆驼早有准备，要么迎风而立不动，因为只有不动才不会被风沙刮走；要么找一个避风的地方卧下，任凭风沙怎么刮，它们都不会受伤。"

听叶赛尔这样一说，我顿时明白了。我问他，长眉驼们为什么会在每天的同一时间里站立或卧下呢？

他看我已经发现了长眉驼的秘密，显得更高兴了，似乎我经由这一发现也变成了一个牧人。他说："南疆的骆驼和北疆的骆驼每天站立或卧下的时间不一样，南疆要早一些，大概在九点多；北疆晚一点，在十点多。当然，你都看见了，不用我细说了。至于原因嘛，也就是南疆的沙尘暴一般大概在九点多刮起，北疆的沙尘暴一般大概在十点多刮起。所以它们在这个时候会站立或卧下，准备抵挡沙尘暴。"

我不再问什么，他也不再说什么。过了一会儿，他吆喝着长眉驼往回走。我跟在长眉驼的后面，感觉有风刮了过来，刮到了长眉驼的身上。我不由得一愣，似乎长眉驼的身躯在隐隐作响。

比狼更可怕的是人

"比狼更可怕的是人。"阿吉坎·木合塔森老人的话使我的心发冷。他说这些话时，显得很平静，平静得就像一场风刮过时，必然要带走一些沙子，留下一些尘灰。他似乎很自觉地把自己放到了弱者的位置，默默忍受着，一如一块石头默默忍受着风和雪一样。

据老人说，有一次，他在沙漠中牧驼，一群人开车沿着公路来到他身边。他们自称是找矿的，在沙漠里转了好几天都一无所获，想和他聊聊。沙漠中有矿，这是不争的事实，有很多人都在找矿，这也是不争的事实，所以阿吉坎·木合塔森相信了他们。他们拿出"雪莲王"烟和"伊力特"酒，让他抽，也让他喝。阿吉坎·木合塔森一个人天天在沙漠里待得实在寂寞，所以也乐意和人聊天。于是，他一边抽他们递过来的"雪莲王"烟，一杯一杯喝他们倒满的"伊力特"酒，一边和他们聊那一带的沙漠。他不知道自己的讲述对他们有没有用，反正他们听得津津有味。最后，阿吉坎·木合塔森喝得有些醉了，心想傍晚还要赶长眉驼回去呢，便不再喝了。那些找矿的人似乎很知趣，马上告别走了。但他不知道，就在刚才他们很热情地劝他抽烟喝酒时，一场阴谋却在悄悄进行。围在他身边的人吸引了他的注意力，另有几人在一座小山包后用麻醉枪把三峰长眉驼击中，用刀砍下了六只珍贵的驼掌，悄悄装在了车上。更可恶的是，他们怕长眉驼突然醒过来痛叫，又用刀子割断了它们的喉管。然后，他们若无其事地过去和阿吉坎·木合塔森抽烟喝酒。人多，酒便也劝得多，阿吉坎·木合塔森很快便不行了。他们客气几句，匆匆开车走了。

傍晚，阿吉坎·木合塔森发现了倒地而亡的三峰长眉驼，他气得用巴掌扇自己的嘴，悔恨刚才因为抽烟喝酒上了当。那些家伙已经跑远了，沙漠中汽车轮胎碾起的灰尘像鬼魅一样在慢慢消失。

从那以后，阿吉坎·木合塔森在牧驼时从不和人说话，更不抽一支别人递给他的烟，留在心里的阴影变成了警觉的壁垒。他十分喜欢那三峰长眉驼，以后每每牧驼走过那个地方，他都默默地叫它们的名字，眼角禁不住就变得湿润了。他恨那些可恶的盗贼，他知道他们用各种野蛮的方法偷捕，将长眉驼当场麻醉、卸块、装进编织袋，偷卖到一个个饭馆里，然后摆上餐桌。而珍贵的驼掌，则卖到了南方。

之后，他还被人偷过长眉驼。那是一个雪夜，盗贼趁他一家人熟睡之际，悄悄潜入驼圈牵走了一峰长眉驼。走到半路，长眉驼意识到了什么，挣脱盗贼的手，大声嘶叫着向阿吉坎·木合塔森家跑来。盗贼怕被人逮住，赶紧溜了。第二天早晨，阿吉坎·木合塔森看见一峰长眉驼站在院子里，雪地上有凌乱的驼蹄印和人的脚印，他出去沿着雪地上的痕迹看了看，便明白是怎么回事了。他用手抚摸那峰长眉驼的长眉，在内心觉得它很亲切。

后来他的一峰长眉驼还是被人偷了。他想骑马把长眉驼追回来。别人告诉他，贼快得很，说不定他们已经把长眉驼大卸几块，坐上了汽车、火车或飞机正往内地运呢，你的马再快恐怕也赶不上了。他听了后气得说不出一句话，怏怏地回家去了。

说了以上这些事，阿吉坎·木合塔森便不愿再说长眉驼丢失或被偷的事了。屋里的几个人都沉默着，气氛变得沉闷起来。我知道摆在他们面前的是一个以他们的能力无论如何都不能解决的难题，人野蛮的脚步踏碎了自然的静谧，让这些与长眉驼相依为命的人无以安宁。在很多时候，他们是保护不了身边的动物的，他们不得不忍受这残忍的现实，就像在夏季忍受沙漠里酷热的风，在冬季忍受寒冷的雪。不忍受，他们又能怎样呢？

天黑了，冬窝子里亮起了灯，光线涣散，亮度有限。虽然阿吉坎·木合塔森一家住的是冬窝子，但外面的风从门缝里灌了进来，把灯吹得摇晃，要是谁走动，晃动的身躯便把一种不安的、影影绰绰的影子投在泥墙上。我不由得疑惑，似乎有什么不好的事情要发生。

缓慢地行走

我在叶赛尔家待了一段时间了，他看我对牧驼很感兴趣，总是不停地问这问那，便决定带我外出牧驼。太好了，我正想提这个要求呢，他倒替我想到了。

早晨，我们让长眉驼排好队，像是出征似的出发了。没走多远，叶赛尔的妻子喊叫着追了上来，把握在手里的一个什么东西塞到了他口袋里。她速度太快，我没有看清她塞进丈夫口袋的是什么东西，但她的脸红了，不好意思地转身跑回去了。在之后的十几天里，我出于好奇，老是想弄清楚他妻子塞进他口袋的是什么神秘的东西，但叶赛尔好像对我很警觉，始终都没有让我知道究竟。

我们俩随驼队慢慢走进了沙漠深处。长眉驼们行进的速度极慢，走了好一会儿回头一看，离出发的地方却并不远。叶赛尔看见我焦虑，说："跟着长眉驼，你的耐心就得到了最好的锻炼；沙漠大着哩，不是一天两天能走完的，所以你要学长眉驼，一步一步走。老人说得好，不怕慢，就怕站，一站就耽误时间了。"

好，不怕慢，就怕站。那咱们就不要站，慢慢往前走吧。

长眉驼们也好像知道将要进行一场艰难的行走，所以都似乎变得很茫然，一步一步缓缓地往前移动。长眉驼们如此庞大的身躯，要是走得快一点倒不显得沉重，而现在它们这样缓慢地走动着，让人疑惑它们已无法承负自己的身躯，转眼间就会轰然倒地。我想，谁如果常年跟随长眉驼在沙漠中行走，并能够长期忍受如此郁闷的气氛，那么他的心理承受能力一定比任何人都强。

走出一段路后，前方出现了一片野草。说是野草，实际上因为是初春的原因，只长出了一些叶片，远远地看上去分外诱人。驼群开始骚动了。这鲜嫩的叶片，对于它们无疑是难得的美食。整齐的驼群为这一诱惑迅速散开，前面的长眉驼已扬起蹄子，后面的长眉驼也有了要跑过去的意思。美食就在眼前，长眉驼们像人一样是经不起诱惑的。叶赛尔几步跑过去堵住了前面的长眉驼，严厉地吆喝着把它们赶到了一边。小叶片仍在那里嫩绿着，因为有叶赛尔严厉的目光和阻拦，长眉驼们只能急切地望着，但却不能啃上一片。叶赛尔是它们的主人，他不让它们吃，它们便不能吃。这是规矩，没有哪一峰长眉驼可以把它打破。

它们绕着这片草地走了过去。走过之后，它们的蹄音似乎沉重了许多。行之不远，前面出现了一条小溪，汩汩水声和水面反射过来的亮光像一种召唤。长眉驼们发出粗重的鼻息，步子也迈得快了一些。沙漠中的河水总是让人感到亲切，一看到水就有一种急于近前的冲动。在很多时候，沙漠中的水就是生命，就看你有没有最后的力气走到河水跟前去。

但叶赛尔像刚才阻挡吃草一样，他几步跑到长眉驼前面，严厉地吆喝着把它们赶到了一边。小河的汩汩水声和水面反射过来的亮光仍像一种召唤，但因为有叶赛尔严厉的目光和阻拦，长眉驼们仍只能急切地望着，却不能过去喝上一口。叶赛尔又严厉地吆喝了几声，它们便不得不离开河边，继续踏上前行的路程。

草不让吃，水不让喝，叶赛尔为何如此对待长眉驼？一直到晚上找到了一个避风的地方停歇下来，叶赛尔的一番话才为我解开了谜团。原来，长眉驼们在沙漠中之所以能够无比顽强地行进，并比任何动物都有耐力，原因并不在于它们的体力，而在于它们的耐力。上路之前让它们吃饱喝足，然后就进入了没有草也没有水的沙漠中。刚开始走的几天，它们不会饿，自然就走得很轻松，因为这时候它们靠的是体力。过上几天，它们饿了，却没有草也没有水，这时候它们就得靠耐力，但长眉驼的耐力需要一个被激发出来的过程，必须要让它们明白自己身处的地方没有草也没有水，必须绝望，才可以把它们的耐力激发出来。说到这里，他问我，你现在知道我为什么不让长眉驼们吃草和喝水吧？

我似乎明白了一些。

天已经黑透了。长眉驼们卧在我们身旁，不时地发出呼吸声。我突然觉得，它们像一群要去远处领取某种荣誉的跋涉者。要得到荣誉，就必须像一步一叩首的朝圣者一样，在路途上完成这种精神和肉体的苦役。

他说，随时让长眉驼们吃草喝水，它们就会认为这一路走下去到处都有草和水，这对长眉驼们来说不是好事。一路走下去不可能到处都有草和水，更多的时候还得靠耐力，它们迟早要饿着肚子走路，忍着饥渴爬坡……我全明白了。

在"霍斯"里

叶赛尔选中了一块平坦、有水有草的地方作为短暂的牧场。他说，福海县有一个叫沙吾尔的冬牧场，沙吾尔是哈萨克语，意思是"马背这么大的地方"。现在我们待的这个地方也是马背这么大的地方。不过，地方小有地方小的好处，每天走一走，转一转，人不累，心也不累。

一个小地方打开了襟怀，任我们粗鲁地闯进了它的深处。春天虽已来临，但冬天的影子仍无处不在，空旷、干枯、苍黄、沉寂、落寞，这一片小沙漠像是一个清瘦的思想者，又像是一个散于空中、沙之上、驼群与日光之间的倾听者。天黑了，夜色像大海般浓重而又寂寞，长眉驼粗重的呼吸一声接一声，似乎能传到几百里之外。我们俩搭了一个在哈萨克人中很常见的"霍斯"（毡房），风一直在外面喧哗，把初春的寒气吹得似乎在跳动。

"霍斯"一角的地上铺着毡子。在这里，无论是穷人还是富人，全都躺在地上睡觉。没有女人，没有电视和电话，甚至没有牧人家几乎都有的收音机，没有冬不拉。空荡荡的烟熏火燎的"霍斯"，所有漏风的地方都用毡子堵死，但还是冷。我想，以前他独自一人在这里是怎样生活的？我间接听他说过放牧的生活——"霍斯"中放一只平底锅，炉旁有一只塑料盆，盆里是一大团发好的面团，整个儿用皮袄裹住。他每隔三天烙一次馕饼，每次六个。也就是说，他一天吃两个馕饼就可以了。这很像是僧侣的房舍，有一种禁欲主义的风格。这种"屋宇"，这种环境，适合沉思默想，把一切世俗生活的欲望滤尽。

"在夏牧场好几个月都见不到女人。"他说。但关于女人他只是一句带过，他的话题全在长眉驼身上。

叶赛尔说，长眉驼在往返迁徙的过程中，能够觉察出迁移的大概时间。每当九月初秋的寒气上升，驼群便开始变得躁动不安。等到迁徙开始，羊群需要走两个小时的坡路，长眉驼们仅用了一个小时就走完了。

我问他："长眉驼们为什么这么快呢？"

他说："长眉驼比起其他动物来，是对家最有情意的，所以放牧回去时总是走得很快。"他说，在十几年前，冬牧场上流传着这样一件事：冬天过去，即将向春牧场迁移的前一天夜里，一位牧人的几峰骆驼突然不见了。牧人们想尽了各种办法寻找，但还是没有找到。因此，向秋牧场迁移便晚了十来天。牧人带领剩下的驼群迁移，在途中，那位牧人意外听到了几峰无人带领的骆驼往北走的消息。当牧人到达春秋牧场的时候，发现了失踪的骆群正在牧场上悠然地吃草。原来，它们熟悉几十公里的迁移路，自己走过来了。

黑夜中的泪水

叶赛尔忙了一天，很快就睡着了，而我却没有一丝睡意，便披衣走出了"霍斯"。我坐在一块木头上看山。过了一会儿，月亮慢慢爬了出来。就在我随意一瞥时，我发现黝黑的山顶上，积雪被突然出现的一片月光照得白净透彻，比白天还要白，还要亮，还要干净。不一会儿，山峰便慢慢被照亮了，有一种被月光将它身上的黑色赘物擦拭去了的感觉。月亮仍没有完全出来，但安静的山脉却已经呈现出了白玉般的优雅。高原的夜之灯不是月亮，而是积雪。我很激动，积雪被月光照亮后流溢出的洁净亮光，像水银，又像岩浆，慢慢向下涌动，吸引着我的目光。我眼看着那片亮色越来越大，几乎在快要全部照亮雪峰时，却像池塘里的水一样静止不动了，它让积雪如此恰到好处地呈现着。

就在这时，我看清楚了在我身边或站或卧的十几峰长眉驼，它们都低着头，似乎黑夜是一种巨大的压迫，它们无力承受。多少天之后我才知道，长眉驼如果不是走在路上，就会一直低着头，尤其在黑夜中，它们就更不抬头了。也许它们觉得在黑夜中原本并没有什么需要抬头眺望的，所以便不抬头了。

我提醒自己，不要多想了，这本来就是长眉驼的一种习惯而已。但就在随意一瞥间，我发现长眉驼们的表情很忧伤，似乎在忍受着什么。为了看得更清楚一些，我凑近一峰长眉驼细看，它果然满脸愁容。长眉驼们在黑夜中是痛苦的，我这是第一次发现。我已经知道了长眉驼们从不睡觉，在漫长的黑夜中，它们就那样挨着时间一直到天亮。而无数个漫漫长夜则是它们一生的一半，它们活着，低下头，必须把一生的一半忍耐过去。它们痛苦，是因为这种难熬的忍耐吗？

我想抚摸一下一峰长眉驼的脸，但我却震惊地发现，它在流泪。我把手伸过去，它并不躲避，于是我便触摸到了它的泪水，冰凉冰凉的，让人的手指忍不住发抖。

我在十几峰长眉驼中走了走，发现有一大半长眉驼在流泪。在月光的映照下，它们自双眸中涌出的泪水像两条白色的细线，从面额上一直流到下颌，然后凝为一滴，无声无息地落入沙漠中。

我怕惊扰了它们在黑夜流泪的时刻，便悄悄离开。我想，长眉驼们多少年来一直就这样忍耐着，哭着，活着。它们在黑夜中把内心的痛苦化为酸楚的泪液，如此看来，黝黑的夜色帮助了它们，它们把泪水交给黑夜，然后迎来日出，以一种快乐的神情与大地履行生命之约。人在很多时候不也是这样吗？

向大地觅食

我跟在长眉驼后面，感觉自己很像一个牧人。

我观察了一会儿，发现长眉驼只吃一种草。这种草很少，往往走很久都找不到一株。找到之后，它们视如神物一般对其凝视片刻，然后喷出鼻息，将草叶上的灰尘吹去，再伸出舌头慢慢将草叶卷入口腔里。它们嚼草的速度很慢，口腔里有咔嚓咔嚓的声音。沙漠中寂静无声，这种声音便显得很大。

我有些好奇，被长眉驼视若神物的究竟是什么草呢？我蹲下身细看，这种草的叶子很少，而且还长在全是尖刺的枝上，长眉驼们要吃到草叶，先受到尖刺的威胁。但长眉驼们的舌头似乎灵敏利落，总是巧妙地伸过去把草叶卷入口中。这残酷的觅食现实早已教会了它们生存的技巧，那些尖刺已算不了什么。

一峰母驼带着两只小驼在沙丘中间不停地转来转去寻找草吃。草很少，它们就这样不停地转来转去，把一个小范围重复着转成了一条艰难的长途。我从母驼的眼睛里看到了一种茫然，但同时也看到了一种不屈。

终于，母驼找到了一株草，但它和两个小生命今天的运气实在太差，就在它们刚刚把头要伸过去时，一峰高大的长眉驼却把头已经伸到了那株草跟前。母亲眼里充满了无奈，两个小生命眼里充满了失望。我不知道长眉驼们之间有没有交涉，或者说，它们之间会不会产生一点同情，总之，这峰高大的长眉驼蛮横地把自己的身躯立在了它们面前，嘴里咔嚓咔嚓地吃着叶片。母亲和两个小生命不得不转身离去。

茫茫沙漠，它们去哪里觅食？

一只动物已倒地多日，只剩下了白森森的尸骨。两个小生命好奇地跑到跟前，用嘴去拱。尸骨下本无草可吃，但它们却拱着尸骨玩得很开心。母亲在一旁默默看着它们。

玩了一会儿，它们才想起妈妈，回到了它身边。它们又往另一个沙丘走去。别的长眉驼都因为有草吃而停住了脚步，只有它们得继续往前走。行之不远，它们终于找到了一株草。两个小家伙高兴极了，张嘴咔嚓咔嚓地吃了起来。母亲一口都不吃，只是站在一旁看着，一副很满足的样子。不一会儿，两个小家伙吃完了，回到了母亲身边。一株草的叶子转瞬间都不见了，只留下了几根光秃秃的枝条。但母亲从这光秃秃的枝条上仍然看到了希望，它卧下身子，把嘴伸过去啃两个孩子忽略了的残叶，它甚至把它们啃过的地方又啃了一遍，将残剩的一点点叶根啃进了嘴里。有半片叶子藏在几根尖刺中间，两个小家伙怕受伤而放弃了，母亲却跪下前腿，把嘴伸到刺跟前，然后伸出舌头巧妙地把叶子卷入了嘴里。为了吃这一片叶子，它神情严肃，似乎在举行着一场神圣的仪式。

它们将草叶视若神物，所以它们甘愿为其跪下。

又发情了

两峰长眉驼又发情了。它们口中涌出白沫子，糊得满脸都是。情欲，这一刻在它们内心是一头不安分的小野兽，折腾得它们不得安宁。

我问叶赛尔："长眉驼多长时间发一次情？"

他说："这个不好说。刚出来放牧的时候，它们还一门心思吃草，吃上几天后肚子饱了，腿就懒了，心里就胡思乱想了。这时候它们便会发情。"

嗬，由此看来长眉驼也是饱暖思淫欲的家伙。叶赛尔看长眉驼发情的样子有些奇怪，他的眼眸中有一些很热烈的东西，在长眉驼互相抵触，推来搡去时，他便发出喔喔喔的声音。不了解他的人会以为他在为长眉驼助兴，但我了解他，我觉得他在这一刻也很兴奋，身体里一定也有情欲在奔突。

我问叶赛尔："你和你老婆多长时间亲热一次？"

不料他却反问我："你觉得我老婆长得怎么样？"说老实话，他老婆长相漂亮，性感，而且人也很活泼，是个很迷人的女人。但我不好意思说出口，我怕他不高兴。因此我只好说："这个你最清楚了，你还问我！"

他看我不表态，便说："你问我们多长时间亲热一下，这个不固定。人一忙嘛，这个事情似乎就忘了，要是闲了，就天天想这个事情，夜夜干这个事情。尤其是冬天不外出放牧了，每天晚上就专门干这个事情。

我老婆厉害得很，每天晚上都要我两三次，要得兴奋得不得了时，嘴里大叫救救我，救救我……"

我看他越说越直白了，便赶紧制止了他，把话题引到长眉驼身上，问他："这两只发情的长眉驼是公还是母？"他断定是一公一母。我觉得既然是一公一母，刚好解决问题。但他却认为解决不了。既然解决不了，那现在有没有办法帮一下发情的长眉驼。他说："没办法帮。你不知道，在长眉驼中有一个很奇怪的现象，发情的长眉驼急得团团转，别的长眉驼却视而不见，身体不会有什么反应。两峰长眉驼真正交配要等其中的一峰发情三次以上。"

他的这些话让我越听越觉得玄乎——一公一母同时发情却不能交配，发情的一峰要发情三次以上，才能引起另一峰的兴趣。看来，长眉驼们要想享受一下性快乐，着实不是一件容易的事。

没想到叶赛尔说："它们自己有办法解决，你就等着看好戏吧。"

好，那咱们就等着看好戏。我和他坐在一块石头上抽烟，聊一些无关痛痒的话。他觉得我的红河烟不好抽，与他的莫合烟相比，不但燃得太快，而且味道太淡。他抽完一根红河后，便卷了一根莫合烟有滋有味地抽了起来。抽着烟，他突然把话题又转到了性方面。他说他喜欢吃羊肉，虽然不知道别人吃羊肉会不会增加性欲，但他却有明显的反应。时间长了，他老婆也知道了这一点，兴致来了会先让他吃羊肉。我和他开玩笑，这次回去你们家的羊恐怕又活不成了。他听了嘿嘿嘿地笑，一副很快活的样子。

这时候，我发现那两峰发情的长眉驼不对劲了，它们慢慢靠近了另外两峰长眉驼，待近到身边，便把自己的嘴触向对方的嘴。对方躲闪不及，被它们触到了嘴上。这情景有点像男人强迫吻女人，不管对方愿不愿意，先把嘴巴占领了再说。它们吻了一下对方，便把白沫子喷到了对方的脸上。奇怪的是这两峰被强吻的长眉驼不但不躲闪，反而似乎十分喜欢对方喷过来的白沫子，伸出舌头舔着，一副很享受的样子。

"王大哥，仔细看呀，好戏要开始了。"叶赛尔扔掉烟屁股，站起身瞪大了眼睛，我也瞪大了眼睛，看到底有什么样的好戏要开始。说实话，接下来的戏确实挺好看的，被吻了的两峰长眉驼舔着被对方喷到自己脸上的白沫子，慢慢兴奋起来了。它们的身体看上去有些发抖，急躁地把蹄子踢来踢去，发出"呜呜呜"的叫声。呵，这戏确实好看，被发情了的长眉驼吻了一下，被吻的长眉驼好像也要发情了。

这两峰被激发出情欲的长眉驼终于受不了了，开始张嘴往外吐白沫子。它们吐出的白沫子大都沾在了脸上，它们的脸因而便变得像蛋糕一样。它们顶着这个蛋糕不安地走动，空气中弥漫着一股骚动的味道。

我一扭头看见了刚才的那两峰长眉驼，此时的它们，脸上的白沫子正在往下掉，刚才它们身上还有的躁动和不安，这会儿似乎像潮水一样退却了。是的，它们已经从高潮退落了下来，它们身体里的情欲兽也终于安静了。或者说，它们把折磨自己的情欲传送到了另外两峰长眉驼的身体里，它们安静了。

生命的加冕

看到长眉驼发情的第二天，我又看见了发情的牦牛。从牧场往东行之三四公里，就进入了一个很大的草场。但里面却有水，形成密密匝匝的溪水悄悄流淌，一些圆圆的石头分布在溪水中，太阳一照便闪闪发光。牧民吐尔洪说这里是牦牛生存的好地方，每年夏天都有成群的牦牛到这里来，吃那些一簇一簇疯长的野草，吃饱后便踩水嬉闹，很是热闹。

我等待着牦牛群出现，我在藏北阿里和帕米尔见过牦牛，我十分喜欢它们在高原上行走的姿势，那种稳健和强大，犹如在检阅高原。曾经有一只牦牛挡住我们的车，任凭司机怎么按喇叭就是不让路，它很平静，既不愤怒，也不蛮横，似乎在它的观念里从来没有给别人让道这一说法。等了几分钟，我发现它一直在抬头凝望雪山，便似乎明白了什么，让司机绕道而行。走远之后回头一看，发现它扭过头在望着我们。

我爬上一座小山，还没有喘过气，就为眼前的情景大吃一惊，对面的山坡上正黑压压地走过来一群牦牛。它们似乎是一个排列得很有秩序的方队，潮水一般又漫卷而下进入坡底。进入草场后，忽然，它们像是听到了一个无声的命令似的站在原地不动了。太阳已经升起，草地上正泛起一层亮光，它们盯着那层亮光不再前进一步。静止的牦牛群，和被太阳照亮的草在这一时刻构成了一幅很美的画。我已有些沉醉。

过了一会儿，太阳已慢慢升高，牦牛群散开，三五个一堆，各自吃起了草。慢慢地，它们便一个一个独自去寻草。从远处看，依稀分开的牦牛犹如无数个静止的小黑点，而成群的牦牛又好像一片低矮的灌木丛。

我走下山坡静静观察它们，而它们却毫不在意我的到来，只是低着头把嘴伸向那些嫩绿的野草，嘴巴一抿一抿地吃着。有几头牦牛的角很长，嘴还未伸到草跟前，角却先触了地。因此，它们就不得不把头弯下，歪着脑袋把草吞进嘴里。看着它们，我感到了大地上生灵无可避免的沉重，叹服于它们的笨重和沉默。

这时，一头牦牛走到了我跟前，它的巨大犄角上挑着一只不知毙命于何时的狼的尸骸，由于时间太久，狼尸只剩下了骨架，固定在了它的头顶。这只牦牛已完全适应了狼尸的重负，在行走和吃草时显得很自如。我跟着它走动，那副狼的尸架上下起伏，仿佛是一尊加冕于牦牛头上的王冠。后来，牦牛发觉我在观察它，便警觉地逃入牦牛群中去。当它把头低下，我便再也找不到哪一头是刚才享戴王冠的牦牛。返回乌鲁木齐后，我从一位野生动物学家处得知，牦牛在那一瞬间竭尽全力刺向那只狼，双角刺入了狼的骨头中，从此狼的尸骨不再掉下。狼是高原上食肉类动物中的强者，但在那一瞬的灭顶之灾中，它绝望的瞳孔里会不会有一种古怪的驯顺呢？

第二天，我在那块草地上看到牦牛真正激扬的一面。那些高大健壮的牦牛正在吃着草，却忽然聚拢在了一起，冷冷地互相盯着对方，像是怀疑对方与自己并非一类似的。过了一会儿，不知是哪头牦牛嘶鸣了一声，整个牦牛群马上混乱了。混乱之中，可以看出有的牦牛在努力向外冲突，而处在外围的牦牛却像不明事态似的往里面冲。草被它们踏倒，水也被蹄子溅起。我不知道这些牦牛要干什么，但从它们的架势上感到有一股杀气。

我在内心祈求它们不要互相残杀，尽量地平静下来，像亲兄弟一样在天山上相处。人类对牦牛的残害已经越来越猖狂，有一段时间，牦牛尾巴做成的掸子很畅销，有人便在牦牛身上大发横财，他们拿一把刀子悄悄走到牦牛身后，一手将它们的尾巴提起，一刀下去就将尾巴砍了下来。被砍掉尾巴的牦牛痛得狂奔而去，有时一头撞在石头上便死了。

很快，我担心的事情还是发生了，牦牛开始互相撞碰起来。它们先是用身体去撞对方，不一会儿便都兴起，用角去刺对方。那些乌黑的犄角像一把把利剑似的在对方身上划出口子，血很快就从里面流了出来。这时候，牦牛都开始叫了，它们像是变得很兴奋似的，呜呜呜地叫着向对方凶猛攻击。

渐渐地，有一部分牦牛因体力不支或受伤过重，退到了一边。血从伤口中大滴大滴地流着，使它们不停地战栗，但它们都不离开，仍像是很兴奋似的看着那些正在战斗的牦牛。那些正在战斗的牦牛显然是这一大群牦牛中的佼佼者，它们不光身体敏捷，而且特别善战，也特别能忍耐。它们身上已经有很多伤口，血甚至已经染红了身子，但它们却丝毫没有要退下的意思。

很快，又有一批牦牛退了下来。又过了一会儿，第三批失败者也退了下来，留在格斗场上的几乎都是胜利者。而正因为它们都是胜利者，所以紧接着的战斗就更激烈也更残酷了。可能是因为距最后的胜利已经不远，所以，它们再次兴奋起来。一阵猛烈的攻击过后，又有几头牦牛退下了。

有一头很健壮的牦牛似是不甘心，要坚守住自己阵地，立刻，两头已明显取胜的牦牛一起向它发起了攻击。当四只尖利的长角刺进它肚子时，在噗噗的响声中，它如一座轰然倾倒的大山，趴在了地上。

战斗终于结束了，剩下的几头牦牛高扬着头，长嗥几声，向伫立在远处的几头牦牛走去。这时候，我才发觉远处的那几头牦牛一直像我一样在观察着刚才的一场战斗。我不知道它们为什么不加入战斗，从它们的体形上看，有可能是母牦牛，就在我这么想着的时候，它们中的一头牦牛叫了一声，我从它的叫声中听出那的确是一群母牦牛。

那几个胜利者径直走到母牦牛跟前，用嘴去吻它们。母牦牛像是已经等待了许久似的，一对一地与它们依偎在一起，胜利者不时地发出喜悦的嗥叫，母牦牛用嘴舔着它们伤口的血，舔完之后，它们便头挨着头缠绵在了一起。过了一会儿，母牦牛便显得兴奋了，它们静静地站着，让公牦牛从后面爬到自己身上，完成一头公牦牛的生命喷射和飞翔。

那些从战场上退下来的失败者，此时都沮丧地把头扭到了一边。

大　风

大风突然刮了起来。我和叶赛尔把长眉驼赶到沙梁上，以防在大风中被狂沙埋没。不一会儿，风更大了，沙子密集地落下又飞起，像是在寻找一切可以被它们蹂躏的东西。这时，前面突然传来一两声歌声，激奋，热情，像是与风沙在较劲。是谁呀，居然在这样大的风沙中唱歌，而且还有些自得其乐！

歌声隐隐约约，风沙依然凶猛无比。过了一会儿，便明显地感到歌声高过了风声。嗬，在风沙刮起的时候，几个人放开了歌喉在歌唱。

终于风停了，沙漠也像发够脾气的少女一样安静了。我赶紧寻找刚才唱歌的几个人。是三个人，赶着几峰骆驼，已经越过了我们。他们没有被风卷走，而且在风中准确无误地前行了一段路。他们是怎样从风中穿行的？是从草丛中、岩沟中，还是从河岸上的灌木丛中？我无法知道。大风过后的天空更高，依旧觅食的鸟儿，起起落落地在天地间扯出一道风景。

他们慢慢地走远了。在沙漠中，我亲眼看见了人在风沙中唱歌前行的故事，在那一刻，风沙似乎变得悄无声息，只有人的歌声响彻于天地之间。我坐在一片草上，点燃了一支烟慢慢抽，内心仍不能平静。同行的人都像我一样惊讶，如果不是今天亲身经历，谁都不会相信在风沙刮起后，有人唱着歌从中穿越了过去。在大风沙刮起来时，很多人都在寻找地方躲藏，只有这些在高原上出生并长大的人，在用唱歌的形式穿越。

当晚，坐在"霍斯"昏暗的油灯下，我写下了这样两句诗："汉子们在风中丢失的心/被沙漠藏在甜蜜的音乐里。"我觉得，对于白天的神遇事件，只有用诗记录才显得合适。

五峰长眉驼的故事

夜里，我和叶赛尔躺在他老朋友的"霍斯"里，说起了他家长眉驼的名字。这些长眉驼的名字背后有一连串的故事。叶赛尔先给我讲的是木卡西的故事。"木卡西"意为"摩托车"。木卡西有个特点，不论什么时候都速度极快。比如从驼圈中出来，它总是冲在最前面，几步就跑到了院门外。到了沙漠草场中，别的长眉驼低头慢慢找草吃，它却不安分地跑来跑去，好像从来都不饿似的。到了下午，别的长眉驼都开始返回了，而它却还在那里吃草，一点都不着急。叶赛尔知道它的习性，于是便不理它，赶着别的长眉驼往回走。它吃完了草，把头伸向小河咕咚咕咚喝完水，然后撒开四蹄向叶赛尔追来。最后，它总是和长眉驼们一起回家。

关于它名字的来历，说来也很有意思。有一次，一名牧民骑了一辆摩托车在沙漠中玩，它看见后凑了过去，慢慢地便发现摩托车跑起来速度很快，呜地一声在沙漠中扯起一道烟尘便不见了踪影。它不服气，撒开四蹄奔跑着追了上去。骑摩托车的牧民看它在追摩托车，觉得很好玩，便有意放慢速度待它与自己并齐了，和它比赛。于是，在沙漠中出现了长眉驼和摩托车比赛的一幕。摩托车呜呜轰鸣，长眉驼虽一声不响，但庞大的身躯却在快速向前，始终不肯落下一步。从此，它便得名木卡西，人们都知道它跑得和摩托车一样快。

苏提皇吾尔，意为"产奶多的长眉驼"。苏提皇吾尔是一只母驼，生有八峰小驼，这八峰小驼长大后又生了小驼。所以说，苏提皇吾尔是奶奶级的长眉驼。不知道长眉驼中是否讲究辈分，如果讲究，苏提皇吾尔一定会很有地位。

我曾仔细观察过苏提皇吾尔和它的子孙，发现它似乎和子孙们从不亲近，有时候在路上碰在一起了，连看都不看一眼。不是说血缘关系可以让生命有亲近的感应吗？这种现象在长眉驼身上，不，至少在苏提皇吾尔身上并不会出现。

关于它的名字的由来，说来也很有意思。有一次它生下两峰小驼之后，却没有一点奶。母驼别说在产后应该出奶，就是在平时也应该有大量的奶，每天被主人提一个水桶挤出，供人们饮用。但当时，它确实没奶，两个小生命饿得哇哇乱叫，人们一时都不知如何是好。过了几天，叶赛尔的父亲阿吉坎·木合塔森来了，他想起以前曾有羊不产奶，牧民对着羊唱歌，羊便有奶了。于是，他对着母驼唱了一首哈萨克族民歌。奇迹果然在歌声中出现了——它听着歌声，身体里慢慢有一股热流涌动了起来。它变得躁动不安，在院子跑来跑去，似乎有神在那一刻正在附身，或者说它正在迎领一份神谕。终于，乳汁从乳头喷出，划出一条条漂亮的弧线。

从此，它的奶比任何长眉驼都多，人们都说是歌声引出了它的奶，它的奶水长耳朵了呢！它由此得名"苏提皇吾尔"，人们都知道它是产奶最多的长眉驼。

吾库楞汗，意为"像新娘帽子上的羽毛一样的长眉驼"。吾库楞汗从生下到三岁时，人们都把它当作公驼对待。不知谁在最早验证它的性别时，把本来是母驼的它说成是公驼，所以它便一直扮演着公驼的角色。外出吃草时，叶赛尔总是希望它多吃一些，因为它是公驼；驮东西时，它自然也就得多驮一些，仍因为它是公驼。它呢，从来没有显示出一点孱弱和不堪重负的样子，像所有的公驼一样任劳任怨。让人们误解它性别的还有一个原因，它性格活泼，外出吃草时喜欢蹦蹦跳跳，动作极具阳刚气。

人们几乎已经认为它是一峰公驼了，但就在这时一个问题出现了，它从来都不亲近母驼，而且似乎从来都没有发情过。难道它……叶赛尔心存疑惑，检了一下它的性别。这一检查吓他一跳，好家伙，原来是一峰母驼。既然是母驼，那就不能再像公驼一样对待了，驮东西时让它少驮一点，外出放牧时也不能再让它蹦蹦跳跳。叶赛尔甚至想，得想办法让它怀孕，在这一两年内生下两峰小长眉驼；也许它当了母亲后会变得温顺一些。但任凭他怎样调教，它都不改以往的习性，仍是那样疯疯癫癫。

阿吉坎·木合塔森叹着气说，改不过来了，你们打小就把它当作公驼对待，它已经养成了习性，怎么能改得过来呢！它原来名字的意思是"像风一样快的长眉驼"，叶赛尔给它重新取名为吾库楞汗，意为"像新娘帽子上的羽毛一样的长眉驼"。

作为母驼，这个名字叫起来就体面多了。

桑达利，意为"'二杆子'一样鲁莽的长眉驼"。桑达利的鲁莽不光在叶赛尔的驼群中出名，而且在托拜阔拉沙漠草场一带也人人皆知。它自小就鲁莽，别的长眉驼在草场上吃草，它跟石头过意不去，一下又一下地用蹄子去踢石头。等它把一块石头踢出了草场，草场上的草却早已被别的长眉驼吃光了。有一次，它吃草到了一条深沟旁，准备下到沟中去。叶赛尔在一旁看见了，赶紧把它拉了回来。长眉驼一般都是不下沟的，因为它们身躯庞大，下到沟中会掉转不开身子。别的长眉驼走到这样的沟边都会马上掉头离开，而它却不，很鲁莽地要下去试一试。

它因为鲁莽吃了不少亏。踢石头把自己的蹄子踢坏了；用头去撞比自己高大的长眉驼，结果把自己撞倒在地；叶赛尔抽了它一鞭子，它硬是要用嘴去咬鞭子，结果又挨了一鞭子。它从此便对叶赛尔有意见了，凡是叶赛尔外出放牧，它要么离他很远，要么把驼群搞出一阵骚动，让叶赛尔头疼或忙活半天。叶赛尔发现是它干的坏事，便气得又想用鞭子抽它，但它早已跑远了。叶赛尔说，你跑，你跑到深沟边没人拦你，一头栽下去，看你还能不能活。

当然，它的鲁莽有时候也会带来积极的后果。有一年秋天，一场大雪提前降下，长眉驼们没有吃的，饿得嗷嗷乱叫。它看见荒漠上的一棵树上有树叶，号叫一声，跑过去一下子把树撞倒了。长眉驼们吃着树上的叶片，挨过了那个大雪天。

沙勒莫音，意为"长脖子的长眉驼"。沙勒莫音的脖子之长，你若不亲眼看到，恐怕永远都不会相信。沙勒莫音的脖子就像蛇一样长，吃草时往前一伸，不用低头就把草卷入了自己嘴里。平时，它站立不动时，长长的脖子看上去柔软，舒畅，极富韵律感。我曾把它和别的长眉驼作过比较，发现它的脖子至少比别的长眉驼要长一尺。长眉驼们的脖子本来都很长，而它的脖子却比别的长眉驼的脖子要长一尺，可见它的脖子有多长了。

脖子长自然有它的好处。一次，一群长眉驼去河边喝水。河滩上是松软的沙子，它们的身躯很庞大，一踩去便陷进去不少，它们赶紧转身回去，无可奈何地望着河水。这时候沙勒莫音的长脖子起作用了，它选好一个位置，伸出长脖子便喝到了水。

沙勒莫音的长脖子还救了一次叶赛尔的小儿子。今年二月的一天，叶赛尔的小儿子哈吉提趁家里人不在，爬到了一棵树上。等大人们发现时，承负他的那根树枝已经有了裂口，随时都可能让他掉下来。这时候，叶赛尔想到了沙勒莫音的长脖子。他从驼圈中把它牵来，它似乎也明白哈吉提的生命正处于千钧一发的危险之际，于是它伸长脖子，把头一扬伸到了哈吉提的身旁。哈吉提抱着它的脖子，它一低头便稳稳当当地把他放在了地上。

长眉驼之死

长眉驼在沙漠中自由自在地吃草，我和叶赛尔坐在一根木头上抽莫合烟。我带来的红河烟已经抽完了，便抽叶赛尔的莫合烟。叶赛尔觉得我"过一会儿便点一根，过一会儿便点一根"实在是太麻烦，从早到晚嘴就不闲着。而他早上抽一根莫合烟可以管到中午，中午抽一根莫合烟可以管到晚上。他让我抽莫合烟，我抽了一根，味道太烈，抽完后头晕。

闲着无事可干，我们俩便又聊长眉驼的事情。说着说着，便说到了长眉驼的死。我没想到，年纪轻轻的叶赛尔，居然经历了那么多的关于长眉驼死亡的事情。

在这里先写他告诉我的一峰病死的长眉驼的故事。在叶赛尔的记忆里，一直觉得那峰长眉驼真的很奇怪，说不行就不行了，趴在地上一动不动，用痛苦的眼睛望着人们，似乎乞求有谁能救它。每年夏天外出放牧，实际上无医也无药，谁的牲畜要是得病了，就只能听天由命了。但长眉驼现在已属于稀少动物了，所以叶赛尔还是想办法要救活它。于是捎话，打电话，终于弄来药给它喂进了肚子里。第二天，它有了好转，眼睛里不再有那么多的痛苦。它想挣扎着往前爬一点，但没有成功。没想到，过了一夜它便不行了。早晨人们发现它趴在地上不动，过去仔细一看，它已经死了。它可能是半夜死的，有蚂蚁从鼻孔中出出进进，让人看着骇然。

它趴在那里，像一座倒了的山。平时，它迈着稳健的步伐在沙漠中行走，临死前，想再往前爬一点，都没能如愿。一峰高大的长眉驼倒下后，就这样让人看着伤心。

去年，有一峰长眉驼从山坡上摔下来摔死了。那是叶赛尔的长眉驼最凄惨的一幕。那天，长眉驼到山坡上去吃草，但山坡的另一端比较平坦，它们吃着草，不知不觉就到了山坡上。山坡的一端平坦，另一端必然陡峭，等它们意识到危险时，它们实际上已经站在了陡坡边上，下面的陡坡上乱石密布，无任何动物涉过的足迹。叶赛尔着急地唤它们从来路返回，但它们已经慌了，一峰挤一峰，在陡坡边上乱成一团。有一峰长眉驼一蹄子踩空，庞大的身躯顿时像一个皮球一样向坡下滚去，陡坡上的石头一次次将它的身子碰得起起落落。可以看得出，它也想挣扎着站起身，但它的身子太过于沉重，加之向下摔出的惯性太大，它已无力控制自己了。最后，它咣的一声摔在了坡底，被它连带下来的几块石头也被摔出了声响。它被摔得嘴里和鼻子里都是血，眼睛颤抖着，越来越无力地闭上了。

叶赛尔吓坏了，他跑过去用手摇长眉驼的头，希望它能从地上爬起来。但它嘴一张，噗的一声吐出一团黑血后，就再也不动弹了。它死了。叶赛尔抱着它的头哽咽着说，你太大了，你太大了……你要是像一只羊一样多好。有一次，他的一只羊也从这个陡坡上摔了下来，摔到坡底，它爬起来颇为疑惑地向四周望了望，又去草地上吃草了。

几年前的一个冬天，一位牧民的一峰母驼生下了两只小驼。它带它们出去寻找草吃。其实，冬天的沙漠中没有草，母驼带小驼出去，也就是从冻土中扯出几根草根，喂到小驼的嘴里。它们出去一般都不会走远，主人便也就放心地让它们去了。

一天黄昏，起了暴风雪，天地很快一片灰暗。母驼和两只小驼迷路了，它们原以为向着家的方向在走，实际上却越走越远。半夜，母驼为了保护小驼，在一棵大树下卧下，将两只小驼护在腹间，然后任大雪一层又一层落下。那是一场几十年不遇的暴风雪，天气冷到了零下四十多度，而地上的积雪也有一米多厚。不久，那峰母驼感到自己的躯体变得僵硬了，似乎有一个冰冷的恶魔正在一点一点地占据着自己的身体。但它仍然一动不动，两只小驼已经熟睡了，它用两条前腿和腹部为它们撑起了一个温暖的卧床。

第二天中午，暴风雪才停了。人们在茫茫雪野中寻找它们，直到下午才找到了那峰母驼和两只小驼。母驼已经死了，两只小驼围着它在哀号。风已经停了，但它们的哀号却像风一样在雪野中飘荡。

还有一只长眉驼是为寻地下水而死的，牧民们都认为它是那一年所有牧民的恩者。

沙漠虽然干旱，但在沙丘中间却总有小河或海子，牧民每年放牧的首选地点，其实也就是这些小河或海子。这也就是人们经常说的逐水草而居，古往今来都如此。现在，牧民们都会记住有水的地方，下一年到了沙漠牧场，便直奔小河或海子。但有一年却发生了奇怪的现象，牧民们进入沙漠牧场后，却到处都找不到小河或海子。水，莫名其妙地干了。没有水，人和牲畜都无法存活，牧民们决定向别处迁徙。但转了好几个地方，看到的却是同样的境况——没有水。

人绝望了，牲畜们发出嘶哑的哀号。有人想出了一个办法，长眉驼可以找到地下水，因为在夏天酷热难当时，长眉驼总是会找到一个有地下水的地方，让自己的身体卧下。从畜群中放开几峰长眉驼，它们就会去找水。人们像是抓住了救命的稻草，马上从畜群中放开了几峰长眉驼。它们低着头向四周寻去。但一天过去了，它们没有找到水。两天过去了，它们还是没有找到水。第三天，人们已经对它们不抱希望了，打算赶着牲畜到另一个地方去。但就在上路的时候，却发现一峰长眉驼失踪了。大家在一起碰头，觉得一峰长眉驼与已经好几天没喝水的畜群相比，毕竟只是一峰，眼下当务之急是要赶紧把畜群赶到有水的地方去，否则它们会一个个倒在沙漠中。

经过几天的迁徙，他们到了一个有水的地方。那峰长眉驼一直没有消息，牧民想，它过几天后可能会沿着畜群的蹄印跟到这里来。所有的牲畜都集中到了一个地方，谁也抽不出身去找它。

一个多月之后，传来了一个消息，在那个所有的小河和海子干枯了的沙漠里，发现了地下水，不远处躺着一峰死了的长眉驼。是那峰被人们认为失踪了的长眉驼，它找到了地下水，然后便一直在那儿等牧民，但牧民们却一直没有过去，它饿死在了那儿。

最好的记性

出来好多天了，今天，我准备和叶赛尔赶着长眉驼返回。突然，一峰长眉驼走到我跟前，用双眼看着我，许久都不动一下。它的眼睛很大，黑黑的瞳仁像是传递过来了一种力量，让我感到恐慌。它为什么看我，而且还是紧紧地盯着我？

叶赛尔说："你被长眉驼看得不好意思了吧？"

我回答："是是是。长眉驼的眼睛太纯净了，看得人心发慌。不过我还是不明白，它为什么这样看人呢，好像我身上有什么让它看不顺眼的东西似的？"

叶赛尔说："你身上没什么让它看不顺眼的东西。它之所以这样看你，是因为你没有看它。你想，我们出来这么多天了，它已经很熟悉你了。它对你走路的姿势，说话的腔调，以及你的一些习惯都烂熟于心了。长眉驼是牲畜中记忆力最好的，它把你身上的这些东西看上几眼后就记住了。如果你过几年以后再来这里，它也能一眼认出是你，你的样子在它心里装着哩。"

"噢，是这样。那它为什么看我呢？"

叶赛尔说："咱们不是要回去了吗，它要看一看你的眼睛，看你在看到它的时候，是怎样的神情。它会从你的神情中判断出你心里是否有它。"

原来是这样。一个人到沙漠里来，却不知不觉被长眉驼记住了模样，这是多么幸福的一件事。而我，因为被它突然看了一眼，我也记住了它的模样。我想，以后我要是在什么地方突然碰到它了，我也一定能认出它。

上路了，我发现长眉驼们的神情都有些不对，它们对吃过草的地方，喝过水的小河，晚上卧下休息过的沙丘，等等，都一一又望了一遍。我知道，它们像熟知人一样熟知这些地方，在离开时最后看一眼，就全部记在了心里。如果叶赛尔明年还带它们来这里放牧，那么它们一定会知道哪个地方有水，哪个地方的草好吃，晚上卧在哪个沙丘旁可以避风。

叶赛尔一边往前走，一边给我讲关于长眉驼记地方的故事。有一次，一峰长眉驼在外面十几天未回，天突然下雪了，主人不得不赶着驼群迁徙到另一个草场。雪停了后，主人正要去找它，却见它飞奔着跑进了牧场。奇怪的是，它并不回到驼群中去，而是直接跑到主人跟前。主人见它跑得气喘吁吁，再往它背上一看，有一双绿绿的眼睛——啊，狼！它背上驮着一只狼。狼惊恐地从驼背上跳下，试图逃出牧场，但牧场上人多，很快就把它围住打死了。原来，它在大雪天遇到了一群狼，一只狼跳上它的背试图咬它的脖子，它撒开四蹄就跑，狼在它快速的奔跑中既不敢跳下，也咬不着它的脖子，只好紧紧趴在它背上不动。它在跑动中判断出主人在这样的大雪中一定把畜群迁徙到了另一个草场，那个草场的一切都在它心里装着，所以它就把狼一直驮到了草场。

有一年一场提前降下的大雪让牧场上的秩序乱了套，牧民们抱着小羊羔，赶着牛羊拥入一条山谷，往暖和一些的地带转移。当时的天气，如果不赶紧走，就会有很多牲畜被冻死。但那条山谷太狭窄，那么多牲畜拥入后不能顺利前行。有人提议，必须减少牲畜。但减哪些牲畜呢？人们一致想到了长眉驼。他们把长眉驼从牲畜中赶出来，让它们冒着风雪从沙漠中穿行过去。长眉驼的记性好，在沙漠中走多远该拐弯，在哪条河边该向东或向西，在山脚下该进入哪一条峡谷，等等，它们都清清楚楚，牧民们对它们很放心，只管让它们去就是了。几天后，牧民们迁徙到了一个温暖的草场上，长眉驼们早已站在路边等着他们。

还有一峰长眉驼，有一次主人外出放牧时摔断了腿，它用身子把主人拱到一块石头上靠着，然后奔跑回牧点，对着人们嘶鸣。人们从它的声音中判断出它的主人出事了，便赶过去把人背回来送到了医院。

听着这样的故事，我便觉得眼前的这些缓缓往前走动的长眉驼，在内心实际上早已装下了整个沙漠。沙漠赤野千里，但它们装满了记忆的内心却是一双眼睛，随时可以看到任何地方。

词典：南方工业生活

萧湘风

打　工

打工，用广东话说是"揾工"。来广东，第一次看到密密麻麻的工厂——蜂窝，我有些激动，看到工厂里蜂拥而出的那一大片潮汐，由或蓝或绿的工作服搭配而成的，我梦想有一天也能穿上一套，混入这样的浪潮里化为其中的一小朵。我感觉到那些厂服发出的梦中铠甲的光芒。作为纯粹的消费者，消费了父母二十多年的心血，现在我急于要做一名生产者。第一站是东莞的黄江，我寄居在一位老乡的宿舍里，白天和另一位老乡去不同的工业区里找工作。招工启事的红榜或白纸张贴在每个厂的门口，那么一张纸，镜子一样显眼，保安把它刚贴在门口就吸引了三五成群的年轻男女围靠过来，"招聘启事"被不同的方言念着。有人说，哎呀，日你先人哟，只招女工。一个女孩问保安：你看我中吗？保安从门卫室窗口探出半个脸：会电车吗？女孩摇了摇头。另一个人客气地问保安：还要不要杂工？保安坐在椅子上抖动二郎腿，翻着眼白有腔没调地说：不招了……杂工……满了。第三个人说：不招还贴出来。于是大家一窝蜂般散了，有几名还恋恋不舍地蹲在那路边的树荫下，似乎还等着什么。

我首先备了一份简历，现在回想起来，那简历写得太幼稚了。上面写着什么"剑鸣匣中，期之以声"，什么"玉藏于石，以待明主"。我学的是企管，这些年，每当有人问我学什么专业，我都不好意思回答。有人说：企管很好嘛。我只是呵呵地笑。这是一门边缘学科，什么都学，什么也学不好。我碰了许多霉头，倒也不能怪专业。要怪还是怪自己。

　　我的这位老乡，在这边待了一年，竟学会了一口普通话和家乡话杂交的腔调。我们步行逛遍了黄江大大小小的街道和工业区，又步行到樟木头。广东这里有些地名，真的有趣，什么"鸡啼岗""龙见田""百果洞"，听起来让人思绪万千。走到樟木头，老乡说：这里有"小香港"之称，娱乐和夜生活丰富。之后又去常平找工作，找了将近二十天终于在常平桥沥的一个电线厂落了脚。这是个台资厂。记得进厂时，门口围了一大堆求职者。人太多了，人事小姐只是抽样点了二十人左右进去面试。可惜我那位老乡没有被点到名，他好歹也是高中生吧。先排好队，验证件，我的毕业证比较大，红本本，当时亮在外面煞是显眼。人事小姐瞪大了眼睛："大学毕业证？"我满是期待地点头。然后就是笔试，考了一些初中级别的语数外，留下了四个人，我就是其中之一。最后由人事部经理面试，这位经理是台干，年纪和我一般，让我详尽说说找工作的经历。我激动了一下，从搭长途车来广东开始，从头简述了一遍找工作的经历。我为自己的讲述功底颇为自得，现在想来，那纯粹是一种过场。人事小姐对我还是很热心，在办手续时，反复强调这是普工，工作不是一般的辛苦。我说我受得了。年轻人嘛，农村出身的，不吃苦还吃什么？

　　办了手续，进厂，果然不是一般的辛苦。我做的是搬运工，也叫杂工，在厂里俗称"打包的"。分配在最辛苦的一台机，这台机的前任搬运工被打包机轧断了手掌，正在和工厂打官司。我配合一个调机的技术员，原材料和成品搬运、生产、清洁、洗机台、装芯线，样样都要做。和我一同进厂的三人，一人与我分在一起，这位同事第二天就自动离职了。另两位工友，与我同年，在另一个部门做搬运工，闲暇时我们结成了难得的友情。三个月后，他们一个个也走了。我终于坚持了四个月。后来我与车间里一位副课长关系闹僵，也离了厂。这是第一次进厂，刚进去时对工厂这部大机器一无所知，不知什么叫QC，什么叫生管，工厂是如何运作的，为此还闹了一些低级笑话。

离开这家电线厂，又回到黄江黄牛埔租了一个单房，接着和另一位老乡一起找工作。这一找，又找了半个多月，耗尽了身上仅有的钱，在弹尽粮绝的时候，我只好搬到一个捡垃圾的老乡那里去寄居。北岸有一个电子厂招工，也是台资，那天大雨如泻，小歇后天还是阴沉沉的，我用仅剩的十五元钱，买了一把伞赶过去面试。

进去还是拿着自己的大本本，二〇〇〇年这个毕业证还是能够唬住人。本来是做普工，工程部正好缺人，在招机修，课长又将我调到了工程部。我的厂牌上写的是"生产技术"。没想到我修机也修了将近一年。电子厂主要是一些小型的设备，端子机和裁线机。最近我写了一组诗《工厂简史》，引用其中一首，概述当时的那种状况：

前半生，他进了一家电线厂

学会了搬运和打包

也学会骂娘和打架

然后进了一家电子厂

学习了修理机器和润滑

润滑剂和机油如何使用

这些本领他以后再也没有忘掉

然后又进电镀厂

懂得了形象是需要电镀

电金电银电七彩

电得全身闪闪发光

然后是电池厂

又见过不少短路的电池

生活中有太多这样的家伙

说话不经过大脑

大脑不经过思考

总之，短路的家伙喜欢省事

喜欢快、喜欢两点之间直线最短

又弄明白了充电是怎么回事

充电的家伙免不了放电

后半生，他进了一家弹簧厂

现在他看起来更像弹簧

已经被压到了最低

每次上街，他总是出现幻觉

你看，满大街都是弹簧走来走去

做到第二年六月份，因为工厂订单季节性减少，放假，我就去了深圳。深圳特区在打工者词典里早已成了另一个打工圣地。我要去那里朝圣。从樟木头转车，第一次去布吉，又是工厂、广告牌、立交桥、路牌、行李、易拉罐构成的一条条路，太阳底下的南方，路似乎永远向南延伸，炙热的太阳当头照着路上的灰尘和正在施工的天桥，我看到了热火朝天的深圳。无边的工厂挤着工厂，忙忙乱乱的行人和车辆像满地飞窜的蝗虫，这里生机勃勃被阳光涂上了神圣的光泽。长途大巴驶入了龙岗区，我向南望，平湖、丹竹头、布吉。我拖着皮箱投靠了一个远房亲戚，住在布吉关外的荣超花园，七天后办了一个边防证。从布吉进关，在深圳市人才大市场又找了近半个月工作，然后在旁边的一个伯乐职介所免费招聘现场找到了一个业务员工作。二〇〇八年路过宝安南路，这个职介所早就不存在了。我面试的业务员是直销性质，天天背着一包产品在大街小巷上叫卖。深圳市被一双脚踏熟了，干了两周，又去另一个公司做业务员。在龙岗区各镇往来，业绩惨淡，每月收入呈负增长。其间又和一个同事，进了一个玩具厂。具体是做什么玩具，我一直没搞懂。因为没做到三四天，我们又出来了。记得该厂招普工时，我吸取经验，不再拿出大本本，而是掏出高中毕业证进了厂，进厂还要流动人口证，我又掏出一个临时办的流动人口证。后来又从A厂进B厂，从B厂进C厂，反复了一阵子。二〇〇二年又进了宝安西乡一家电子厂。有个熟人因辞工回家，介绍我去福永某电镀厂做会计。会计？起初我有些不自信，虽然也学过《初级会计学》和《财务管理学》等课程，但毕竟不是会计专业毕业，又无工作经验。熟人说，没事儿，我会教你。就这样，在电镀厂又做了快三个月的会计，后来我又离职。这时我好歹有些文职方面的经验，又在沙井某五金塑胶厂找到一个PMC工作。因工资问题，三个月后我又辞职，头脑发热跟着一个老乡跑到中山去找工作。来来回回折腾，回家再返深圳。第二年在福永某电池厂找了一个IPQC工作，又升为车间主管。新厂迁到了桥头HJ工业二区，那时周围一片荒地，不出半年，一幢幢厂房从地底下钻了出来，四周越来越热闹，光秃秃的马路上忽然从四面八方涌来不同的地摊买卖。靠近海边空阔的平原上，飞机嗡嗡地从碧空中滑过，飞得很低，可以看清飞机身上的字样，手掌大的飞机正在滑翔中降落，南面不远处就是机场。但是不久以后，空阔的地方堆满了建筑材料，钢筋、水泥和噪声在烈日下每日争分夺秒地忙碌着。这又是一大片崭新的工业区，南风拂过的地方，工业种子遍地开花。在这个厂做了一年半，又进另一家电子厂做QE、IQC及工程部技术员，等等。当然，现在我早就不在这家公司了，又经历了三次跳槽。

打工，你的名字叫漂泊，这是我们每个人注定的命运。每到一个新的工业区，看着那工业区的拱形大门，数着指示牌上那些工厂的名字，我激动地挤入工友的下班人潮中。我想每一个厂区都是一个美妙的地方，每家工厂我都想进去看看，看看机床旁的工友。听听机床哒哒不休的叫声，噪音，是我最喜欢的意象之一。尽管我一直处在噪音里，听惯了，但是那新型的机器总会发出不同的声音。我认识注塑机，立式或卧式的，车床、冲床、锣床、拉浆机、卷绕机、封口机、充电柜、干燥机、巨型压机、裁线机、端子机、电车和深夜朝地心撞击的打桩机。我还要认识四川人、湖南人、江西人、广东人、广西人、河南人、自称九头鸟的湖北人，还有更厉害的"宝庆人"（俗话说，十个湖北佬，不如一个宝庆佬）。在南方，这是值得一生去认识的事物。

爱　情

在风尘仆仆的流动人潮里，在往返不息的流水拉上，爱情是青春岁月里的防锈剂。我们四处流浪，仿佛只有爱情成为唯一的梦想。有时候，我们偶尔在一个工厂停靠，有一双眼睛就在流水线或办公室的某个角落悄悄地注视着，轻柔的睫毛扑闪扑闪，那是停在书页上蝴蝶的翅膀。工厂成为爱情的驿站，老板客观上也成为我们最大的媒婆。对对和双双，最终的媒婆还是历史，是历史巨大的漩涡让偶然的桃花流水相遇于必然的河岸。

在巨大的南方磁场里，不同的省份被丘比特的双向箭头连在一起，爱情不再是小乡村里封闭的露珠，不再是守着一条河流土生土长的棉铃。南风化作了蜂蝶，在广袤的热带雨林里随意牵线做媒，每次回家，在纯正的乡音里都能听到不同的外来口音，我有几个儿时伙伴找了四川老婆，生的儿子果然机灵，有人背后老是戏谑小孩为"四川佬"。因为广东，大家的血脉连得更复杂了。

在广东的高速路上，太多的爱情和仿制品风来雨去。

小Q个子矮小，是我的老乡。十六岁那年他背着蛇皮袋子只身来到深圳，进了一个研磨轮厂，做研磨，每月能拿八九百块。后来开货车，开叉车，再后来摆摊。在各自大量的"布朗运动"之后，二〇〇五年我们在石岩一个塑胶厂相识。小Q是个积极上进的青年，每天琢磨着如何发财，他进厂的目的就是找女朋友，因为工厂的女孩清纯。那时小Q开叉车，十二吨位的大叉车是一座移动的小沙丘，小Q坐在上面益发显小了，仿佛蚂蚁骑大象，每天在车间里往来叉货运模具。不久他认识了一个刚进厂的江西女孩，肤白，靓丽，比他高出半个头，女孩在注塑车间批锋，生产线上好几个技工和搬运工竟相追求。为了在众多追求者中独获女孩青睐，小Q嘴甜手阔，为孔雀开屏费了不少心思，占了头魁。工友们叫小Q给大家发"拖糖"。在广东这里拍拖要发拖糖，结婚要发喜糖，生子也要发喜糖。其中拖糖是最甜蜜的糖衣炮弹。

后来小Q和女孩子发生了口角，晚上他喝得醉醺醺的，在宿舍走廊上打电话给女孩，走廊上摆着灭火器，女孩就躲在上一层的楼梯阶上，在阴影里看着他。电话通了，女孩没有说话，只有她瓷亮的眼睛在阴影里一闪一闪……

小Q听到了上面的手机铃声，他明白了他们之间的距离，两个人都陷入了凝重的沉默，是进是退？谁也没有做好选择。小Q靠在了走廊旁的消防栓上，看着火红色的灭火器，仿佛看到了内心的冲动，灭火器无法熄灭他内心焦躁的火焰，小Q唉了一声，挂机。小Q对这种追求疲倦了，瞬间感觉到自己的崩溃。是的，该走了。第二天心血来潮向主管辞工，急辞工，主动放弃了半个月的工资。上司怎么留也没有留住。

小Q在找新工作时，又结识了一位山东的姑娘，他们闪电般产生了爱恋。当我听小Q说起时，我对这种速度将信将疑。

没想到原来的那江西女孩又主动找到了他，两人从此住在了一起。小Q那时在西丽火车站一个物流公司开叉车，小Q又从物流公司出来，带着女孩子到龙华市场摆摊，卖衣服或玩具。每天站在路边吆喝着，勉勉强强维持着生活。小Q的嘴巴活，口生莲花地编织着未来美好的花篮。年轻人情窦初开，甜蜜了一阵子，不久女孩怀了孕。

那女孩在工厂的姨妈找到我，向我打听小Q的下落，我才知道女孩是瞒了亲戚和家人跟小Q"私奔"了。很长一段时间，我也不知道小Q的去向。二〇〇七年寒秋的一天，那天风大，也很硬，吹得路上灰尘漫天，小Q又找到了我。小Q穿着一身洗得又硬又白的夹克，拖着皮箱来到白芒关。他一脸的疲惫，两只浪漫主义的眼睛填满了灰色。他心情很郁闷，想找个人说说，就找到了我。

他的女朋友丢了。

我听着他沮丧的讲述：女朋友怀孕后，他们到了中山，寄居在他母亲的出租房里，肚子里的小孩快四个月了。女孩的一家人在广州做建材生意，家境还不错，可是小Q与她不是门当户对，小Q的财富一直还在他的头脑里，他是"裤裆叮当作响"的类型。女孩的父亲一直在找他们，小Q给他未来的岳父打了一个电话，让他放心。女孩的父亲在电话里说，无论如何一定要小Q带着他的女儿见见面，见了面一切都好说。他的苦口婆心打动了小Q。

见面的那天，戏剧性转折来了——女孩的父亲驱走了小Q，并把女孩看押了起来。小Q几次找到女孩的父亲要人，女孩的父亲提出一个条件：你提二十万礼金再来找我。

你一年能挣多少？看你一副穷酸相，能养得起老婆吗——小Q被这些尖刻的羞辱击垮了。

小Q受了刺激，憋屈了一周，找到了我："老婆没有了，儿子也没有了。"他的苦闷，我无法安慰。这让我想起了刘庆邦一篇叫《玉米地》的小说，其情其境何其相似。小Q当时没有固定手机号码，从此与他的女友断了联系。

爱情，一个复杂的话题。由于不同工厂的生产特点，工人的性别也受到分流。从二十世纪九十年代到二十一世纪初，工厂通常只招女工，男工除了荷尔蒙旺盛、难以管理，还能一餐吃掉好几碗，饭量大，增加了工厂的经营成本。只有高劳动强度的机械厂、五金厂以男工为主，清一色的光棍汉，而电子厂是清一色的女工，就像"诈金花"一样，黑桃和红桃全被洗开了，一边全是黑桃，一边全是红桃。我在黄江的那个电子厂，除了保安、机修和仓管之外，二百多名员工全是女性。电子厂是爱情生产厂，流水线是爱情生产线。记得做机修时，我曾暗恋过一个女孩Z，给Z写信，那时我还是个木脑壳。Z在逛夜市的路上与我偶遇，让我请客。在匆忙的人流中，我回味着她的笑容，很甜很脆。如今那些电子厂的姑娘，应该都成了孩子妈妈了。

南方人把找女朋友叫勾妹仔，北方人叫泡妞。无论南勾北泡，玩弄情感也是被情感玩弄。我在沙井某家五金厂，一位四十多岁的电工，泡上了一个十七岁的女孩。女孩一夜间变成了女人，当她还沉浸在幸福中时，没想到电工又冒出来一个结发的老婆，找上了工厂，在厂门口和女孩打闹一番，女孩受了羞辱，喊来老乡，找电工算账，结果将电工的下身打成了阳痿。

电子厂

荧光灯挂在低矮的流水线上，在夕照或月夜之时，远望那些荧光灯，它们是新的夕阳或明月，悬在那工业的屋檐下嘤嘤地叫着，哼着。一排排手和呼吸，她们在白莹莹的灯管下低着头，穿着统一的静电服，长发裹在工帽里，露出一小段青丝，眼睛紧紧地盯着双手，一手捏着电子元器件，一手捏住烙铁。产品在焊锡中不时冒出一缕青烟，沿着排风机零零散散地飘走。是焊锡，将产品和汗水焊接在一起，电容、二极管、悲欢和青春共同装配在印刷线路板上，这是一般电子厂常见的情景。

电子厂的种类是最复杂的，生产电容、电阻、二极管、三极管、接插件、线圈、音圈、PCB、SMT、IC卡、LED和各类家电都叫电子厂。人们都说，二十一世纪是数字化时代。所谓的数字化时代就是由电子厂缔造而成，由流水拉上无数双女工的手缔造而成。

从深圳沿梅观高速转莞深高速在黄江出口转出，共约三十八公里，从东莞黄江公常路东转北岸路进去三百米左右，有一家极其普通的电子厂。二〇〇〇年我曾经在那里工作过一年，该厂属于台资，一栋三层楼的厂房，两栋八层高的宿舍，围成了一个北京四合院样式。这是珠三角一带比较典型的电子厂，宿舍面积五倍于厂房，间接表明了它是一个劳动密集型的工厂。厂房上嵌着一块工厂钢字招牌：QB（隐名），QB厂主要生产接插件，规模小，两三百人，组织架构也相对简单。总经理是台湾人。副理是贵州人，一个初中毕业的女士，管人颇为严厉。它的主要客户就是台商，其中就有富士康的业务往来。二〇〇八年金融风暴时我路过黄江，特意去看了这家往昔的工厂。工厂还在，生疼的阳光依旧照着泛旧的厂房以及泛旧的招牌，唯一的变化是，员工都换了，我一个也不认识。周围曾经的空地上起了更多的厂房，迁来了五金厂、塑胶厂、鞋材厂和别的电子厂，同时对面原有的两家工厂不在了，换成了别的工厂。中午下了班，QB厂涌出来一波下班潮，员工们身上的工衣没有变，还是当初那个黄色T恤衫。我问一个不认识的工友：最近厂里生产忙吗？她答道：一年不如一年，说不定要搬厂。我一愣，这个厂最初是在深圳建厂，为了降低人工成本，两年后搬到了东莞，难道还要搬？我问：要搬到哪里去啊？她不耐烦地说：谁知道！

在密集型劳动中，手工操作仍然占了很大的比例。烙铁就是电子厂最常见的工具。我记得在一个电子厂做储干时，必须在生产线每个工位上学习几天，股长首先将我安排在焊锡工位上拿烙铁。坐在工位上，拿着锡线，在高温的烙铁下，一个女工教我如何焊，如何识别虚焊假焊。锡线在烙铁头上熔成一滴滴，我将漆包线的线芯接在零件上，让锡滴冷却，银白色的锡液像一滴泪珠，不听话，在手指间慌乱滚动，此时需要用指甲挡住那滴锡点，女工让我蘸一点黄色助焊膏，将烙铁头用砂纸打磨光滑。至今我还记得工位上的她们，大拇指的指甲盖被熔化的锡点灼得黄黄的，每个人都是留着长长的指甲盖。现在有波峰焊，自动化程度再高，焊锡这道工序总是离不开人工。拿烙铁的工位，因为接触有害气体，又稍有些技术含量，这个工种通常有一些岗位津贴，每月会多发几十块钱。有些女孩子在焊锡中皮肤过敏，脸上长痘痘。休息两天，痘痘就自然消失。焊锡产生的烟雾，毒性不小，比较正规的工厂，通常在旁边设一个吸烟的排气管。二〇〇二年欧盟颁布了RoHS指令，对于锡的铅含量有一些强制性规定。RoHS指令是贸易保护主义的产物，同样也是环境保护主义的产物，它对电子消费品生产过程提出了有害物质控制的要求。

在电子厂，除了焊锡，还有一个常用词汇，就是SMT，汉译是电子表面贴片技术。它可以是名词，也可以是动词；可以是技术，也可以是生产流程。作为SMT，一个电子零部件，上面可能有成百上千的零件。通过流水拉上一双双女工的手，最终变成一个半成品。在SMT这道工序或这个车间里，流水拉的概念显得更为贴切和流畅。流水拉上，零件一件件聚在一起，然后经过FQC终检，入仓，又通过一辆辆货柜送到客户的工厂，半成品又在客户的流水拉上转一圈，这条产业链或物流链，经过货柜和流水拉、公路或码头，你会蓦然发觉，整个经济社会都是一条流水拉，我们都在流水拉的旁边忙忙碌碌。

电子厂除了SMT之外，手工还是占了主导地位。这是一个典型的劳动密集型的场所。而在这个场所，又存在一个有趣的现象。《西游记》里有个女儿国，电子厂也是一个"女儿国"。流水拉上所有的作业员，都是女工。操作工是女孩，QC员是女孩，物料员是女孩，技术员、助拉、拉长都是女孩。可以说，电子厂是女孩子的代名词。在这样的女儿国里，青春变成了一道纯粹的风景。在流水拉下埋头做事时，工作服里那裹不住的青春，仿佛工业齿轮缝隙里的花瓣。

老　乡

过去人生四喜之一：他乡遇故知。说明那时交通不发达，人口很少流动，能在遥远的他乡碰见老乡和熟人，那自然是不得了的惊喜。在今天的广东庞大的民工潮中，他乡遇故知就不是什么稀罕事了。由于异乡故知的频频相遇，自然衍生出"同乡会"。网站论坛上也相应开辟了"湖南人在深圳""四川人在广东"之类的板块。

在外面碰到任何地方的人，均可以通称为老乡。一句"老乡，你好"，距离就拉近了。"老乡"，这个词是一个通用的飞词，就好比湖南麻将里的"王牌"，有的地方叫作"鬼牌"，可以任意代替其他牌。从二〇〇〇年出来，最开始的几年我都是和老乡在一起。记得来广东第一个夜晚就住在一个老乡那里。我并不认识他，他是老乡的一个老乡。第二个夜晚我又住在另一个老乡那里。在最窘迫的时候，我住过老乡的垃圾屋。最奇妙的是，还住过一个女老乡的女生宿舍。当然也帮过一些老乡，在底层的打工生活，每个人生活都不可避免会遇到困难，这时"老乡"就成了一个"保险基金"，大家都往里投入感情和付出，急需时就偶尔支付一点。有人感受过老乡的好处，还感受过其坏处。后来有人说：老乡老乡，背后一枪；见你不死，又是一枪。当然打枪不打枪与老乡无关，这还是人性的关系。

每年春节回到故土时，在小镇的街上遇见曾经在外相遇的老乡，在广东时，大家都很热情，握住各自的手说："哎呀，小明！""呀，野鬼！""这不是军军嘛！""是啊，建军你也来广东了？"在异乡的土地，我们似乎找到了一盆家乡盆景，大家共同的方言聚在一起，拢成一片故乡的云。"好久不见了，在这地方遇见你。你在哪个厂上班？"在家乡又相遇了，大家只是淡淡地点头："回来啦。"然后分别钻入人群里不见了，老乡在这里失灵了。只有离开赖以生存的故土，大家才需要用这个词取暖。

老乡是一个出门在外的生词，一双漂泊异乡的布鞋，一顶土祠或公社时期的破草帽，一粒临时抵御乡愁的安定。但是这个生词永远回不了家，这双布鞋已经走在千里之外的路上，至于这顶破草帽是否挡住了他乡的风雨呢？如今人们对这粒安定也产生了更多的抗药性。

流水拉

流水拉是工业史上最伟大的发明之一。纪录片《大国崛起》说："如果说，牛顿为工业革命创造了一把科学的钥匙，瓦特拿着这把钥匙开启了工业革命的大门，那么，亚当·斯密则是挥动一只看不见的手，为工业革命的推进缔造了一个新的经济秩序。"亚当·斯密在《国富论》中第一次提出了分工的理论，费雷德里克·泰勒提出科学管理，将标准化纳入生产中。一九一三年八月一个炎热的早晨，福特的汽车流水线作业成功应用，流水拉逐渐改变了过去手工作坊模式。成为庞大而复杂的工业消化系统中的主要肠道。

如今在大洋彼岸的中国，流水拉像一条条龙舟在珠三角流域竞帆争流。二〇〇四年我在福永一个电子厂里拆过流水拉，又装过流水拉。那时老板决定改变一下车间布局，于是，拆掉——再重装。流水拉再简单不过了，就是一条铁架子，上面循环滚动着橡胶皮带。拉上装一些灯管和辅助作业的工装，两边排上凳子，坐上女工，就是一条流水拉。每次更换产品——我们叫作"换拉"，流水拉依然是那条流水拉，只是换掉了物料，重新调配一次人员。停拉开拉仅在于流水拉上的一个开关，按开它，流水拉带着吱吱呀呀的杂音，重新向前跑动，根据每道工序的作业快慢和生产进度，可以灵活地旋转一个速度旋钮，随时调节流水拉的快慢。从第一个工位到最后一个工位，根据作业节拍，对瓶颈工序适当增加人员。随着生产的进步，流水拉的样式也日益增多，配合机械手和工装，可以分流为双层的流水拉。

二〇〇〇年第一次在黄江的电子厂看到流水拉。每一条不足五十米的流水拉聚集了四十多名工人，拉上密密麻麻坐满了姑娘，她们在灯管下埋头绕线、插接端子、包扎余线。几乎每天在同一张凳子同一个位置，操作着同样的产品，手指使劲，将端子一根根插入胶壳针座里，有的端子偏大而胶壳偏小，必须用力抵入，五只手指在长时间的作业中，沿着意外的方向翘曲，并拢时各自叉开。第一天下来，手指就胀疼了，第二天手指磨出血泡，以后就慢慢长出了一层硬茧，速度也大大提升，可以熟练地插入端子，每天的产量也可以轻松完成。劳动给我们带来的最大报酬是坚强。日复一日，我们适应了这个位置，习惯了这条流水拉。

作为流水拉，自然就衍生出带拉的一个头儿——拉长。有的拉长工作繁忙，又配备一名助拉，或再配备一名物料员。拉长、助拉就像是船长和大副一样，带领着员工们，驾着这条船在流水中航行。每天开完早会，物料员将材料放在流水拉的前端，将开关一开，这条船就开始航行了。数不尽的龙舟朝前竞跑着，世界的工业链也开动起来，汗水、人的青春、料的动态都沿着流水拉皮带向前奔驰。在流水拉上作业是枯燥的，每天面对同一种产品或不同的产品，姑娘们对未来的梦想就在上面流走了。同时，劳动是每个人的必需品，不仅仅是物质的，也是精神的必需。

苇岸在《大地上的事情》中说："从存在角度讲，一个孤立的水滴意味着什么呢？死亡！故每个水滴都与生俱来地拥有一个终极愿望或梦想：天下所有水滴全部汇聚在一起。在这个伟大梦想的驱动下，河流最终消失了，诞生了海洋。在工厂无数的流水拉这里，每个人恰好就是一颗水滴，他们将梦想、青春、情感汇聚在一起，一条流水拉就是这么一条河流，它向前奔驰，在某个地点与另一条流水拉交汇，并注入另一条河流，它们在不断地分支或合流，这是工业时代星罗棋布的水乡。

妻在南山某工业区的一家电子厂上班，每天回来将流水拉上的故事絮絮地向我讲述。她们车间里的拉长，她们的姐妹，她们的酸甜苦辣，她们天天围绕着的流水拉，每天也在我大脑里运转。那是一家外资厂，从金融危机中复苏时订单也越来越多，每个车间的四条流水拉满负荷转动着。在这家电子厂，有的人已经做了十年，大部分才刚刚进厂，招进来的新员工短暂停靠后又选择自离。尽管工厂待遇合法，福利不错，但是小小的车间人来人往，旧人走了新人来了，员工们像流水一样离开一条流水拉，又流向另一个工厂另一条流水拉。最近她的一个同事离开这家干了多年的工厂，要回老家谋生，临行时发来了短信："祝福我吧！我就要离开深圳了。你们好好干！说不定若干年后，我还会来找你们的。我会想念流水拉上的姐妹们。"

在流水拉作业中，流动人员之间如同水面相连的浮萍，流水拉串连又分割着这种纯粹的人性相依。为了提高流水拉本身的效率，在订单紧急时，我们工厂的老总叫工程部的同事每天观察和监测流水拉的速度。这是一条自动回流线。同事用秒表测着一个循环来回的时间，经过调试，将流水线的速度提到了最大限度。十一秒，十秒，九秒，在流水拉上的分分秒秒，就像吊瓶里的点滴，一步步踩着钟表里的时间，每分每秒都从众人的身边流过，带走人们最快的动作。

流水拉在不同的工厂以不同的形式存在着，更多的工厂不再是单纯地搭起一条流水拉，而是利用大型机器，利用辊筒和传输带，利用自动化机械将整条生产线连成一体，此时流水拉已经变成了流水线。在流水线上没有转折号、顿号和逗号，流水线就是一篇没有标点符号的文言文，一气呵成而没有停顿。每次站在不同的流水拉旁边，我都在想，流水拉啊流水拉，这个工业时代最重要的食道，一切都会老去，唯时间永向前，面对千篇一律的劳动或经常更换的新产品，我们在重复的流动中是否适应了麻木？在这个时间容器里我们被慢慢消化，历史不会改变，谁也不会停下步伐。

最后我摘抄一首自己的诗歌送给流水拉：

没错，流水拉如同繁忙的高速

没错，我们都是流水拉的组成部分

没错，有人喜欢有人痛恨

没错，不少家伙靠在拉上做梦

没错，流水拉上响起了纤夫的爱

没错，那只是他娘的幻觉

没错，流水拉并不是一个错误

没错，一条河流也会犯错

没错，生活就是无数条流水拉流向我们 的结果

没错，流水拉也在喧嚣中波光粼粼地闪烁

没错，流水拉既是噪音也是一曲春天的交

响乐

加　班

二〇〇〇年，东莞黄江某电子厂。

"阿秀，今晚加班！"

"又要加班！今天是星期天啊！"

"没办法，要急着赶货。"

"这三个月，每个礼拜天晚上都没得休息。"

阿秀在机台上噘起了小嘴。阿秀是江西人，未婚，做事手脚麻利，连续加了三个月班。当时我在厂里做机修，正在她的机台上帮忙。车间主管说要加班，阿秀满脸乌云在机台上使脾气。主管也来气了："又不

是你一个人加班，大家都要加！我也想休息呢。"那段时间工厂正是旺季，在两班倒的情况下白班依然会加到晚上九点半。加班费按照基本工资的1:1.1计算，因此大家对加班并不情愿。有的"黑厂"甚至按照1:1来计算加班费，或者干脆没有。最近订单更紧，连日来加班加到晚上十一点半，大家都变成了大熊猫。

二〇〇七年，深圳某塑胶厂。

"阿光，今晚加班！"

"组长，我呢？我要不要加？"

"你？你就不用了。晚上阿光一个就够了。"

"怎么老是让阿光加班，没我的份呢？"

"争什么？大家轮流来。下周就安排你。你也知道公司在严格控制加班。"

没有轮上加班的阿荣很是气恼，拿着模仁在模架上狠敲了一下。我路过注塑车间对阿荣笑："不加班可以出去潇洒，这还不好？"阿荣捻着数钱的手势苦笑："这还好？每个月发下来这点工资就潇洒不起来了。"这家工厂还算正规，按照《劳动法》来计算加班工资，平时加班1:1.5，周六周日加班1:2，节假日是1:3。由于底薪一般，加班费高，大家主要是靠加班费生活。但是公司为了控制成本，严格管制员工的加班时间，谁加班谁不加班，需要经过管理者的层层批准，此时多加班就成了员工向往的福利了。车间主任对谁好，就让谁多加班，看谁不顺眼，就不让加班。有一名男工不服从他的管理，用车间主任的话说："这家伙牛，比牛魔王还牛！看我怎么治他！我天天不安排他加班。看他服帖不服帖。"

二〇〇九年，深圳某电子厂。

"阿勇，今晚加班！"

"主管，我今晚有点事，能不能不加？"

"生产忙得很，昨天的一个单还没生产完。你说你有什么事？"

"天天加班，这一个礼拜都没得休息。简直与世隔绝了。"

"出来不就为了加班赚钱？少啰唆。加班费丝毫也不会少你的。"

阿勇瞪了一眼主管，转过身嘟哝了一句："赚钱不要命了？谁稀罕！"主管在背后盯着阿勇，也低声骂道："现在的年轻人身在福中不知福，有加班费也不加，想当年老子加班都没有加班费。"这是二〇〇九年我在一个车间看到的情形。工厂在金融危机中订单反而有所增加，生产紧张，招了不少员工。大部分是"八〇后"员工，针对"八〇后"员工，公司还办过有针对性的管理课程。尽管按《劳动法》计加班费，但是加班对于年轻人来说，已失去了往昔的光环。

以欧美国家为主的国际劳工组织为了限制中国的劳动力优势，提出了SA8000，其中规定工人一周工作最多不能超四十八小时，加班不能超过十二小时。我国的《劳动法》第四十一条也有了相关规定："用人单位由于生产经营需要，经与工会和劳动者协商后可以延长工作时间，一般每天不得超过一小时；因特殊原因需要延长工作时间的，在保障劳动者身体健康的条件下延长工作时间每日不得超过三个小时，但是每月不得超过三十六小时。"这对保障和改善劳工们的工作条件具有不可磨灭的积极意义。当我们的工人还在温饱与小康之间挣扎时，适当限制加班是必要的，而过分的加班限制反而显得不人道，而保证加班工资按照法定方式计算，倒显得迫在眉睫。只要保证了合法的加班费，企业主也自然会主动限制工人加班。

一九九五年三月二十五日国务院发布了《国务院关于修改〈国务院关于职工工作时间的规定〉的决定》〔国务院令第174号〕。该决定规定自一九九五年五月一日起，在全国职工中实行每日工作八小时、每周工作四十小时的新工时制度，八小时之外计为加班。然而从二十世纪九十年代到二十一世纪初的这些年，许多工厂规定正班为九小时或十小时，或者干脆不计加班。二〇〇〇年我在生产一线工作时，所有的加班都是按照正班计薪。在那个工厂的对面有一家大型的纺织品厂，隔着一条污水河，每个夜晚我们在宿舍的阳台上隔岸观火，那些灯光似乎从来不曾熄灭过，那些机器也从未停止过震动。制衣厂通常采取计件方式计酬，加班也是按照计件来计算。这家制衣厂因高负荷加班，据说倒下了十多个人。

在那个春天，昭紧随着我的脚步，也跟着老乡来到了广东，在东莞横沥某帽厂做车工，这个帽厂夹在众多工厂的缝隙里。约四月的一天，昭来电线厂找我，工厂保安自然拒之门外，后来我从老乡那里得知他找过我。我进入黄江一家电子厂后，在国庆节放假那天，特意跑到横沥去找他。经过多次转车和问路，在午后的大太阳底下终于找到了那个帽厂，隔着栏杆我请一个工友到宿舍里找昭出来。在外面等了很久，终于出来一个女工友，老远就喊：昭走了，就在前天走的。后来回到家乡我见到了昭，问起他的那段打工生活。他说，天天加班，加到凌晨一点，在车位上两眼怎么也睁不开了，只有电车一直在响，双手脱离了大脑指挥还在操作，车出来的线也不管它是弯是直了，反正是车，拼命车！好几次针头扎进工友们的手指里。生活伙食差，营养跟不上，睡觉也睡不好，集体宿舍里有臭虫，每个夜晚爬出来咬人，手捉是捉不住的，臭虫倏地一钻就躲进了床板缝隙里。同时车间里有几个河南籍的工友老是刁难和恐吓他，有一次忍无可忍，跟人打了一架。为了防止报复，他当晚简单收拾了行李，将行李包从宿舍窗户扔下楼，工资也不要，一个人就这样悄悄走了。我看着昭瘦削的轮廓，想起他曾经圆润的脸庞。我问他一个月下来，工资能有多少？昭说，每天加班，上满一个月也就是三四百元之间。

在珠三角计件型的工厂，无所谓加班与正班的区别。这些年来的经济繁荣，是无数打工者的红眼球熬出来的。

一九九二年深圳市石岩镇办了一份墙报，名字起得很有创意——《加班报》。《加班报》成了打工文学的一个历史符号。《加班报》创刊词的口号是："我们刚刚结束给老板加班，现在我们开始为自己的命运加班。"口号叫得响亮、激昂和有力，仿佛我们的人生由自己去创造。在工作中我们为老板加工，在工作之外我们为自己的命运加班。我们对工作要加班，对生活也要加班。黑夜为白天加班，路灯为公路加班，萤火虫为乡下的夜晚加班，秋蝉为最后的一缕暑热加班。"加班"这个词语似乎洗净了身上的血汗，如一曲磅礴的交响乐在粗糙的现实中奏响。流过汗水之后，这个词语的脸庞竟然露出劳动之后的红晕。

每个夜晚工友们相互打电话给朋友，第一句话就是："今晚，你加班吗？"

摆地摊

谈到摆地摊这个词，有些心酸。广东话称之为"走鬼"。据说"走鬼"一词来自香港，五十多年前香港的警察多半是印巴人，民众都叫他们红毛鬼，当时很多小贩为了生计在街头摆卖，红毛鬼警察常来打压，所以小贩见到他们就大喊："红毛鬼来了，快走哇!"其他小贩就即刻抄起货品一哄而散。后来为了提高效率，简洁地喊成"走哇，鬼来了"，最后一急就喊成了"走鬼"。久而久之，人们就将街头摆摊叫作走鬼。作为殖民时代的词汇，依然沿用于今天的广州或深圳。

夜幕垂降大地时，舞台背景、灯光和音响设施早就布好，我们的群众演员出场了——打工仔和打工妹们万人攒动，摆满街边的地摊，以及沿街的商铺。我在黄江打工时，很喜欢出来逛夜市。白天上班，夜晚逛街。打工仔和打工妹们囊中羞涩，最大的乐趣就是轧马路，这看看，那瞧瞧。当然挤在人群中的还有小偷、乞丐和巡逻员。在常平桥沥打工时，我所在的工厂附近就有一个市场，尽管下雨天泥泞满地，人们踩来踩去，踩成了烂泥塘，但是人流依然如潮。市场里的档位都是租用的，缴了费，受到保护，若是摆在马路边卖货，那些摊主就像是小偷小摸一样，到处打游击，治安或城管的一来，他们就仓皇收摊逃窜。

摊主们来自农村，想法纯朴，他们多半曾在厂里打工，有些人头脑活，觉得打工不如摆摊。还有一些是上了年纪的老头或老太婆，其中潮州人为数不少。二〇〇一年我在深圳一家公司做业务员时，有个同事头脑也许被上帝摸了一下，激情迸发，爱上了摆地摊这一行，他把这叫作"自主创业"。我去看过他两次，在罗湖国贸大厦和东门一带，弄了几个泥塑和雕像，用红布一裹，摊开在地面上，蹲在旁边，两眼空空地看着过路人。我们刚坐在地上谈了一下，城管的车忽然在路口叫了起来，那种尖刺的警报，针一样扎在大家的耳膜上，小贩们一路匆匆卷摊而逃。同事也急忙用红布一裹，收起一大坨，躲进了巷道里。待城管的车一走，大家从各个角落里冒出来，雨过天晴了，又恢复正常营业。后来我也摆过一天地摊。二〇〇二年在深圳宝安实在找不到工作，口袋也薄得只剩下两张十元钞票，在举目无助的煎熬下，我苦思冥想该如何走出困境。那天晚上我忽生灵感，想到了家乡街头的擦皮鞋，为何不在这里也搞个擦皮鞋地摊呢？那时深圳街头尚未流行擦皮鞋。我就像童话里的女人头顶鸡蛋幻想着蛋生鸡、鸡生蛋一样，幻想擦出一条成功的路，还可以开自己的连锁店，我左思右想，咬了牙说：干！马上行动。当即买了一支黑色鞋油、一条白巾条，拾掇一张小塑料凳，当晚跑到南头关的路边擦皮鞋。夜晚的南头关，路灯高高地挂在空中，将昏黄的光打在路上，我站在人流量大的路边吆喝："擦皮鞋，来擦皮鞋哦！"有些人频频投来异样的目光，盯着路上这个小伙子。终于来了一位先生问："多少钱？"我说："两块。"那先生将皮鞋伸上前说："我这是黄皮鞋，能擦吗？"我泄了气，没买白鞋油，看着仅有的黑鞋油摇了摇头。不好意思。第一个顾客走了。不一会儿，过来了一个警察，瞪着我将地摊一踢："滚。"

　　二〇〇五年我认识了小Q，小Q是个练摊的老手，在龙华市场摆摊卖切刀，在白石洲卖蟑螂药，在福永卖胶水，在沙井卖袜子。他四处游走着，拖着那轮小货架倒卖着不同的货。当夜幕垂落大街小巷时，小Q就出现在不同的路口，摆开了小货物，站在人群中吆喝起来。他向我透露，这摆摊也是一个技术活，并不是站在那里，摆出货就叫摆摊。我现场去观摩过几次，的确是个技术活。他在摊上摆了一个扩音器，嘴上戴着一个麦克风，在路上就呼呼地叫卖了。有时为了吸引路人，还会摆出一个会跳舞的汽水瓶玩具，印着可口可乐商标，在地面上一边扭动一边放出音乐，有的小孩好奇地用手去摸。"嗨！小孩子，别动。"小Q喝住了他。小小的一支胶水，被他说得一套一套："董存瑞，个子小，关键时刻炸碉堡；黄继光，不起眼，关键时刻挡子弹；别看胶水个子小，帮你把鞋补得牢……"用业务员的话说，这是话术或话本。各行都有各行的话术。小Q跟我说，这才叫跑江湖。他说，他认识许多老江湖，学了好几套。这些套话都要在事前不断练习，事后不断实践。在白石洲嘈杂的街上，我看着他从容叫卖，生意还不错，不时过来几个人围观，有人听了一下就掏钱了。小Q一个人东游西荡，风里来雨里去，平时住在小旅店里，那种最便宜的多人房，八元一床。在人多手杂的环境里，他练就了老练的伪装手段，把钱藏得死死的，当现金超过五百元，他就往银行卡里存。在小旅馆里的床头，我看到他暗黄的枕头边摆着一些成功学和厚黑学之类的旧书。小Q爱好这个，老喜欢跟我谈李嘉诚、谈马云。他也幻想有一天开一个公司。他自信这一天不会等太久。看着他扑闪的眼睛，听他的雄韬大略，我内心颇复杂，但我还是口头上祝他成功。这些小买卖并非长久的生意，一个地方卖久了就要换地方，无论他怎样向我描绘心中的梦想，一年四季，他总是辗转不同的地方，更换着不同的产品，在刮风下雨的街头地毯式游走着。有时他也从营销案例书中学那么一两招，兴奋地和我分享他的心得。有一次卖蟑螂药，他给了上沙一家旅店试用十盒，无效免费，见效后收钱。他兴奋地打电话给我："老哥，今天我想出了一个绝招，你等着看。"于是我跟着他去了白石洲的小巷子，在狭窄的过道里，卖杂货和卖菜的摊子摆满了档口，他卖了好几家，约好第二天来收钱。小Q请我在小饭店里点了两个菜，要了一瓶啤酒，一边小酌一边勾勒他的远景计划，他打算定一个小厂，搞一个贴牌产品，打出自己的品牌，来年夏天就可以大施拳脚了。"买卖就是要靠不一样的营销。'蟑螂王'就是靠一句精彩的广告语：蟑螂不死我死。其实只要用一点心，前景无量啊。"他自豪地笑了。他不同于传统的老江湖，每天脑袋里都琢磨着奇奇怪怪的想法，有时晚上想得起劲，被自以为很不错的创意弄得彻夜难眠。有一天早晨我跟着他在菜市场里走了一圈，遇到不少卖豆浆机的、卖蟑螂药的、卖打气筒的、卖切菜器的、卖工具刀的，小Q一一上去递烟和他们聊了起来。"最近豆浆机好卖吗？""还不是那样！""听说老郑去了福建了，那边好做吗？""听他说，比这边好做，这边的市场已经饱和了。"这些人走南闯北，走街串巷，饱经风霜，已然是摆摊的老江湖和老油子了。

最后一次我与小Q在福永的深夜分别，小Q正忙着卖袜子，我要赶公交车回石岩。各自走着各自的路，有一年多没有联系了，也不知他近况如何。现在每次路过地摊，就想起了他，也许此时他还在某个人流密集的巷口吆喝着新的买卖。

更多摆摊的，还是一些来自农村的老头老太和中年妇女，他们守着一个路口卖一些水果或零食，身边带着一把小巧的黝黑发亮的杆秤。这秤杆的秤星，现在已经没多少年轻人认得了。买者盯着隐约的秤星问卖者：几斤啊？卖者说：五斤半。买者说：这秤准不准啊，你别扣秤。卖者嘴角藏着暗笑：哪里，你放心好了。在这样的小摊上，他们的聪明只有发挥在这一杆秤上。铺子里的电子秤是从硬件技术上做了手脚，而这种秤只是在拉秤砣时，手指在秤杆上熟练地使劲。当然，这也是他们对付城市唯一一点胜利的地方。

工 衣

在我简陋的布衣柜里挂着两件工衣，白色的衬衫，长期闲置着，背心部位已经泛黄了，几颗黑色的星点分布在上面。这是我在上一个公司所穿的工衣。旧工衣旁挨着另外两件新的工衣，夏装，一蓝一白，胸口上嵌着 Logo，现在我在新公司工作了一年多。工衣在工厂里叫厂服，也叫工作服。按照级别和工种，工作服和王朝宫殿里的官服一样，分为各式各样的类型。工衣是农民转化为工人的一件标志，穿上工衣也就彻底融入了工厂。为了统一定做工衣，号码通常只有 S、M、L、XL、XXL，个别的时候也会有 XXXL。要是遇上"姚明"或"潘长江"，也是没办法配置合适的工衣。

我所穿过的工衣，有灰蓝色的短袖和长袖衬衫，那是在电线厂做搬运工所穿的工衣，这就是蓝领工人的标准蓝色。蓝色象征着天空或大海，是最广阔的底色。在每天的汗渍浸蚀和双手搓洗下，慢慢褪成浅蓝色。工衣后领上有一串数字编号，为了防止同事间混用。我辞工出厂的那天，门卫打开我的密码箱，还特意检查我的工衣编号，那时有个组长的工衣被偷了。二〇〇二年我穿过鲜红色的工衣，那时我在电池厂做 IPQC 员。红是火焰，是血，在中国传统文化里是喜庆、忠烈和庄重。红色在安全标志里表示警告、禁止。在工厂里，穿着红色也表明了重点关注，代表了一种权力和激烈。在判定 NG 产品时，我们的 NG（No-go）印章就是红色的。物件器具被贴上了红色，昭示着它血的不祥。在生产线上的最初七天里，我依然穿着自己的便衣，我的便衣格外扎眼，无法融入车间的工衣海洋，仿佛我是不被环境溶解的一个异端分子。主管有一天在车间里巡视，忽然注视着我的上衣说："咦，你怎么还没有穿上工衣？""哦？不知道谁发工衣？"主管说："自己赶紧去仓库领。"我去仓库领了两件 QC 工衣。换上一件，回到车间，工友盯着我说："哎呀，换工衣啦，不错呀。"我微笑着说："大红大紫，像女人穿的。男人穿在身上怪不自然的。"工友哈哈地笑："红色好，红色是喜气，新娘的大头盖就是红红的。"生产部的工友穿着深紫色工衣，深紫色耐脏，凝重而刻板的颜色像极了他们繁重而刻板的工作。我喜欢夏装QC工衣，是绛紫色，在太阳底下激情而不轻佻。半年后，QC员新的冬装发下来了，又全变成了绿色。

二〇〇四年我在凤凰一家电子厂做QE和技术员时，穿的是白色衬衫，这是公司所有人员统一的颜色，要求将衬衫下摆整齐扎进裤腰，上至总经理下到员工全部是纯白色的工衣。清洁阿姨也是穿着白色。白色是一种单纯的复色，象征着高贵、端庄和干干净净。这在别的公司都是办公室白领的颜色。大家都认为，白色是颜色中的贵族。但是白色也是有缺陷的颜色。工程部的电工、锣工和机修，在复杂的线路和管道里钻进钻出，与铁屑飞溅粘满机油的加工机床打交道，每天下来，机油朵朵绽放在洁白的工衣上，很快渗透到白色里，晕洇开来化作了宣纸上的墨迹。电工和机修每次作业时用围兜袖筒上上下下裹着工衣。后来，污点越来越多，干脆什么也不裹了。白色过于理想主义了，无法适应这个肮脏埋汰的世界。而冬装工衣是一件黑色牛仔式外套，质硬，简明而扼要，它与白色夏装搭配在一起，黑白分明。冬装工衣每人只发了一套，一周下来就只有周六晚上有空脱下来洗，晾一天，下周一就要接着穿上去。要是下周一工衣还没干透，也只有带着润渍沁凉的感觉套上了身，借着自己的体温将它焐干。虽然不发放工裤，但这个工厂还有一个特殊规定，无论寒暑，要求所有人的裤子统一为深蓝色牛仔裤，自己到服装市场去买。炎夏时，这裤子就像一副厚重的铠甲，锁住两条大腿，勒出一股股汗水，使得下体老是保持潮湿，潮湿得可以长出蘑菇。男工们每天下了班就在床头抓着下身的瘙痒，因此得了皮炎、湿疹。但是老板一直认为牛仔裤是最佳的工作服。

再往前想想，二〇〇〇年在黄江的电子厂穿的工衣是什么颜色和款式呢？频繁的色彩和飘荡的岁月让我彩色的记忆褪色泛黄了。那是一个台资厂，夏装是淡黄的T恤，布料里含着粗糙的纤维，我穿的是一件旧工衣，工衣是免费发放、循环使用的。每次放长假离厂时都要上缴工衣，供下一轮新员工使用。冬装工衣大约是天蓝色的夹克衫，开着一个"V"形领口，透露出女性的韵味，员工、主管、机修和QC人员一律都是这个颜色和款式。QC员唯一的区别就是在左上臂套上红色袖章，上面印着"FQC"字样。因为冬装工衣每人只发一件，为了换洗，公司里规定周日加班可以穿个人的便装。每到这一天，车间里忽然充满了娇艳春色，女孩子特立独行穿出她们平日里最好看的衣服。我拿着扳手行走在车间里惊呆了，灰色的世界变为一座花园或者一个繁华的服装市场，往日统一的工衣，那宽大的衣摆和生硬的线条完全覆盖了个人曲线。此时，换上放肆的衣裙，花苞大放。

二〇〇五年在塑胶厂上班。我第一天到门卫室报到，保安在一一检查每个人的着装是否合规，没穿工衣不允许上班。在办公室我穿上了浅青色的工衣，免费发放的，一套新衣一套旧衣。牛仔衣式样的下摆，束口�箍腰。而公司里每个部门都穿着不一样的颜色和款式。生产部穿着深蓝偏紫的工衣，普工下摆开口，技术员和干部下摆束口；装配部主要是女工，女工们穿着浅蓝色的圆领角工衣；工程部穿着蓝紫色的工衣；品质部同事的工衣清一色全是青绿色，纯正的绿，靛青的绿，象征着绿油油的生机，在安全标识里起到告知、指示的作用，在交通规则里是通行通过的意思。这也与品质部最大的愿望相似——希望品质达到免检的完美、产品全部通过，PASS！

在我现在的公司里，品质部工衣是黄色衬衫。黄色是龙袍的颜色，雍容华贵，在安全标志中是注意、醒目的意思。QC员穿着黄色，似乎也暗示着权力和注意。生产部的工衣是灰色的，灰尘、落叶、荒漠、风沙、弥天大雾、贫穷和失望都是灰色的，是那么不起眼，灰色是大地上最普遍也最普通的颜色。在生产线上，为了区分新员工，工厂给新员工佩戴一枚绿色的臂章，绿色是新鲜，是未成熟，毕竟是新员工嘛，这是重点管理和帮扶对象。所有新进的员工都在右臂别着一枚臂章，也时刻暗示着员工本人：加把劲吧，你还是新人。最近招进不少新员工，工衣不够发放，许多新员工穿着便装上班。有一次我去车间，发现一个新来的工友，因为没有本公司工衣，穿了一件从别的工厂带来的旧工衣，起初我以为是哪家客户或供应商前来参观。工衣与工衣在这里交锋，有如战场上两军混战，产生了奇趣。脱下一套，再换上一套，一个人一生究竟要穿多少套工衣呢？

通常工作服是免费发放的，按照劳动法是属于劳保用品范围，企业不得获取服装费。而过去的黑中介就是借工作服骗取求职人员高昂的费用。还有一些工厂，也会在工衣上额外地赚一笔钱，本来是一件成本十元左右的工衣，工厂却报价二十五元；一百元的服装，工厂却说成五百元，费用从工资里扣。尤其是黑厂，专以昂贵的工作服骗钱。守法的工厂则免费发放，辞职后收回工衣。

还有什么颜色我没有穿过呢？我将目光从衣橱里的工衣移到窗外马路对面的工厂宿舍，那一排排走廊上晾满了各式各样的工衣。黄红蓝绿黑白，不同的颜色在风中摇晃。我想，哪一种颜色属于我或我属于哪一种颜色呢？天空下着雨，灰蒙蒙的，像银灰色油漆淋湿了全身，我害怕这个色彩，而我就是灰色。

出　粮

> 本厂诚聘大量车工和普工，男女不限，熟手优先，工资待遇优厚，包吃包住，出粮准时。有意者请联系。
>
> ××制衣厂
>
> ×年×月×日

像上面这类招工广告，在珠三角的大街小巷里经常出现。熟悉打工生活的人都知道——常在招工广告里出现的"出粮"这个词。"出粮"富有浓郁的广东话特色，将"发工资"叫作"出粮"，形象地反映了农耕时代人们将温饱当作了生活的最大目标。这个词需要大家品功夫茶一样细细品味。可以品出最深层的滋味。

第一，它反映了过去农业社会的特征。在过去，粮食的丰收是最大的喜悦，这个用词挪到工业社会，工人们不再是田间劳作，而是在车间里劳作，镰刀和锄头为机床、烙铁、扳手、钳子所代替。最终的愿望，也是获得丰厚的劳动报酬。

第二，反映了民以食为天的思想。出粮领下来的工资，就是为了养家糊口。"温饱"是工人们最基本的需要。对于许多"月光族"而言，房租、水电费、管理费、交通卡、手机费、信用卡、煤气费、上网费、请客、送礼、吃饭、喝水、打球、唱歌统统需要花钱。快到月底时，"粮仓"就告急。某些年轻的消费群体，工资有多少，消费就达到多少。

因此，白领一族也就真成了"白领"，每月工资都是白领。

第三，"出粮"也体现了一种潜在的分配格局。为工厂打工，为老板打工，等的就是"出粮"，尽管付出了生产要素中最重要的劳动力，但分配的权力掌握在每个老板手里。员工要想获得这个"粮食"，只有依靠老板的"二次分配"。

无论如何，出粮了，是值得高兴的。有些效益较好的企业在年终还会实行双薪或三薪，出双份粮，对于员工长期留在企业有一定的吸引力。

最大的麻烦在于出粮不及时甚或不出粮。每个公司的做法不一样。一般工厂扣压工资，当月工资，次月发放。外资企业相对及时，当月工资，次月十日或十五日发放。无论何时发放，固定发放周期都是工人可以容忍的现象。拖工资，是建筑行业中常有的事儿。作为制造行业，尤其是二〇〇八年金融风暴之后，也出现了部分公司拖欠工资的现象。这些公司为了周转有限的资金，便在员工的工资上做文章。新闻时常报道拖薪讨薪事件。为了讨薪，马路和高楼成了工人经常利用的险地。二〇〇五年，我曾打工的福永的一家电池厂，工厂因故倒闭，老板卷款潜逃，留下了六百多名员工近三个月的工资未予支付，村委会当即查封了厂里所有的固定资产。为了讨薪，员工们集合起来，拦截在宝安大道上，最终从村委会那里领完了三个月的基本工资，但是办公室的管理员就只领了一个月工资。这些管理员不服，再去马路上闹，也无济于事。

那时我已在另一家公司上班，接到工友的电话时，虽然在意料之中，但仍有些吃惊。记得当初我离开那个电池厂时，其境况已经难以为继了。那老板为人还是朴实的，行为、言语都很低调。我在这个工厂做IPQC和车间主管时，偶尔在车间里碰到她巡厂，都是默默无言。有人说，不认识的人在外面碰到她，没准就以为是普通的打工妹，真没想到，她最后丢下六百号人不管了。

为了保证工人拿到工资，如今各地政府部门也出台了相关保障措施。譬如有的地方政府设有五道防线，保证工人能按时按量拿到工资。所谓五道防线是指：工人若拿不到工资，政府首先追究老板的责任；如果老板逃匿，就追究厂房业主的责任；业主没足够的钱垫付工人工资，就追究当地村（居）民小组的责任；村（居）民小组一时筹不够钱垫付工人工资，就责成当地村（居）委会掏腰包；村（居）委会也筹不够钱，最终由镇政府垫付工人工资。有关人士和各级政府都有责任保证工人工资的支付，无论工厂发生任何事情，首先要解决工人的辛苦工钱。

各地政府下辖有劳动服务站，配了专职人员，化解基层劳动纠纷。近年来，因工厂拖欠工资而到镇政府上访的事件有所减少。二〇〇五年，深圳恶意欠薪案件频发，引发的集体上访达二百七十五批、八千四百四十三人次，占全市集体上访总次数的三分之一（《深圳特区报》二〇一〇年一月十二日A十三版）。二〇〇六年政府出台了利用刑拘等手段打击恶意欠薪的政策。二〇〇六年一月十二日上午十点，"深圳打击恶意逃薪公开处理大会"，现场座无虚席，公安部门公开宣布，八名恶意逃薪的深圳企业老板，涉嫌经济犯罪被刑事拘留。刑拘恶意欠薪老板，深圳开了全国之先河。

夜空不寂寞

南粤的夜空是不寂寞的，灯光、歌舞音响、汽车噪声、夜市嘈杂充斥着夜空，还有夜以继日的机器在车间里低吟，偶尔一声刺耳的警笛或一串急促的警报，让人的神经为之一紧，出事了！巨大无边的夜晚在某个地方，又出现了一个急需填补的窟窿。

但是对于多数打工者来说，夜空还是寂寞的。喧嚣是外面的，寂寞是内心的。业余的时间如何打发呢？看投影、溜冰、跳舞、诈金花、斗地主、买码（买六合彩）、买彩票，都是工友们通常的选择。

网络普及之前，投影厅或电影院是工友们常去的地方。下班时间，街上会开来一辆四轮小货车，就像站街女在路口张望，上面贴出影片广告，录音喇叭里在唱歌，预报当晚的电影节目。这种影片宣传车的出现让单调的打工生活有了世俗的惊奇。每条街道隔五十步开外就有一个投影厅，上面悬着一个方形音箱或挂着一只喇叭，每个夜晚那喇叭里都是砰砰的枪响或撞车声，间或是女人的惨呼声，大家都熟悉这种声音，想象着那影片里发生着什么。每个夜晚都有"命案"发生在这里。投影厅门口每天摆出不同的影片广告，画面上总是血淋淋的场景，色情、暴力或乱伦成为投影厅老板宣传的主要看点。

影响我们工友生活最普遍、最深刻的事物就是投影厅。在这些港产影片的长期刺激下，人们的价值观念和思维模式也在悄然发生变化——原来生活可以是这样，人们可以如此说话、消费、穿衣、泡妞、赌博和发财。人们从中学会许多新的词汇，称呼上司为"老大"，称呼"男人"为"老公"，也学会了"Cheers""Happy"，工友们的嘴里经常吐出"帅哥、靓妹、酷"等词语。还有些不良分子也模仿着港产片的黑社会行事。香港成了想象西方的一个替代品。

二○○○年之后，尤其是二○○三年之后，广东的网吧遍地开花，网络进入了普通人的生活，伸入了工友们的大脑和神经中枢。如今人们抛弃了投影，选择了网络。投影厅慢慢退出人们的视野，网吧却像网络病毒一样沿着城中村、沿着街道蔓延。当公交车经过"龙华影剧院"或"石岩影剧院"站台时，这些影剧院早已退出历史舞台，只是留下那个残骸般的符号。是的，站台名称还保留着，但是那些影剧院已经多年没有放过电影了。几乎所有镇上的影剧院都在衰败、倒闭、整修和租让。有的影剧院借给一些走穴的歌舞团，每到夜晚，影剧院门口就排一队穿着白羽毛的窈窕女郎，个个描得绿眼红嘴，摆弄着肢体招徕观众们入场。由于票价低廉，节目低俗或通俗，颇有些"大家乐"的味道。

网络的力量更是生龙活虎，这种力量干脆、锐利，是一把利剑，将一切繁杂的传统娱乐节目斩断，或归拢在一根网线上。众多年轻一代的打工族，在校园时代就已经懂得上网，来到工厂独自谋生时，无人管束，且有些余资闲钱，上网更是通宵达旦、无拘无束，网游、聊天成了业余生活的最大寄托。每次进入烟雾腾腾的网吧，看到每个显示屏上的游戏，或传奇或反恐，或星际或魔兽，或大话或斗地主，不免令人唏嘘。欲望被编程进入自由而开阔的空间可以自己主宰和放纵，这也是科技发达的利剑双刃吧。

年纪偏大的工友们限于对新鲜事物的接受能力，对网络倒没有陷入迷恋的境地。但是另一个游戏是亘古不变的，那便是赌博。首先是打牌，大家来自五湖四海，各地打牌的规则也是五花八门，有两个牌类游戏倒是高度统一：一是斗地主，二是诈金花。在男人们当中，判断小屁孩或愣头青是否成熟，且看他是否学会了赌博。"牌也不会打，你还是个嫩家伙。"老家伙经常会这样嘲笑小家伙。"呵呵，前天输了三百块，昨天又赢了二百块。"小伙子自豪地说起这些熬夜的战绩，尽管输了。那是他在向人们表示，他成熟了。仿佛只有一掷千金，方显男子汉的气度，也只有一博输赢，才是成人的游戏。

还有一个更成人化的游戏，那就是买码。临街的小铺子里一方面向外卖些日常杂货，另一方面暗中销售着六合彩。工友们一下班，就朝这些老地方涌去。上班的时候，大家有空凑在一起，反复琢磨哪个号中奖几率最大。有的同事还用专业软件去推算。清洁工阿姨则说，昨夜我在梦中忽然梦到十五这个数字，今天肯定会出十五号。搬运工踩在叉车上说，哈哈，我买了一张二百块钱的码报，这张码报不是一般的码报，是内幕透露出来的。上面说特号要买七号。大家相互合计、讨论该买羊还是买猪，买大还是买小。六合彩为了扩大销售，将中奖项目分了多种，可以买大买小，买单买双，也可以买特码，买十二生肖。上至经理，下至清洁工，人人都陷入了六合彩中。六合彩的魅力不在于发财，而在于生活的一种寄托和盼头。大家也知道"白小姐""曾道长"都是随意拆解和牵强附会所谓的中奖玄机，但是任何一种游戏其魅力的根本，就在于它的随机性和刺激性。没有任何风险的游戏，也是索然寡味的。随着游戏档次的提升，有些人已经不再局限于买码、买福利彩票，而是投入了股市和期货。

说到夜生活，有些人会联想到那些声色犬马的场所，休闲中心、桑拿洗浴、美容按摩。黑暗中的印钞机，给小镇和街道带来了丰厚的利润。我在福永一家工厂上班时，有些同事经常相约去"松骨"，回来后会吹嘘战绩。同事L曾跟着去了几回，玩成了老流氓。晚上，口袋里揣着纸团，见到路上的女孩，就暗中跟在后面向她们抛纸团。有一次我跟他出去散步，见到前面三五个女孩子，身穿邻厂的厂服，L就从口袋里摸出纸张，揉成小团向她们中间的一个抛去。没反应，再抛一个。那个被击中的女孩感觉不对劲，回过头来，眼睛瞪得大大地看着L。L只是讪笑着向她点头。

"神经病！"我听到一声娇滴滴的斥骂。

那群女孩子就走了。前面又碰到另外两个女孩，L又故伎重施，继续抛纸团。我实在看不下去，对L说，真是佩服你。然后就跑了。L以前跟我做IPQC可不这样，为人还是温和谦让的。君要臣死，臣不得不死；世界要人变，人是不得不变啊。有些工友夜晚寂寞时，通常选择轧马路，沿着闹市走一圈，四处瞅瞅热闹，心里似乎也装满了可驱寂寞的声音。装两袋喧嚣之声回去，就可以暂时挨过这个寂寞之夜。

只要是人群集聚的地方，人们从来不缺打发寂寞的手段，也最怕寂寞。夜晚的天空下，大家在各自的黑暗里睁大了眼睛，瞳孔在放大，真的不寂寞吗？夜晚下班的路上，我经过工厂的食堂，一只细瘦的黄猫，瘦得令人恐惧，大约猫界也流行骨感美，它缓缓地走在屋顶上嗷嗷地叫唤，它的眼睛放出来夜明珠的光，晶莹地射向深夜。那叫声像婴儿啼哭，哇哇地呜咽，叫得让人心惊胆战。大概这只猫也成了寂寞的化身。

冲　凉

地域和气候也决定了语言。"冲凉"一词是个佐证。在广东，一年当中酷热为主，夏天要冲凉，冬天也要冲凉。何谓冲凉呢？我摘一首自己的诗歌加以说明：

> 记得两千年到东莞
> 第一个落脚点是黄江
> 老乡说，冲凉！
> 后来我才明白是洗澡
>
> 这个鸟地方
> 洗澡就洗澡
> 咋叫作冲凉
>
> 也对
> 一腔热血壮志，很快
> 就被彻底地冲凉

倒　班

倒班是工业生产里的一首回文诗，是马达里循环旋转的皮带。工人在焚膏继晷的制造车间里被分成了两班或多班，交替连接了日日夜夜的生产。

在塑胶厂、五金厂、化工厂里，那些大型生产设备，一旦停下来，不但带来能源和材料的损耗，而且大大降低了生产效率。开动这样的设备有一个较长的启动时间或预热阶段，所以必须倒班。还有的工厂为了充分利用生产资源或者赶急货，也会实行两班制。

上晚班是辛苦的，给人体正常的新陈代谢带来了不可扭转的干扰，天天见不到太阳，你的白天就是我的黑夜，你的黑夜是我的白天。根据国家法定，晚班应给予适当补贴。但是在我们的夜班里，只有满脸的痘痘和疲劳，看不到津贴。

二〇〇〇年我在电线厂上班时，倒班的那天通常也没有休息，半天交换，就将班次调换过来。不同的工厂倒班的频次也不一样，有的半个月倒一次班，有的一个月倒一次班。对于特殊的工种和岗位，还会安排上常夜班。我在电子厂做机修时，曾连续上了三个月的夜班。在漫长的夜班里，看着月亮圆了三次，期盼着天空出现刺眼的太阳。这个期盼有如月经推迟的姑娘对月经的渴盼。

对于两班制，通常白班从早上八点到晚上八点，夜班从晚上八点到早上八点。这里就有一个时间界定问题，譬如在五月十日晚八点上班，会处于五月十日和五月十一日之间，那么该天夜班是算作五月十日的班次，还是算作五月十一日的班次呢？这是因厂而异，有的公司夜班先行，有的公司是白班先行。

白班和夜班由于作息时间的互换对调，在休息上也会产生冲突。譬如白班的中午下班回宿舍，此时夜班的人员正在睡觉，有些不自觉的工友就在旁边打牌或大声说话，自然就会吵到夜班人员休息。我在一个电子厂时，两班的同事为此骂娘打架。夜班的同事为了报复，在午夜中途休息时，也回到宿舍大吵大闹，弄得白班的人无法休息。公司为了避免冲突，将白夜班人员分在了不同的宿舍。

夜班时，工厂的主要领导都已经下班，夜班人员也就没了"紧箍咒"的管束，生产纪律也随之松懈。为了加强夜班的纪律，"巡夜"就成了公司的管理手段。每周由各部高层经理轮流来工厂巡夜，检查纪律状况。这颇似军队里的"查岗"或"巡岗"。凌晨一至两点是最容易打瞌睡的时间，领导往往就选在这个时候来查夜。

我曾在一个工厂，不是各部负责人来查夜，而是老总亲自来巡查，老总只相信自己。他几乎每周来一两次，无论晴雨，也不分寒暑，每晚从被窝里爬起来，驾着小车从家里开往工厂，在工厂里转一圈，经常发现员工躲在天台上或藏在空调房里睡觉，后来甚至发现保安离岗睡觉。于是现场拍照，给予警告、罚款。这样一来，上夜班的工友相互之间便形成了一个警报网，一旦发现老总的小车出现在厂门口，保安就会在对讲机里小心地报告：各位注意，各位注意，老总来了。收到警报后，各车间的工友奔走相告，整理仪容，各就各位认真地干活。查了几个晚上，老总均没发现异常。但是据私底下的亲信反映，晚班的纪律比以前更差了。有些工人经常串岗，还吸烟（工厂是禁止烟火的），后半夜经常睡觉。某个夏夜，为了更真实地了解情况，老总决定偷偷潜伏进去。他将车子远远地停在厂外，徒步走到工厂后面的幽静处，四周瞧了瞧，不顾肥胖之躯，四肢并用，翻墙爬了进去。老总先从后面的车间开始查，来了一个快速的大扫荡。这次突袭收获颇丰，发现了两名员工在水房里洗澡洗衣服，将工衣晾在空压机的管道上；发现了三名员工伏在工位上打瞌睡，口水流了尺把长，老总拍了好几张全方位照片，他们还在熟睡，旁观的员工忍不住呵呵暗笑；发现了一名保安在岗位亭里睡觉，三名仓管员全在成品仓的角落里打呼噜，吹起了统一的小洋号；发现了一名生产部组长在天台上四仰八叉地睡觉；一名 QC 员在小房间里一边抽烟一边看武侠小说；最离谱的是发现了三名工程部技术员躲在锅炉房里斗地主。

这次老总气歪了嘴，铁青着脸狠狠地骂了大家一顿。用挨骂的同事的话说："被骂得飞了起来。"

工厂真不好管哪！关键是工人不好管哪！老总有一次这样跟我发了句牢骚。我闻后无语。人毕竟是人，不是机器。而工厂毕竟是工厂，不是大炕。生产管理就是要求稳定，减小变差，包括人性上的变差，无论员工的人性如何参差不齐。奇怪的是，老总一直查得很严，夜班的纪律也一直没有显著改善。人们似乎喜欢上了这种"反扫荡"，查得越严，那种反巡查的刺激感就越强烈。

轮 休

轮休是工业生产中的一个逗号，不，是一个顿号。在工厂里，轮休就是在不中断生产的情况下安排工人们轮流休息。员工们的休息依次会被排到周一至周日的任意一天。今天你休，明天我休，后天他休，这样就可以调换其他岗位的人员顶岗，不至于造成生产岗位的大面积缺人。

连续生产的大型联动设备和轮休的工人，构成了大型工业生产中自然的组合。在高速高效的产业链里，人们是接力赛中飞奔的运动员。只有接力棒一直在跑。但是设备也是有生命的，在每个月度或季度，给设备安排"休息"、进行检修也是刻不容缓的。

机器如此，况乎人。因此在人事编制中，有一种岗位定员法，它不得不充分考虑轮休的问题，并确定一个轮休系数。下面就是这样一个定员的公式：

$$M=[E\times\sum(n\times m\times s)]\div K$$

式中：M——岗位定员人数；

m——岗位定员标准；

s——班次；

n——同类岗位数；

E——轮休系数；

K——出勤率。

在这样的换算中，轮休系数根据每周工作天数定为7/5。工厂管理者利用数学公式，将工人们算成一个个数据，工人以分子的角色（在收入分配时相反，是以分母的角色）进入公式里进行换算，然后确定最佳的人机组合。科学管理在这里会尽可能挤干人性的水分，同时社会的需求又依赖并推动着这样的生产。

工人们不理会什么轮休系数，反正能安排休息就不错了。至于在哪一天休息，好像也无关紧要。相反，周末出门人山人海，大街上拥挤不堪，平时休息更加悠闲。此时周末不再是休息的代名词，"星期天"或"周末"的概念在轮休的工人当中消失。在分开的轮休里，工友们难得聚在一块，唯有单独出行和游玩。但平时工作繁忙，休息日爬山、游玩也实在太累。那就睡觉吧，将闹钟取消了，好好睡个懒觉，成为工友们的最佳选择。睡到早上八点，眼睛就睁开了，再睡却睡不进去。手机里的闹钟可以取消，但是生物钟里的闹钟无法取消，闹钟已经定在了身体里。恋在床上失去了意义，起来吧。

在家做饭的同事就忙着出门买菜，到菜市场或超市里买足一周的食物和生活用品。提着一袋满当当的东西回来，叮叮当当开始做饭炒菜。吃和睡，是轮休的两大主题。我问一个在深圳干了六年的同事："去过世界之窗吗？"他摇了摇头。"游过大梅沙吗？"他摇了摇头。"爬过梧桐山吗？"他说："太累了，谁还再去找累受。"我笑了笑："那么你说说，你去过哪里？"同事抓着后脑勺想了一会儿："除了工厂，好像……没去什么地方。""明天星期五你轮休，要干吗去？"同事笑道："还能干吗？"

打 卡

二〇〇〇年在电线厂时，第一次不懂打卡，问芯线组的组长，组长是湖南郴州人，是我眼里的好人。那时，我是最底层的搬运工，进入陌生的工厂。头天搬行李进宿舍时，清杂物，铺床位，不小心将他的一对小音箱的电源线给拉断了。这可如何是好？初来乍到就坏了事。组长下班后，我小心地向他道歉。他笑着说，没关系，一对旧音箱，我早打算不要了。不知道他是不是真的不要了，总之我向他请教了一些工厂的问题，知道了上班一定要记住打卡。他耐心地教我如何打卡：将个人的出勤卡正面朝向自己，然后伸到卡钟底部，卡钟自动就会打上。半个月就要换一面打卡，每面只有十五天左右的打卡空位。

哦，我知道了。我上的是夜班，上班前我在考勤卡架找我的卡，几个铁制的考勤卡架并列挂在车间门口的外墙上，分别标示了不同部门，每个卡槽里都插上了纸卡，一个人对应一张卡。我借着卡架上的纸卡数量估算着这个车间的人数，数了数，我这个部门有五十多人。纸卡上首写着不同的名字，有的卡上粘着手印和油渍，我一个名字一个名字逐一查找，摸着每张卡，似乎握住了每一位工友的手，终于找到了我的名字，这就是我的卡，一张空白全新的考勤卡，上面空着日历等着我用每天的时间去填满。我将纸卡伸入卡钟，伸到底部，电子卡钟咚地一震，打卡机咔嗒一声，就将时间印在出勤卡上。工资就是靠出勤卡上的时间计算。我迅速抽出纸卡，迎着灯光仔细查看，蓝色的墨水显示：19:21。这个时间就成了第一天打工的开端。

五年后，我在另一家塑胶厂，办理好入厂手续，上班打卡时，已经知道我打的卡是感应刷卡机，也叫电子考勤机。用IC卡厂牌在打卡机感应区上一放，绿光闪烁一下，同时嘀一声，姓名、工号、打卡时间均在液晶显示器上显现，这表示我打卡成功。感应区也就是读写器表面，一般只要在十毫米以内接触，就可以通过无线电波完成打卡数据的传输，因此这也叫刷卡。

为了规范刷卡，公司出台了不少管理制度。规定打卡最多只能提前三十分钟，每次只能刷一次，必须由本人刷卡，一经发现有人代刷，双方均计旷工一天，等等。

又四年，我进了一家制品厂，最初公司采用前面所说的感应卡，没过多久公司就换了一种更先进的指纹卡。将每个人的指纹事先输入打卡机的处理器预存，每人保存左右两只手指的三个不同侧面的指纹，每天上下班由员工在指纹卡上按手指，按左手或右手，与电脑预存的三个指纹匹对，打卡成功了，指纹卡会亮绿灯说：谢谢。打卡失败了，指纹卡会亮红灯说：请重按手指。指纹是一个人独一无二的标志。这样谁也代不了谁。当然指纹机也有个缺点，就是在感应器上按手指时，并不是每次都能成功匹配，有时需要按下多次才能成功。有个同事每次在感应器按的指纹都是清清楚楚，指纹卡却总是无法识别。我们就笑她是外星人，叫她最好改用脚趾。总有一些人会被笑成外星人。

因此指纹卡容易耽误时间，造成打卡的人排队。生产部人多，每次打卡排长龙，工厂在车间门口又增设了一个打卡机。大概是有些员工对这家伙反感：打卡费时费力，还有被监控到身体的意思。暗中有人搞过几次恶作剧，将指纹卡的感应器揭掉了一层保护膜，在上面撒了一层胶粉，或抹上一些水珠。公司高层生气了：损坏打卡机就照价分摊到该部门的所有员工身上。如今市面上还出现了一种人脸识别考勤机，通过你的脸部特征识别，它是认脸不认人或者翻脸不认人。

据说煤矿上个别工人不识字，就在出勤记录和工资单上画圈圈或按手印，与打卡的性质也是一样的。时间已经被我们的钟表分成了精密的刻度，卡钟要求我们必须踩准刻度，要是哪一天打卡迟到或忘记打卡，就会得到相应的处罚。这时我们就会拿着纸卡找经理签卡，经理问：为什么没打卡，是不是迟到啦？下属笑嘻嘻地说：没有迟到，就是忘了，所以麻烦你补签一下。经理眨着眼睛说：下次注意啦！下属于是侥幸地领着补签的纸卡回来。假若刷的是 IC 卡，就要写一个补签卡申请，由经理签完字再递到人事部去。

上班打卡，下班打卡，卡吧！曾有人将上班的"上"和下班的"下"合在一起，就是"卡"。对于上班族来说，"卡"是他们的命运。打卡是一个边界，将工作和生活分开。过去我们的祖辈在田间劳作，是根据鸡叫、太阳和月亮而定，闻鸡起床，日落而息，或者看着月出东山，在田间插秧，月挂中天时则荷锄而归。在工厂里，打卡机代替了鸡鸣或太阳，我们根据卡钟定好闹钟，将闹钟搁在枕头边，清晨闹钟准时鸣叫，电子数码的叫声尖厉短促，实在没有乡下的鸡叫声好听。也有的闹钟会模拟公鸡报晓，"格嘞——"拉长的声音仿佛真是村野里的鸡鸣。在清醒而剧痛的头脑里，我们知道懒觉不能睡了，这一天的忙碌将要开始了。为了多休息片刻，我们尽可能延迟起床时间，而将中途赶路的时间算得很死，我们必须匆匆地走。我在楼上临窗俯视下面的公路，下面的一切都开始骚动。在我上班的路上，每天有浩浩荡荡的上班队伍，穿着不同工衣的工人表明他们不是同一个工厂，但是大家都有同样的目的地，就是打卡机。路上会经过早餐摊点，有的人匆匆绕过早餐摊拼命地奔跑起来，他快要迟到了。有的人蹲在路边快速地嚼着早餐——葱饼、油条或肉包。还有一支下夜班的队伍，逆流而行，他们刚刚从夜晚来到白天，温和的晨光贴在他们的倦容上，将干涩的皮肤抹上光滑的金粉。

车辆也在公路上横冲直撞，呜呜地抖着身子，撒开四排巨轮向前狂飙。为了赶时间，工人瞅准空隙惊险地穿过马路。路上的喇叭嘀嘀叫着不停。每个上班的人脸上都是紧绷绷的，两条腿上紧了发条，跑到工厂，进了大门，门卫正在检查。在打卡的地方，工友们排起了长长的队伍，每个人依次通过卡钟，在指纹卡上按下自己的指纹，将个人的时间印在卡钟的存储器里。亮了绿灯，指纹卡说：谢谢！机器是如此礼貌，不忘向每个人都说声谢谢。那是一个温和的女声。她为什么要谢谢我们呢？谢谢我们什么呢？这些没有人去理会了。总之，这说明打卡成功。人们只关心是否赶上了时间。车间里的工友正在鸣叫的机器中忙碌，写字楼里有的职员已经提前来了，用口杯打上一杯开水，整理桌面，还有的同事在桌上吃着早餐——后来老板规定不允许携带早餐进办公室。在指纹卡上我急忙按食指，看了一下显示器，还好，时间是7：51。我泄了一口长气。迟到是要扣钱的，因此准时是必需的。在打卡的日子里，我写下了这样一首诗：

准　时

上班准时出门，
碰见准时的同事。

大家准时"嗨——"
指纹卡会说"谢谢"！

八点准时开会，
迟到罚款二十。

大家准时低头，
问题准时汇报。

出错货，上班睡觉，

不良率像房价一样居高。

批评准时结束，
有时也会延长。

晚上准时回家，
新闻准时联播。

世界准时在爆炸，
就像我定的闹钟。

哥本哈根发出了邀请，
首脑们将准时出席。

准时上床睡觉，
情人在梦里等我。

她紧紧地抱着我撒娇：
记得下次绝不可迟到。

食　堂

　　食堂，一只悬在工厂的腹腔里集体主义的胃。在这只集体主义的胃里，规矩也在运行。吃饭，被按照不同的级别分成了 A 餐、B 餐和 C 餐，对应高层管理员、一般管理员和普通员工。可谓吃什么饭，干什么活。老板吃小灶，员工吃大锅饭。吃饭要吃出规矩来，穿衣要穿出身份来。大家吃的不是饭，是规矩；穿的不是衣服，是规矩。无规矩不成方圆，规矩多了又成王八蛋，如何是好呢？有些人痛恨规矩，只是因为他个人处于规矩的劣势位置，当他是规矩的受益方时，是否也反对规矩呢？
　　扯远了，再回到吃饭这件事上。有一次公司请来一个培训老师讲课，我领着这位老师去食堂吃饭，他随我端了餐具，打好饭菜坐在食堂里，瞅了一眼单独一桌的高层领导，眼睛里露出复杂的神色。我问他，这饭菜感觉怎么样？老师笑呵呵地说：这样挺好，这样挺好，别整得大家你一拨我一拨，仿佛是特权阶层似的，我就喜欢吃这个饭。我原来做过总经理，就喜欢和员工坐在一块吃饭。他的嗓门大，有意地调高音量让声音传到领导的耳朵里——"别整得大家你一拨我一拨，仿佛是特权阶层似的。"

为了分流，开饭分成几个不同的时间段。在排队的拥挤里，食堂的大师傅，他手里的铁勺成了我们生活中权力最大的一柄指挥棒。在多种菜式中，员工们可以选择，但是打多少的权力就掌握在那只被油渍磨得发光的铁勺上。在曾经的饥饿年代，厨师是世界上最美好的职业。打工的生活也是一样，谁和厨师走得近，谁就和鸡翅美味走得近。

饭菜在集体食堂的厨师眼里叫"食物"，食物这个词更具有物的特性，在批量采购、大量操作中，大米、肉类、蔬菜不再是"粮食"或"食品"，而是生产过程中的原料。这些原料在食堂里被制成了半成品，最终进入我们的肠胃机器里变成了成品。集体主义的饭菜也就没有DIY那么精致和个性。

更糟糕的是夜班人员，他们吃的是白班的残羹冷炙，牢骚不少。有的员工抱怨，肚子也填不饱，哪有力气干活！铲煤烧炉的工友丢了铁铲捂着肚子说，饿啊！我没办法干。主管横着眼睛看着他，仿佛在透视他的肠胃，然后不得不去超市里买来一条面包递给他："填吧，填饱些。"

当"吃"这个字变成"填"时，吃饭不再是享用，而是一项填窟窿的劳动。员工们不断投诉，经过几次改善，伙食还是老样。老板对老总说，每月投入这么多钱，还倒贴了不少。老总对管后勤的主管说，就是炒差了，让食堂炒菜炒好些，别浪费了好材料。厨师说，巧妇难为无米之炊，一千多号人，就这么点钱，谁能炒出好菜谁是食神下凡。

好了，好吃不好吃，这个我就不要求了。关键是卫生——老总给出了最后的底线。

对于卫生，同事们就拿饭菜里的"小强"（蟑螂）给予反驳。有的同事对着"小强"拍照，并报告领导。最糟糕的是中毒。我亲自遭遇过两起食物中毒，在沙井一家五金塑胶厂，吃A餐的同事，午餐过后不久便上吐下泻，全跑到医院里吊盐水。不知是谁给《晶报》记者打电话，第二天公司的名字就登上报纸做了一回免费广告。第二次是在石岩某塑胶公司，也是吃 A 餐的同事有一半以上的人员集体中毒，于是公司里决定每次由各部派人轮流检查食堂。

关于集体食堂的种种矛盾，成了打工生活中最尴尬也最怪味的记忆。假若说食堂是我们集体主义的胃，那么这只胃在我们的饮食生涯里老是犯病，犯的也是老毛病。

也有美好的回忆——当传统佳节来了，食堂就忙着额外加炒一些好菜。老远就能闻到令人垂涎的香味。领到了这些加餐，工友们也就闻到了节日的味道。效益好的企业每周固定给员工加餐，天天下班时还发一个苹果或梨子。小小的一只苹果握在手心，带着被传递的体温。端午节发粽子，中秋节发月饼，盘中还要加鸡腿。春节嘛，自己解决，春节食堂通常也跟着放了假。谁还在食堂掌勺做饭？好的企业请员工到酒店里吃一顿年夜饭。

走　柜

尊敬的 H 公司品质部：

你好。最近收到贵公司的一批产品，发现里面有一箱货物夹杂一块不明异物，略呈圆柱状，黑色，手感仿若泥土，有异味，另附照片，请查收并及时回复调查报告。

AB 公司

这是四年前 H 公司收到欧洲客户的一份书面投诉。经过翻译，投诉单传给各责任部门。该公司品质部客服人员打开附件里的相片，经过仔细查看和现场询问，发现该异物就是大便。

这件事轰动了全厂。谁这么缺德，有的员工私下里坏笑，谁这么牛，往包装箱里拉了一泡屎出口到欧洲，还被鬼佬称为"不明异物"郑重投诉到工厂。员工捣鬼成就了排泄物的环球奇遇记，通过集装箱，代替自己走柜到西方。

"走柜"通常是工厂经营环节中的最后一步，走柜也是具有粤语方言特色的一个词语。出口货，通常要安排集装箱货柜，外销型的工厂，每次排单都是根据走柜日期来制定，订舱、办理托运、装船、运输和卸货等。对于销往国内的货柜，我们直接称之为出货。

当太阳刚刚和晓月相遇，每天早上货柜车便像草原上的骏马开始撒蹄奔跑，开进工厂又开出工厂。于是世界苏醒了，整个马路和物流活了过来。仓管和搬运工用叉车将货物一板一板装上车，QA在一旁紧张地点数验货，货柜车将一箱箱产品装实，一个工厂的价值结晶为一个长方形，沿着仓库出发了。在四通八达的物流领域，货柜在轮胎的滚动中输送到另一个工厂，一个细胞消化它，再通过货柜传递给另一个细胞。东方与西方、消费者与生产者连成了一个有机整体。

工伤保险

在一次早会上，生产计划员提出，一个昨天就应该投产的订单，生产部至今无人投料生产。

老总问："为什么不投料生产？"

生产部主管说："也不是员工不愿意投，主要是考虑到安全……"

老总拍着桌子咆哮："没人去投，就让我去投！啊，现在生产部是谁管的啊？"

生产部经理侧过脸顾左右而不语。这里所谓投料特指投放硅微粉。这是一个特殊订单，在生产中必须要投入硅微粉，二〇〇九年上半年一个员工向反应炉里投放硅微粉时，由于粉尘浓度超标，忽然轰的一声巨响，引起了爆炸，将该员工炸得面目全非。下半年，另一个员工投放硅微粉时，又发生了爆炸，所幸这次受伤不重，只是被熏成黑脸包公，没有严重烧伤。但是作业现场存在太大的安全隐患，几个储料罐都紧邻在旁。安全主任现场拍照调查，工艺部经理和IQC紧急联系供应商处理。最后经过商议，决定增加排风系统，保持空气流通，降低粉尘浓度。但是安全主任说，只在外面安装排风扇是无济于事的，因为爆炸是来源于反应炉，必须要在缸里接出一个排风系统。工程部说，从缸内接出一个排风系统，这怎么接？根本办不到，要不，你们去接。工程改造无法达成理想效果，生产部提议，更换供应商，这个供应商的硅微粉肯定有问题。下面的员工强烈要求必须更换供应商，否则就不投料。工艺部说，更换供应商？说得轻巧！更换哪一家呢？现在供应商本来就不多，更换哪一家都是一样。我们已经要求供应商适当调整了配方，比原来的安全性能要好。另外投料时操作方法也要注意，应该一点一点投，不要猛然一下全倒进去。生产部说，也不是每次都这样啊，原来投了那么多次，都是这样投的，忽然就爆炸了。大家最终没有议出一个切实可行的措施，这个事就这样不了了之。

今年又接到这样的特殊订单，又要生产该类产品。员工们都不愿意去投料。有人说，尽管有工伤保险，但谁会拿生命开玩笑！生产部主管只有带头示范，亲自去投料，投料前穿戴厚重的防火服、头盔和安全鞋，从上到下全副武装，颇似"阿波罗"登月时的太空服。主管投了两次料，员工们依然不买账，谁也不愿意去投料，并提出要求，必须更换供应商。因而尽管昨日生产计划员下发了生产单，但这个单至今仍无人去完成。

老总在会上大发雷霆："生产这么忙，订单这么急，做事还这么拖，生产部到底是干什么的！你们生产部这些领导做什么去了？生产就这么耽搁下来，不闻不问，管理管理，到你们这里就是不管不理！有问题也没有人反映。要是没有人投料，你们叫上我，我去投料。我去，没问题。"

关于投料的事，散了会大家私下里七嘴八舌地议论。

制造行业里，人与机器经常"零距离"，机器张开口除了喝油还会饮血。在工厂里，电能、热能、核能、机械能、化学能以及密闭作业、高空作业等，随时随地都是一个危害人身的潜在风险源。正如我在一首诗歌中所说，工厂里所有的名词都是凶猛的动词，机床、化学品、流水拉、管道和工具，都是潜伏的猛兽。

由于化学品广泛应用和机械自动化普及，工业越发达，人们所面临的工伤事件也越复杂。针对工伤，在工业文明的进程中给员工设置了最后一道生存底线，人身安全换算为经济的保障，这就是工伤保险。所谓的工伤保险换一个词，就是身体的价格。深圳的刘开明博士专门做过工伤与索赔的研究，并写了《身体的价格》一书。身体的价格，令人黯然伤心的现实悲剧。

尽管劳动法规对工伤保险和赔付问题早有规定，但在珠三角经济发展早期，多数工厂都没有为员工购买工伤保险，许多工伤都是劳资双方私下里解决，工伤赔偿问题也一直处在一个灰色边缘地带。由此产生了一些专为打工者打工伤官司而闻名的律师。在二十世纪九十年代后期，由于经济条件的改善和民生意识的提升，工伤保险才逐步普及大多数工厂。

集体宿舍

有的小工厂，集体宿舍是租来的居民楼，楼道狭窄，只容两人转身。为了节约空间，集体宿舍里排好上下两层的铁架床。在电镀厂上班时，我还见过上中下三层铁床，是那种薄薄的角铁焊成的，每层只能容得伸直的脑袋张望，那的的确确是一个鸽子笼般大小的空间。技术难度最大的是中间那层，每次起身下床只能缩着脖子，两只手撑在床上，慢慢地滚出来，一只脚探在外面的床梯上，用力试一试，稳了，才小心地爬下来。至于最上层的床位，已经贴着天花板，铁床一晃，感觉在荡秋千，全身绷紧了肌肉，惊悚地盯着下面。每天睡觉，在梦中仿佛变成了杨利伟环游太空。在这种逼仄的床上睡觉，再不老实的人也老实了。几乎天天有人自离，同时有新人住进去，感觉真像一间小旅馆，周围的床铺走马灯般接纳着不同的过客。在人来人往的床板上，凉风也进出着宿舍，有的人什么也没有留下，有的人终于留下了一点纪念，譬如臭虫。在一家电子厂工作时，宿舍里臭虫横行，据保安说是当初一位女孩从别的厂带来的，这个几近灭绝的物种在南方的床板下复活和流行。

集体宿舍还有一种就是超大。有的工厂集体宿舍是大通间，里面可住上百号人。两百多名工人同处一个大通间，其中又分白夜两班，交叉住在一起。磨牙的磨牙，打鼾的打鼾，梦呓的梦呓，诸声交响，雷霆万钧、万马齐奔也。平时起居，一百多名工人同时穿衣，同时打哈欠，同时洗漱，同时脱衣，场面也颇为壮观。每天晚上哨子一吹，保安在楼下叫："关灯！睡觉！"每天早上广播响彻云霄，大家纷纷起床，宿舍里积满了厚重的浊气，令人头脑昏沉沉的。大家抓紧时间洗脸、刷牙，用梳子匆匆刮一刮凌乱的头发。然后下到操场做早操，"第七套广播体操预备起——"后来是第八套。虽然是台资厂，做的也是大陆的广播体操，而且总是落后学校一拍。学校做第七套时，工厂里在做第六套，等到工厂里做第七套时，学校已在做第八套。天色蒙蒙亮，做完操，有些人还会回去睡个回笼觉，大部分则去食堂解决早餐问题，不是吃而是解决，匆匆地喝两口稀饭或豆浆，扒拉两口隔夜的炒米粉，就踩准时间上班去了。白夜两班在这样的匆忙中交接完毕。在这样的宿舍，个人就是一个细胞，新陈代谢均在集体里完成。

如今有些好的企业的住宿条件逐步改善，集体宿舍四人一间，并装有空调、电视和热水器。

谈到集体宿舍，大家想得最多的还是夫妻的房事问题，这几乎成了某些打工作家的惯用题材。有的公司管理人性化，在宿舍里专门设了夫妻房或家属房，但是绝大多数夫妻或情人各在一厂，厂与厂之间围墙相隔、门卫相守。即使同在一个工厂，也被分配在不同的集体宿舍，每天相见不能亲密，干看着。怎么办呢？有钱的就在外面租个出租房，或者找个钟点房，没钱的就只有在投影厅或荔枝林里完成。于是小说家们就衍生出荔枝林的故事，正在男女主角激情点燃时分，忽然跳出来两位……

跳出来的这两位，可能是劫匪，也可能是治安员。不管跳出来的是谁，都是一件煞风景的事。我在电线厂时，一个哥们儿晚上带着他刚泡上的女朋友，在荔枝林下亲热时，跳出来的是两个劫匪，没搜出多少钱，最后搜走了一根皮带。

二〇〇三年在福永某电子厂，同事老贾的老婆从东莞来了。夜深了，老贾老婆就不回去了，坐在老贾的床沿上。我们宿舍一行八人，盯着老贾。老贾的眼睛像骰子骨碌碌转了一圈，上下看看自己的床铺，老贾睡下铺，前后左右均拉上了窗帘和被单，布条将他的床封得严严实实，密封性很好。

老贾瞧了瞧大家，右手一挥，豪迈地说，兄弟们，请多包涵。你们睡你们的，我们睡我们的，没事。说着将帘子一掀，就抱着他的老婆钻上了床，帘子随手一落，里面独成一个世界，不一会儿老贾的床就开始地动山摇了。有人说，开车了。火车在发动，"喔喔喔"，一阵阵汽笛和蒸汽震响，大伙听到那节奏一声响过一声，煞是羡慕。难怪一向吝啬的老贾，前日竟买回来好几条床单，在自己的床铺上前后左右张罗，原来是在提前构筑爱巢。

老贾老婆每次来都是这样。老贾总是将手一挥：兄弟们，没事！日子久了，老贾旁若无人，大伙也习惯了旁若无人。有一次老贾正和老婆温存，公司查房的宿管员打着电筒掀开了他的床帘……后来老贾辞工了——这是什么鬼厂？老贾愤懑地说。老贾在外面租了一个铁皮房，晚上出来和老婆沿街摆起了小摊，卖炒米粉。某个夏夜，我在路口遇到他满头大汗地在忙活。我说，老贾好啊，两口子日子过得蛮神仙啊。

老贾提起小钢铲，瞅了他老婆一眼对我说："你还别说，我倒是怀念住集体宿舍的那个氛围。还是集体宿舍好。"

我回来后细想，这个老贾真的是集体惯了，大概喜欢在集体宿舍里吹牛海侃，可以和众工友窝成一圈斗地主，顺便可以和老婆开火车。至今我觉得他那手势很潇洒："各位兄弟，没事！将就了。"

出租屋

出租屋是打工诗歌里一个常见名词，准确地说，是一个具有动词特征的动名词，出租屋成了一个漂泊的驿站，收容那些暂住的身体与灵魂。

广东最初的出租屋是传统的老屋，土砖砌成，矮而狭小，墙面上打出一个方孔，支起粗陋的木头，就是窗了。条件好的人家，是青砖，还带红漆雕窗或翘檐。这样的房子大概是为了适应这里频繁的台风，一座座低头弯腰，匍匐在珠三角的旷野里，颇似又黑又瘦的本地汉子在田间弯腰劳作。在深圳等地，客家围屋是典型的民俗建筑。让时间回溯到一六九九年，从永嘉之乱开始，中原第一次大规模向南迁移的汉人，在其后的历史变乱中先后迁居了八次，不同时期的北方人从中原迁至江西，又从江西赣州陆续迁往闽粤两地。时人称之为"流人"，就像今天流动人口的一个简称，他们在当地官方户籍上被视为客，并自称为客家人。

这些"流人"散布于南方各地，开始了"处处为客处处家"的生活。客家人是南方历史上最早的外来者。他们在新的居住地上建造了客家所独有的围龙屋、土楼、殿堂式围屋，如今他们的子孙后代已经成了本地人。广东经济初兴时，本地人逐渐修了一些小洋楼，空出这些祖宅老屋，出租给新一轮的外来者，最早的外地打工者租住的就是这样的房子。历史是一个多么有趣的两班倒车间，打工者又成为新的"客家人"，在这样的出租屋里，现在轮到我们换班上岗。房子虽矮小，但是便宜，且酷似外地人的农村老屋，仿佛又回到了家乡，每天进门一把锁，出门一把锁，在昏暗的房间洗涮，看电视，想家，日子就这样过着。

在村子的边缘，还有许多低矮的铁皮房。简易的红砖石灰构筑，屋顶盖着铁皮。铁皮房是简易房，租价便宜，普通打工族就选择了它。在查暂住证的年代，铁皮房和老房子都是重点光顾的对象。在铁皮房生活，除了小心小偷，最大的担心是治安队巡夜。

待到经济发展之后，城中村改造，旧房子慢慢拆迁了，在偏远的小镇或郊外仍有部分旧房子，夹杂在光鲜的楼房之间，与一畦畦翠绿的菜地构成了农业最后残余的图景。此时打工者租房，都是选那些新修的楼房，虽然楼层高而密，甚至光线也被一幢幢密集的楼宇吃掉，但是新楼装修光洁干净，墙面上刷了浆，地面上铺了瓷砖，整个房间看起来有一种金属质感，空气中散发着甲醛的气味。直线和直线、直角与直角勾连，令房子冷硬简洁，没有泥土污垢的浑浊。这时的出租房，靠近工业区的价格贵得让人无奈，尤其是市中心的房子，只有小部分高薪者可以安心享用。

每天下班回家，砰的一声门一关，就有了一个自己的小世界。没有对门，没有隔壁，只有空荡荡的自己。

靠着出租房，本地人可以不愁吃穿了。房子出租成了本地人最主要的生财之道。许多广东本地人拼了一生的心血，最大的目标就是多建几套出租房。房子一幢一幢在周围扩建，用"雨后春笋"来说虽落俗套，却是再形象不过了。新房子在旧房子周围破土、发芽和长高，密密地挤在一起，形成了一个向日葵花盘。每天听着窗外修房的噪声，看着一座又一座钢筋水泥终于变成了可以出租的房子。

携家带口的外地人，无法在集体宿舍里找到栖息地，出租房是他们唯一的选择。于是经济繁荣时，在工人密集的区域，找房子成了最头痛的问题。要找到采光好、通风好、环境好、楼层好、交通好的房子确实不易。出租中介服务就应运而生。在大街小巷的墙上、电线杆上贴满了牛皮癣广告，阔气的老板会做成一块块广告牌挂在房子附近。

围着出租房衍生出一系列的行业，如搬家公司、疏通马桶公司、买卖二手家电家具的店铺，每天村子里会响起一个录音广播：回收旧彩电、旧电脑、旧冰箱……一个中年汉子踩着三轮车在村子里来回晃悠，那声音在他的小喇叭里唱个没完没了。在周末的白石洲街头，一排排男人女人守在路边，挂着提供各类家务的牌子。几乎每个周末，人流中都少不了他们的身影。

假如说出租房是一台收音机，那么就需要一个天线。在数字电视进入村子之前，每个楼顶上都会看到天线，最开始是"鱼骨天线"，然后是"卫星锅"，再然后多数房东安装了有线闭路，各类线缆在墙与墙之间穿梭，电视线路和网线将房子连成一个整体，也将个人与世界连在了一起。此时一个人关在出租房里，世界也被打通了，远方来到了眼前。

冬去夏来，出租房接待了一茬茬房客，有的房客会在墙壁上或门后留下一些话语和记号，或用铅笔潦草画出一幅只有本人能懂的图画，或致下一任房客："你好。"要是你长期在一个驳杂的城中村里居住，你会发现四周的房子不断地更换着新的临时主人。四川的腊肉、湖南打工妹的内衣、江西两公婆的争吵、广西人一堆凌乱的啤酒瓶，这些事物不断地在对面和隔壁的窗台上更替出现。邻居变了，周围变了，世界好像还在电视里，还是那个老样儿。在巷子里，男人赤膊搓着麻将，卖货郎边走边唱，发廊里推子和烫发机嗡嗡叫着，尽管原来的老板走了，但这一切似乎一直没有多大变化。

出租房真是一个奇妙的动名词，一个有趣的时光漏斗，按照传统的说法，房子是一辈子的事情。在传统的农业社会中，有的人也许一辈子只住一座房子。然而在漂泊不定的南方，我们会不断地换工作，换房子，在这样的地方，我们可以说了几辈子。

在南方，随着出租范围的扩大，家具出租，家电出租，出租花卉，出租情人。我们在工厂和公司里也是出租体力和脑力。临时性让迁移南方的人从骨子里意识到，生活的短暂和过渡性，仿佛一条摆渡的船，人类在地球上的居住，也是一次出租和暂居。我们，所有人的流浪终点在哪里？

辞　工

　　辞工按照工厂人事流程应该放在本词典的最后，在流动的工厂里除了老板，没有人会避开这个最终的词语。每个人在心底都琢磨和想象着离开工厂时的短暂轻松和失落。选择辞工有主动和被动两类，包括：自离、辞职、辞退。自离就是自动离职，也意味着自动放弃了员工在工厂的一切权利，包括工资和福利。辞职就是炒老板鱿鱼，而辞退是一个被动句式——被老板炒鱿鱼。在"被"字流行的今天，这是一个真正的被动。

　　选择自离方式的人，多半是迫不得已。在某些工厂或黑厂里，所谓进来容易出去难，往往只有选择自离。一般的工厂扣压着工人的工资，在二〇〇〇年以前还会扣留证件，以各类理由拒绝员工辞工。现在仍然存在辞工难的现象。对于员工来说，只有两种选择：辞退或自离。

　　我第一次在工厂里就是被辞退的。在那个台资电线厂里，工人只是一个工具，搬运工也只是一个会活动的搬运工具。一个工厂最悲哀的地方不在于老板的利欲熏心，而在于打工阶层内部也构成畸形的等级差异——并非底层就是纯粹的善良，压迫和凌辱也来自同类的丛林法则。经过四个月的工作，我厌倦并厌恶这里的环境，选择离开——向制造课长提交辞工单。制造课长抬起眼睛说："为什么辞工？"

　　"身体不行了，受不了这个环境。"事实上他也知道我与副课长闹了矛盾。

　　"小伙子身体棒棒的，哪里不行了？你不是过了试用期了吗？"为了个人的绝对领导，这位湖北人也需要下面的员工与副课长闹点矛盾。

　　"但是……"

　　"回去好好干吧。再说在这里没有人能够辞工。"

　　我折回自己的岗位。有些同事围过来问，情况如何啊？我摇了摇头。旁边有一个河南籍老搬运工就出主意："在这个公司我还没有看到有人辞过工。你要走，只有自离，损失一个月的工资。"

两周后的一天上午，打卷机飞速地旋转着转盘，就像高速路上的车轮，我正全力忙着打卷、剪线、打包。速度太快，将打卷机停了一下，导致后面堆了电线。副课长跑来对我骂了一句。我乜了他一眼。这个蔑视的眼神将副课长刺激成了一只唠叨的乌鸦。我一声吼叫不再忍受他无休止的辱骂。他怔呆了一会儿，又举起拳头朝我捶来，我一时气极抄起机台上的大扳手向他砸去——我已经全然进入了战争状态。周围的同事纷纷抱住我们，将我们扯开。这一幕正好让正在参观的日本客户观赏到：不错的中国格斗嘛。台湾经理事后也亲自来过问我打架的情况。

在那次打架中副课长虽然没有受伤，但一周后他就找了一个借口将我辞退：记小过两次，罚款两百元，扣掉一百元生产奖。这就是我第一次被辞退的经历。走的时候，河南的搬运工说，老弟，你终于可以走啦，在这里你是第一个拿了工资走人的。我疲惫地说，这是"被辞退"，已扣了我大半个月的工资。

这是我记忆里唯一一次与上司用行为艺术交谈。这不是一个好聚好散的故事。后来我翻看《劳动法》知道，辞退员工就不能同时处以罚款。当然在二〇〇〇年的某个工厂，对于一个员工来说，这些法律只是存在于纸张上，离实际生活还非常遥远。

辞工不是句号，只是另一个漂泊的开端。短暂的停顿或许平衡着急速流动的惯性，但是更大的流动的可能性打开了向深邃滑行的入口。多年前的一个星夜我坐在电子厂楼顶上和同事刘大红（化名）聊到了多年以后，严重泄漏的月光像隔壁的电镀厂正在我们头顶上作业，月色和厂房混合为一体，俯视自己的肉身和道路——我为自己的挣扎感到悲哀。第二天我就要拖着皮箱离开此地，啤酒瓶吐出它积蓄已久的泡沫，任由我们痛饮。有些话我埋在多年前，现在已到了"多年后"，我站在站台上张望下一个"多年后"驶来。

五金厂

　　"五金"是一个漂亮的词，一个极有质地感的词。而"五金厂"让人沉重、战栗，如同一块压胸的巨石使人窒息于黑暗的沉默里。五金是对多种金属的泛称，然而在五金厂里最常见的是铁。铁是工业和城市的骨骼。对铁的制造加工，通常有冶炼、铸造、锻打、冲压、切割、焊接和组装。作为工业最重要的元素，铁在工厂间和产业链上普遍流通和循环，谁也无法避开。

　　在五金厂，最常见的加工就是冲压。在几吨位到几百吨位的冲压机里，这是上模与下模、铁与铁的相互冲撞。在冲压车间每天都是铁在咣当咣当地吟唱。冲压、攻牙、溜披锋、打窝钉、碰焊，铁制品在流水线上不断地流动着，经过一双双粘油的手，最终包装，进入下一个工厂。在这一过程中，工伤也频繁地伴随着工人的劳作。勤劳的机器和邪恶的机器是铁的两个性格向度。无论哪一道工序，割伤事件是最普遍的。在工作台上任何不小心都会构成伤害。每次摸着铁，仿佛摸着一道伤口，感觉那赭红色的锈斑就是凝固的血块。工厂里的铁，与乡村铁匠铺里的铁是完全不同的铁。铁匠铺里的铁是柔软的、温暖的，和汗水混合在一起闪着露珠的光芒，是一个健硕的乡下小伙子。而工厂里的铁是尖锐的、冰冷的，总是和血液混合在一起，像一位嗜血成性的暴君。

　　在五金厂里行走，原料是铁，设备是铁，模具是铁，货架是铁，生产指令和纪律也是铁的。流水拉旁站着的工人，机械地重复着动作，也是铁的机器人。走在铁的世界，冲压车间里的噪声像满空乱飞的绿头苍蝇，整个车间笼罩于巨大的冲压声里。我们仿佛行走于狂波怒涛之下，听着头顶的浪头一个接一个砸响，人们说话必须要扯着嗓子："喂！喂！"而听者就摘下耳朵里的海绵耳塞，瞪着双眼侧着头说："大声点，大声点。"车间里噪声超过八十五分贝，按照《工业企业噪声卫生标准》，工作者必须要佩戴耳塞。而耳塞的声衰减量必须要符合GB5893.1。题外话：噪声，是一个专业术语。传统叫法是"噪音"，多有诗意的名字。一九八八年由国家物理学名词审定委员会统一名称为噪声。"噪音"变成"噪声",这是多么准确的转换——有兴趣的朋友可以翻阅相关资料,就会发现"噪声"是一个毫无诗意的名词。

除了噪声,冲压是更大的伤害。传统的冲床,没有安装先进的光电眼等安全装置,即便是两个开关同时控制,在突发事件中仍产生了大量的工伤。铁在巨力下暴露出了凶猛的本性,一头饥饿凶残的猛兽,噬断手指或者手掌。在冲床下作业的工人们,夜班的疲劳成了他们主要的危险源。在午夜瞌睡阵阵袭来时,有些工人在睡梦中将手指交给了冲床——这个时候,他或许梦到了自己的双手也是产品的一部分。还有一类伤害是来自于模具,在模具搬运或腾挪时,徒手去搬动,结果模具稍一滑动,压在地上,手指就断了。发生得很快,断得悄无声息,连断的声音还没有发出就断了。我曾在二〇〇七年连续两天里见到了两位工友就这样将手指丢了。

铁啊,它的面目太冷,但是我们又不得不依靠着它。一座高楼耸入云霄,一道天桥飞越于头顶,我们从甲地旅行到乙地,我们每天做饭切菜,都是铁给了我们支撑。铁是没有原罪的,我们诅咒它或歌颂它都与铁无关。铁不仅进入我们衣食住行的各个方面,它也早已进入了我们的血液和骨骼。

我要感谢这些铁。庞大的机器赋予它声音,而我们劳动的双手赋予它生命,用汗水去喂它,用鲜血去喂它。当受伤时,我们体内的铁与它融为一体。是的,我们是遥远的近亲,我们是传说中的人剑合一。

技术员或扳手

扳手=技术员。这个等式可以在隐喻的世界成立。在工厂基层的维修工作里,你也会体会到这个等式的含义。我曾在一家电子厂做过一年的机修,我的厂牌写着:工程部生技组。换一个词就是生产技术员。

我知道,扳手是一件多么诗意的工具,在诗歌中我多次使用到它,我用它拆掉那些陈旧的比喻和繁冗的句式。当我自悲自弃,不想理会这个世界时,我就用扳手紧一紧那颗松动的螺丝。手里握住扳手,在面对铁器和世界的时候心中有数了,心里是如此踏实。我是实实在在地频繁使用它，在工友中间，在女工们的催促下，快点！快点！她们为了产量不停地催促我动作再快些。在对付机器时，我的扳手表现出了扳手的样子——飞快地旋动，如一把风扇。但是为了在工具盒里寻找到那把口径合适的扳手，我不停地翻捡，对，一把合适的扳手能解决适合它的故障。大大小小的，从M1.5号到M8号，从内六角扳手到外六角扳手、五角扳手、四角扳手、梅花扳手。在开口扳手里又有死头扳手和活动扳手。我用油腻的手、油乎乎的目光抚摸这些形形色色的扳手，这是我的伙伴，我的哥们儿。

在工具的世界里，快速、有效就是最高的道德。用手摸摸它们，它们有序地装在工具套上或零乱地躺在工具盒里。扳手就是农业劳作中用以收割庄稼的镰刀。尤其是握住大号的叉扳（有个老师傅喜欢这样称呼外六角扳手），在拧动螺帽时，我想到了乡下欢快而艰辛的收割。然而扳手也像农具一样，需要打磨和保养。最后扳手的齿牙慢慢磨圆了、磨坏了，该是它养老或送终的时候啦。一把新的扳手，拿在手上，感觉有些生，喂，伙计！我会快速地在螺丝孔里旋转，我们会很快磨合在一起，一只手旋动内六角扳手，从中指到小指定住扳手，拇指和食指旋转了扳手的横把手。

一台设备坏了，我们侧耳细听它咣咣的声音，或者摸一摸它颤抖的身躯，或拍一拍它的腹腔，到底是哪儿出了毛病呢？有些常见的毛病，比如咳嗽、发烧，比如感冒、皮炎，我们望一眼就知道了。但是有些问题需要一步步摸索和排查。面对庞大或复杂的机器时，手里有一把最好的利器——扳手。将设备解剖吧，将它拆卸成一块块、一点点，摘除其中的损坏的零件，安装新的器官。

在这样的机械维修生活里，我又摸索出一个等式：设备=螺丝+弹簧。

螺丝是机器里最卑微也最关键的零件。奇形怪状的机器，连为一个整体的机器，都被螺丝完成了。复杂的机器，拆，拆吧。装，装吧。任何修理无非拆掉螺丝再装上它。在与设备打交道的日子里，螺丝成了我日夜见面的老朋友。《摩登时代》里的卓别林也患上了这种螺丝幻想症。但是我并没有幻想任何圆点都是螺丝。螺丝只是机器里无处不在的助词，不，是连词。也不，是标点符号。螺丝构成大工业，构成世界的存在。因此，每当我路过一家螺丝厂时，我似乎看到了那车间里闪闪发光的星星。认识螺丝，从很久的革命歌曲里就开始了。只有仔细地进入机械里想想，才知道这个最简单的东西带给了我们多么不简单的图景。

在解剖设备的过程中，除了螺丝，还有一个重要角色——对，就是弹簧。这又是一件卑微而不可或缺的零件，为了在运动中复位，确保机械的重复和生产的连续，弹簧就被安进了机器的活动部位。每天不断地弹动、受压、再弹回，弹簧被赋予了最坚韧的品质。

它蜷曲着身子睡在机床里，随着工人们作息而作息，在两班倒的工厂里，每天都在劳动。并不是无休止地弹跳，终有一天，弹簧是会断的，就像我们的脊椎，我们的关节，有一天它们都会老损，终被废弃。

作为设备工程的技术员，沉浸在机械的强硬世界里，机油是一个温柔的元素。它磨合和消解着人机摩擦和机与机的摩擦。对于机油的想象，我交给读者你们吧。

生产计划

在市场经济体制下的工厂里，生产计划或生产计划员成了生产系统的神经中枢。生产计划在省略句中与生产计划员是完全等同的词汇。生产计划员在台资或日资厂里又叫生管，它曾有一个时髦的英文名：PMC。PMC是生产和物料控制的简称。事实上，生产计划员就是在从事生产与物料控制，将订单转化为出货单，最终转化为收款单。在这个过程中，被客户跟催，再去跟催生产部门，跟催与被跟催成了生产计划的全部。

二〇〇二年我在一家大型五金塑胶厂做生产计划，负责跟催五金配件和纸箱。每天上班就进入MRP系统（一个落后的物料管理系统，如今变成了ERP），在电脑里确定库存，根据生产需求排好物料计划。在这家港资厂里，有一个有趣的工作：对单。一三五对出口货，二四六对内销单。部门与部门对单，部门内部也要相互对单，对得让人以为这是打麻将里的对对碰，对得还让人以为——这是古诗恪守的对仗。在大多数工厂，生产计划在与时间赛跑中承受着最核心的压力，用工业的眼光来看，生产计划员就是一只优质的压力泵，每天的电话丁零零、丁零零叫个不休，每天的电子邮件铺天盖地塞满邮箱，每天车间里各类大大小小的异常干扰着刚刚稍息的神经，没有健壮黄牛的心脏就无法承受背上的辎重。"每天催催催，催命了！"生产车间向生产计划发牢骚，生产计划向业务部发牢骚，业务部人员则追到办公室大声催促："没有讨价的余地！送货快是我们的优势，现在却成了我们的劣势。天天有问题，这点按期交货也满足不了，干脆别生产啦。要是耽误了进程，就只有寄飞机。寄飞机，你明白吗？我还没坐过飞机，这货物倒天天坐上了飞机！"

寄飞机自然要增加不少额外运费。但是车间里急单如此多，每台机器都在赶货，安排哪个机台生产呢？生产计划捧着头抱怨："临时加单，中途插单太多了，能不能缓一缓？"业务部说："缓一缓？黄花菜也凉了。这个单我好不容易从客户那里拉来，单价也不错。必须优先生产，明天早上八点前交货。"生产计划恨恨地说："明天早上交货？我是神仙？明天晚上八点还差不多。"业务部激动地咬牙："不行！绝对不行！就中午十二点。"在这样的拉锯战下，交期一点点稳定在双方胶着相守的战线上。

"我有时在梦里，梦到自己跑到车间向同事拼命追货，梦到自己和货物飞在半空中，哎呀，终于坐上飞机了，心也悬在空中。"生产计划这样对我说。

生产计划的神经直接连接着车间机器的皮带，连接着货柜轰隆滚动的车轮，它是工厂轴承上互咬的齿轮，紧紧地咬着铁的节奏带动轴承和转轮运动。

塑　料

塑料是铁的兄弟、继承人，也是铁的伴侣或情敌。一百年前美籍比利时人列奥·亨德里克·贝克兰发明酚醛塑料，在一九四〇年五月二十日被《时代》周刊称为"塑料之父"。塑料的出现，是现代工业一次最重要的革命。强大的可塑性和可改造的理化性能使得塑料在不同产业中畅通无阻。塑料让现代社会长满肌肉，丰腴起来，是塑料彻底颠覆了材料领域的传统结构，是塑料继承了铁成为工业中新的霸主，"塑造""注塑""成型"等词语也跟着产生。"sù"的发音短促有力，似乎将整个世界的生成全推上了舌头，经过舌头急遽地伸卷，最终落在了一个稳当的音节上——"liào"。

在塑料生产加工中，注塑成型是最普遍的一种生产方式。在珠三角的大地，塑胶厂是最常见的工厂。几乎每走十步就能看见一家塑胶厂。从八十年代初，当港台塑胶厂大量进入以及内资塑胶厂兴起，也就逐渐脱离了大炼钢铁的时代。对，就是塑料，那如同大米颗粒状的胶粒，它向工业生产供给了主要粮食。塑料已成为我们生活的某块不可或缺的肌腱，我们无法想象，假若没有塑料，生活会是怎样呢?

强硬的赛钢料是铁在硬度上的继承人，赛钢料又称夺钢，多有气魄的名字！它像刀刃一般尖锐和刚强，在高温的模具里如一股铁熔水，可以迅速生成不同的形状。透明的压克力料或PVC料是铁的情敌。压克力，它晶莹，它透明；而PVC料，它柔，它软，它们可以化作珍珠或泪滴挂在你的胸前，在灯光下折射出令人惊叹的光，俘虏消费者的芳心。耐磨的尼龙料、综合性能优良的ABS料、防弹的PC料、弹性十足的EVA料扮演了塑料大家庭性格各异的角色。塑料又是铁的兄弟，铁来源于地下矿产，塑料来源于石油——那种深埋于地下亿万年的物质。它们相互模仿，共同完成某一产品，因而在大片工业区里塑料和五金是紧密联姻的——许多工厂也因此叫作五金塑胶厂。

二〇〇五年我在一家五金塑胶厂上班，深刻地认识了塑料。车间里耸立着一排排大型的注塑机。通过干燥机和吸料机，塑料在料斗里雨点般敲响，飞进螺杆里融合为整体。搬运工、操作工和技术员围绕着塑料和塑胶成品在忙碌。胶粒被抓在我们的手心里与手茧摩挲着，碰擦出流水或谷粒落地的细音。一千五百吨的大型注塑机在反复地开模合模，如一张不断咀嚼的铁嘴，一翕一张地吃着食物。机械手在头顶上刷的一声飞过来又飞过去，上升下降，通过吸盘吸附着一只只产品。产品被机械手放在工作台，操作工准备了三样工具：抹布、刀片和气枪。她们先用抹布蘸上酒精或清洗剂（过去是用白电油，一种有毒的化学剂），将产品出模时所粘的油污擦净，再挥舞一把闪烁着锋芒的刀片，将产品上的凹槽、边缘和四周的披锋批掉，通称为批锋。最后用气枪将胶丝和杂质吹净、装箱、贴上标签、等待检查。

车间里充满了机器的嗡嗡鸣叫，热气沿着炮筒向四周扩散。此时的车间蒸发着每个工人背脊上流淌的汗水。吱吱啦啦的大风扇和落地扇只能搅来一团团热气。反复的批锋作业让一茬一茬的女工手上分布着线状伤痕。有时我经过车间，看到她们在工作台上笑骂和作业，我想，这就是生活现场。闷热、牢骚和一切表情保持了相似的工艺参数，被输入到生产中。我想象着，塑料这个词，它的周围盘旋着无数支撑的词汇，在搬运工的叉车、操作工的刀片、QC员的游标卡尺之间传递，最后像一件邮包快递到终端消费者手里。当然，消费者永远看不到那曾经印在塑胶零件上的手的污渍和那把锋利的刀具。塑料最终成型，转化为一件件合格的产品，也被转化为生产日报表上的一个个数字，计数着一天的劳动效率。是的，我是打工者，当我经过高温车间时，我也像塑料一样会不断被高温加压，塑成不同的形状。有一次，我的同事拆卸炮筒，又安装炮筒，经过持续升温仍无法装上螺杆，于是鬼使神差地徒手抓住螺杆的尾端，一股烤焦的肉腐味飘来，他的整个手掌被烫得皮开肉绽。高温是塑料的温床，模具是塑料的孵化器，在机器的运作中，塑料这一高分子材料，它们的分子链重新搭建和排列，相互熔为一体。工伤是其中的插曲或插页，划伤、烫伤、砸断手指和脚趾、被机械手击中，等等，这些是生产中多发的事故。在这里我不是单纯地呈现工伤，也不是单纯地憎恶，而是寻找一种有血压的真实记忆。这种记忆让自己的双脚真实地站在生产场地，与大地和设备保持血管的连通。

在塑胶厂的后段工序中潜存着许多其他的机会——喷油、丝印或电镀等，仿佛一条美容美发产业，由此而繁衍出大大小小各式各样的工厂。成本的低廉和产品的灵活性，让塑胶厂在东莞、深圳等地遍地开花。在"中国制造"的华章中，塑料，充当了最厚实的名词。

最后，我愿意并怀着复杂的心情说，我喜欢塑胶厂，在更大的范围里，我是一粒塑料。

QC

我曾经做过多年的QC员，面对这个词竟无从说起。QC是一个丰富的词,它的背后就是一部工业词典。QC的出现为传统工业和现代工业画出了一条明晰的界限。QC是"qualitycontrol"的英文缩写,叫作品质控制或品质管理。作为一门专业的学科领域,它缩写了工业在蒸汽机诞生后所有相关的历史。在制造工序里,QC分为IQC、IPQC(有的地方叫作PQC)、FQC、OQC或QA,随着分工细化和管理提升,又产生了一个QE的职位。

围绕质量(台资和日资企业习惯称为品质)而展开一系列的检查和管制,QC是工厂赖以自我防卫的淋巴系统和安全过滤网。我在二〇〇三年进入一家电池厂在装配车间做IPQC,我随身带着一把游标卡尺穿梭于每个工位间。每天摸着赫红色的负极片,这种亲密接触也是向有毒的重金属致敬。每天拿着光身电池在天平上测试加液量,双手被强碱咬烂,每只电池的额定加入量就像定制的口粮。每天在封口机上巡查着电池的各类外观,在转盘上观察每个封口。我叙述的电池厂已经离我远去,我叙述的工厂是一座梦工厂,在不同的梦中出现。在IPQC的生活中,我觉察出人生的裂缝,看到人性在缺陷中的特采。PASS是生活的最大目标,因此,我需要品质管理上的"特采"而不是"降级"。PASS!每次生产完成一个段落,我就将红印戳盖在被设定的人生边上。

特采是品质管理上的一个术语,它是硬性标准中的一种妥协,是对一般缺陷的一种将就。在品质管理学上还有一个重要的术语,叫作变差。在近两年的QC生涯中,变差让我意识到规律的重要性,意识到一个人不是一味屈服于肚皮,让世界倾斜在普遍的正态分布曲线中,让颤抖的手握住了坚稳的目光。这种变差,在我的内心和我的大脑被分别划分为不同的变差:共同的,特殊的;阴暗的,光亮的;矛盾的,混沌的;艺术的,科学的。后来我又进入另一家电子厂从事IQC工作。从IQC到最终的QA、QE,我奔跑过赛场上的每个位置。

ISO

在每次新员工培训时我都会向他们提问:"ISO是什么?"尽管ISO是一个南方工厂最流行的词语,却很少有人真正明确它的含义。我们把它读成"爱馊"。ISO是一个国际组织的英文简称，叫作"国际标准化组织"，对，"爱馊"就是国际标准化组织。ISO在希腊语中也是"相等、相同"的意思。在经济全球化的背景下，ISO是一支中和液体，将全世界不同的地区中和在同一个pH值范围内，也是一种世界语，将不同的语言兑换为同一种符号。ISO颁发的相关证书遍布了有人居住的地方。ISO证书是工厂的毕业证，没有ISO认证的工厂，如同未毕业的学生得不到社会认可。在二十世纪九十年代之后，它也成了一张滥发的毕业证。

第一次来到广东发现个个工厂都"爱馊"了，当太阳照耀着每座工厂顶部炫示的"通过ISO9001认证"的招牌时，阳光通打在ISO字母上照射出国际性的光泽，那一串数字似乎给工厂印上了条形码。那时我到书店查看ISO究竟是个什么，书架上排了一列ISO书籍，如同一列长长的火车，挤满了乘客，让我有些心惊胆战。在那个时代，ISO是脱离具体生产的哲学，是深奥而神秘的形而上学。工厂通过"爱馊9000"插上了西方企业文化的翅膀。二〇〇四年我专门从事工厂内部的ISO工作，开始认真地钻研它。那个时候，我又接触到一个词："RoHS"。RoHS是一个著名指令的缩写，它出自欧盟，在二〇〇七年正式实施后也越来越流行，在我们的工作中人人都避不开这个词。我根据音译把它叫成"肉丝"，RoHS就是肉丝。二〇〇五年十月ISO和IEC根据RoHS指令联合颁布QC080000体系。"肉丝"和"爱馊"一结合，体系认证又有了新的业务，QC080000就是"爱馊的肉丝"。

ISO体系在这些年的经济起飞和着陆中是一条重要的航道，随着时代的进步和品质要求的提高，ISO9000体系也不断地变异和进化，就像一部不断翻拍的电视剧或一套不断升级的杀毒软件，从一九八七、一九九四、二〇〇〇版一直升级到目前的二〇〇八版。同时ISO9000体系如同一只不断分裂繁殖的细胞，由此衍生出众多的其他体系。

从某种程度上讲，ISO工作是管理的延伸，允许外来客户将所有的管理式样强加给它的供应商。它是一台清晰的复印机，大量地复制着每个组织运营的模式。我摸着那些笔直的框架、坚硬的术语，从事这项工作似乎将自己内心蓬勃萌蘖的枝枝蔓蔓也全部修剪整齐。对于我来说，这是一件多么偏离艺术的事情。有时我也重视这种纯粹的精确，它将我从野性的原野扯回到工厂的模具里，贴上现代或后现代的Logo。对于ISO来说，任何问题可以归结于一个系统的过程，归结于它的八项基本原则，或者归结于PDCA循环模式。ISO是三个有趣的字母，笔直的I，弯曲的S以及圆形的O为与之相关的标准标下三个注脚。我们可以将I看作矛，将O看作盾，S站在矛盾之间从两个方向抵御着风险。直线与圆和太极中的S象征着中国古老的阴阳之道。自然无为，ISO此时可以音译为"爱瘦"，管理的目的是减少管理，删减繁冗的环节，追求大道至简的真实。人们开始从对ISO体系的尊崇中觉醒过来，厌倦它的标准条文。

天下大势分久必合，合久必分。在追求同一的世界大道上，针对性、本地性和个性的思维重新回到重心。此时我把ISO叫作"爱搜"，它是一个通配符，一个函数里的自变量——ISO是饭碗，ISO是我的身体，同样，说它是一副可爱的镣铐又何尝不可。

仲春的夜晚，我又站在台上打开幻灯片向在座的新同事提问："ISO是什么呢？"虽然不喜欢反复提到同样的问题，但我的口气丝毫也没有夹杂着厌倦。

业务员

二〇〇一年我在深圳一家公司找到了一个业务员的工作。在我的想象里，业务员是公司的开路先锋，开辟着它的荆棘小路。在这家直销公司里，业务员的确是"先疯"精英。每天早上七点在并不宽敞的会议厅集合，大声唱歌、做游戏、模拟推销、传授直销的"葵花宝典"，这些内容使得早晨过得很快、很疯狂。歇斯底里的人最容易吃得开，会很快得到令自己飘飘然的满足。

那时我也是"先疯"的一分子，每天背着一包沉甸甸的产品跟着同事出发。在大街小巷里，在每一个路口或超市旁，学着同事的模样向陌生的路人推销产品。什么产品呢？就是一盒盒工具。灰色塑料工具盒包装，打开，里面排着一列螺丝刀、镊子、钳子和内六角扳手，等等。假若你二〇〇一年在深圳的话，没准儿你还能记得我或我们。那时我有点瘦，有点黑，对，被太阳晒得像鬼。你也许买过一盒，二十元到五十元不等，拿回去用不到几天，你就会发现螺丝刀和镊子叭的一声折断了。如此冷门的产品每天还能卖出几套。另一个组的同事卖电子计算器，业绩反而一般。

直销员是最基层的业务员。后来我又干了几项业务工作，不知是产品问题还是个人问题，总之，我发现自己不是这块料。悲观的人不适合干业务员，心思纤细的人不适合，内心藏有怀疑冲突的人也不适合。当然业务经理会举出大量的例子来反驳我这句话，我也认识到，适合与不适合仅在于背后生存的压力是否足够沉重。二〇〇八年我又进入离开多年的销售公司，这回是电话营销培训项目。五月份，我从一家工厂辞职，找了一周工作，尚无着落。此时一位多年前的同事打电话给我："我老弟在这里新开了一个公司，专门做企业内部培训的，需要销售精英。你以前讲过课，我觉得你蛮合适的，你有空过来看看吧。"承蒙他看得上，我去了福田车公庙找到那家公司，这是一家麻雀般大小的公司，在深圳，这样的公司可以抓出一火车。当然关键看前途。我与公司老总，即同事的老弟谈了一会儿，三天后就去上班。很显然，这里培训和激励业务员的方式与我七年前所在的那家公司大致相同，不过是口号、仪式改换了一下，每天高喊着口号，大声朗诵《羊皮卷》，最核心的方式仍然没变："先疯"。采用了不同的手段激励大家情绪高亢，精神饱满，使大家树立信心，要相信世界就是一块软面包，你可以随意撕下来一块啃一啃，要相信明天必定是美好的，金色阳光会打在你前进的大道上。这一切前提就是，先让自己疯狂起来！从事压力巨大的业务工作，不可否认，必须要给自己不断锻打、不断鼓劲，即便陷入偏执狂也在所不惜。但是这支强心剂对我来说已产生了抗药性。因为，我早年就认识了它的面目。

这里的工作就是电话营销，电话营销是一项既简便又十分艰难的营销方式，按照不同渠道所得的电话清单，每天拼命地拨打上百个电话，从早到晚按着电话数字键："您好。你是×总吗?我是BG培训顾问公司的××，打扰一下，和你说一件好事，为了庆祝改革开放三十周年和公司十周年庆典，在深圳行业协会的组织下，我们公司正在举办一百场中小公司培训大酬宾……"失败，再打，失败，再打，屡败屡打，疯狂地拨打，电波像乱箭一般射向这座城市任何一个潜在的目标客户。生活似乎就是这样，枯燥，重复，没有自尊，不得不骚扰他人。同事之间为了缓和这种干闷、紧张的气氛，保持着互相鼓励、互相帮助的融洽。在各种吃饭场合，大家都保持AA制的消费模式，这是业务员另一个优良的传统。

深圳的早晨是美丽的，晨曦在单薄的雾霭中搅拌着牛奶加咖啡。从高楼上扫视一圈周围的高楼，那些建筑物向天空堆出了童话里的积木。一幢幢，一排排，现代高楼笔直地升空，与纵横交错的道路和绿色林阴搭配成一座朝气勃勃的深圳。业务员恰是年轻城市的形象代表，每天挎着公文包，赶着匆匆的早班车，挤进人潮里又从人潮里挤出，迎着金光大道奔赴自己的前程。这形象，这早晨，似乎就是为雄心万丈的业务员而准备的。

追风赶梦的人太多了，怀揣着炽热之心的人太多了。成功，成功！这是一个多么炫目的词语。为了它，可以拼出一切。激励机构和销售公司借此大势，为成功的欲望推波助澜。这是一场全民大赛跑，没有一个人敢慢下半拍脚步，绝没有，尤其是业务员，他们更像一群在火焰中跳舞的孩子——亢奋，狂躁，发出刺耳的尖叫，自以为找到了最好的出路而盲目喜悦。太阳为谁而升起呢？是我！我的太阳！但太阳并不为某个人升起，太阳只是为它自己升起，这让我想起了夸父追日。这位神话中的巨人将他的力量挥霍于一路的追赶，在太阳落山的地方，夸父渴极了，他伏在地上倒饮着黄河和渭河，所有的黄河之水也无法浇熄他内心的火焰，夸父最终躺在了大地上。他一生不会明白，同向运动的两者是无法相遇的，太阳不需被追赶，因为太阳一直在追赶着我们。我们只需要选择好自己的位置，面朝东方在原地等候，甚至我们还可以反向而迎。错误的方向注定了夸父的悲剧。

紧接着，我在另一个朋友的介绍下进了南山一家贸易公司，从事宽带和IP电话等电信业务。十月份，我在公司新的政策鼓励下跑到关外搞起了一个自负盈亏的分公司。我匆匆披挂上阵，挂帅组队在福永租房准备大干一场。从人才市场招兵买马，拉了一支业务员队伍。在正式上马的第一天，我在出租房中也向业务员们推行了一套激励仪式。昔日我所经历的激励模式，现在又运用到大家身上。我成了一个不自觉的造梦复制者。那天早上，我们喊口号，模拟训练，分配任务，分享心得。最后大家围成一圈，手掌叠着手掌，一起颠着手喊："加油！加油！加油！YEAH！"然后分头出发，到各工业区销售电信服务业务。

在早会上，我又将昔日所学的"葵花宝典"传授给大家。每个行业的业务员都会摸出一套话术，针对顾客不同的抗拒点，事前编好相应的话术来解除抗拒点。因此成熟的业务员思维是一个环形，将所有的借口统统绕进环环相扣的推销陷阱里。在销售工作里，大家使尽了伎俩和计谋：借题逆转、单刀直入、鸡同鸭讲、推销和反推销，等等。后来我曾接到不少这样的电话，一个保险公司的业务员也用这些套路往我身上使，这使我们双方形成了相互追逐和解套的关系。但是需求才是硬道理，面对客户的三次抗拒，表明客户的确没有需求，一般的情况最好是放弃。

每天早会大家都激情高喊，热烘烘地出发。声响如雷以至于震得房东以为是传销，第二天上门来调查。我为这种激情场面高兴，幻想每天下来的业绩肯定也会有所斩获。但是两个多月下来，大家的成绩就像死鱼的肚皮一样一直翻不了身。太阳也将大家晒黑了，晒瘦了，走的人越来越多，一边招人一边有人流失，人员来来去去最后只剩下三四个骨干，最后这支队伍终于解散。

黯然收场之后，我进入一家工厂再次当起了上班族。在这个工厂的营业部有一批业务员，个个都是驾着小车出入。我瞪大了眼睛问："这些业务员真是不错啊！"同事说："在厂里，他们的收入相当于老总的收入，有的甚至比老总还要高。"我这时又感慨那句话：女怕嫁错郎，男怕入错行。选择比努力重要。在制造行业里，营业部或业务部依附公司的最高管理者，成为对外的一个服务窗口，业务员更像一名跟单员，他只是在现行的轨道上按计划行驶即可。

无论如何，对于业务员，对于实利主义路上的牺牲者和成功路上的开拓者，我都向他们握手和问好。人类社会需要实利性的世俗存在，业务员走在客户和消费者之间，将生产和消费、供与需画上等号。因此，我向业务员致敬。只有无数"有用"的土壤最终才能培育出稀有的"无用"之奇葩。因此，我向可遇而不可求的"无用"顶礼膜拜。

保安或防损员

保安这个词令人——只是令我——想起了"胸大肌",想起帽檐下拧紧的眉头。保安是旧时大户家丁的一个后现代版本,这是一个特殊的社会角色,它承载着善与恶、私欲与制度、管理与被管理等错综复杂的关系。在私有范围内执行厂纪厂规,让他产生了执法的神圣错觉。在他的职业生涯中,以对讲机与远处另一个阴影对话,在贫富之间荡起千姿百态的秋千。

我第一次是在东莞黄江看到YY工业区人事部招募保安,几本印着"退伍证"字样的小册子在人事小姐手里被翻开,证件上写着兵种,写着"上士""中士"或"下士",几名面试的小伙子排成一排演练擒拿拳。"一!二!三!四!"大家嚯嚯地喊着节拍,一拳一脚地施展新旧两套擒拿拳。套路打完一遍,陆续被刷下来不少人。我激动地看着他们卖力的拳路,虽不及武侠电视剧里的花招好看,但是真功夫,谁的拳风硬朗谁就能留下来。

退伍证和擒拿拳是应试保安的两个基本条件。那时我有一个老乡在YY工业区里做保安。我寄居于他的宿舍,每天外出找工,傍晚回来在围墙的栏杆外看工业区的保安在操场上训练。老乡的身手不错,在队伍前带头给大家示范擒拿拳。我看着他的刚劲拳风想到了禁军教头林冲。禁军和大内侍卫是最高级别的保安,但是工厂的保安大部分就是看门的,工资给得很低,每天在岗亭或工厂大门站岗,一人坐在保卫室里,一人在外面站岗,每两小时两人轮换。无聊,枯燥,老乡因此值夜班时爱上了看书,令我刮目的是,他竟然啃上了列夫·托尔斯泰的大部头,《战争与和平》《复活》和《安娜·卡列尼娜》,他一部部翻阅。YY工业区是有名的台资工业区,待遇不错,而保安仍是基层待遇。工业区大门由门卫把守,没有厂牌不允许入内。因为认识他们,我每次都能登记出入。有几次在工业区里发现一些擅自进去找工作的人,或者游荡的社会烂仔,无论皂白,保安抓了人关在洗手间里拷打。打完后,直接用水冲洗他们身边的血迹。每次谈到打人,保安们都露出自豪的神情,把这个当作了散心的手段。"路上看谁不顺眼，捉进洗手间里就是一阵暴打。"每次听到他们神采飞扬的讲述，我心里就冒出一个大大的问号：大家都是出来打工的，为什么总是受苦人欺压受苦人呢？

保安除了守住工厂大门，把住车辆和行人进出，还有一个更重要的职责就是防盗。工厂的财产安全，放在了保安职责的第一位，至于人的安全放在了第几位，没人知道。在工厂门口，特别是珠宝首饰厂，保安每天手持金属探测器检查每位员工的身体。

二〇〇九年在我们集团某公司发生了一起盗窃事件，一名成品仓的仓管精心谋划，准备勾结保安偷运公司的货物。仓管找到一名平时与他关系不错的保安，推杯换盏之后，达成了合谋。在一个夜晚，正当这名保安值班，仓管叉上两板货物，装上车，经过岗亭，通过这名保安放行将车开出了工厂。刚出工厂没多久，就被一群保安和警察包围了。这个包围圈显然是事前设计好的。原来那名保安假意答应仓管之后，又暗中将事情越级报告给集团保安总部，总部让保安表面上继续与仓管合作，另一方面不动声色设下了埋伏，来了一个请君入瓮和瓮中捉鳖。集团给了这名保安嘉奖和通报表扬，而仓管受到法办，已成了阶下之囚。从人性的角度分析这件事，有许多值得讨论的地方：其一，保安的确是负责，但从道德的角度顺势设计将他人推向深渊，于心何安？仓管锒铛入狱，被判了二十年，此生算是毁了。其二，作为工厂，为了抓到证据，暗中设套将犯罪欲望发展为犯罪事实，是不是无异于亲自导演了一出欲擒故纵的悲剧？

保安吃的也是一份韶华易逝的青春饭，保安处在社会的刀锋边缘流血或生锈。他们每天行走在工厂围墙边，听着对讲机里的杂音，太阳将他的影子拓在墙上，他对墙上的影子也保持着警惕。此时他只相信自己的拳脚，这是对付世界最真实的武器。然而肉身又是世界上最脆弱的事物，尽管它一时矫健、坚强。

二〇〇五年我住在白芒村，村口有一个南山区保安培训基地，一个简陋的院落，一堆推着平头的后生，有的脸蛋现出几颗南方特有的红痘，他们每天排成数排在嗬嗬地训练：在口哨和口令下，打拳、走正步、做俯卧撑，汗珠在黑色的肌肉上滚滑着。操场上脚步铿锵，他们正在为下一步迈进工厂准备着，复杂而单调的保安生涯即将拉开序幕，无数条道路在等着他们——

他们将顶着大盖帽站成工业区的一塑雕像……

他们向拦截的车辆致以有力的军礼……

他们吼叫着，在早晨和傍晚的操场上演练……

他们在自己黑暗的瞌睡里值班……

他们搜出员工身上的赃物……

他们指挥着下班的人群依次排队……

他们对着高楼上的灯光骂着"他妈的"……

他们或者履职或者屈服于诱惑……

他们铤而走险踏上了另一条危途：监守自盗、入室盗窃、上街抢劫……

他们为了正义，路见不平而见义勇为……

他们表情冷冷地望着海面颠倒的星空……